빛의 세기, 이성의 문학

빛의 세기, 이성의 문학
프랑스 계몽사상과 문학

펴낸날 2008년 9월 8일

지은이 이동렬
펴낸이 홍정선 김수영
펴낸곳 ㈜문학과지성사
등록번호 제10-918호(1993. 12. 16)
주소 121-840 서울 마포구 서교동 395-2
전화 02)338-7224
팩스 02)323-4180(편집) 02)338-7221(영업)
전자우편 moonji@moonji.com
홈페이지 www.moonji.com

ISBN 978-89-320-1890-4

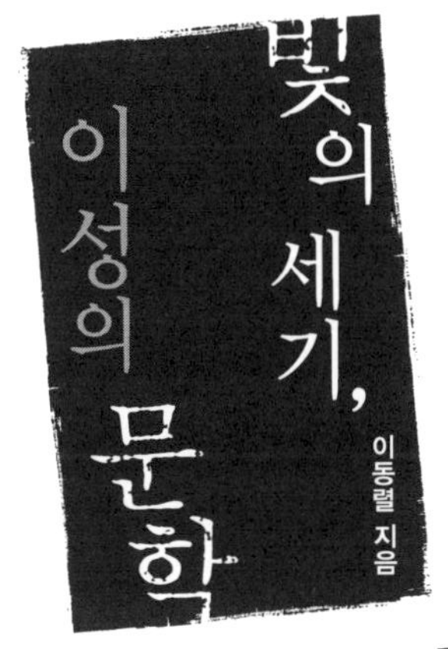

프랑스 계몽사상과 문학

문학과지성사
2008

1982년 서울대학교 불문과로 직장을 옮기면서 나는 18세기 불문학 강의를 맡기 시작했다. 나는 본래 19세기 소설을 대상으로 논문을 쓴 19세기 전공자지만, 그 당시 서울대학교 불문과에는 19세기 전공자들이 몇 분 계셨던 반면 18세기 전공자가 없어서 신임 교수에게 우선 적임자가 없는 분야의 강의를 맡겨보기로 결정했던 것 같다. 그때 나에게는 문학사적 기초 지식 이외에 18세기에 대한 별다른 소양이 없어서 18세기 불문학은 미답의 영역이나 마찬가지였다. 그러나 달리 어쩔 도리도 없어서 그때부터 어설프게 18세기 강의를 시작했고, 그 역할을 20년 이상이나 지속하게 되었다. 오랜 세월이 흐르는 동안 나에게는 차츰 18세기 불문학 교수라는 꼬리표가 붙어다니게 되었지만, 막상 나 자신에게는 그것이 자연스럽게 받아들여지지 않았다. 내심으로 나는 여전히 19세기 불문학 전공자였고, 18세기는 전문가가 과에 부임할 때까지

임시로 맡다가 넘겨줄 분야로 여기며 지내온 것이 사실이다. 다행히 내가 퇴임하기 전에 유능한 전문가가 부임하게 되어 나로서는 18세기 불문학 담당 교수로서의 역할을 마음 편히 정리할 계기가 마련되었다.

처음에는 강의를 위한 당면한 필요에서, 그리고 차츰 계몽사상가들의 매력에 이끌려 18세기 관련 책들을 조금씩 읽어나가게 되었다. 문학사와 개설서 이외에 18세기 작가들의 작품을 본격적으로 읽기 시작한 것은 서울대학교로 자리를 옮긴 이후부터였다고 생각된다. 18세기의 글에 친숙해지기가 쉬운 일은 아니었지만, 몽테스키외, 볼테르, 디드로, 루소 등 계몽의 세기 대작가들의 위대한 정신은 나에게 새로운 세계를 열어주었다. 그들의 불같은 열정, 세계의 진보와 인류의 행복을 향한 보편적 이상, 불굴의 투쟁, 그리고 지칠 줄 모르는 탐구정신과 관대한 계몽정신은 언제나 나에게 경탄을 불러일으켰고, 일상의 나태에 빠져드는 의식에 늘 자극과 반성의 논거가 되었다. 그러나 문학의 즐거움은 근본적으로 글을 읽는 즐거움일 텐데, 아무래도 옛 어법의 18세기 프랑스어 문장이 나에게는 늘 편하고 즐겁게 읽히는 것만은 아니었다. 따라서 몰입할 수 있었던 젊은 시절의 19세기 소설 공부에 비해 18세기에 대한 애착이 상대적으로 느슨했다는 느낌을 지울 수 없는 것도 사실이다. 외길로 19세기 소설 공부에만 매달렸더라면 불문학자다운 연구 성과를 낼 수도 있지 않았을까 하는 생각을 해본 적도 있지만, 그래도 계몽주의의 풍요한 세계에 입문하여 오랜 기간 그 세계와 가깝게 접하며 지낼 수 있었던 것은 나에게 주어진 행운이 아닐 수 없다.

18세기 강의를 담당하는 동안에 내가 누릴 수 있었던 또 하나의 큰 행운은 여러 뛰어난 제자들과 함께할 수 있었다는 점이다. 1980년대와 90년대에 걸쳐 서울대학교 불문과의 학부와 대학원에는 18세기 불문학에 관심을 보인 학생들이 유난히 많았고, 그중 여러 사람이 박사 학위를 마칠 때까지 계몽주의 문학에 그들의 재능과 노력을 바쳤다. 서울대학교 대학원에서 나와 함께 박사 논문을 쓴 사람들만 해도 조한경, 이용철, 김용기, 이혜숙, 문경자, 주미사 선생 등 여섯 명이나 되며, 이영목, 김태훈 선생은 서울대학교에서 석사를 하고 프랑스로 유학 가서 박사 학위를 마치고 돌아왔다. 아무래도 생경하고 인기가 적을 수밖에 없는 18세기 문학을 대상으로 1990년 이후 10년 정도의 기간에 한 대학에서 이처럼 많은 박사가 배출된 것은 우리나라는 물론 세계적으로도 유례를 찾기 어렵지 않을까 생각하며, 비전공자로서 강의를 담당했던 나로서는 기대 이상의 큰 성과와 보람을 얻은 셈이다. 한 시기에 집중적으로 나타난 이들 젊은 박사들의 프랑스 계몽주의 연구열과 연구 성과는 우리의 불문학계는 물론 나아가 인문학계 전반에도 일정한 기여가 될 것이며, 또 앞으로 의미 있는 전통으로 계승될 수 있을 것으로 믿는다. 다만 근래에 국내 대학에서 불어불문학의 입지가 급격히 위축되어 좋은 학위 논문을 쓰고 충분한 자격과 능력을 갖춘 몇몇 제자들이 합당한 일자리를 찾지 못하고 있는 것이 항상 안타까운 일로 남아 있다.

한 분야의 강의를 상당 기간 맡았다면 책 한 권쯤 내는 것이 당연할 것이다. 계몽주의를 다룬 책을 하나 써야겠다는 생각을 일찍이 하지 않았던 바도 아니고, 또 계몽주의를 대상으로 한 글이 몇 편 모이기도 했지만, 그동안 차일피일 미루기만 해왔다. 18세기 문학이 여전히 자신 없는 비전공 분야라는 자의식과 아울러 기왕이면 어느 정도 체계적이고 완성된 형태로 책을 출판해야 한다는 막연한 욕심 때문에 출판을 회피하고 지연시켜왔던 것이다. 그러던 중 18세기 전문가들인 이용철, 김용기, 이영목, 김태훈 선생과 우연히 함께한 자리에서 책 얘기가 나왔고, 책을 내라는 재촉을 받게 되었다. 이 책이 출판에 이르게 된 데는 이들 네 사람의 권고와 도움에 힘입은 바 크다. 일단 책을 출판하기로 작정한 후에도 기왕에 써두었던 원고들을 다시 정리하고 빈자리를 채우기 위해 몇 편의 원고를 새로 만드느라고 또 상당한 시간이 흘러갔다. 이제 한 권의 책 모양을 갖추게 되었으나 성에 차지 않는 미진한 느낌에는 조금도 변함이 없다. 그러나 이 책은 18세기 강의를 담당했던 내 지난날의 흔적으로서 나에게는 어쨌든 소중한 기록이 아닐 수 없다. 이 책이 계몽주의와 불문학에 관심 있는 사람들에게 조금이라도 참고가 되고, 나 자신에게는 지난날을 정리하고 앞날을 생각하는 하나의 계기가 되기를 바라는 마음이다.

2008년 9월
이동렬

October 15th — 1795

the House of   Stain

River in the Province,

Ⅰ. 계몽의 세기

| 제1장 |
계몽주의란 무엇인가?

1. 계몽주의의 정의

계몽주의란 영어의 Enlightenment, 프랑스어의 Lumières, 독일어의 Aufklärung의 관습적인 번역어로서 고전주의Classicisme, 낭만주의Romantisme, 사실주의Réalisme 등 이른바 '주의-isme'라는 말로 끝나는 여타의 문예사조와 격을 맞추기 위해 채택된 편의적인 용어라고 할 수 있다. 본래 빛을 뜻하는 말인 Lumières를 '계몽'으로 번역하여 18세기를 '계몽의 세기le siècle des Lumières'로 규정하는 것이 프랑스 문학사 정리의 보편적 방식이기는 하지만, 이때 '계몽Lumières'이라는 용어는 18세기 전체를 관류하는 지적 경향과 사상적 풍토를 총칭하는 말이기 때문에 하나의 문예사조라기보다 훨씬 더 포괄적인 의미를 내포하고 있다. 일단 계몽주의라는 관습적 번역어를 수용하고, 그것을 오늘날 순문학으로 분류되는 시, 소설, 희곡 등의 문학장르에 국한하여 하나의 문학사조처럼 고찰하는 것도 가능하겠지만, 이 경우에도 18세기 계몽운동의 전체 맥락 속에서만 이해와 논의가 성립될 수 있을 것이다.

인위적 시대 구분에 불과한 한 세기가 프랑스의 18세기만큼 지적 흐름에서 현격한 동질성의 양상을 보여주는 경우도 드물 것이다. 20세기 프랑스 아카데미즘의 대표적 인사 가운데 한 사람인 귀스타브 랑송 Gustave Lanson은 그의 문학사에서 18세기를 "반(反)기독교적이고 국제주의적이며 모든 믿음에 대해 파괴적이고 전통을 부정하고 권위에 반항하며 격렬하게 비판적인 반면, 예술성은 약하고 사회학적이며 전혀 심리학적이 아닌"[1] 세기로 정의하고 있다. 물론 프랑스의 18세기는 17세기의 소산으로 어떤 면에서는 17세기를 계승하고 있지만, 앞의 랑송의 정의에서 볼 수 있는 바와 같이 '기독교'와 '왕정'이라는 양대 지주에 기대어 요지부동의 견고한 외관을 유지했던 고전주의적 17세기와는 현저한 대조를 보이는 세기다.

넓은 의미에서 계몽주의는 영국과 독일을 포함한 유럽 전역에 걸쳐 일어났던 18세기의 광범위한 운동을 지칭하지만, 계몽운동의 중심지는 프랑스였기 때문에 계몽주의에 관한 오늘날의 논의도 18세기 프랑스를 주 대상으로 하고 있는 것이 사실이다. "18세기는 의식의 위기 속에서 출현하여, 전장에서 성숙되고, 혁명 속에서 완성된다"[2]고 말할 수 있다면, 구체제를 무너뜨리고 현대를 연 프랑스 대혁명이야말로 18세기 계몽운동의 종착점인 셈이다. 프랑스는 계몽의 정신을 배태시키고, 계

---

1) G. Lanson, *Histoire de la littérature française*, Hachette, 1979, p. 624.
2) J. Vier, *Histoire de la littérature française XVIIIe siècle*, t. I, Armand Colin, 1965, p. 10.

몽운동을 가장 활발히 전개했으며, 마침내 대혁명으로 계몽적 투쟁을 완결한 18세기 유럽 계몽주의의 중심무대였다. 또한 프랑스어는 유럽 계몽주의의 보편적 언어라는 성격을 갖고 있다. 18세기의 프랑스어는 볼테르와 루소 등 프랑스 계몽사상가들의 언어였을 뿐만 아니라 라이프니츠를 비롯한 여러 독일 철학자들의 언어였고, 프러시아 왕립 아카데미의 언어이기도 했으며, 이탈리아에서부터 러시아에 걸친 유럽 전체 교양층의 언어 역할을 담당했다. 그것은 프랑스의 국가적 위신과 힘에만 기인한 것이 아니라, 프랑스어가 분석적이고 합리적인 사고에 가장 잘 맞으며, 혼동과 애매성을 피할 수 있는 명료한 언어로서 다른 어떤 언어보다도 가장 보편적이고 철학적이며 현대적인 언어로 여겨졌기 때문이다. 이러한 여러 상황으로 미루어보아 프랑스의 계몽주의는 유럽의 계몽주의를 대표했다고 말할 수 있다.

2. 계몽주의의 시대 구분

문화사 분야에서 한 세기는 정확히 100년간의 지속기간을 의미하는 것은 아니다. 따라서 계몽의 세기는 1700년 1월 1일에 시작되어 1799년 12월 31일로 끝나는 연대기적인 한 세기를 지칭하는 것일 수 없다. 계몽주의를 정의하는 기준에 따라 계몽의 세기의 기산점을 산정하는 입장은 각각 상이할 수밖에 없을 것이다. 계몽주의의 출현을 새로운 엘리트층과 새로운 독자층의 출현에 맞추느냐, 또는 사회적 상상력의 변화와 비판정신의 확산에 연관시켜 보느냐, 아니면 정치·사회적 변화에 접목시켜 논의하느냐 등 계몽의 세기를 구분하는 데는 여러 관점이 있을 수 있다.

새로운 비판적 사고의 출현에 초점을 맞추는 사람들은 17세기 말인 1680년경을 그 출발점으로 삼는다. 이러한 입장에 서는 사람들로는 앙투안 아당Antoine Adam과 폴 아자르Paul Hazard 같은 문학사가가 있다. 군주정과 종교에 대한 신념의 동요에서 비롯된 이른바 '의식의 위기'가 뚜렷한 방식으로 드러나기 시작한 것이 1680년경이었다. 1685년 전후로는 새로운 정신의 출현을 알리는 중요한 저작들이 집중적으로 나타난다. 미신을 공격하면서 종교와 도덕의 분리, 신앙의 자유를 주장한 피에르 벨Pierre Bayle의 『혜성에 대한 여러 생각 *Pensées diverses sur la Comète*』이 1682년에 출판되었으며, 합리주의적 사고에 의한 역사적 비평과 탐구의 집대성으로서 18세기 철학자들의 경전과도 같은 역할을 한 그의 『역사적·비판적 사전 *Dictionnaire historique et critique*』이 준비되기 시작한 것도 이 무렵이었다. 한편 뛰어난 재능으로 과학적 지식을 쉽게 해설한 퐁트넬Fontenelle의 『세계의 다원성에 관한 대담 *Entretiens sur la pluralité des mondes*』이 1686년에 나왔고, 이어서 다음 해에는 이성 중심적 입장에서 기독교의 신학과 기적을 분석한 『신탁의 역사 *Histoire des oracles*』가 출판되었다. 1685년은 낭트칙령이 취소된 해로서, 많은 신교도 지식인들이 프랑스를 떠나 망명의 길을 택한 해이기도 하다. 이로 인해 프랑스의 사회적·이데올로기적 통합에 균열이 생겨났으며, 망명 지식인 중심의 종교적·정치적 저항의 물결은 계몽주의의 비판적 흐름과 동일한 맥락에 서게 된다. 또한 1687년에는 고대정신에 대한 근대정신의 승리로 귀결되는 신구파 논쟁이 일어났다. 17세기 말인 1680년대를 계몽주의의 시발점으로 보려는 논자들에게는 이러한 일련의 지적 흐름과 사회상황이 주장의 근거가 된다. 앙투안 아당은 계몽주의의 본질적 측면이 17세기 말에 형성되었음을 다음과 같이 역설한다.

> 1715년 이전에 모든 본질은 이미 이루어졌다. 18세기의 대담성에 놀라기는커녕, 우리는 17세기 말이 일으켜 세우는 데 성공한 합리주의적 비판의 기념물에 18세기가 실상 덧붙인 것이 별로 없음에 오히려 감탄하게 된다.[3]

루이 14세의 절대주의 왕정에서는 아무래도 잠재적이고 소극적인 성격을 띨 수밖에 없었던 새로운 시대적 흐름이 해방의 활력을 갖추기 위해서는 획기적인 역사적 계기를 필요로 했다. 태양왕이라 불리던 루이 14세가 장장 72년에 걸친 재위 끝에 1715년 마침내 숨을 거두었다. 그의 증손자인 루이 15세가 다섯 살의 어린 나이로 왕위를 계승하면서 필리프 도를레앙Philippe d'Orléans의 섭정이 시작된 이 해는 역사적 전기(轉機)임에 틀림없다. 루이 14세의 치세에 비해 상대적으로 자유로웠던 섭정기의 정치적·사회적 분위기는 17세기 말부터 배태된 계몽정신에 새로운 활기를 불어넣는 토양이 되었다. 그때까지 은밀하게 머물러 있던 지식인들의 항의가 공공연히 제기되었으며, 문학 분야에서도 새로운 취향이 활기를 띠기 시작했다. 몰리에르Molière 이래 오랫동안 억눌려왔던 희극은 마리보Marivaux와 더불어 새로운 길을 개척했으며, 소설이 중요한 위치를 차지해갔고, 콩트나 대화 같은 이데올로기적 투쟁의 필요성에 더 적합한 새로운 장르들이 모색되기도 했다. 여하튼 루이 14세의 죽음은 한 시대의 종언과 또 한 시대의 개화를 뜻하는 역사적 사건이었

---

3) A. Adam, "Ouverture sur le XVIIIe siècle," in *Histoire des Littérarures*, t. III, Pléiade, 1978, pp. 540~41.

다. 랑송 같은 문학사가는 이 두드러진 전환점을 계몽의 세기의 출발점으로 삼는다. 그는 루이 14세가 사망한 1715년에는 "교회와 귀족계급과 왕정, 다시 말해 앙시앵레짐의 모든 세력의 파산이 이루어졌거나, 아니면 임박했다고 말할 수 있다"[4]고 평가한다.

계몽의 세기의 출발점에 관해서는 이처럼 상반되는 관점이 병존하지만, 그 정확한 시대 구분이 논쟁의 초점이 아닌 경우 계몽주의는 17세기 말경에 싹트기 시작해서 1715년에 중요한 계기를 맞았고, 이후 대혁명 때까지 계속된 18세기 전체의 지적·사상적 흐름을 뜻한다고 정리하는 것이 무난한 방식일 것이다. 논자에 따라서는 계몽주의의 흐름을 대혁명 이후 19세기 초까지로 확산해서 보려는 입장이 없는 것도 아니지만, 대혁명을 계몽주의의 귀착점으로 보는 데는 대체로 폭넓은 합의가 이루어져 있다.

3. 계몽주의의 내용

계몽주의란 무엇인가? 18세기 유럽을 휩쓴 이 거대한 물결의 내용에 관해서는 누구나 만족할 만한 하나의 명약관화(明若觀火)한 정의를 발견하기가 힘들다. 칸트는 계몽주의를 일정한 철학적 체계로 정의하지 않는다. 이 대(大)철학자가 보기에 계몽주의는 하나의 철학이기보다 정신의 해방이며, 진보의 정신으로 고양된 이성의 자유로운 검증에 모든 것을 맡기고자 하는 용기 있는 결단, 즉 철학적 태도다. 그가 계몽주의를

---

4) G. Lanson, 앞의 책, p. 624.

어떻게 정의하는지 다음의 인용을 살펴보자.

계몽주의란 자기 자신이 책임져야 할 미성숙으로부터 인간을 벗어나게
하는 것이다. 이 미성숙은 타자의 지도 없이 자신의 이성을 사용하는 것
의 불가능성 속에 있다. 미성숙의 원인이 이성의 결여에 있는 것이 아니
라 타자의 지도 없이 자신의 정신을 사용하기 위해 필요한 결단과 용기
의 결핍에 원인이 있을 때에는 인간 자신에게 그 미성숙의 책임이 있다.
너 자신의 이성을 사용할 용기를 가져라! 그것이 계몽주의의 표어다.[5]

칸트의 정의에서 볼 수 있는 바와 같이 계몽주의가 하나의 철학적 체
계가 아니라 인간정신의 일정한 지향을 뜻하는 좀더 포괄적인 의미라
면, 계몽주의 안에는 하나의 공식으로 환원될 수 없는 다양한 철학이
공존할 수 있다. 철학의 세기라고 일컬어지기도 하는 계몽주의 시대는
사실상 각각의 철학적 입장에서 다소간 편차를 보이는 수많은 철학자
들이 활약한 시대이기도 하다. 계몽적 투쟁의 주된 특징의 하나인 반기
독교주의만 보더라도 볼테르의 이신론(理神論)부터 디드로의 무신론에
이르기까지 여러 상이한 입장이 공존한다. 그렇지만 18세기의 여러 사
상가와 지적 풍토 전체를 계몽주의의 틀 속에 묶는 공통적 속성과 경향
이 강조될 필요가 있다.

계몽의 세기는 흔히 '이성의 세기'와 동의어로 쓰인다. 칸트 역시 인
간이성의 자유롭고 독자적인 사용에서 계몽주의의 본질을 찾고 있음을

---

5) E. Kant, "Réponse à la question: qu'est-ce que la pensée des Lumières?" L. Goldmann,
Structures mentales et création culturelle, Union Générale d'Editions, 1974, p. 25에
서 재인용.

알 수 있다. 그러나 인간의 기능 가운데 감성이나 상상력보다 이성에 우위를 부여하며, 이성을 앎의 근거로 삼는 합리주의적 사고는 18세기에 처음 나타난 것은 아니었다. 데카르트의 세기인 17세기도 어떤 의미에서는 합리주의 시대였다. 데카르트는 확실한 지식의 도구인 인간 이성에 대한 신뢰, 권위나 전통의 맹목적 수용이 아닌 비판적 검증의 필요성을 선언함으로써 비판적 합리주의의 길을 열었다. 계몽사상은 데카르트적 합리주의를 계승하면서도 그것을 지양한 새로운 합리주의라고 말할 수 있을 것이다.

계몽사상이 전개시킨 새로운 합리주의는 데카르트 식의 존재론적 형이상학의 길이 아니라 뉴턴의 과학적 사유를 규범으로 삼았다. 뉴턴류의 인식론은 경험에 의해 검증할 수 있는 법칙을 끌어냄으로써 감각적 세계를 이해 가능하게 만드는 것을 목적으로 삼는다. 이 법칙은 이전의 과학에서 현상의 최종적 설명의 근거로 삼았던 초월적이거나 초경험적인 원인과는 아무런 관련을 맺지 않는다. 뉴턴이 제시하는 새로운 과학의 도식은 세속적인 도식으로서 더는 신앙이 지식에 끼어들 여지가 없어진다. 이제 과학이 더 이상 존재론적 신학에 근거를 두지 않게 되는 것이다. 과학은 경험에 대해서, 그리고 경험을 통해서 인간정신의 명석함이 행사되는 순전한 인간적 지성의 소산이 된다. 그리하여 과학은 세계를 이해할 수 있는 인간정신의 생생한 능력을 증언한다. 이러한 인식론적 바탕 위에서는 정치와 도덕은 물론 데카르트가 조심스럽게 유보해두었던 신학의 영역 역시 비판적 검토에서 벗어날 수 없다. 계몽철학은 세계의 최초 원인과 최후 목적에 대한 형이상학적 명상에서 등을 돌린다. 절대성의 쇠락이 시작되는 것이다. 신(神)의 존재의 증거니, 섭리의 길이니, 영원한 진리 같은 낡은 형이상학적 질문이 이제 아무런 편견이나 선입관 없는 이성에 의해 자연을 읽고 해석해내는 문제로 대치되는 시대가 된 것이다. 데카르트는 신의 실재, 영혼의 불멸, 자유의지, 덕성의 위대성 등을 단언함으로써 다음 세기의 자유사상에 방패막이 같은 역할을 한 동시에, 그의 위대한 방법론적 회의는 그가 단언했던 것을 포함해 모든 것을 이성의 비판적 검토에 맡기는 계몽주의의 길을 열었다고 말할 수 있다.

뉴턴과 아울러 계몽사상에 또 하나의 전범(典範)이 된 인물은 영국 철학자 로크였다. 1690년도 저작으로서 1700년부터는 프랑스어로 번역되어 전 유럽에 보급된 로크의 『인간오성론*Essai philosophique concernant l'entendement humain*』은 계몽주의를 창설한 책 중의 하나라고 할 만큼 영향력이 큰 저작이었다. 디드로와 함께 『백과전서*L'Encyclopédie*』를 편집했던 수학자이자 철학자이기도 했던 달랑베르d'Alembert는 『백과전서』의 서문에서 "뉴턴이 물리학을 창조한 것과 거의 마찬가지로 로크는 형이상학을 창조했다"고 말했을 정도다. 볼테르는 『철학서한*Lettres philosophiques*』에서 로크야말로 상상하는 대신에 관찰하고, 체계를 구축하는 대신에 자신의 무지를 고백하며, 자신이 알지 못하거나 또는 알 수 없는 것과 자신이 아는 것을 구분하려고 애쓰는 최초의 진정한 철학자라고 격찬했다.

뉴턴과 로크의 과학적이고 경험론적인 사유를 규범으로 삼은 계몽사상은 인간이성에 대한 신뢰를 극단으로까지 밀고 나간 사상이었다. 계몽철학은 인간이성에 의해 궁극적으로는 모든 문제가 해결될 수 있다는 믿음을 내포하고 있는 철학이라고 할 수 있다. 이와 같은 인간이성에 대한 무한한 신뢰는 인류의 진보에 대한 신념과 연결된다. 계몽철학자들은 편견에서 벗어난 인류의 보편적 이성은 마침내 자연의 완전한 통제를 확보할 만한 과학의 발전을 가져올 수 있을 것이라고 믿었으며, 인문과학과 사회과학의 발전은 인간의 정치적·도덕적 판단을 세련시켜 더 나은 세계를 창조할 수 있을 것이라고 믿었다. 18세기와는 비교할 수 없을 정도로 발달된 과학문명의 세계에 살면서도 인류의 미래에 대해서는 우울한 회의주의에 빠져 있는 현대인들에게는 계몽주의의 이러한 낙관적 태도가 순진하게 보일 수도 있고, 단순히 부럽게 보일 수도 있겠지만, 어쨌든 계몽주의는 인류의 진보에 대한 유례없는 낙관주의적 신념이었다. 계몽사상가들이 공동으로 저술한 18세기 최대의 저작인 『백과전서』는 이와 같은 계몽주의적 이념의 가장 완벽한 표현이라고 할 수 있다. 계몽주의 문학의 최초의 위대한 텍스트라고 일컬어지는 몽테스키외의 『페르시아인의 편지 Lettres Persanes』에서 우리는 계몽주의적 이념의 한 문학적 표현을 찾아볼 수 있다. 이 작품에서 오랜 기간 동안 프랑스에 머무는 것으로 설정되어 있는 페르시아인 여행자 위스벡은 고국의 회교 승려에게 보내는 편지에서 다음과 같이 인간이성의 위대한 힘과 그 무한한 가능성의 세계를 찬양한다.

여기에는 동방의 지혜의 정점에까지는 다다르지 못한 철학자들이 있습니다. 그들은 신의 빛나는 보좌에까지는 이끌려 가본 적이 없습니다. 그들은 천사들의 합창이 울려 퍼지는 이루 필설(筆舌)로 표현할 수 없는 신의 말씀을 들어본 적도 없으며, 신의 계시의 두려운 폭발을 느껴본 적도 없습니다. 그러나 성스러운 기적 없이 그들 자신에게 내맡겨진 채로, 그들은 인간이성의 자취를 조용히 따라갑니다.

이 안내자가 그들을 어디까지 인도해갔는지 당신은 믿으실 수 없을 것입니다. 그들은 카오스를 해명했으며, 단순한 역학에 의해 신의 건축물의 질서를 설명했습니다. 자연의 창조자는 물질에 운동을 부여했습니다. 우리가 우주에서 보는 이와 같은 결과의 놀라운 다양성을 산출하기 위해서는 그 이상의 것이 필요하지는 않았습니다.

평범한 입법자들은 인간사회의 문제를 해결하기 위한 법률을 제안합니다. 그 법률은 그것을 제안하는 사람이나 그것을 지키는 백성의 정신만큼이나 변화에 종속된 법률입니다. 한데 이들은 우리에게 일반적이고 요지부동이며 영원한 법률, 무한한 공간 속에서 질서와 규칙성과 더할 나위 없는 신속함을 가지고 준수되는 법률만을 말합니다.[6]

이 대목은 유럽을 여행 중인 한 페르시아인의 입을 빌려서 계몽주의적 신념을 단순하고 소박한 형태로 표현하고 있는 부분이다. 신의 개입 없이 인간이성의 힘만으로 우주를 움직이는 영원불멸의 모든 법칙을 밝혀 우주의 신비를 낱낱이 해명할 수 있으리라는 이런 생각은 계몽의 세기의 보편적 신념이었던 것으로 보인다. 인간이성에 대한 이 무한한 신뢰는 인류의 무한한 진보의 가능성에 대한 믿음을 낳는다. 우주의 신비를 파헤칠 수 있는 능력을 지닌 인간의 이성은 더 계발되고 진전된 미래의 인간세계를 건설할 수 있을 것이기 때문이다. 인간의 이성은 당장은 인간을 짓누르며 불행하게 만드는 각종 미신과 편견과 압제를 교정할 수 있을 것이다. 마침내 칸트가 말한 바의 미성숙상태에서 벗어난 세계, 불합리가 치유된 그 미래의 합리적 세계는 인간이 행복하게 살 수 있는 세계일 것이다. 인류의 진보를 믿는 계몽의 세기의 낙관주의는 인간의 행복한 삶을 믿는 낙관주의이기도 하다. 종교의 무거운 굴레를

---

6) Montesquieu, *Lettres Persanes*, in *Œuvres complètes*, t. I, Pléiade, 1985, pp. 274~75.

벗어던진, 근본적으로 세속적인 철학인 계몽철학은 행복의 철학이라는 성격을 강하게 지니고 있다. 인간의 현세적 행복에 대한 강렬한 취향과 그 실현 가능성에 대한 믿음을 하나의 특징으로 하는 계몽주의의 가장 열렬한 대변자는 볼테르였다고 할 수 있다. 볼테르는 인간조건의 비참함을 강조하는 파스칼의 기독교적인 비관적 인간관을 논박하면서 다음과 같이 인간의 지상적(地上的) 행복에 대한 신념을 토로한다.

파리나 런던을 바라볼 때, 나로서는 파스칼 씨가 얘기하는 바의 그런 절망에 빠질 이유를 전혀 보지 못합니다. 나는 황량한 섬과는 전혀 닮지 않은, 사람들로 가득 차고 풍요로우며 개화된 도시, 사람들이 인간적 본성이 허용하는 만큼 행복하게 살고 있는 도시를 볼 뿐입니다. 사람들이 어떻게 신을 마주보는지 모른다고 해서, 그의 이성이 삼위일체의 신비를 해결할 수 없다고 해서, 자신의 목을 매달 태세를 갖추는 현명한 사람이란 어떤 사람입니까? 그렇다면 네 발과 두 날개를 갖지 못한 것에 대해서도 그만큼 절망해야 할 것입니다.

왜 우리의 존재에 혐오감을 갖게 하는 것입니까? 우리의 삶은 사람들이 우리에게 믿게 하려는 것만큼 그렇게 불행한 것은 아닙니다. 세계를 감옥처럼, 모든 사람을 곧 처형할 죄인처럼 보는 것은 광신자의 생각입니다.[7]

볼테르와 더불어 계몽주의를 대표하는 또 다른 철학자 디드로는 한 걸음 더 나아가 행복의 문제를 인간의 의무사항으로까지 끌어올린다.

---

7) Voltaire, *Lettres philosophiques*, in *Mélanges*, Pléiade, 1991, p. 110.

그는 말한다. "단 하나의 의무가 있으니, 그것은 행복해지는 것이다. 자연스럽고, 억제할 수 없으며, 양도 불가능한 나의 경향은 행복해지는 것이기 때문에, 그것은 나의 진정한 의무들의 원천, 유일한 원천이고, 일체의 훌륭한 법제(法制)의 유일한 기초다."[8]

인간의 행복을 주된 관심사로 여기는 계몽주의는 자연히 인간의 행복을 저해하는 요소들에 대해서는 비판적인 입장이 될 수밖에 없다. 또한 이성 이외에는 어떠한 권위도 인정하지 않는 계몽주의의 정신에서는 그 어떤 요소도 비판의 대상에서 유예될 수 없다. 따라서 루이 14세가 생존할 때까지만 해도 금기의 대상이었던 앙시앵레짐의 양대 지주인 기독교와 군주제를 포함한 모든 것이 계몽적 비판의 영역 안으로 들어오게 된다. 계몽주의 운동은 이성의 이름으로 비이성인 모든 것을 끊임없이 비판하고 공격하는 운동이었다. 미신과 압제와 특권, 무엇보다도 특권을 떠받치고 있는 종교가 비판과 공격의 주 대상이었다. 계몽사상가들에게는 이성이 단지 인간해방의 관념을 창조하는 도구가 아니라 인간의 행복을 가로막는 모든 족쇄를 끊기 위한 투쟁의 현실적이고도 실제적인 도구였다. 계몽적 이성은 실천적 이성이었던 것이다.

근본적으로 계몽주의 운동의 일환이었던 18세기의 프랑스 문학 역시 이 운동의 전투적 성격을 공유한다. 18세기에는 문학개념이 훨씬 더 포괄적이어서 오늘날의 철학과 인문과학·사회과학 전반을 모두 포함했지만, 순문학 분야만을 대상으로 고찰하더라도 18세기 문학의 전투적 성격은 분명하게 드러난다. 문학의 사회적 역할을 강조하고 그것을 문학의 중심적 기능으로 생각하는 사르트르 같은 작가가 18세기를 문

---

8) Diderot, *Entretiens avec Catherine II*, in *Œuvres politiques*, Garnier, 1963, pp. 320~21.

학의 황금기로 여기는 것은 바로 계몽주의 문학의 전투적 성격 때문이었다. 그는 계몽주의 문학의 성격을 다음과 같이 설명한다.

> 당장에 고발해야 하는 것은 지금의 이 제도다. 즉시 처부숴야 하는 것은 지금의 이 미신이다. 개선해야만 하는 것은 현재의 이 특수한 부정이다. 이와 같은 현재에 대한 열정적 감각이 18세기 작가를 관념론으로부터 보호해준다. 그는 자유나 평등의 영원한 개념을 그저 관조하는 것으로만 그치지 않는다. 종교개혁 이후 처음으로 작가들은 공공생활에 개입하여 불공평한 법령에 항의하고, 소송의 재심을 요구한다. 한마디로 말해서 그들은 정신적인 것은 거리에, 장터에, 법정에 있는 것이라고 결정하고, 시대적인 것에서 등을 돌릴 것이 아니라 반대로 끊임없이 그리로 되돌아가 각각의 특수한 상황에서 그 시대적인 것을 극복하는 것이 문제라고 결단했다.[9]

앙시앵레짐을 파괴시킨 프랑스 대혁명에서 앙시앵레짐 전체를 비판과 공격의 대상으로 한 계몽주의 운동의 귀결을 보는 것은 일견 당연한 일이다. 1789년의 혁명가들은 실제로 볼테르와 루소 같은 계몽사상가들을 혁명의 아버지로 떠받들었다. 그러나 계몽주의를 대혁명과 직접적으로 연결시키는 것은 아무래도 성급하고 독단적이기 쉽다. 계몽주의 운동은 구체적인 혁명운동이 아니었다. 몽테스키외, 볼테르, 디드로, 루소 등 어떤 계몽사상가도 혁명을 직접적으로 선동하거나 혁명의 프로그램을 작성한 혁명가는 아니었으며, 더구나 그들 중 어느 누구도

---

9) J.-P. Sartre, *Qu'est-ce que la littérature*, in *Situations II*, Gallimard, 1975, p. 154.

프랑스 같은 큰 규모의 나라에 공화정이 최적의 정치제도라고 생각하지도 않았다. 그렇지만 계몽적 이성의 끊임없는 항의와 비판이 앙시앵 레짐의 불합리와 모순을 여지없이 드러냄으로써 계몽주의 운동이 결과적으로 대혁명을 폭발시키는 온상이 되었다고 말할 수 있을 것이다.

계몽주의는 한 세기의 긴 기간과 '백과전서'파를 비롯한 수많은 참여자들의 활동을 총칭하는 포괄적 명칭인 만큼, 계몽주의 일반의 속성을 얘기하고자 하면 아무래도 논의가 추상적으로 흐르기 쉽다. 참여자들 사이의 동질성을 아무리 강조한다 하더라도 그들은 각기 상이한 기질과 성격을 가졌던 인물들로, 각기 자신의 독특한 방식으로 계몽주의의 흐름에 참여하고 기여했던 것이다. 후세 사람들이 자칫 환상을 품기 쉬운 것처럼 계몽적 투쟁에 동참했던 철학자들이 모두 빈틈없는 연대성으로 결속되어 있었던 것도 아니다. 잘 알려져 있다시피 볼테르와 루소는 서로를 원수처럼 증오했으며, 루소와 디드로는 젊은 시절에는 형제처럼 가까웠지만 나중에는 적처럼 사이가 벌어졌다. 어느 시대, 어느 사조나 그렇듯이 계몽주의 운동도 격렬한 내부적 이견과 분쟁을 겪었으며 복잡한 인간관계를 배제할 수 없는 운동이었다. 18세기의 지적·사상적 풍토 전체를 계몽주의라는 일견 일사불란해 보이는 하나의 흐름으로 묶는 것은 어쩌면 오랜 시간 간격을 둔 후세 사람들의 편리한 정리방식일지도 모른다. 인류의 진보와 행복한 삶의 가능성을 믿는 이성 중심의 비판적 합리주의라는 것은 계몽주의의 최대공약수를 말하는 것일 뿐이다. 계몽주의의 구체적 흐름을 알기 위해서는 각각의 계몽주의 작가와 그들의 개별 저작을 살펴보아야 할 것이다.

| 제2장 |

18세기 프랑스 역사의 흐름

1. 1715년의 상황

　계몽주의는 18세기의 지적·사상적 풍토를 지칭하는 용어지만, 그 흐름이 정치·경제·사회 등 18세기 역사 일반의 흐름과 무관할 수는 없을 것이다. 계몽주의는 18세기라는 특수한 시대적 상황에서 발생했고, 시대적 제반요소와의 상호작용 아래서 전개된 조류다. 따라서 계몽주의를 올바로 이해하기 위해서는 18세기 역사의 흐름을 파악해둘 필요가 있다. 여기서는 몇 권의 역사책을 참고로 하여 계몽주의를 기본적으로 이해하는 데 필요한 정도로 18세기 프랑스의 역사적 상황을 간략히 개괄해보겠다.[10]

---

10) 우리가 주로 참고한 한국어판 프랑스 역사서는 다음의 세 책이다. 조르주 뒤비·로베르 망드루, 『프랑스 문명사』, 김현일 역, 까치, 1995; 다니엘 리비에르, 『프랑스의 역사』,

볼테르가 '루이 14세의 세기Le Siècle de Louis XIV'로 일컬어 칭송한 바 있는 태양왕 루이 14세의 오랜 통치기간은 프랑스 역사상 가장 영광스러웠던 시기로, 태양왕 자신이 그런 영광에 걸맞은 인물이었음은 잘 알려져 있는 사실이다. 그러나 그 영광스런 치세도 말기에 접어들면서 현저한 쇠락의 증상을 나타냈다. 패전, 기근, 종교적 박해, 텅 빈 국고, 냉소주의와 권태에 빠진 나른한 궁정의 분위기가 18세기 초 태양왕 루이 14세의 치세를 특징짓는 현상이라고 할 수 있다.

1702년부터 1713년까지 10년 이상 계속된 에스파냐 왕위계승 전쟁은 루이 14세가 치른 마지막 전쟁이었다. 루이 14세는 마침내 위트레흐트Utrecht 조약으로 타협을 이루고 프랑스의 영토를 지켜냄으로써 겨우 체면을 유지할 수 있었다. 이 전쟁은 태양왕의 영광을 키웠던 앞선 전쟁들의 승전과는 현저히 다른 결말을 가져왔다. 이 오랜 전쟁의 엄청난 비용은 프랑스 재정에 파탄을 초래했다. 1715년에는 이미 다음 두 해의 조세수입이 앞당겨 탕진될 정도였다. 매관매직과 새로운 명목의 세금이 늘어갔고, 엄청난 부채가 쌓여갔다. 루이 14세 치세 말기의 악화된 경제상황은 비단 전쟁에만 기인한 것이 아니었다. 여러 가지 원인으로 교역이 줄어들고 생산이 감소했다. 1690년에서 1710년 사이에는 기후가 나빠 여러 차례 대흉작과 기근이 발생했다. 특히 1709년의 대기근은 참혹한 결과를 낳았다. 책에 따라 얼마간 편차가 있기는 하지만, 불과 수개월 사이에 수백만 명이 굶어 죽었다고 알려져 있다. 이처럼 계속된 기근은 자연히 인구감소라는 결과를 가져왔다. 루이 14세 치세 말기의 위기로 말미암아 많은 부르주아들과 소귀족들이 빈곤해

최갑수 역, 까치, 1995; 장 카르팡티에 외 5인 공저, 『프랑스인의 역사』, 주명철 역, 소나무, 1996.

졌고, 식량을 훔치는 행위가 다반사였으며, 사방에 비적떼가 출몰했다.

　루이 14세의 개인적 권위와 절대주의의 틀이 공고했음에도 치세 말기에는 체제에 반대하는 움직임도 나타났다. 루이 14세는 1685년 낭트 칙령을 폐지하고 신교도들을 탄압했으며 국가의 종교적 통일을 꾀했다. 그러나 잔존해 있던 신교도 세력에서 게릴라가 출현하는가 하면, 개혁교회의 은밀한 재조직이나 장세니즘jansénisme 논쟁의 재연 같은 종교적 갈등이 조성되었다. 퐁트넬, 벨 같은 계몽주의의 선구적 작가들의 영향으로 비판정신이 고취된 결과, 왕과 절대주의에 대한 대담한 비판과 저항행동이 발생하기도 했다.

　왕실에 불행이 겹쳐 일어나면서 그렇게도 공고해 보였던 군주제가 왕조적 위기의 조짐까지 띠게 되었다. 1711년에는 왕의 유일한 적자인 왕세자가 사망했다. 1712년에는 왕세자의 장남 부르고뉴 공작 부처와 그들의 아들인 브르타뉴 공작이 사망했고, 1714년에는 왕세자의 막내아들인 베리 공작이 사망했다. 1715년 9월 1일, 72년간 권좌에 머물면서 54년간 친정을 베풀었던 루이 14세가 마침내 77세를 일기로 세상을 떠났을 때, 태양왕의 후계자로는 겨우 다섯 살짜리 증손자 하나만 남아 있었다.

　태양왕이라고 불린 위대한 국왕이 긴 치세 끝에 남긴 결산서는 정치·경제·사회 등 제반 분야에서 대체로 부정적이었다. 사람들은 노왕의 서거를 진정으로 애도할 분위기가 아니었던 것 같다. 그의 죽음은 지루하게 계속된 오랜 구속과 압제로부터 해방됨을 의미했다. 한 역사가는 태양왕의 절대적 권위 아래서 침묵을 강요당했던 세력들이 억압에서 풀려나면서 느낀 즐거운 해방의 분위기를 다음과 같이 다소 과장되게 서술한다.

노왕이 서거한 바로 그날에 찬란한 18세기는 즐거워 어쩔 줄 몰랐다. 볼테르는 생드니가(街)의, 국왕 묘소로 향하는 노상의 선술집 앞에서 그러한 기쁨의 폭발을 목도했다. 그리고 바로 이 1715년 9월로부터 트리아농 궁에서 잘 웃고 매력적인 왕비 마리 앙투아네트가 임석한 가운데 『피가로의 결혼』이 공연된 시기까지 프랑스에서의 사회생활은 계속되는 연회, 잘 손질된 정원과 초목 속에 자리잡은 소(小) 트리아농 궁이라는 배경 가운데서 라모와 모차르트의 경쾌하고 부드러운 음악이 흐르는 가운데 열리는 연회처럼 보인다.[11]

다섯 살짜리 어린 증손자가 태양왕을 계승하여 루이 15세로 즉위했으나, 프랑스 왕국의 실질적 통치를 맡은 것은 루이 14세의 조카로 섭정에 오른 오를레앙 공작 필리프였다. 루이 14세는 그에게 섭정직을 맡기면서도 자신의 준적자(準嫡子)인 멘Maine 공작에게 실권을 주는 유언장을 마련해두었다. 그러나 필리프는 파리 고등법원을 동원해 선왕의 유언을 파기하고 전권을 받았으며, 1723년 말 갑자기 사망할 때까지 전권을 행사하며 프랑스를 통치했다. 교양 있고 지적이었으나, 또한 게으르고 방탕한 인물이기도 했던 오를레앙 공작의 섭정기는 프랑스의 풍속이 급변한 시기였다. 경건하고 엄숙했던 루이 14세 시대의 분위기가 섭정기 동안 쾌활하고 자유분방한 풍속으로 바뀐 것이다. 섭정은 오페라에 가면무도회의 양식을 도입하고, 그의 팔레 루아얄Palais-Royal 관저에서 자주 열렸던 환락의 만찬에 탕아 친구들을 불러 모았다. 궁정은

___

11) 조르주 뒤비·로베르 망드루, 『프랑스 문명사』 하권, p. 537.

베르사유를 떠나 튈르리Tuileries 궁으로 돌아왔다. 귀족 사교계는 로코코 양식을 기꺼이 받아들였고, 앞의 인용에서 볼 수 있듯이 화려한 연회가 빈번히 열렸다.

2. 번영의 세기

루이 14세가 세상을 떠난 1715년의 경제상황은 암담해 보였다. 그러나 이후 프랑스는 유례를 찾아보기 힘든 경제적·사회적 발전을 이루어, 전체적으로 볼 때 18세기는 경이적인 번영의 세기로 평가된다.

루이 15세 등극 이후의 18세기는 앞선 시대에 비해 상대적으로 기후가 온화했던 것으로 보인다. 이러한 기후의 온난화는 앞서 인용한 바 있는 『프랑스 문명사』뿐만 아니라, 역시 근래의 역사연구 결과를 담고 있는 다니엘 리비에르의 저서 『프랑스의 역사 *Histoire de la France*』에도 언급되어 있다. 기후의 온난화가 농작물의 수확에 유리하게 작용했음은 말할 나위가 없다. 1770년대에 들어 다시 흉작이 나타났다고는 하지만, 1709년 같은 대기근은 다시 되풀이되지 않았다. 따라서 루이 15세가 등극한 후 18세기의 프랑스는 인구의 대부분이 혹독한 기근의 참화로부터 벗어날 수 있었다. 이렇게 혹독한 기아에서 벗어난 데는 농업기술의 개량 등 여러 요인이 작용했겠지만, 프랑스 이외의 지역에서도 관찰 기록을 볼 수 있는 18세기의 온난한 기후가 중요한 한 요인이 되었을 것이다.

또한 『프랑스 문명사』는 18세기를 가리켜 사람들의 평균수명이 몇 년 연장된 데다 이전에 비해 유례없는 인구증가가 이루어진 세기라고 말한다. 루이 14세의 사망 무렵 1,400만에서 1,500만 명을 넘지 않았던 프랑스 인구가 대혁명 직전에는 2,300만에서 2,400만 명으로 증가했다.[12] 유리한 기후로 인한 농업생산의 증가, 인구의 폭발적인 증가와 아울러 18세기의 프랑스는 혁명이라고 일컬을 만한 경제적 비약의 시대였다. 『프랑스 문명사』는 이 경제혁명을 다음과 같이 설명한다.

혁명이라는 말은 돌발적인 변화나 격렬한 도약이 없는 이러한 부문들에서는 다소 과장된 표현일 것이다. 그러나 그 말만이 변화의 폭을 나타내기에 적합하다. 그 밖의 영역에서 그에 필적할 만한 것이라고는 1789년의 혁명밖에는 없다. 1789년의 혁명의 중요성은 아무리 크게 평가해도 지나치지 않을 터이지만 그것이 모든 것을 설명해주지는 못한다. 전 프랑스를 변혁시킨 이 강력한 경제적 혁신을 라파예트와 로베스피에르, 그리고 오슈와 보나파르트보다 중요한 것으로 자리매김해야 할 것이다. 〔……〕 분명 철학자들의 시대는 프랑스 전체를 부로 적신 대번영의 시대였다. 이 18세기는 사치와 혁신의 취향에서 장기 16세기와 비슷했다. 그러나 18세기의 성공은 도시만이 아니라 사회 전체에 걸친 것으로 보다 포괄적이었다.[13]

경제발전과 병행하여, 또는 경제적 발전의 원동력으로서 괄목할 만

---

12) 같은 책, p. 500. 과거의 인구통계는 역사가에 따라 편차가 심하다. 예를 들어 『프랑스인의 역사』에는 프랑스의 인구를 1700년에 2,150만 명, 1790년에 2,800만 명으로 기술하고 있고, 『프랑스의 역사』에는 1717년에 1,900만 명, 1770년에 2,500만 명으로 기술하고 있어서 『프랑스 문명사』의 추정치와는 상당한 차이가 있다. 그러나 세 책 모두 18세기의 현격한 인구증가를 증언하는 데는 일치점을 보인다.
13) 같은 책, p. 499.

한 과학과 기술의 진보가 이루어진 시대가 또한 18세기였다. 몽테스키외, 볼테르, 디드로, 루소 등 계몽철학의 주역들이 과학에 지대한 관심을 기울였으며, 18세기에 성행한 파리와 지방의 많은 아카데미 활동의 주 영역은 과학과 그 응용에 대한 연구였다. 18세기는 "17세기가 아직 넘지 못했던 고개, 즉 과학으로부터 기술로의 이행을 나타내주는"[14] 시대이기도 했다. 18세기에 이루어진 과학과 기술의 중요한 발전사례만 열거해도 끝이 없을 것이다. 계몽주의의 정신인 인간이성에 대한 신뢰가 과학과 기술의 발전을 이끌어온 원동력이라고 한다면, 과학과 기술의 눈부신 발전은 또한 문명의 진보에 대한 무한한 신뢰로 이어졌다. 18세기는 아직 물질문명의 발전이 가져온 결과에 대해 우려할 단계에는 이르지 않은 행복한 시대였다. 우리가 참조한 역사책은 이 점에 대해서도 언급하고 있다. "인간에 대한 신뢰에 과학의 진보에 대한 신념이 결합되었다. 그들에게 과학의 진보는 레오뮈르, 트랑블레, 특히 뷔퐁에 힘입어 자연과학의 영역에서 특히 경탄할 만한 것으로 여겨졌다."[15] 계몽주의를 대표하는 최대의 저작 『백과전서』는 '18세기의 낙관적 인간주의'[16]의 변론의 성격을 지닌 책이라고 할 수 있다.

　이상에서 열거한 18세기 프랑스의 전반적인 상황은 인간과 세계에 대한 낙관적 비전을 배태시키기에 적절한 상황이었던 것으로 보인다. 유리한 조건 속의 인간들이 회의주의나 비관주의에 빠지는 것은 상상하기 힘든 일이다. 인간이 상황의 압력을 넘어서서 이성적 사유를 할 수 있는 능력을 갖추고 있다 할지라도, 정치·사회적 질곡과 경제적 궁

---

14) 같은 책, p. 553.
15) 같은 책, p. 561.
16) 같은 책, p. 560.

핍 속에서 인간과 세계에 대해 긍정적이고 낙관적인 견해를 키운다는 것 역시 생각하기 힘든 일이다. 혹 개인적인 차원에서는 모르겠지만, 집단적인 차원에서는 그것이 가능하지 않을 것이다. 우리는 계몽주의 특유의 낙관적 세계관이 무엇보다도 18세기의 유리한 역사·사회적 조건의 소산일 것이라고 추측해볼 수 있다. 근래의 18세기 프랑스사 연구 결과들은 그러한 추측의 근거를 많이 제공하고 있다.

3. 루이 15세 치하의 프랑스

1715년 다섯 살의 나이로 왕위에 오른 루이 15세는 천연두에 걸려 1774년 64세의 나이로 갑자기 세상을 떠날 때까지 59년의 긴 세월 동안 왕위에 머물러 있었다. '사랑받는 왕Louis XV le Bien-Aimé'이라는 명칭이 국민에게 인기 있는 국왕이었음을 시사하는 듯하지만, 루이 15세는 평가내리기 간단치 않은 인물이다. 그는 총명했지만 회의적인 사람이었고, 수줍고 나약하며 우유부단한 성격의 소유자였다. 애욕에 사로잡혀 있던 그는 유명한 퐁파두르Pompadour 부인을 비롯해 여러 명의 정부를 거느렸으며, 그녀들에게서 20명이 넘는 서자를 두었던 것으로 알려져 있다. 루이 15세의 궁정은 끊임없이 그의 정부와 총신의 영향력에 둘러싸여 음모와 술책이 빈번했다. 그렇지만 앞서 기술한 18세기 프랑스의 번영은 대부분 루이 15세의 재위기간 동안에 이루어진 것으로, 루이 15세의 시대는 총체적으로 번영의 시대로 규정지을 수 있다.

섭정기(1715~1723)

　오를레앙 공작 필리프의 섭정기는 루이 14세의 오랜 통치에 대한 반동의 시기라고 할 수 있다. 평민 출신의 국가비서들을 대영주들이 참여하는 8개의 참사회로 교체하는 등 특권귀족에게 정치적 역할을 되찾아준 정치적 반동, 더 이상 장세니스트를 탄압하지 않는 종교적 반동, 섭정과 그의 탕아 친구들이 파리에 퍼트린 무종교적이고 자유분방한 도덕적 반동, 1717년의 협약을 통해 영국과 네덜란드와 화해하고 평화외교를 택한 대외정치적 반동 등 이 시기의 풍조는 선왕의 통치기와 대조를 이룬다.

　섭정기가 직면한 가장 큰 문제는 20억 리브르 이상의 부채를 안고 있던 파산적인 재정문제였다. 종래의 방식으로는 더 이상 대처할 수 없었기 때문에 섭정은 스코틀랜드인 재정가 존 로John Law의 제안을 받아들이기로 했다. 화폐유통을 늘려 상업을 촉진하고 공채를 감소시켜 번영을 이끈다는 구상이었다. 로는 1716년 파리에 사설은행을 개설하고 정금(正金) 화폐를 예금으로 받는 대신 지폐를 발행하기 시작했다. 그는 1717년 루이지애나 개발을 책임지는 교역회사를 발족시켜 은행과 연계시키면서, 회사 주식을 발행해 그것을 국채를 인수하는 대가로 지불했다. 그 결과 국가의 채권자는 교역회사의 주주가 되며 국가의 부채는 감소할 것이었다. 로의 실험이 성공을 거두자 섭정은 그것을 더 멀리 밀고 나갔다. 1718년 12월 사설은행은 왕립은행이 되었고, '서부 주식회사'로 발족했던 교역회사는 다른 회사들을 합병해 '서인도 회사'가 되면서 담배와 화폐주조의 총괄징세권과 독점권을 갖게 되었다. 로 체제의 대대적 성공에 현혹된 대중이 '서인도 회사'의 주식 매입에 몰려들어 주가가 급등하면서 투기열풍이 불었다. 500리브르짜리 주식이 1만

8천 리브르까지 상승했다. 로는 1720년 1월 재무총감에 취임하기에 이르렀다.

그러나 곧 공황이 닥쳤다. 정금 화폐의 예금고에 비해 지폐가 무분별하게 다량 발행된 것이 화근이었다. 불안에 떠는 사람들이 앞 다퉈 소유 주식을 일시에 내놓았고, 은행에 은행권의 환불을 요구하는 사태가 벌어졌다. 곧 보유고가 바닥나게 된 은행은 상환 불능 사태와 마주하게 되었다. 로는 통화를 활성화시키기 위해 주식을 비밀리에 사들이고, 은행권을 강제로 유통시키면서 사태수습에 나섰지만 역부족이었다. 일대 파탄이 벌어졌고, 사태를 감당할 수 없게 된 로는 1720년 12월 브뤼셀로 도주하고 말았다.

로 체제의 파탄은 엄청난 결과를 불러왔다. 투기열풍의 와중에서 큰 돈을 번 사람들도 일부 있었다. 볼테르도 그중 한 사람이었다고 한다. 그러나 수천 명의 주주들과 더 많은 지폐 소지자들이 일시에 재산을 잃었다. 이와 같은 비극의 사회적 파장은 컸다. 지폐에 대한 일반적인 불신풍조가 상당히 오래 지속되었고, 이 사건은 향후 프랑스 경제에 깊은 상처를 남겼다. 그러나 이 사건은 의외의 부수적 효과도 낳았다. 로의 반대파 은행가였던 파리스Paris 형제가 맡았던 청산작업 결과 상황이 유리하게 전개되어 국가의 빚이 현저히 줄어들었던 것이다. 또한 로 체제는 프랑스의 경제활동을 자극하는 효과도 가져왔다. 좀더 동적인 재산이 생산을 촉진하고, 해상무역활동을 활발하게 만드는 의외의 효과를 낳았던 것이다.

로 사건의 충격에도 불구하고 말년의 섭정은 분별력을 보여주었다. 필리프는 통치 마지막 몇 년 동안 선왕 시절의 정책과 관습을 어느 정도 회복시켰다. 특권귀족의 참사회 체제를 멀리하고 국가비서직을 되살렸으며, 수석대신직을 부활시켜 처음에는 뒤부아Dubois가, 뒤이어 섭정 자신이 수석대신직을 맡았다. 1720년에는 펠리페 5세 치하의 스페인과 다시 가까워졌으며, 1722년에는 궁정을 파리에서 다시 베르사유로 옮겼다. 1723년 12월 2일 갑자기 세상을 떠났을 때 오를레앙 공작의 나이는 49세였다.

부르봉Bourbon 공작의 내각(1723~1726)

1723년 초 루이 15세는 성년이 되었음을 선포했으나 그의 나이는 겨우 14세였다. 어린 왕은 왕실의 일원인 부르봉 공작에게 수석대신직을 맡겨 섭정 사후의 국정을 이끌게 했다. 로 체제를 통해 부를 축적한 바 있는 부르봉 공작은 통화개혁, 새로운 과세, 민병대 부활, 신교도 박해 등의 조치를 취했는데, 그의 정책은 인기를 얻지 못했다. 그는 루이 15세와 폴란드의 공주 마리 레슈친스카Marie Leszczyńska의 결혼을 서둘러 성사시켰다. 부르봉 공작은 루이 15세의 가정교사였던 프레쥐스Fréjus의 주교 플뢰리Fleury와 영향력을 다투다가 어린 왕에 의해 면직되었다.

플뢰리 추기경의 내각(1726~1743)

루이 15세의 신임을 받고 큰 영향력을 행사하던 플뢰리가 부르봉 공작을 대신하여 수석대신이 되었다. 곧 추기경에 오른 미천한 태생의 이 남프랑스 출신 인사는 1743년 90세의 노령으로 세상을 떠날 때까지 프랑스를 이끌게 되는데, 이 기간은 루이 15세의 치세 중 가장 안정된 평화와 번영의 시기였다. 그는 중앙에서는 재무총감 르 펠르티에Le Peletier와 오리Orry를 비롯한 노련하고 유능한 중신들, 또한 지방에서는 뛰어난 지사들의 도움을 받으며 17년 동안 신중하고 절도 있게 국사를 운영했다. 그 결과 통화가 안정되고 예산의 균형이 회복되었다. 교역과 경제활동이 활성화되었으며, 국가는 근대화되고 부유해졌다.

국내적으로 플뢰리 추기경 정부는 장세니스트들과 고등법원의 저항을 극복해야 했다. 루이 14세 말기에 교황의 교서「우니게니투스Unige-nitus」에 의해 박해를 받아 지하로 숨어들었던 장세니즘은 섭정기부터 활기를 되찾았고, 간주권(諫奏權)Remontrance으로 대담해진 파리 고등법원의 지원을 받았다. 극렬해진 장세니스트 광신도들은 파리의 생메다르 Saint-Médard 교회 묘지에 모여들어 발작적인 종교집회를 벌이기도 했다. 추기경은 프랑스 독립 교회주의의 움직임과도 연결된 장세니즘 운동의 극렬함에 단호하게 맞섰고, 친림법정lit de justice을 열어「우니게니투스」 교서를 국법으로 확립시켰다. 섭정을 지원하여 권한을 확장한 고등법원과 왕권 사이의 힘겨루기는 루이 15세 치세의 두드러진 현상이라고 할 수 있다. 플뢰리 추기경 역시 고등법원의 항의와 견제에 맞닥뜨렸는데, 1732년에는 친림법정의 효력에 이의를 제기한 139명의 고등법원 판사를 추방하는 등 완강한 조치로 고등법원 세력과 맞섰다.

대외적으로 추기경 정부는 신중한 평화정책을 추구했으나 불가피하게 전쟁에 휩쓸리기도 했다. 추기경은 러시아와 오스트리아에 의해 폴란드의 왕위에서 쫓겨난 루이 15세의 장인인 스타니슬라스 레스친스키 Stanislas Leszczyński를 위해 군사개입을 결정했다. 군사개입이 성공을 거두어, 1738년 비엔나 조약에 의해 조정이 이루어졌다. 스타니슬라스는 폴란드로 복귀하지는 못했지만 로렌Lorraine 공작이 되었고, 사후 로렌이 프랑스의 영토가 되도록 프랑스에 유리한 타결이 이루어졌다.

그의 평화정책에도 불구하고 플뢰리 추기경은 말년에 오스트리아 왕위계승 전쟁에 휘말렸다. 1740년 오스트리아 황제가 사망하고 그의 딸

마리아 테레지아Maria Theresia가 황제위를 계승하면서 국제적 분쟁이 발생했다. 추기경은 개입을 원하지 않았으나 쇼블랭Chauvelin과 벨릴Belle-Isle 원수를 중심으로 형성된 호전적인 반(反)오스트리아 당파를 억제할 수 없었다. 프랑스는 프러시아왕 편에 서서 참전했고, 1741년 11월 벨릴 원수는 프라하를 점령했다. 플뢰리 추기경은 전쟁의 종결을 보지 못하고 1743년 초 사망했고, 상대적으로 평온하고 안정되었던 그의 시대 또한 종언을 고했다.

루이 15세의 친정기(1743~1774)

플뢰리 추기경의 사망 당시 33세였던 루이 15세는 더 이상 수석대신을 두지 않고 직접 통치할 것을 선언했다. 59년의 재위기간 중 절반이 넘는 후기는 루이 15세의 친정기에 속한다고 할 수 있다. 앞서 기술한 바 있는 생산력의 확대, 과학기술의 발전, 인구증가 등으로 특징지어지는 18세기의 번영은 대체로 이 기간에도 그대로 해당되는 현상이다. 그러나 루이 15세의 친정기는 통치 스타일에서 전반기와 다른 양상을 보인다. 굴곡이 많은 이 긴 시간의 정치를 간단히 정의할 수는 없지만, 다음의 인용은 루이 15세 친정기의 정치를 잘 요약해 보여준다.

국왕 정부는 루이 14세의 형식으로 복귀했다. 그러나 태양왕을 특징 짓는 규칙적인 장중함, 단호함, 전력투구는 찾아볼 수 없었다. 가장 두드러진 인물은 재무총감 마쇼 다르누빌과 국가비서인 아르장송 후작과 그의 아우 아르장송 백작, 생플로랑탱 백작, 모르파 백작 등이었다. 1763년 농업, 상업, 광업을 관장하는 다섯번째 국가비서직이 만들어져 베르탱에게 맡겨졌다. 그렇지만 정부의 최정상에서 권위자는 망설였고 통일은 사라졌다. 국왕은 참사회에 자주 불참했고 대신들은 위원회별로 모이고 음모를 획책하는 습관을 가지게 되었다. 지방에서 권력의 보호를 잘 받지 못한 지사들은 자주 어려움에 부딪혔다.[17]

권위를 가지고 단호하게 대처해야 할 문제들이 제기되었으나 루이 15세에게는 그런 권위가 결여되어 있었다. 국가재정은 여전히 심각했다. 나라 전체가 번영을 누렸음에도 재정은 만성적 적자상태를 이어갔던 것이다. 간접세의 비율이 지나치게 높았고, 타이유taille세를 기본으로 하는 직접세는 귀족과 성직자 등 특권계급에게는 제대로 적용되지 못했다. 전국적으로 정확한 토지대장을 작성하고 만인에게 평등한 과세를 부과해야 할 필요성에 따라 여러 차례 개혁이 시도되었지만, 개혁안은 번번이 고등법원을 비롯한 특권층의 저항에 부딪혔다. 태양왕의 절대적 권위 아래서 침묵할 수밖에 없었던 고등법원 법관들이 태양왕 사후 간주권을 되돌려 받으면서 대담하고 오만해졌다. 그들은 우유부단한 루이 15세에 맞서 인민의 대변자로 행세하면서 되풀이해 사법파동을 일으켰고, 세제개혁을 무산시켰다. 18세기 내내 거듭된 고등법원의 이러한 저항과 소요가 루이 15세의 권위를 실추시킨 큰 원인의 하나라고 할 수 있다.

루이 15세는 대외정책에서도 성공을 거두지 못했다. 1740년 플뢰리 추기경 내각에서 시작된 오스트리아 왕위계승 전쟁의 전황은 결코 프랑스에 불리하게 진행되지 않았다. 1745년 5월 11일 삭스Saxe 원수가 지휘하는 프랑스군은 퐁트누아Fontenoy에서 영국군을 격파했다. 프랑스

---

17) 다니엘 리비에르, 『프랑스의 역사』, p. 221.

군은 오스트리아령 저지대 지방에 침입하여 1746년과 1747년 잇달아 승리를 거두었고, 벨기에의 여러 곳을 점령했다. 이렇게 프랑스에 유리한 전황에서 모든 정복지를 포기한 1748년의 아헨 조약 내용은 프랑스인들을 납득시킬 수 없었다. 그 조약에서 보인 루이 15세의 아량에 국민은 아연했다.

1756~1763년에 걸친 7년 전쟁에서 프랑스는 처참하게 패배했고, 해외 식민지 경쟁에서 영국에 패권을 넘겨주었다. 오스트리아 왕위계승 전쟁에서의 세력판도와는 반대로 1756년 프러시아가 영국과 가까워지고 프랑스가 오스트리아와 가까워지는 연합관계의 일대 변신이 일어난 후, 루이 15세 정부는 유럽뿐만 아니라 바다와 해외 식민지에서 동시에 전쟁에 휩쓸렸다. 1759년에는 캐나다의 퀘벡에서 몽칼름Montcalm 장군이 전사했다. 1761년에는 인도의 퐁디쉐리에서 랄리 톨랑달Lally-Tollendal 장군이 항복했다. 유럽에서는 프랑스군이 프러시아 군대에 패배했다. 1763년의 조약으로 전쟁이 종식되었는데, 프랑스는 세네갈, 캐나다, 미시시피 강의 좌안 등 거의 모든 식민지를 영국에 넘겨주어야 했다. 루이지애나는 에스파냐에 보상으로 주어졌다. 프랑스는 인도의 다섯 군데 은행 소재지와 서인도제도만을 보유함으로써 식민지 쟁탈에서 열세가 분명해졌다.

1758년부터 외무, 육군, 해군 등 세 국무대신직을 겸임하면서 실질적으로 수석대신 역할을 한 슈아죌Choiseul은 영국에 복수할 목적으로 군대를 재편성하고 개혁하는 데 진력했다. 그 결과 강력한 해군력이 재건되고 우수한 포병이 양성되는 등 프랑스 육군의 힘도 강해졌다. 프랑스는 그의 대외정책에 힘입어 1766년에 로렌 지방을 합병하고, 1768년에는 주네브로부터 코르시카 섬을 사들일 수 있었다. 그러나 슈아죌이 이끄는 내각 아래서도 고등법원의 저항은 수그러들지 않아서, 개혁은 계속 반대에 봉착했다. 고등법원 세력에 유화정책을 쓰며 우유부단함을 보인 슈아죌에게 실망한 루이 15세는 마침내 대법관 모푸Maupeou의 진언을 받아들여 1770년 말 슈아죌을 해임했다.

루이 15세는 말년에 이르러서야 결단력 있는 면모를 보였다. 유능한 인물인 재무총감 테레Terray 신부, 외무대신 에기용Aiguillon 공작과 함께 일종의 삼두정을 형성한 모푸를 통해 루이 15세는 군주제의 회복을 위한 일련의 과감한 정책을 수행케 했다. 1771년 2월 23일 루이 15세는 모푸가 기초한 칙령을 공포했다. 고등법원 판사들이 누려온 세습적인 특권적 지위에 타격을 가하는 근본적인 사법개혁안이었다. 모푸는 고등법원의 완강한 저항을 물리치고 새로운 제도를 정착시켜나갔다. 한편 재무총감 테레는 적자를 줄이고 재정을 회복하기 위한 과감한 조치들을 취했다. 20분의 1세를 부과하여 수입에 따라 그것을 징수하는 등의 세제개혁과 인구를 정확하게 산정하고 토지대장을 작성하기 위한 노력이 이루어졌다. 계몽 전제정치적 성격을 띤 이러한 정책이 계속해서 실행되었더라면 프랑스 왕정의 운명이 얼마간 달라졌을지도 모를 일이다. 그러나 뒤늦게 단호함을 보였던 루이 15세가 1774년 5월 10일 천연두에 걸려 갑자기 사망함으로써 이미 쇠락의 길에 접어든 절대군주제는 회복의 기회를 상실하고 말았다.

4. 루이 16세와 체제의 위기

앙시앵레짐의 마지막 왕이 될 운명의 루이 16세는 20세의 나이에 조부 루이 15세의 뒤를 이어 왕위에 올랐다. 평범한 지능을 타고난 그는 엄격한 종교적 교육을 받으며 자랐다. 그는 자연과학에 일정한 취미를 가지고 있었고, 철공일을 좋아하여 식도락과 사냥 이외의 여가시간 일부를 그 일에 바치기도 했다. 유약하고 소심한 성격의 루이 16세는 기울어가는 군주제의 운명에 맞설 만한 확고한 의지와 재능이 부족해 보이는 군주였다. 그는 1770년 오스트리아의 공주 마리 앙투아네트Marie-Antoinette와 결혼했는데, 우아하지만 경박한 데다 낭비가 심한 왕비는 곧 인기를 잃어 왕에게 도움이 되지 못했다. 음모에 연루되는 등 역시 경박했던 왕의 동생들인 아르투아Artois 백작과 프로방스Provence 백작을 비롯한 왕실의 인사들도 우유부단한 왕에게 도움을 주지 못했다.

루이 16세는 조부로부터 상당히 약화된 군주제를 물려받았을 뿐만 아니라 불행히도 그의 치세 대부분이 경제적 침체기와 일치한다. 오랫동안 계속되어온 번영과 풍요에 어두운 그림자가 드리우기 시작한 것은 1775년부터였다. 이때부터 약 15년 동안 농촌과 도시 모두 생산과 거래의 부진에 시달리는 견디기 힘든 시기를 경험하게 된다. 이 시기의 경제위기가 루이 14세 시대인 1694년이나 1709년의 대기근과 같은 파국적 양상을 띤 것은 아니었으나, 오랜 번영의 세월을 지나는 동안 빈곤에 대한 기억이 희미해진 민중에게는 그만큼 더 견디기 힘든 상황이었다.

1773년부터 1789년까지 대체로 기후가 불순했고, 그로 인한 흉작이 계속해서 누적되었다. 1790년, 다시 밀 수확이 좋아지기까지는 추수로 곳간을 채울 수가 없었다. 전반적으로 수확이 부진해지자 소농이나 차지농들은 곤궁해질 수밖에 없었고, 특히 날품팔이 농민들은 더 극심한 타격을 입었다. 또 1778년부터 몇 해 동안 포도가 과잉 생산된 데다 도

시의 포도주 소비마저 감소하여 포도주 가격이 크게 폭락했다. 1785년
에는 무서운 한발이 닥쳐 목초지의 풀이 말라 건초 수확이 빈약해진 바
람에, 겨울을 넘길 사료를 마련할 길이 없어 그해 가을 가축들이 대량
도살되었다. 1788년에서 1789년 사이의 겨울에는 혹독한 추위가 닥쳤
다. 눈이 많이 내려 나무들이 얼어 죽고, 물방앗간의 결빙으로 곡식도
빻을 수 없어 기근이 초래되었다. 중첩된 재난에 농민들은 무방비상태
였다. 농민들의 잉여농산물은 곧 소진되었고, 구매력도 떨어졌다.

  농촌의 위기는 곧바로 도시의 위기로 이어졌다. 농촌과 도시의 자연
적 중개자라고 할 수 있는 지대 수취자들의 수입이 현저히 감소했다.
따라서 지주들은 직물과 가구의 구입, 식사와 하인에 드는 비용, 건축
비 등의 지출을 줄여 생활규모를 축소하지 않을 수 없었다. 농촌과 도
시의 구매력 감소는 상업과 수공업 또한 위축시켰다. 직공과 판매원 등
종업원들의 해고로 실업자가 늘어났고, 일자리를 잃지 않은 노동자들
도 급속하게 악화된 조건에서 노동을 해야 했다. 이러한 일련의 경제적
연쇄작용에 의해 도시활동 전체가 타격을 받았다.

  경제위기는 식량부족, 밀 가격의 등귀, 공산품 가격의 하락, 노상과
숲 속을 떠도는 부랑자들, 일자리를 잃은 노동자들, 무일푼이 된 영세
지주 같은 현상을 만들어냈다. 1789년 삼부회 소집 직전 60~70만 명
이 거주하던 파리에서는 약 10만 명 정도가 빈민이었다고 한다. 프랑스
전역에 빈곤층이 늘어나면서 불만의 목소리가 더욱 높아져갔고, 위기의
희생자들은 정부와 대립했으며, 특히 계급 간의 갈등이 심해졌다. 이것
이 경제위기로부터 초래된 혁명 직전 프랑스의 상황이었다. 1774년에
서 혁명 때까지 루이 16세의 치세 15년 가운데 대부분의 기간은 18세
기 초반에서 19세기 초까지 걸친 오랜 경제적 팽창기 가운데 끼어든

침체기라고 할 수 있다.

　루이 16세는 즉위 후 모푸와 테레를 해임하고, 루이 15세 말기에 취했던 사법개혁 조치를 무효화시켰다. 그는 물러나 있던 73세의 노(老)대신 모르파Maurepas 백작을 고문으로 기용했고, 모르파는 튀르고Turgot, 말제르브Malesherbes, 베르젠Vergennes, 사르틴Sartine과 같은 유능한 인사들로 내각을 구성하여 국정을 운영했다.

　베르젠 백작은 1787년 사망할 때까지 프랑스의 외무대신을 맡아 외교를 지휘했다. 7년 전쟁의 결산인 1763년의 치욕스런 조약을 잊을 수 없었던 베르젠은 영국에 대항하는 것을 대외정책의 주안점으로 삼았다. 미국 독립전쟁이 프랑스에 복수의 기회를 제공했다. 프랑스는 영국에 맞서 싸우기를 원하는 라파예트La Fayette를 비롯한 젊은 귀족들의 참전을 독려하고, 프랑스의 도움을 청하러 온 미국의 벤저민 프랭클린Benjamin Franklin을 우호적으로 맞았으며, 1778년 2월 6일에는 미합중국의 독립을 인정하기에 이르렀다. 그리하여 프랑스는 영국과 전쟁에 돌입했다. 새롭게 정비된 프랑스 해군이 인도와 미국의 해안에서 영국 해군을 격파했으며, 로샹보Rochambeau 백작이 이끄는 6,000명의 프랑스 육군은 워싱턴 장군을 도와 요크타운 전투에서 결정적 기여를 했다. 1783년에 체결된 베르사유 조약으로 미합중국의 독립이 승인되고, 프랑스는 세네갈의 해관(海關)들과 서인도제도의 토바고 등 1763년에 상실했던 식민지의 일부를 되돌려 받았다. 프랑스는 위신을 회복했으나 전쟁의 보상은 미미했다. 더구나 전쟁에 들어간 엄청난 비용 때문에 국가 채무가 늘어나고 재정위기가 초래되었다. 이 외에도 미국 독립전쟁의 여파는 컸다. 미국에서부터 불어온 자유와 인권의 거센 바람은 기울어 가는 구체제에 타격을 가했다.

루이 16세가 직면했던 가장 어려운 문제는 역시 재정문제였다. 한 사람을 신임하여 임무를 오래 관장시켰던 외교 분야와는 달리, 재정문제를 담당하는 재무총감의 경우 수차례의 경질이 이루어졌다. 모르파가 이끄는 내각의 첫 재무총감은 『백과전서』의 협력자로 자유주의적 경향의 유능한 인사였던 튀르고가 맡았다. 그는 상습적 미봉책을 지양하고, 균형예산을 이루기 위한 근본적인 대책을 강구했다. 엄격한 절약, 십일조와 영주적 부과조의 폐지, 국가에 의한 세금의 직접 징수, 전국적인 토지대장의 작성, 곡물의 자유로운 판매제도 수립, 동업조합과 국왕의 부역 폐지, 모든 부동산에 대한 세금인 토지세 신설, 선거로 구성되는 지방의회제 도입 등이 튀르고가 채택했거나 계획한 일련의 조치들이었다. 튀르고의 개혁은 지주, 궁정의 특권층 인사, 수공업 장인, 총괄징세 청부업자를 위시한 많은 사람의 저항에 봉착했다. 루이 16세는 압력을 가해오는 세력들로부터 튀르고를 보호하지 못하고, 결국 1776년 5월 12일 개혁적 재무총감을 해임하고 말았다.

튀르고에 뒤이어 주네브 출신의 유명한 은행가 네케르Necker가 재무총감에 취임했다. 자유주의적 중농주의자였던 튀르고와 달리 네케르는 자유경제체제에 부정적인 전통적 중상주의자였다. 네케르는 쓸모없고 비용이 많이 드는 관직을 폐지해 국고의 절약을 꾀했지만, 조세수입을 증대하는 대신 높은 이율로 기채(起債)하는 손쉬운 방법을 이용해 재정문제에 대처해나갔다. 미국 독립전쟁에 개입함으로써 네케르 재임 중에 엄청난 비용이 들어갔는데, 그는 당장은 고통이 없지만 미래를 저당잡히는 위험한 기채방식으로 비용을 충당했다. 네케르는 농노해방과 지방의회 도입 같은 몇 가지 개혁조치를 시도했는데, 튀르고가 마주쳤던 것과 비슷한 유형의 저항과 음모에 봉착했다. 1781년 2월 네케르는 궁정인들이 받는 연금명세서를 포함하여 국가의 재정상태를 정확히 드러내는 보고서를 발행하게 하여 대중의 인기를 얻었으나 우유부단한 국왕의 신임을 잃었다. 그는 1781년 5월 19일 사직했다.

네케르 이후 잇달아 재무총감직을 맡은 자는 유능한 행정가였던 칼론Calonne과 툴루즈의 대주교였던 브리엔Brienne이었다. 칼론은 부임 초에는 미국 독립전쟁 이후의 좋은 분위기에서 쉽게 기채의 방법으로 재정문제를 해결했으나, 1786년에 이르자 더 이상 공채 매입자가 나서지 않는 상황에 직면했다. 미봉책이 한계에 달해 부채의 이자 지불에만 예산의 50퍼센트 가까운 돈이 들어가는 어려운 상황이 되었다. 결국 모든 토지 소유자들이 세금을 납부하는 것만이 근본적 해결책이었으나, 칼론이 제안한 세제개혁안은 또다시 특권층과 고등법원의 반대에 부딪혔다. 칼론은 국왕이 임명한 144인의 명사회에 세제개혁안을 회부했으나, 특권층 출신의 명사들이 그 안을 거부했다. 1787년 4월 루이 16세는 공격의 표적이 된 칼론을 해임하고 브리엔을 재무총감 자리에 앉혔다.

브리엔은 명사회를 해산하고, 친림법정을 열어 토지세를 신설하는 칙령을 등록시켰다. 여론을 등에 업은 파리와 지방의 고등법원들이 이 개혁안에 반대하고 나섰다. 고등법원 법관들은 간주권을 빈번히 발동하는 한편, 1787년 7월에는 삼부회 소집을 요구하는 등 국왕의 권위에 정면으로 맞섰다. 고등법원의 방해와 책동이 계속되자, 1788년 5월에 대법관 라무아뇽Lamoignon은 모푸가 전에 했던 것과 비슷한 개혁안을 만들어 고등법원들의 반대를 분쇄하고자 했다. 그러자 실상과는 달리 고등법원을 민중의 수호자로 착각한 군중이 파리, 렌느, 그르노블 등 도처에서 고등법원 편에 서서 소요를 일으켰다. 1788년 8월 8일 브리엔은 재정위기를 해결하기 위해 다음 해 5월 1일에 삼부회를 소집한다는 허락을 국왕으로부터 얻어냈다. 8월 16일에는 국고가 바닥나서 국가의 지불이 정지되는 사태가 벌어졌다. 약탈과 소요가 끊이지 않는 상황에서 1788년 8월 25일 브리엔은 해임되었다.

루이 16세는 민중에게 인기가 있는 네케르를 다시 불러들여 사태를 수습하고자 했다. 네케르는 공채를 성공적으로 발행해 국가파산을 면하는 동시에, 고등법원들을 소환하고 라무아뇽의 개혁을 폐지했다. 이듬해에 열릴 삼부회의 구성문제가 국민적 관심의 초점으로 떠올랐다. 징세뿐만 아니라 근본적 개혁을 원하는 애국파는 제3신분도 다른 두 신분의 대표를 합한 수만큼 대표를 갖도록 제3신분의 의석수를 두 배로 늘릴 것과 아울러 신분별 투표가 아닌 개인별 투표를 할 것을 주장했다. 반면에 9월 25일 파리 고등법원은 삼부회가 각 신분별로 한 표씩 투표권을 갖는 동시에 의원수도 변동 없이 옛 형태대로 소집할 것을 요구함으로써 민중의 수호자와는 다른 속성을 드러내어 민중의 인기를 잃게 되었다. 그해 12월 27일 루이 16세는 제3신분 의석수를 두 배로 늘릴 것을 허락했지만, 개인별 투표와 신분별 투표에 관해서는 의사표시를 하지 않음으로써 여전히 문제를 모호한 채로 남겨두었다.

마침내 1789년이 되었다. 소책자와 정기간행물의 수가 폭증했고, 각 교구마다 진정서를 기초하는 기회를 이용해 프랑스인들은 저마다 의견을 개진했다. 겨울과 봄에 걸쳐 삼부회 대표의 선거가 진행되었고, 열광적 분위기 속에서 삼부회 개최가 준비되어갔다. 그러나 정치·경제적 상황은 악화일로를 걸었다. 1788년의 흉작에 뒤이어 밀어닥친 혹한이 기근을 초래해 사방에서 소요와 약탈이 끊이지 않았다. 4월 28일에는 파리 교외에서 벌어진 소요사태로 300명 가까운 사람들이 목숨을 잃었다. 질서를 유지해야 할 군사력은 수세적이고 위태로워 보였다.

미래를 확신하는 일부 혁명적 인사들의 열정에도 불구하고 막연한 불안과 공포의 심리가 팽배해 있는 가운데, 5월 5일에 마침내 베르사유에서 삼부회가 개최되었다. 삼부회 개최 이후는 혁명의 국면에 속한다. 1789년 봄과 여름에 걸쳐 프랑스 대혁명의 물결은 구체제에 종말을 고하고 새로운 현대세계를 열게 된다. 이제 우리의 18세기 프랑스 역사 개관도 이 지점에서 마무리하고자 한다. 계몽주의와 프랑스 대혁명의 관련은 여전히 해석하기 까다로운 문제지만, 어쨌든 프랑스 대혁명을 계몽주의의 귀결점으로 보는 것이 일반적 관행이기 때문이다.

지금까지 개괄한 역사적 맥락이 계몽주의가 전개되어온 풍토다. 정신의 흐름을 일반 역사의 흐름과 직접적으로 대응시키기는 곤란한 일이지만, 사회의 상부구조가 하부구조와 무관하게 전개되는 일은 없으므로 계몽주의의 역사도 18세기 프랑스의 상황을 고려하지 않고서는 생각할 수 없다. 계몽주의는 18세기 프랑스의 소산이다. 계몽주의의 전개와 18세기 프랑스사 일반의 관계를 구체적으로 논구하려면 깊은 연구가 필요하겠지만, 앞에서 요약한 역사적 내용을 바탕으로 한 상식적 추론만으로도 계몽주의가 18세기의 프랑스적 풍토에서 꽃필 수 있었던 지적·사상적 경향이었음을 짐작하기는 어렵지 않다. 예를 들어 계몽주의의 가장 두드러진 특징의 하나인 낙관적 역사관은 18세기 같은 번영과 발전 속에서만 배태될 수 있는 신조일 것이다. 경제적 악조건 속에서나 오늘날처럼 문명발전에 대한 회의와 의구심이 팽배한 분위기에서는 인간의 미래를 낙관적으로 전망하기가 쉽지 않다. 또한 계몽주의의 합리적 비판정신과 전투적 성격은 18세기 앙시앵레짐의 정치·사회적 상황에 잘 대응되는 것으로 보인다. 앙시앵레짐의 양대 지주인 왕정과 종교가 견고한 양상을 띠고 있고, 태양왕의 권위가 확고부

동했던 17세기 같은 상황에서는 계몽주의의 대담한 비판과 투쟁이 가능하지 않았을 것이다. 물론 루이 15세 치하에서도 볼테르와 디드로가 한때 수감당했고 루소가 체포령을 피해 쫓겨 다녀야 했지만, 앞 시대에 비해 정치는 한결 유연했고 상대적으로 자유로웠다. 루이 15세는 여전히 절대군주여서 계몽주의에 결코 호의적이지는 않았어도 『백과전서』를 구입해 볼 정도로 관용적인 군주였고, 그의 궁정에서 가장 영향력 있는 여자였던 퐁파두르 부인은 계몽사상가들의 보호자 역할을 하기도 했다. 아직 혁명의 두려움을 경험하기 이전의 18세기 특권귀족들 중 상당수는 지적 유연성을 갖춘 문예애호가들로서 계몽철학자들의 관대한 후원자가 되었다. 그렇지만 앙시앵레짐이 여전히 잔존하여 계몽적 투쟁의 공격목표는 온존해 있었다. 또한 아무래도 계몽주의의 정치적 동반자일 수밖에 없는 부르주아지는 18세기 내내 역사적 당위성을 자임하는 상승일로에 있는 계급이었고, 교육의 비약적 발전에 힘입어 계몽주의 운동에 폭넓은 독자층을 제공했다. 18세기 프랑스의 역사적 흐름은 계몽주의의 개화와 전개에 유리한 온상이었다.

Ⅱ. 몽테스키외

선구적 계몽사상가 몽테스키외

"사회적 존재가 의식을 결정한다"라는 명제는 어디까지 진리일 수 있을까? 결정론과 자유의 문제는 프랑스 계몽주의 사상 전반에 걸쳐 중요한 주제지만, 몽테스키외Montesquieu의 경우에는 특별한 의미를 지닌다. 몽테스키외는 흔히 '풍토 이론théorie du climat'으로 알려진 근대 결정론의 몇몇 원형 중 하나를 제시했고, 다른 한편으로는 정치적 자유에 관한 깊은 사유를 전개했기 때문이다.

프랑스 계몽주의를 대표하는 작가로 사람들은 흔히 몽테스키외, 볼테르, 디드로, 루소를 꼽는다. 이 네 사람 중에서 몽테스키외만이 귀족계급에 속한다. 볼테르의 집안, 보다 정확히 말하자면 성공한 부르주아인 아루에Arouet 가문이 자본과 영향력의 축적을 통해 귀족계급으로 진입하려는 찰나 그 야심은 다름 아닌 볼테르로 인해 물거품이 되었다. 젊은 시절 볼테르가 평민 신분을 잊고 경솔하게 처신하다가 젊은 귀족

로앙 샤보le chevalier de Rohan-Chabot의 하인들에게 몽둥이찜질을 당한 일은 구체제의 계급사회를 상징하는 사건으로 유명하다. 볼테르는 '페르네의 장로patriarche de Ferney'로 존경을 받긴 했지만 끝내 귀족으로 인정받을 수는 없었다. 랑그르Langres의 프티부르주아의 아들로 태어난 디드로는 죽는 날까지 좋은 의미에서건 나쁜 의미에서건 프티부르주아의 삶을 살았다. 반면 '주네브 시민' 루소는 평생 악보를 베끼는 일로 연명한 무산계급이었다.

우리가 처음에 제기한 질문을 다르게 표현하자면, 몽테스키외의 저작에서 볼 수 있는 귀족적이며 때로는 복고적인 정치적 입장은 봉건귀족으로서의 그의 삶에 의해 규정된 것일까? 그가 정치와 인간 삶의 지혜로 제시하는 '절제modération'라는 개념은 체제와 큰 갈등을 빚을 필요를 느끼지 못했던 평온한 삶의 증거일까? 이러한 질문에 성급히 대답하기에 앞서, 우리가 할 수 있는 일은 그의 삶과 작품에 아무런 편견 없이 조금 더 가까이 다가가는 것이다.

몽테스키외가 태어나자마자 지어진 이름은 샤를 루이 드 스공다Charles-Louis de Secondat이다. 17세기 초부터 보르도 고등법원의 재판장직을 대물림하기는 했지만, 스공다 가문은 법복귀족이라기보다는 대검귀족, 즉 무인계급 쪽이었다. 나바르 왕가와 연결되어 있었던 그들은 군주의 뜻에 따라 때로는 신교의 편에, 때로는 가톨릭교회의 편에 섰다. 몽테스키외라는 이름, 보다 정확히는 몽테스키외 남작이라는 작위는 1562년 그의 선조가 구입한 영지에 기원을 두고 있다. 이 영지는 가론Garonne 강의 남쪽, 아쟁Agen과 네락Nérac 사이에 위치한 그리 대단치 않은 곳이다. 우리의 몽테스키외가 될 샤를 루이가 태어날 때까지 대략 두 세기에 걸쳐 스공다 가문은 신중한 가산관리, 성공적인 혼인관계, 토지에 대한 애착, 광신과는 거리가 먼 종교적 유연성 덕분에 대귀족은 아니지만 어느 정도 인정받는 지방귀족으로 자리잡았다.

샤를 루이는 정확히 프랑스 대혁명 100년 전인 1689년 보르도에서 남쪽으로 18킬로미터 떨어진 라 브레드 성château de la Brède에서 태어났고, 바로 그날 세례를 받았다. 마을의 한 주민은 일기에 다음과 같이 기록했다.

> 오늘 1689년 1월 18일, 우리 교구 교회에서 영주님이신 스공다 씨의 아들이 세례를 받았다. 샤를이라는 이름을 가진 가난한 걸인이 아이를 세례반 위에 들고 서 있었다. 가난한 사람들이 우리의 형제라는 점을 아이의 대부가 아이에게 평생 상기시켜주기 위해서였다. 신이여, 이 아이를 지켜주소서.[1]

이렇게 태어난 아이는 당시 대부분의 귀족자녀들이 그랬듯이 유모에게 맡겨졌고, 성(城)이 아니라 유모의 집이 있는 마을에서 자라났다. 그 기원이 12세기로 거슬러 올라가는 라 브레드 성과 마을은 1686년 몽테스키외의 어머니 마리 프랑수아즈 드 페넬Marie-Françoise de Pesnel이 아버지 자크 드 스공다와 결혼할 때 지참금으로 가져온 영지다. 현재 약 3,500명의 주민이 살고 있는 라 브레드 시는 18세기에도 오늘날처럼

---

1) Robert Shackleton, *Montesquieu, une biographie critique*, version française de Jean Loiseau, Presses Universitaires de Grenoble, 1977, p. 13. 몽테스키외의 전기로는 섀클턴의 이 저작이 가장 대표적이다. 이 책 외에도 Paul Vernière의 *Montesquieu et l'esprit des lois ou la raison impure*, Société d'édition d'enseignment supérieur, 1977을 참조했다.

그라브Graves라는 포도주로 유명했다. 다른 농작물의 경작이 불가능한 척박한 토양과 대서양의 영향을 받은 온건한 기후가 이 포도주의 독특한 향취를 결정한다. 몽테스키외는 물방앗간이었던 유모의 집에서 마을 아이들과 똑같이 거친 음식을 먹고, 평생 고치지 못할 가스코뉴 사투리를 배우고, 포도밭 사이를 뛰놀며 포도와 포도주 향기 속에서 자라났다.

1696년 일곱 살 되던 해에 어머니가 사망하자, 라 브레드 영지와 라 브레드 남작이라는 작위는 그의 것이 된다. 평생 그는 이 땅에 강한 애착을 느끼며 살았다. 1721년 『페르시아인의 편지』로 파리 사교계에서 유명인사가 된 후에도 그는 생의 대부분을 라 브레드에서 보냈고, 여러 차례 정성 들여 성과 영지를 보수했으며, 『법의 정신De l'Esprit des Lois』은 모두 여기서 집필되었다. 오늘날에도 방문이 가능한 이 성에는 2004년까지 자클린 드 샤반Jacqueline de Chabannes이 거주했는데, 그녀는 몽테스키외의 막내딸의 후손이다. 몽테스키외는 가장 아끼던 막내딸 드니즈Denise에게 아끼던 이 성을 물려주었다.

사람들은 문인에게서 얼마간 편벽되고 기이한 일탈의 인간상을 연상하는 경향이 있다. 아마도 몽테스키외는 문인에 대한 그런 일반적 편견을 반박할 수 있는 대표적 작가일는지도 모른다. 그는 유복한 출생조건뿐만 아니라 행복한 기질을 타고나서 모범적 시민, 훌륭한 영주, 깊이 있는 사상가인 동시에 좋은 생활인으로서 대단히 조화롭고 균형 잡힌 일생을 살다간 사람이라고 할 수 있다. 몽테스키외의 일대기는 완벽한 인간의 행복한 생애였다는 인상을 준다. 그는 루소의 『고백록』같이 긴 자서전을 남겨 자신의 생애를 기술하지 않았고, 자신의 성격과 삶에 대해 언급한 짤막한 노트를 미출간인 채로 남겨놓았을 뿐이다. 몽테스키외가 어떤 사람이었는지 알기 위해서는 우선 이 짤막한 기록을 참조해보는 것이 좋을 듯하다. 자신에 관해 쓴 글들이 대체로 자기변명이나 자기미화를 위해 과장으로 흐르기 쉽지만, 몽테스키외의 글은 그런 경향을 벗어나 있다는 느낌을 준다. 어쨌든 이 글은 작가 자신이 생각한 그의 모습을 알려준다. 사후에 정리하여 출판된 이 노트에서 몽테스키외의 특징적 면모를 잘 드러낸다고 생각되는 구절들을 임의로 몇 군데 인용해본다.

나는 나 자신을 잘 안다.

나는 언짢은 기분에 빠진 적이 거의 없으며, 권태에 사로잡힌 적은 더더욱 없다.

나는 대단히 좋은 천성을 타고나서, 모든 대상으로부터 즐거움을 느낄 수 있을 만큼 영향을 받지만, 괴로움을 느낄 만큼 강한 영향을 받지는 않는다.

나는 인생사에 참여하기에 필요한 정도의 야망을 갖고 있다. 나는 자연에 의해 타고난 위치에 반감을 느낄 만한 그런 야망은 전혀 갖고 있지 않다.

젊은 시절에 나는 나를 사랑한다고 믿었던 여자들에게 애착을 느낄 만큼 행복했다. 그러나 그런 믿음이 사라지자마자, 나는 즉시 그녀들에게서 멀어졌다.

공부는 나에게 인생에 대한 염증에 맞서는 최상의 치료제로서, 한 시간의 독서로 제거되지 못할 울적한 기분은 결코 없었다.

나는 아침에는 은밀한 기쁨을 느끼며 잠에서 깬다. 나는 일종의 황홀함을 느끼며 빛을 본다. 하루 내내 나는 만족한 기분이다.

나는 잠을 깨지 않고 밤을 지낸다. 저녁에 잠자리에 들 때면 일종의 나른함이 깊은 상념에 빠지는 것을 막아준다.

나는 재사(才士)들과 지내는 것과 거의 마찬가지로 바보들과도 만족스럽게 지낸다. 아주 빈번히 나에게 즐거움을 주지 못할 정도로 그렇게 지겨운 사람은 별로 없다. 우스꽝스러운 사람만큼 재미있는 것도 없다.

나는 내가 방심한 사람으로 여겨지는 것을 유감스러워하지 않았다. 그것이 나로 하여금 난처한 상황에 빠질 수도 있을 많은 실수를 감행하게 해주었다.

나는 측은함을 느끼지 않고 눈물 흘리는 모습을 본 적이 없다.

내가 증오할 줄 모른다는 이유로 나는 쉽게 용서한다. 나에게는 증오란 고통스러운 것으로 보인다. 어떤 사람이 나와 화해하고자 했을 때 나는 내 허영심의 만족을 느꼈고, 나에 관해 스스로 좋은 평가를 하도록 도와주는 사람을 적으로 생각하지 않았다.

사교계에 나갈 때면 나는 은퇴를 견딜 수 없을 것처럼 사교계를 좋아했다. 내 영지에 있을 때면 나는 더 이상 사교계를 생각하지 않았다.

나는 재사라는 평판을 얻는 것을 끊임없이 두려워하면서 책을 쓴 거의 유일한 사람이라고 생각한다. 나의 지인(知人)들은 대화할 때 내가 재사로 보이려고 애쓰지 않는다는 사실을 알고 있으며, 내가 함께 어울리는 사람들의 언어를 사용하는 재능을 갖고 있다는 사실도 알고 있다.

만약 나에게는 이롭고 나의 가족에게는 해로운 어떤 것을 내가 알고 있다면, 나는 그것을 나의 정신에서 몰아낼 것이다. 만약 나의 가족에게는 이롭고 나의 조국에는 그렇지 않은 어떤 것을 내가 알고 있다면, 나는 그것을 잊으려고 애쓸 것이다. 만약 나의 조국에는 이롭고 유럽에는 해로운 어떤 것, 또는 유럽에는 이롭고 인류에는 해로운 어떤 것을 내가 알고 있다면, 나는 그것을 죄악으로 생각할 것이다.

나는 좋은 시민이다. 그러나 어느 나라에 태어났다 해도 나는 역시 좋은 시민이 되었을 것이다.

나는 타고난 신분에 항상 만족했기 때문에, 나의 운명을 항상 긍정했기 때문에, 나의 운명을 부끄러워하거나 타인들의 운명을 선망한 적이 없기 때문에 좋은 시민이다.

나는 내가 타고난 정부를 두려움 없이 사랑하기 때문에, 나의 모든 동포들과 공유하는 이 무한한 이점(利點) 이외의 다른 혜택을 정부로부터 기대하지 않기 때문에 좋은 시민이다. 모든 점에서 나를 범용하게 만드셨으나, 내 영혼은 좀 덜 범용하게 만들고자 하신 하늘에 감사드린다.[2]

이상에서 본 바와 같은 몽테스키외의 인간상은 타고난 기질과 아울러 그가 받은 교육의 결과이기도 할 것이다. 1700년 8월 라 브레드의 젊은 영주는 쥐이 중학교le collège de Juilly에 입학해 1705년까지 그곳에서 수학한다. 쥐이는 파리 근교, 현재 샤를 드골 공항의 동쪽에 위치한 작은 마을이며, 여전히 건재하다. 몽테스키외의 아버지가 보르도도 파리도 아닌 이곳 학교를 선택한 것은 주목할 만한 일이다. 오라토리오 수도회 신부들이 17세기 중엽에 설립한 이 학교는 당시에는 분위기가 상당히 자유롭다고 알려져 있었고, 수도사들은 친장세니스트파로 여겨졌다. 실제로 그곳의 교육은 역사, 언어, 인문학에 중점을 둔 근대적인 것이었다. 몽테스키외는 그곳에서 라틴어와 이탈리아어를 배우고, 역

---

2) Montesquieu, *Mes Pensées*, in *Œuvres complètes*, t. I, Pléiade, 1985, pp. 975~83.

사와 지리에 대해 흥미를 갖게 된다.

몽테스키외는 "중학교를 마치자 내게 법학 서적들을 떠안겼다"고 회고한다. 관습과 무기력에 사로잡힌 보르도 법과대학은 학문적 열정을 불러일으킬 만한 곳은 아니었다. 1708년 8월 12일 몽테스키외는 법학사 학위를 받고, 이틀 뒤에는 법원변호사avocat가 된다. 하지만 그에게 고등법원 재판장président à mortier 직위를 물려주게 될 삼촌은 조카를 파리로 보내 법학 공부를 계속하게 한다. 1709년에서 1713년까지 파리 유학 시절은 청소년 시절과 마찬가지로 잘 알려져 있지 않다. 하지만 가스코뉴 사투리를 쓰는 젊고 서투른 몽테스키외가 파리 생활에 적응하기는 힘들었을 것으로 짐작된다. 그러나 낯섦은 새로운 시각의 관찰을 가능케 한다. 이 체험이 『페르시아인의 편지』에 다소간 영향을 주었으리라는 점은 쉽게 짐작할 만하다.

1713년 11월 아버지가 사망하자 라 브레드로 귀향한 그는 1714년에 법원판사가 된다. 1715년 5월 30일, 그는 부유한 신교도인 잔 드 라르티그Jeanne de Lartigue와 결혼한다. 앞서도 말했듯이, 스공다 가문은 광신이나 종교적 차별과는 거리가 멀다. 아내는 아쟁 근처에 있는 클레락Clairac의 영지와 10만 리브르에 달하는 많은 지참금을 가져온다. 1716년 4월 24일 삼촌이 죽으면서 그에게 몽테스키외의 영지와 상당한 재산, 고등법원 재판장직을 물려준다. 7월에 그는 판사직을 팔고 재판장직을 수행하기 시작한다. 참고로 말하자면 구체제에서 법관의 직위는 매매와 상속이 가능했고, 몽테스키외는 『법의 정신』에서도 이 관습에 반대하지는 않았다. 관직과 동산을 제외하고도, 그는 라 브레드, 마르티약, 레몽, 클레락, 몽테스키외라는 다섯 개의 영지를 소유하게 된다. 1716년 보르도 아카데미 회원이 된 그는 『로마인들의 종교정책 연구

Dissertation sur la politique des Romains dans la religion』를 발표하고, 1717년에는 아카데미 의장 자격으로 개회연설을 한다. 고향으로 돌아온 지 3~4년 만에, 서른 살도 채 안 돼서 그는 직위, 영지, 학문적 역량, 사교계에 서의 영향력 등 모든 면에서 함부로 대할 수 없는 보르도의 '명사'로 부상했다. 1718년에서 1720년 사이에 발표한 몇 편의 논문들, 예를 들어 「메아리의 원인에 관하여Sur les causes de l'écho」「신장 내분비선에 관하여Sur les glandes rénales」「중력의 원인에 관하여Sur les causes de la pesanteur」 등은 아마추어 학자로서의 명성을 즐기는 명사의 이미지에 대체로 잘 들어맞는 듯 보인다.

그러나 그는 벌써 3~4년 전부터 지방명사로서의 평범한 삶을 깨뜨려버릴 사건을 아무도 모르는 새에 준비하고 있었다. 1721년 암스테르담의 한 출판업자가 저자의 이름도 없고, 편집자의 주소와 이름마저 가짜인 책 한 권을 발간한다. 서간집의 형태로 되어 있는 이 책의 제목은 '페르시아인의 편지'이며, 저자의 친구 데몰레 신부le père Desmolets가 예견했듯이 "빵처럼 팔려나가게" 된다.

"지식에 대한 열망"에 가득 찬 두 페르시아 사람, 위스벡Usbek과 리카Rica는 "힘들여 지혜를 찾아" 이스파한을 떠나 프랑스로 온다. 파리를 비롯한 프랑스 각지에서 그들은 약 10년간 체류하게 될 것이다. 주인공들은 페르시아에 남겨둔 친구들, 그리고 그들처럼 유럽을 여행 중인 친구들과 서신을 교환한다. 이 편지에서 그들은 유럽 사회에서 느낀 점을 말하고, 새로 발견한 유럽의 제도와 관습을 동방의 것과 비교한다. 이 비교에서 18세기 초 프랑스 사회에 대한 독창적인 풍자화가 그려지게 된다. 순진한 이방인의 눈을 통해 프랑스 사회의 여러 모순과 문제점이 고발되는 것이다. 그리고 그 고발은 몇몇 개인적 악습에 대한 희화화에 그치지 않고, 프랑스 왕정의 절대주의, 그 사상적 기반으로서의 기독교 등 체제의 모순 자체에 대한 근본적인 비판에까지 이른다.

지금까지 『페르시아인의 편지』에 대한 독서는 작품의 이와 같은 사회비판적 측면을 강조해왔다. 또한 작품에서 보이는 작가의 정치적 견해를 통해 『법의 정신』에서 전개될 깊이 있는 통찰의 맹아를 발견하는 데 많은 노력을 기울이기도 했다. 이러한 독서는 물론 정당한 것이며, 그 중요성은 아무리 강조해도 지나치지 않다. 그러나 우리는 동시에 이 책이 제목 그대로 '페르시아인의 편지,' 즉 '페르시아 사람이 쓴, 페르시아에 관한 편지'라는 점을 잊어서는 안 된다. 위스벡의 '유학'은 실제로는 정치적 망명이며, '계몽주의자'로서 비판적 사유를 전개하는 위스벡은 동시에 가장 비인간적인 체제의 하나인 '하렘의 전제군주'이기도 하다. 이 냉정한 폭군이 고향에 남겨둔 처첩들, 하렘을 관리하는 내시들과 교환한 편지는 전체 161편의 4분의 1이 넘는 40여 편에 이른다.

이 작품에서 '유럽 이야기'와 '페르시아 이야기'가 어떻게 연결되어 어떤 새로운 의미를 만들어내는지 알아보는 일, 작가 자신의 표현에 따르자면 작품의 '숨겨진 연쇄chaîne secrète'를 찾는 일은 독자 개개인의 몫이다. 다만 지적할 것은, 이 '페르시아 이야기'가 당시 독자들의 이국취향에 대한 양보나 선정적인 이야기로 사회비판의 날카로움을 덮는 포장지 이상의 역할을 맡고 있다는 점이다. 서구의 관습에 대해서는 통찰력 있는 비판을 제기하는 주인공이 자신이 이미 배척당한 자기 사회 내에서 자신의 사회적·정치적·경제적 입장이 지니고 있는 모순에 대해서는 맹목적이며, 바로 그 변화를 거부하는 맹목적인 주인공의 태도가 자신과 그의 하렘을 파국으로 몰아간다는 결말은 계몽주의적 비판이성이 이미 계몽주의의 초기에 스스로의 정당성과 보편성에 대해 근본적인 질문을 제기하고 있다는 사실을 보여준다.

『페르시아인의 편지』는 비록 익명으로 발표되었지만, 작자의 정체는 누구나 알고 있었다. 작품의 성공 덕택에 몽테스키외는 이제 프랑스 전역에 알려진 유명인사가 되고, 파리 사교계의 문이 그에게 활짝 열린다. 1722년 이후 몽테스키외는 매년 겨울을 파리에서 보낸다. 초기에는 섭정 오를레앙 공과 그 주변의 자유사상가 그룹과 교유했다. 섭정의 누이를 위해 쓴 『그니드의 신전 *Temple de Gnide*』은 이 시기를 대표하는 작품이다. 관능적 사랑에 대한 찬가로 볼 수 있는 일종의 산문시이자 콩트인 이 작품은 발표 초기에는 그다지 환영받지 못했고, 오늘날에도 거의 읽히지 않는다. 하지만 18세기 동안 20여 차례에 걸쳐 재판이 간행되었고, 오페라로도 상연되었으며, 1772년에는 각각 다른 두 작가에 의해 운문시로 개작되는 등 굉장한 인기를 누렸다. 또한 몽테스키외는 마담 드 랑베르 Madame de Lambert의 살롱에 출입하며 퐁트넬, 마리보, 다르장송 등 초기 계몽주의의 대표적 작가들, 당대 최고의 정치인들과 친교를 맺었다. 『그니드의 신전』『존경과 평판에 관하여 *Sur la considération et la réputation*』(1725) 등이 사교계 작가로서의 몽테스키외의 일면을 보여준다면, 『에스파냐의 부에 관한 성찰 *Considérations sur les richesses de l'Espagne*』(1724), 『의무론 *Traité des devoirs*』(1725), 『세계 단일 왕정에 관한 고찰 *Réflexions sur la monarchie universelle*』(1727) 등은 정치사상가로서의 그의 모색과 탐구가 심화되고 있음을 보여준다.

몽테스키외의 '사교계 시대'는 1722년에서 1728년까지 약 6년간 지속된다. 『페르시아인의 편지』가 성공을 거두자 몽테스키외가 얼마간 자만심에 도취된 것도 사실이고, 작품의 성공을 야망을 위해 이용하려는 생각도 없지 않았던 것 같다. 그 야망이란 아카데미 프랑세즈의 회원이 되는 것과 최고급 외교관의 역할을 맡는 것이었다. 파리 사교계 생활은 이 두 야망을 이루기 위한 노력으로 채워졌다.

몽테스키외는 법관직을 자신의 천직으로 생각하지는 않았지만, 성심껏 직무를 수행했다. 1725년 보르도 법원의 개회연설에서 그는 신속하며 보편적이고 인간적인, 한마디로 '계몽된' 사법제도의 필요성을 주장했다. 그러나 1726년 7월, 가족과 보르도 여론의 반대를 무릅쓰고 그는 고등법원 재판장직을 연금 5,200리브르에 매각한다. 이어서 그는 소유지를 개간하고 포도밭을 확장하며 영지를 소작인에게 맡긴다. 1726년 12월, 그는 마담 드 랑베르에게 연수입이 2만 9,000리브르에 달한다고 알린다. 당시 화폐를 오늘날의 가치로 환산하는 것은 거의 불가능하지만, 1770년의 1리브르는 1994년의 50프랑에 해당한다는 것이 대체로 용인되는 견해다.[3] 어떤 이들은 1750년대의 1리브르가 100프랑의 가치는 가졌다고 주장하기도 한다. 이 추산은 조금 지나쳐 보이지만, 18세기 전반에 걸쳐 급격한 인플레가 있었던 것도 사실이다. 이러한 점을 참고하여 계산하면 1726년의 2만 9,000리브르는 오늘날 적게는 3억 원, 많게는 6억 원에 달한다고 추산할 수 있다. 참고로 칼 만드는 장인이었던 디드로의 아버지가 1759년 사망할 당시의 연수입은 토지에서 나오는 3,600리브르와 작업장에서 나오는 2,400리브르를 합하여 약 6,000리브르 정도 되었던 것으로 보이며, 이는 지방의 중소 상공업자로서는 적지 않은 소득이었다. 디드로 자신의 연 수입은 만년에도 6,000리브르를 넘지 않았던 것으로 보인다. 볼테르의 재산으로 말하자면, 너무나 막대해서 정확히 계산하는 것이 불가능하지만, 1750년

---

3) Jean de Viguerie, article "Monnaie," in *Histoire et dictionnaire du temps des Lumières*, Robert Laffon, 1995, p. 1205.

경에는 적어도 수백만 리브르에 달한 것으로 보인다. 그러나 몽테스키외의 재산이 대부분 부동산으로 이루어져 있는 데 반해, 볼테르의 재산은 전적으로 동산과 투자원금으로 이루어져 있었다. 전통적 토지귀족과 신흥 부르주아의 차이는 여기서도 뚜렷해 보인다.

요컨대 1726년 말 몽테스키외는 자신이 원하던 경제적 자립을 획득했다. 12월 28일 그는 아내에게 재산관리를 위임하고 파리로 떠난다. 그가 평생 존중했던, 그러나 그다지 충실하지는 못했던 아내와는 오랫동안 헤어져 있게 된다. 1727년, 당시 파리 문화계를 지배하던 세 여인 마담 뒤 데팡du Deffand, 마담 드 랑베르, 마담 드 탕생de Tencin의 살롱을 드나들며 그는 자신의 야망 가운데 하나를 실현하는 데 온 힘을 바친다. 『페르시아인의 편지』가 불러일으킨 추문, 경쟁자들의 책략, 변화하는 궁정의 세력관계에도 불구하고, 1728년 1월 만 39세의 나이에 그는 아카데미 회원으로 선출된다.

하지만 몽테스키외는 이 명예만으로는 만족하지 못한 것으로 보인다. 1728년 4월 5일, 그는 비엔나로 떠난다. 3년 동안 그는 프랑스로 돌아오지 않을 것이고, 4년 반 후에야 사랑하는 라 브레드 땅을 다시 밟게 될 것이다. 젊은 귀족들이 자신의 교육을 완성하는 한 방법으로 장기간의 여행을 하는 것은, 특히 여러 차례 전쟁에도 불구하고 유럽의 평화가 상대적으로 잘 보장되었던 18세기에는 일종의 유행과도 같았다. 그러나 비엔나, 헝가리, 베니스, 로마, 베를린, 네덜란드, 영국을 차례로 방문한 몽테스키외의 여행이 책에서 읽은 지식을 살아 있는 체험을 통해 보충하려는 학문적 열정으로만 가득 찬 것은 아니었다. 실제로 이 여행은 또 하나의 야망, 즉 외교 역량을 인정받으려는 욕심에서 나온 것이었다. 이 야망은 실현되지 못하며, 그리고 그 좌절이 우리에게는 다행스러운 일일 수 있다. 정치가 몽테스키외가 아닌 『법의 정신』의 저자 몽테스키외를 갖게 되었기 때문이다.

그의 여행일지에서 두 가지 특징을 추려낼 수 있다. 첫번째는 폭넓은 호기심이다. 그의 관심은 정치, 사회, 농학, 미술, 역사, 자연, 기술 등 모든 영역에 걸쳐 있다. 그의 발길은 살롱에서 국왕의 집무실, 박물관과 도서관, 광산과 작업장 등 모든 곳에 걸쳐 있다. 그는 개인의 재산, 왕국의 수입, 주민, 병사, 선박, 하역되는 양모와 비단의 짐 꾸러미 등 모든 것을 수치화하여 기록한다. 그는 서투른 솜씨로 광산의 기계장치, 요새, 전장에서의 부대배치 등을 스케치한다. 두번째는 이러한 다양한 관심의 대상의 본질을 이해하는 능력이다. 그는 한 도시를 제대로 파악하기 위해서는 우선 그 도시에서 가장 높은 종탑에 올라가 보아야 한다고 말한 바 있다. 그가 한 나라의 정치·경제 상황을 파악하는 것도 같은 방법을 통해서다. 우선 그는 권력의 원천으로 파고들어 군주와 장관을 연구하고, 이어서 나라의 어두운 부분, 쇠망의 조짐, 공식적인 거짓말을 파헤친다. 노련한 외교관의 섬세함과 불경스러운 자유로운 정신의 조합, 위스벡의 신중함과 리카의 날카로움의 결합이라고나 할까?

1731년 6월 라 브레드로 돌아온 몽테스키외는 2년 동안 고향을 떠나지 않는다. 현실정치에서 기대하던 성공을 거두지 못한 그는 이제 저작에 전념하게 된다. 유럽 전역의 학자들과 서신교환을 계속하며, 여러 노트에 독서내용, 여행에서 얻은 정보와 지식을 정리하고 초안을 작성하며 생각을 가다듬는다. 그리고 이 노력은 우선 1734년 『로마 흥망의 원인에 관한 고찰 *Considérations sur les causes de la grandeur des Romains et de leur décadence*』로 귀결된다. 지나치게 간결하여 마치 수수께끼처럼 난해한 이 저작은 사건과 사실의 나열을 통해 과거를 서술하는 일반적인 '역사책'과는 거리가 멀다. 그 목적은 로마의 역사를 기술하는 것이 아니라, 사회적·정치적 구조의 변천을 드러내는 것이기 때문이다. 로마제국의 흥망은 우연이 아니다. 저자가 말하듯이, "운fortune이 세상을 지배하는 것은 아니다." 세상을 지배하는 것은 보쉬에Bossuet를 비롯한 기독교 사상가들의 생각처럼 신의 섭리도 아니고, 영웅의 결정적 행동도 아니며, 오로지 객관적인 원인들의 연쇄다. 그리고 그 인과관계는 인간이성으로 파악 가능한 것이다. 사건과 현상에서 독립된 역사의 합리적 변전(變轉)을 파악했다는 점에서 이 저작은 근대 역사학의 선구적 업적으로 평가된다.

1734년 이후, 몽테스키외의 모든 관심은 한 권의 저작에 집중된다. 독서와 집필 때문에 그의 시력이 점점 나빠졌기 때문에 『법의 정신』원고는 세 명의 비서가 차례로 몽테스키외가 구술한 것을 받아 적은 것이다. 1747년경에는 백내장으로 거의 실명상태에 이른다. 그러나 몽테스키외가 서재에만 틀어박힌 은둔자였다고 생각해서는 안 된다. 그는 매년 1년의 절반가량을 파리에서 보낸다. 그는 여전히 파리 사교계의 중심인물이며, 실권을 지닌 정치가들과 친분을 유지하고, 영국에서 가입한 프리메이슨의 영국과 이탈리아 고위단원들을 비롯한 여러 해외인사들을 파리의 저택에서 접견한다. 라 브레드에서의 삶 역시 은둔자의 삶은 아니었다. 그는 아들 장 바티스트에게 관직을 사주고, 딸들을 결혼시키며, 영지를 확장한다. 가산을 효율적으로 관리하는 노회한 봉건귀족의 모습 역시 몽테스키외의 일면이다.

1748년 마침내 『법의 정신』이 발간된다. 이 해는 프랑스에서 계몽주의의 진전을 확인할 수 있는 뜻 깊은 해다. 연초에 투생Toussaint이 발표한『풍속 *Mœurs*』은 그해에만 10여 차례 재판을 거듭할 만큼 대성공을 거뒀다. 도덕과 기독교 도덕의 분리를 주장함으로써 엄청난 논란을 불러일으킨 이 책은 그해 5월 법원의 판결에 따라 사형집행인에 의해 화형에 처해졌다. 18세기에는 사람을 화형시키는 일이 적어도 프랑스에서는 드물었지만, 불온서적은 상징적으로 화형에 처해지곤 했다. 또한 뷔퐁Buffon의 『자연사 *Histoire naturelle*』 첫째 권이 나온 것도 바로 이 해다. 이듬해인 1749년에는 디드로가 『맹인에 관한 서한 *Lettre sur les aveugles*』을 발표하고 100일간 뱅센Vincennes 감옥에 갇히게 된다. 이처럼 미묘한 시기에 발간된 몽테스키외의 저서는 우호적이건 적대적이건 지대한 관심의 대상으로 떠올랐다.

『법의 정신』에서 학자들은 일반적으로 몽테스키외의 두 가지 목표를 구별한다. 첫째는 이론적 기획이다. 그것은 『법의 정신』이라는 책 제목과 깊은 관계가 있다. 서문에서 몽테스키외는 저작의 목적에 관해 언급하면서 다음과 같이 말한다. "먼저 나는 사람들을 연구했다. 그 결과 법과 풍속이 무한히 다양하지만, 사람들이 단지 변덕에 의해 움직이지만은 않는다고 생각하게 되었다."[4] 다시 말하면, 인간을 둘러싼 현상의 무한한 다양성 속에서 그 현상을 관통하는 원칙, 즉 '법의 정신'이 존재한다는 것이다. 유럽의 전통적인 사유에서 법은 '상급자의 명령'이라고 정의되었다. 이 세상에서 최고의 상급자는 신이기에 신의 말씀이 곧 '법'이었고, 이는 모세의 '율법'으로 대표된다. 신이 인간사회에 직접 개입할 수 없기에 신은 대리자를 세우게 되었다. 그것이 군주이며 군주는 사회의 최상급자이고 그의 의지가 바로 국가의 '법'이었다. 민주국

---

4) Montesquieu, *De l'esprit des lois*, éd. R. Derathé, t. I, Garnier, 1973, p. 5.

가에서도 사정은 마찬가지다. 국민이 국가의 최상급자이기에 국민의 '일반의지'가 곧 법이다. 이것이 바로 루소의 관점이다. 그러나 몽테스키외는 '법'을 입법자의 의지와 동일시하지 않는다. 법은 다양한 요소들, 정부의 성격과 원칙, 나라의 입지조건, 풍토와 토양, 주민의 생활양식, 종교, 습속 등에 의해 복합적·중층적으로 규정되는 것이다. 여기서 『법의 정신』의 첫번째 문장이 나온다. "가장 넓은 의미에서 법은 사물들의 본질에서 도출되는 필연적 관계다."[5] 그리고 그 필연적 관계는 인간이성에 의해 파악될 수 있으므로 이 정의는 다음 정의로 연결된다. "일반적으로 법은 인간이성이다. 지구상의 모든 민족을 지배하는 그 이성이라는 의미에서 말이다. 각 나라의 정치적·사회적 법률은 이 인간이성이 적용되는 특수한 경우들에 지나지 않는다."[6]

둘째는 실천적 목표다. 이는 프랑스 왕정의 개혁과 관계된다. 보다 정확히 말하자면 프랑스 왕정에, 그것이 근원부터 전통적으로 가지고 있었던, 그러나 루이 14세의 절대주의에 의해 결정적으로 훼손될 위기에 처한 '절제된 정부gouvernement modéré'로서의 성격을 회복·보존시켜 주는 것이다. 이 점을 이해하기 위해서는 몽테스키외가 정부형태를 분류하는 방식에 주목해야 한다. 아리스토텔레스 이후 서양의 정치사상가들은 일반적으로 정부형태를 민주정, 귀족정, 왕정의 세 가지 '정상적' 형태와 타락한 세 가지 변종인 중우정치, 과두제, 참주제로 구별해왔다. 이러한 전통과는 달리 몽테스키외는 공화정, 왕정, 전제정despotisme 이라는 세 가지 정체를 구별한다. 당시에는 현실정치에서 실현 불가능한 것으로 여겨졌던 공화정을 일단 제외하면, 중요한 것은 왕정과 전제

---

5) 같은 책, liv. 1, ch. 1, p. 7.
6) 같은 책, liv. 1, ch. 3, p. 12.

정이라는 두 가지 정체 사이의 구별이다. 그런데 여기서 몽테스키외는 의외의 발언을 한다. 왕정이건 전제정이건 실제로 권력의 속성은 동일하다는 것이다. 모든 권력은 절대권력이 되려는 필연적 경향을 갖는다. 왕정이 전제정과 다른 유일한 특징은 그것이 '절제된modéré' 권력이라는 것이다. 다른 한편으로 공화정, 즉 민주정과 귀족정도 "그 본성상 자유로운 국가는 결코 아니다."

정치적 자유는 단지 절제된 정부에만 존재한다. 그러나 절제된 국가라고 해서 정치적 자유가 항상 존재하는 것은 아니다. 정치적 자유는 절제된 국가에서 권력이 남용되지 않을 때에만 존재한다. 그런데 영원한 경험에 따르면, 권력을 가진 모든 인간은 그것을 남용하는 쪽으로 기울게 마련이다. 그는 한계에 부딪힐 때까지 계속 나아간다. 덕성조차도 한계가 필요한 것이다. 사람들이 권력을 남용할 수 없게 하려면, 사물들의 배치에 의해 권력이 권력을 제한해야 한다.[7]

권력의 절대화라는 이 보편적 현상에 대해 몽테스키외가 처방한 해결책은 흔히들 이야기하는 '삼권분립'과는 거리가 멀다. 굳이 표현하자면 여러 권력이 다른 여러 권력을 동시에 다원적으로 통제하는 '다권분립'이라고 해야 옳을 것이다. 또한 '중간권력,' 즉 귀족과 법원에 그들의 전통적 특권과 자유를 되돌려야 한다는 주장 역시, 국가권력의 절대화라는 근대적 현상에 대한 '귀족적' '복고적' 반작용으로 환원시킬 수는 없다. 몽테스키외가 그 어떤 종류건 일종의 '입헌주의'를 지향했다

---

7) 같은 책, liv. 11, ch. 4, p. 167.

고 오해해서도 안 된다. 법률체계가 '절제'를 보장해주는 것은 아니기 때문이다. 이미 『페르시아인의 편지』에서 지적했듯이, 진정한 왕정, 즉 절제된 정부란 '억지로 만든 상태_état violent_'다. 다시 말하자면, 그것은 전혀 자연적이지도 자연스럽게 유지되지도 않는 상태이며, 균형이 깨어지기 쉬운 매우 아슬아슬한 상태다. 정치적 이성의 역할은 바로 사물의 본질을 파악하고 이용하여 이 아슬아슬한 절제와 균형을 유지하는 데 있다.

이 책에서 몽테스키외는 차분하고 냉정하게 여러 인간사회의 메커니즘을 기술하고, 그 번영과 쇠퇴의 다양한 요소를 분석하면서, 그때까지 신성한 아우라에 싸여 있던 대상을 '탈신비화'한다. 몽테스키외는 나중에 이 저작이 "그 소재가 교리와는 아무런 상관이 없는 정치"를 다루었다고 강변하지만 바로 그 사실이, 즉 저작의 합리주의적이고 결정론적인 성격이 역사를 신의 섭리의 실현이라고 보는 교회에게도, '왕정의 신비'를 주장하는 정통 왕정의 지지자에게도 수상한 것일 수밖에 없었다. 더구나 저작의 일부분에서 뚜렷이 보이는 영국 정치제도에 대한 찬양은 막 영국과 전쟁을 치르고 난 상황에서는 이적행위로 보일 수도 있었다. 1750년 한편으로는 소르본이, 다른 한편으로는 교황청 산하의 금서위원회가 『법의 정신』을 문제 삼는다. 소르본의 공격은 흐지부지되었지만, 로마 쪽 사정은 그다지 좋지 못했다. 1751년 11월 29일 『법의 정신』이 교황청 금서목록에 오르게 된 것이다.

정치권력과 종교권력 측의 박해는 몽테스키외가 당시 동일한 박해를 받던 철학자들과 가까워지는 계기가 된다. 1752년 2월, 그때까지 출간된 『백과전서』 1, 2권이 폐기명령을 받자 몽테스키외는 『백과전서』의 책임편집자인 달랑베르를 공개적으로 옹호하고, 그가 집필한 「서문」을 높이 칭찬하며, 그가 아카데미 회원이 되도록 돕는다. 또한 몽테스키외는 『백과전서』를 위해 직접 「취향Goût」이라는 항목을 집필한다. 텍스트만도 17권에 달하는 『백과전서』 항목의 약 4분의 1을 집필한 조쿠르 le chevalier de Jaucourt는 몽테스키외의 가장 충실한 제자로, 스승의 정치 사상의 핵심을 여러 항목을 통해 소개한다.

1755년 초, 파리를 휩쓴 열병에 감염된 몽테스키외의 건강은 급속히 악화되었고, 죽음이 임박했음을 알리는 증상이 하나 둘 나타나기 시작했다. 그의 집은 의사, 비서, 친척, 조쿠르를 비롯한 친지, 국왕이 보낸 문병객을 포함한 여러 사람들로 북적거렸다. 그는 평온하고 침착하게 자신의 상태를 받아들였다. 몽테스키외는 교구의 신부에게 전통적인 가톨릭 의례에 따라 죽음을 맞이하겠다는 뜻을 밝힌다. 마지막 고해를 받을 사제의 선택을 둘러싸고 이견이 있었지만, 몽테스키외는 오랜 친구인 카스텔 신부를 선택한다. 몽테스키외의 마지막 순간은 온 유럽의 관심사가 되었다. 그의 죽음은 확실시되었고, 예수회 신부인 카스텔은 길이 기억될 만한 회개를 받아내려 했다. 임종을 앞둔 몽테스키외의 침실은 교회와 철학자들 사이의 투쟁의 장이 된 것이다.

몽테스키외가 마지막 순간에 보인 태도는 절제와 중용이라는 평생의 신념에서 벗어나지 않는다. 카스텔 신부를 대체한 루트Routh 신부는 병자에게 마지막 고해를 기록하고 공개하는 일을 승인해달라고 요청했다. 이는 교회의 일반적 관습에는 위배되는 일이었다. 몽테스키외는 가톨릭교회의 기본 교리에 관해서는 매우 소박하고 솔직한 태도를 취하며 루트에게 만족할 만한 답변을 주었다. 그러나 종교적 열성이 도를 넘은 루트는 거기서 만족하지 않고 『페르시아인의 편지』에 관한 교정이나 몇몇 입장의 철회를 받아내려고 애썼지만, 몽테스키외는 그 요구에 끝까지 저항했다. 그의 침상 주위에서 서로 적대적인 세력들이 싸움을 벌였지만 몽테스키외는 가능한 한 모든 사람을 만족시키려 했고, 종교를 모욕하지도 개인적 신념을 버리지도 않은 채 1755년 2월 10일 사망했다. 매장은 다음 날 오후 5시 생쉴피스 교회의 생트주느비에브 예배당에서 행해졌다. 철학자들 가운데서는 오로지 디드로만이 참석했다. 장례식에서 돌아온 디드로는 『백과전서』 제5권에 수록된 「절충주의 Eclectisme」 항목에서 몽테스키외를 기리며 다음과 같은 묘비명을 바쳤다.

그는 하늘 저 높은 곳에서 빛을 찾았고, 빛을 발견하자 탄식했다.[8]

Alto quaesivit caelo lucem, ingemuitque reperta

---

8) Diderot, article "Eclectisme," in *Encyclopédie ou Dictionnaire raisonné des sciences, des arts et des métiers*, éd. A. Pons, t. II, GF-Flammarion, 1986, p. 13.

『페르시아인의 편지』와 지식인의 모순

1. 지식인 위스벡

　　프랑스 계몽주의 문학 최초의 위대한 텍스트라고 일컬어지는 몽테스키외의 『페르시아인의 편지』는 지식인의 삶의 양태에 대한 흥미로운 고찰의 자료를 제공해주는 작품이라고 할 수 있다. 이 작품은 정치·사회적 문제를 비롯한 세상사 일반에 관해서는 계발(啓發)된 진보주의자의 입장에 서면서도 자신의 가족사에 관한 한 완강한 보수주의자의 태도를 견지하는 인물을 주역으로 내세우고 있다. 이 작품의 주인공 위스벡을 통해 하나의 지식인 상(像)을 탐구하기 위해서는 먼저 이 인물을 생명력과 자율성을 지닌 소설적 인물로 간주할 수 있어야만 할 것이다. 오늘날 『페르시아인의 편지』를 소설장르로 분류하는 데는 별다른 이의가 없겠지만, 19세기 이후의 소설작품들과는 달리 이 작품을 소설로 읽기 위해서는 약간의 전제가 필요한 것이 사실이다. 아직도『페르시아인의 편지』는 하나의 독립적 소설세계로서보다는 계몽사상가 몽테스키외의 계몽적 의도가 투영된 텍스트로 더 많이 이야기되고 있기 때문이다. 물론 이 작품은 순전히 소설적 흥미만을 위해 구축된 구조로 보기에는 망설여지는 많은 요소를 내포하고 있다. 그렇다고 해서 이 작품이 전적으로 몽테스키외의 이념적 도구로서『법의 정신』의 서론 같은 성격만을 지니고 있는 것은 아니다. 이 문제에 관해서는 우선적으로 작자 자신이 1754년 판의 부록에서 밝힌 견해를 참조할 필요가 있다.

　생각해볼 필요도 없이 거기에서 일종의 소설을 발견할 수 있다는 것이『페르시아인의 편지』에서 가장 사람들의 마음에 든 점이었다. 사람들은 소설의 시작과 진행과 결말을 알아본다. 다양한 인물들은 그들을 이어주는 연쇄 속에 위치해 있다. 그들의 유럽 체류가 길어짐에 따라, 세계의 이 부분의 풍속은 그들의 머릿속에서 덜 신기하고 덜 기이한 모습을 띠게 되며, 그들이 이 기이함과 신기함에 대해 받는 인상도 그들의 성격의 차이에 따라 그 정도가 다르게 나타난다.[9]

이상의 진술은 작자의 애초 의도가 어떠한 것이었든 이 작품이 하나의 소설적 구조를 가지며 소설적 흥미로 읽힌다는 것을 뜻한다. 몽테스키외는 1721년 초판본의 서문에서는 전혀 언급이 없다가 1754년 판에 가서야 이런 언급을 하는데, 우리는 이것을 작품의 소설적 성격을 작가가 나중에야 확인한다는 의미로 해석할 수도 있을 것이다. 실상『페르

---

9) Montesquieu, "Quelques Réflexions sur les *Lettres Persanes*," in *Œuvres complètes*, t. I, Pléiade, 1985, p. 129.

시아인의 편지』는 애초에는 유럽의 풍속과 제도를 풍자하고 몽테스키외 자신의 정치사상을 투영해보고자 하는 계몽적 의도가 주조를 이루며 동방 색채를 중심으로 한 소설적 요소는 부차적인 것으로 안출(案出)된 작품인지도 모른다. 18세기적 개념으로는 철학자였던 몽테스키외는 무엇보다도 사회적 유용성에 주된 관심을 기울여 글을 쓴 사람이었기 때문에 오늘날의 문인의 기준에 잘 부합되는 작가라고는 할 수 없다. 『페르시아인의 편지』도 한 연구자가 정의한 바와 같이 "에세이와 픽션, 아이러니와 형이상학, 감각과 지성의 중간"[10]에 위치해 있는 저작으로서 관점에 따라 다방면의 접근이 가능할 것이다. 따라서 이 작품의 주인공 위스벡도 계몽사상가 몽테스키외의 분신이나 대리인의 성격을 갖고 있음을 부인할 수 없다. 그러나 어떤 경우에도 이 인물을 몽테스키외 자신과 동일시할 수는 없을 것이다. 작자의 의도가 어떻든 이 인물은 작자와는 구분되는 자신의 개성과 생명력을 지니고 작품의 내적 논리에 따른 전개양상을 보이기 때문이다. 결국 『페르시아인의 편지』와 같이 에세이와 소설의 성격을 공유하고 있는 작품을 대상으로 어떤 주제에 접근할 경우에는 연구자의 관점의 선택이 제기되지 않을 수 없다. 여기서는 작품 창조에 대한 계몽사상가 몽테스키외의 의도를 부인하지 않되, 『페르시아인의 편지』의 소설적 성격과 구조에 주안점을 두고 주제를 다루어 나가고자 한다. 이러한 관점을 선택함에 따라 위스벡이라는 인물은 그가 갖고 있는 다른 의미에 앞서 우선적으로 자율성과 생명력을 지닌 소설인물로 간주되고 고찰될 것이다.

전체가 161편의 편지로 구성되어 있는 『페르시아인의 편지』 가운데

---

10) J. Starobinski, *Montesquieu par lui-même*, Seuil, 1971, p. 26.

위스벡은 78편의 편지를 쓰고 45편의 편지를 받는 인물로서, 숫자상으로만 보더라도 다른 모든 인물을 압도하는 작품의 중심인물이다. 작품 전체를 통해서 위스벡은 철학적 진지성과 정치적 식견과 도덕적 엄숙성을 두루 갖춘 교양 있는 지식인의 면모를 띤다. 이 인물은 젊은 제자 리카와 함께 조국 페르시아를 떠나 1712년 5월부터 1720년 11월까지 8년 반의 세월 동안 유럽에 체류하는데, 그는 지적 탐구심 때문에 이 멀고 긴 여행을 시도한다고 말하고 있다. 작품의 서두를 여는 첫번째 편지에서 그는 자신의 친구 뤼스탕Rustan에게 다음과 같이 쓴다.

> 리카와 나는 앎의 욕구 때문에 고국을 떠났고, 열심히 지혜를 추구하기 위해 조용한 삶의 낙을 포기한 페르시아 최초의 사람들일지도 모르네. 우리는 번영하는 왕국에서 태어났지. 그러나 우리는 우리 왕국의 경계가 우리 지식의 경계라고는 믿지 않았으며, 동방의 빛이 우리를 밝혀줄 유일한 것이라고도 믿지 않았네.[11]

작품이 시작되자마자 위스벡이라는 인물이 안락한 삶을 포기할 만큼 강한 지적 호기심의 소유자이며, 또한 지식의 문제에 관한 한 국가적 테두리에 폐쇄되어 있지 않은 대단히 개방적인 정신의 소유자임을 짐작하게 된다. 그러나 화자의 설명이 붙어 있지 않은 이 서한체 소설에서 지적 형성과정을 포함해 이 인물의 전기를 체계적으로 구성해보기는 어렵다. 여러 인물들의 편지가 계속되면서 조금씩 나타나는 편린들을 모아 이 인물의 전체상을 추론해볼 수 있을 뿐이다. 위스벡이 어떤

---

11) Montesquieu, *Lettres Persanes*, in *Œuvres complètes*, t. I, Pléiade, 1985, p. 133.

성장기를 거쳤고 어떤 교육을 받았는지는 알 수 없다. 다만 그가 친구 뤼스탕에게 쓴 편지를 통해 이 페르시아 귀족이 그처럼 지적 관심에 몰두하게 된 경위의 단서를 얻을 수 있다. 위스벡의 고백에 따르면 그는 애초에 학자가 되도록 교육받은 인물은 아니었다. 그는 아주 젊은 나이부터 궁정에 나가 관료의 길을 걸은 인물이었다. 덕성스런 품성을 지녔던 것으로 보이는 이 인물은 궁정의 부패에 물들지 않고, 부정에 과감히 맞서 저항하는 자세를 취했다. 그의 고백은 다음과 같이 계속된다.

그러나 나의 성실성이 내게 적들을 만들어내고, 군주의 호의도 사지 못한 채 대신들의 질투를 받게 되었으며, 부패한 궁정에서 오직 허약한 덕성에 의해서밖에는 나 자신을 지탱할 길이 없음을 알았을 때, 나는 궁정을 떠나기로 결심했네. 나는 학문에 대한 대단한 집착을 위장했고, 그러한 위장 덕분으로 실제로 내게 학문적 열정이 생겨났네. 나는 어떠한 세상사에도 끼어들지 않고 시골집으로 은거하고 말았네. 그러나 이러한 결정에도 장애가 따랐지. 나는 여전히 내 적들의 악의에 노출되어 있었으며, 그것으로부터 나 자신을 보호할 수단이 거의 없었네. 몇몇 은밀한 충고는 나 자신을 심각하게 생각해보지 않을 수 없게 만들었네. 나는 내 조국을 벗어나기로 결심했는데, 궁정으로부터 은퇴해 있던 것이 나에게 그럴듯한 구실을 제공해주었네. 나는 국왕을 알현하러 갔네. 나는 서양의 학문을 배우고 싶다는 나의 욕구를 그에게 말씀드렸지. 그리고 나는 그에게 나의 여행을 국왕이 유리하게 이용할 수도 있으리라는 점을 암시했네. 나는 국왕의 호의를 얻게 되었네. 나는 떠났고, 그래서 나의 적들로부터 하나의 희생물을 구해낸 셈이지.[12]

가까운 친구에게 털어놓는 이러한 심정 토로로 미루어보아 위스벡이
페르시아를 떠나 유럽으로 향한 진정한 동기는 서양 학문에 대한 동경
보다는 정치적 보복으로부터 자신의 안전을 지키려는 데 있는 것 같다.
그리고 그의 학문적 열정도 일찍부터 자연스럽게 형성된 것이 아니라
정치적 위험을 회피하는 위장술로 시작되었다가 점차 몸에 배게 된 결
과물인 셈이다. 그러나 그 과정이 어떻든 위스벡이라는 인물의 왕성한
지적 호기심과 학문적 열정은 의심의 여지가 없는 것으로 보인다. 그의
오랜 프랑스 체류는 그러한 호기심과 열정으로 점철되어 있다. 그는 18
세기 프랑스 계몽철학자들과 마찬가지로 감격과 열정을 가지고 학문적
발견을 찬양하고, 인간이성에 의한 문명의 무한한 진보와 그로부터 도
래할 인류의 행복을 진심으로 믿는다. 이슬람교도요 페르시아의 지체
높은 귀족으로서 당시 유럽의 범주에서 보면 낯설기 짝이 없는 동양의
이방인이지만, 인간이성에 대한 신뢰와 보편성의 추구에 있어서는 프
랑스 계몽사상가와 별다른 차이를 보이지 않는 인물이 위스벡이다. 여
하튼 이 인물은 18세기적 개념으로는 물론 오늘날 일반적으로 일컬어
지는 지식인 상으로서도 손색없는 인물이라고 할 수 있다.

2. 전제정치 비판

위스벡의 관점은 편협한 전문가의 관점이 아니다. 인문적 교양을 갖
춘 지적 구도자의 모습을 보여주는 그의 관심사는 어느 한 분야에 국한

---

12) 같은 책, pp. 140~41.

되어 있지 않다. 종교, 정치, 사회풍속, 도덕 등 모든 영역이 이 성숙한 정신의 관찰과 명상의 대상이다. 특히 주제와 관련하여 주목되는 점은 이 인물의 전제정치despotisme에 대한 관심과 성찰이다. 전제정치 문제는 『페르시아인의 편지』의 중요한 주제 가운데 하나이며 위스벡의 주된 관심사의 하나라고 할 수 있다. 전제정치에 대한 몽테스키외의 반감과 우려는 익히 알려져 있다. 무엇보다도 그의 대표 저작인 『법의 정신』이 그것을 잘 반영하고 있다. 『페르시아인의 편지』의 여러 인물들이 작자의 그런 경향을 대변하고 있지만, 전제정치를 비판하는 주된 역할은 역시 위스벡의 몫이다. 이 점은 다음과 같이 요약될 수 있다.

우울한 주제는 엄숙한 서술자의 몫이다. 19번 편지부터 146번 편지까지 정치 얘기를 하는 것은 본질적으로 위스벡의 소관이다. 정의와 법과 인구감소에 대한 명상, 즉 전제정치에 대한 단죄를 그것의 정당한 관점 속에 자리매김하기 위해 필수적인 명상을 책임지는 것은 바로 그 사람이다.[13]

앞에서 언급했던 바와 같이 위스벡은 그 자신이 전제정치의 피해자다. 그는 전제정치의 악에 맞섰다가 아무것도 이루지 못하고 신변의 위협을 느낀 나머지 궁정을 떠난 사람이다. 자신의 말대로 그의 덕성스런 행동은 "찬미자들과 우상을 동시에 놀라게"[14] 했을 뿐이다. 정치에서 은퇴한 후에도 계속해서 위험에 노출되어야 했던 위스벡은 마침내 망명의 길을 택하지만, 폭정의 틀을 벗어나기는 좀처럼 쉽지 않아서 적당한 구실을 만들어 전제군주를 설득해야만 했다.

---

13) Jean Goldzink, *Charles-Louis de Montesquieu, Lettres persanes*, P.U.F., 1989, p. 52.
14) Montesquieu, *Lettres Persanes*, p. 140.

몽테스키외에게서 프랑스 대혁명의 선구자를 보는 것이 무리인 것처럼 위스벡에게서 급진적 이론가나 투사의 모습을 추출해내려는 것은 무리한 시도일 것이다. 전제정치의 피해자임에도 그의 사고와 행동은 압제의 틀을 부수고 새로운 정치적 패러다임을 구축하려는 방향으로는 전혀 나아가지 않는다. 환상 없는 우울한 명상가인 위스벡은 정치의 본질과 전개양태에 대한 조용한 관조와 성찰에 자신을 맡길 뿐이다. 전제정치에 대한 그의 비판도 열성적인 반대자의 격렬함보다는 합리적이고 객관적인 학자의 온건한 면모를 보여준다. 그러나 『페르시아인의 편지』의 전체적인 어조가 가볍고 풍자적임에도 위스벡의 전제정치 비판은 성숙한 의식의 깊이와 무게를 지니고 있다.

공화정을 움직이는 원리는 덕성vertu이고, 왕정을 움직이는 원리는 명예심honneur이며, 전제정을 움직이는 원리는 공포감crainte이라는 것은 몽테스키외가 『법의 정신』에서 체계적으로 설명하게 될 뛰어난 이론이지만, 그 생각의 맹아(萌芽)는 이미 『페르시아인의 편지』에 드러나 있다. 위스벡이 친구 미르자Mirza에게 써 보낸 11번부터 14번까지의 편지에 담겨 있는 트로글로디트Troglodyte 사람들의 역사는 민중이 덕성을 부담스럽게 느껴 더 이상 지탱할 수 없게 되자마자 필연적으로 왕정으로 넘어가는 과정을 우화적으로 설명하고 있다. 위스벡은 "명예와 평판과 덕성의 성전(聖殿)"15)은 공화국에만 세워질 수 있는 것이라고 말함으로써 공화정을 정치적 이상으로 삼고 있는 듯 보이기도 한다. 물론 서양 역사의 전개과정과 이론적 차원에서 보자면 왕정은 공화정이 타락한 결과일지도 모른다. 그러나 현실적 균형감각의 소유자였던 몽테스키외는

---

15) 같은 책, p. 264.

소규모 도시국가가 아닌 큰 나라에서는 공화정이 불가능하다고 생각해 영국의 모델과 같은 온건한 왕정을 자신의 이상으로 삼았음을 우리는 알고 있다. 소설인물 위스벡이 창조자의 이런 정치적 입장을 공유하고 있는지는 분명하게 밝혀지지 않지만, 어쨌든 이 인물은 프랑스 왕국의 정치현실에 대한 비판자의 역할을 떠맡고 있다. 그는 왕정이 안고 있는 본질적인 취약점을 다음과 같이 진단하기도 한다.

대부분의 유럽 정부들은 왕정입니다. 아니, 진정한 의미로서의 왕정이 존재한 적이 있었는지는 알 수 없기 때문에 왕정이라고 명명된다고 하는 편이 나을 것입니다. 적어도 왕정체제의 정부들이 그 순수한 상태에서 오랫동안 존속하기는 어렵습니다. 그것은 언제나 전제정 아니면 공화정으로 변질되기 쉬운 왜곡된 상태입니다. 권력은 백성과 군주 사이에 결코 동등하게 분할될 수 없습니다. 균형이 유지되기는 너무나 힘듭니다. 권력은 한편에서 감소하고 다른 편에서 증대되게 마련입니다. 그러나 일반적으로 군대의 수장인 군주 편에 유리함이 있습니다.[16]

이상의 논리에서 볼 때 왕정의 변질과정에서 권력이 군주에게 전적으로 독점되는 상태로까지 타락한 형태가 전제정이라고 할 수 있다. 분할이나 공유를 원하지 않는 권력의 속성상 왕정의 왕이 전제정을 지향하는 것은 당연한 현상일지도 모른다. 루이 14세에 관해 이야기하면서 위스벡은 그 점을 간파하고 있다.

---

16) 같은 책, p. 281.

세계의 모든 정부들 가운데, 터키인들의 정부나 우리의 존엄한 술탄
의 정부가 가장 그(루이 14세)의 마음에 든다는 얘기를 자주 들어왔습
니다. 그는 동양의 정치를 그토록 중요시합니다.[17]

순수한 상태로 존속하는 것이 불가능한 왕정의 속성으로 미루어보아
프랑스의 왕정 역시 여러 가지 약점과 폐단을 드러낼 수밖에 없다. 그
것이 위스벡의 비판과 풍자의 대상이 되는 것이다. 그러나 어쨌든 유럽
의 정부들은 당시 동양의 전제정치와 같은 수준으로 타락해 있는 것은
아니다. 그곳에서는 아직 왕정의 원리인 명예심이 상당히 유효하게 작
용하고 있다. 위스벡은 프랑스의 정치현실에 대한 풍자 가운데에서도
그 점을 간과하지 않는다. 그리고 동양과 유럽의 정치적 비교에서는 그
의 선호가 분명하게 나타난다. 위스벡은 논리적 차원에서 전제정치를
단죄하는 이론적 관찰자일 뿐만 아니라, 자기가 떠나온 조국의 정치현
실보다 멀고 낯선 풍토인 유럽의 정치현실이 우월함을 인식하는 인물
인 것이다. 이런 의미에서 위스벡의 멀고 긴 여행의 경험은 구체적인
결실을 보여주며, 그는 이른바 '사회학적 혁명'[18]의 단순한 도구이기를
넘어서서 하나의 생생한 소설인물로서 독자에게 다가올 수 있게 된다.
계몽사상가 몽테스키외의 합리적 정신을 구현하고 있는 위스벡은 인
간이성에 가장 부합되는 정치형태를 추구한다. 그리고 또 계몽사상의
실용주의 정신을 부여받은 이 인물은 가장 효율적인 정부를 지향한다.
그는 베니스에 머물고 있는 레디Rhedi에게 다음과 같이 써 보낸다.

---

17) 같은 책, p. 184.
18) Roger Caillois, "Préface," in *Œuvres complètes* de Montesquieu, t. I, p. xiii.

나는 어떤 것이 이성에 가장 부합되는 정부인지 자주 모색해보았네. 가장 완벽한 것은 최소한의 비용으로 목적을 이루는 정부인 것으로 보였네. 따라서 사람들을 그들의 기질과 성향에 가장 적합한 방식으로 이끄는 것이 가장 완벽한 정부인 것이네.[19]

공포심의 원리에 기초하고 있는 전제정치는 비이성적일 뿐만 아니라 비효율적인 정치다. 그것은 인간의 본성에 어긋나는 정치형태로서, 인간의 자유와 정의와 행복의 꿈을 필연적으로 억압하게 마련이다. 위스벡은 논리적으로 이러한 전제정치의 속성을 진단해낼 뿐만 아니라 현상적으로 그것을 검증해내기도 한다. 조국을 떠나 있으되 여전히 조심스럽고 신중한 이 페르시아의 귀족은 조국이 아니라 터키의 현실을 예로 들어 전제정치의 온갖 폐단을 지적하고 있다. 예를 들어 102번, 103번 편지가 전제정치에 대한 이론적 단죄라면, 19번 편지는 터키의 현실을 대상으로 한 전제정치의 현상적 단죄에 해당한다. 논의를 간략하게 요약하기 위해 위스벡이 비판하는 전제정치의 실상을 다음의 인용으로 대체한다.

자신의 행위, 자신의 억압의 힘을 조율하는 것이 불가능한 이 히스테리의 테러리스트 체제는 공포하에서만 기능한다. 그로부터 논리적으로 불가피한 결과인 정치적 역설이 유래된다. 거기에서는 법의 극도의 엄격성이 법의 정연한 적용을 전혀 보장하지 못한다. 전제적 난폭성은, 예컨대 사람들의 상상력의 작용조차 생각하지 못한다. 유럽은 명예의 감

---

19) Montesquieu, *Lettres Persanes*, p. 252.

정을 이용할 줄 아는 반면에, 폭군은 징벌의 두려움이나 보상의 희망만을 겨냥한다. 그는 자기 신하들을 야수로 변모시킨다. 테러리스트 기구는 획득된 결과에 비해 에너지를 과다하게 소모함으로써 비효과적이고 서툰 기구가 된다. 정의는 균형의 관계로 규정됨을 상기한다면, 이것은 원인과 결과 사이의 부조화, 그러니까 불의의 좋은 예다.[20]

3. 하렘의 통치자

정치적 고찰에서는 이처럼 관대한 보편적 정신과 명석한 분석력을 보여주는 위스벡이 자신의 개인생활 영역에서는 전적으로 개별 관점의 맹목적 인간이 되어버린다는 것은 일견 이해하기 어려운 일이다. 후에 『법의 정신』의 저자가 될 몽테스키외의 분신처럼 비쳤던 이 인물이 사적(私的) 영역에서는 저자와는 전혀 다른 기질과 성향의 인간이 되는 것을 볼 수 있다. "나는 언짢은 기분에 빠진 적이 거의 없으며, 권태에 사로잡힌 적은 더더욱 없다"[21]고 서슴없이 말할 정도로 균형 잡힌 삶과 내면의 평정을 향유했던 것으로 잘 알려진 몽테스키외와는 달리, 그가 창조한 인물 위스벡은 삶의 모순과 아울러 불안과 번민에 사로잡힌 분열되고 불행한 내면을 보여준다.

이 이슬람교도 특권자는 다섯 명의 아내를 거느리고 있다. 그는 일곱 명의 환관에게 자기 아내들의 보호와 감시를 맡기고 고국을 떠나 8년 이상의 세월을 유럽에서 체재한다. 이 긴 세월 동안 남자와 격리되어

---

20) Jean Goldzink, 앞의 책, pp. 47~48.
21) Montesquieu, *Mes Pensées*, in *Œuvres complètes*, t. I, Pléiade, 1985, p. 975.

생활해야 하는 젊은 여인들의 욕구불만과 그로 인해 야기되는 페르시아 후궁sérail의 갖가지 혼란과 광태는 『페르시아인의 편지』에 얼마간 외설스런 어조를 부여하면서 독자들의 이국정서를 자극하는 흥미로운 요소다. 그러나 이 후궁의 풍속도는 작품에 소위 동방소설roman oriental적 색채를 부여하는 기능과 더불어 주인공 위스벡의 면모를 고찰할 수 있는 중요한 논거를 제시한다.

위스벡은 독점욕과 질투심이 강한 남편이며, 남성 우월주의에 추호의 의심도 갖지 않는 페르시아 남자다. 그의 지적 구도의 여행은 아내들에 대한 불안과 걱정 때문에 좀처럼 즐겁지 못하다. 그의 시선은 남겨두고 온 페르시아의 후궁들을 끊임없이 향하고 있으며, 유럽의 낯선 풍토 속에 살면서도 자신의 하렘을 통치하는 문제는 항상 그를 괴롭히는 걱정거리다. 고향 이스파한Ispahan을 떠난 후 미처 페르시아 국경을 벗어나기도 전에 그의 불안은 표출된다. 그는 페르시아의 도시 토리스Tauris에서 두 통의 편지를 쓰는데, 친구에게 여행 목적을 밝히는 첫 편지 다음의 두 번째 편지가 흑인 환관에게 아내들을 철저히 감시할 것을 명령하는 다음과 같은 내용이다.

너는 페르시아에서 가장 아름다운 여인들의 충실한 관리자다. 이 세상에서 내가 가지고 있는 가장 소중한 것을 나는 너에게 맡겼다. 너는 오직 나만을 위해서 열리게 되어 있는 그 운명의 문의 열쇠를 손에 쥐고 있는 것이다. 네가 내 마음의 그 소중한 위탁물을 감시하는 동안, 내 마음은 안식을 취하며 완전한 안전을 누릴 수 있다. 너는 낮의 소란 속에서와 마찬가지로 밤의 고요 속에서도 감시를 해야 한다. 그녀들의 덕성이 흔들릴 때면 너의 지칠 줄 모르는 보살핌이 그것을 지탱케 해야 한다. 네가 관리하는 여인들이 의무에서 벗어나고자 하면, 너는 그런 희망을 그녀들에게서 제거해야 한다. 너는 악덕에 대한 재앙이며 정절을 떠받치는 기둥이다.[22]

정치제도의 고찰에서 위스벡의 언어는 보편성을 띠고 있다. 그가 보편적 이성에 입각하여 관찰하고 사고했기 때문이다. 그러나 위의 인용에서는 그의 언어 사용이 벌써 보편성을 상실해가고 있음을 감지할 수 있다. 그가 쓰고 있는 덕성, 악덕vice, 의무devoir 등의 용어는 다수의 아내를 소유물처럼 거느린 채 오랜 세월 방기하면서도 일방적인 요구만이 있는 한 개별적 이성 안에서만 타당성을 지닐 뿐, 오늘날의 여성해방적 시각까지는 빌리지 않더라도 18세기의 서구 문명권에서조차 통용되기 힘든 언어적 함축을 나타내고 있는 것이다. 이처럼 사생활의 영역, 특히 남녀문제에 관계되자마자 위스벡은 보편성을 떠나 특수화되며, 그의 언어도 포괄적인 일반성을 상실하게 된다.

위스벡은 자기 아내들을 사랑하는 것도 아니고, 그녀들에게 육체적 욕구를 느끼는 것도 아니다. 페르시아 땅을 벗어나자마자 친구 네시르Nessir에게 써 보내는 편지에서 그는 후궁생활의 포만을 경험한 나머지 여성과의 관계가 무감각함에 이르렀음을 고백한다. 그러나 그는 "나의 냉담함에서도 은밀한 질투심이 솟아나 내 가슴을 쥐어뜯네"[23]라고 말하기도 한다. 이 질투심 많은 남편에게는 아내들을 하나의 인간으로서 존중할 이성적 사고와 관용의 여지가 전혀 드러나지 않는다. 단순한 소유물로서만 취급받는 아내들에게 절대적인 복종과 정절을 요구할 뿐이

---

22) Montesquieu, *Lettres Persanes*, pp. 133~34.
23) 같은 책, p. 138.

다. 이 요지부동의 남성 우월주의자에게는 자신의 성적 편견에 대해 추호의 의혹의 그림자도 드리워 있지 않다.

절대적 지배자로서 아내와 노예들의 생사여탈권을 쥐고 있는 위스벡이 자신의 하렘을 통치하는 원리는 바로 공포심이다. 위스벡은 전제정치 비판에서 단죄의 대상이었던 이 공포의 통치술을 주저 없이 자신의 가족을 통치하는 데 사용하고 있다. 그는 아내와 환관들에게 끊임없이 위협의 경고를 발한다. 하렘에 혼란이 가중되면서 그의 협박은 점점 더 맹렬하고 난폭한 양상을 띤다. 그의 편지를 받아든 하렘 사람들은 공포에 떨어야 하며, 그것은 바로 이 소(小)폭군이 노리는 바이기도 하다. 작품의 서두부터 그는 아내들 중 하나에게 "나는 엄격한 판관이어야만 할 것이다. 나는 네가 정숙하기를 바라는 남편일 뿐이다"[24]라고 엄중하게 경고한다. 환관에게 가하는 협박은 더욱 적나라한 어조를 띠고 있다.

천상의 모든 예언자에 걸고, 그리고 모든 예언자 중 가장 위대한 알리에 걸고 맹세하는 바이지만, 만약 네가 너의 의무에서 벗어난다면, 나는 네 생명을 나의 발밑에 밟히는 곤충의 생명처럼 여길 것이다.[25]

자신의 하렘에 마침내 혼란과 의심스런 사태가 발생하자 그가 내리는 명령은 피비린내 나는 잔혹한 징벌이다. 그리고 전제군주의 상투적인 통치술의 예에 따라 명령을 충실히 수행한 데 대해서는 보상의 전망을 제시한다.

---

24) 같은 책, p. 162.
25) 같은 책, pp. 162~63.

나의 후궁을 내가 남겨두었던 모습 그대로 나에게 돌려 달라. 그러나 징벌을 가하는 것으로부터 시작하라. 죄를 지은 자들을 말살하고, 죄지을 마음을 먹었던 자들을 두려움에 떨게 하라. 그처럼 특별한 봉사의 대가로 너는 너의 주인으로부터 무엇인들 기대할 수 없으랴![26]

『페르시아인의 편지』에 드러난 위스벡의 하렘은 그로스리샤르Grosrichard가 체계적으로 연구한 당시 아시아 전제국가들의 궁전을 구조와 원리 양면에서 그대로 반영하고 있는 것으로 보인다.[27] 요컨대 이 인물은 자신이 논리적으로 또 현실적으로 비판하고 단죄했던 전제정치의 축도를 자신의 사적 영역에서 고스란히 간직하고 있다. 위스벡의 '가족적 폭정'은 "동양에서 위세를 떨치고 있으며 그 개연성이 프랑스 왕정을 노리고 있는 정치적 폭정의 외설적 형상"[28]처럼 읽힌다. 자신의 하렘을 공포의 원리로 통치하는 이 페르시아의 특권귀족은 동양의 한 소폭군으로서 전제군주의 상징이 된다. 이 동양의 소폭군은 전제군주의 취약점을 고스란히 자신의 것으로 떠안을 수밖에 없다. 하렘의 파탄을 보여주는 작품의 결말이 그것을 잘 증언한다. 공포심의 원리는 국가권력에서와 마찬가지로 가족적 권력에서도 결코 효율적으로 작용할 수 없다. 폭정하의 신민은 마음속에서 우러나는 진정한 복속을 하지 않는다. 위스벡이 아내들로부터 받는 편지는 처음부터 불만과 원망으로 가득 찬 것이었다. 그녀들은 주인을 대리해 공포의 통치를 행하는 환관의 눈을 피해 주인을 속일 궁리만 한다. 욕구불만에 빠진 여인들이 후궁의

---

26) 같은 책, pp. 366~67.

27) Alain Grosrichard, *Structure du sérail*, Seuil, 1994 참조.

28) J. Starobinski, *Le remède dans le mal*, Gallimard, 1988, p. 117.

미로 속에서 벌이는 대리만족의 갖은 타락한 술책이 바로 '정치적 폭정의 외설적 형상'을 나타낸다. 환관들 역시 전제정치하 관료들의 비열한 속성을 그대로 반영한다. 이 심신이 모두 왜곡된 존재들은 권력을 유지하고 확대하기 위해 주인의 불안한 심리를 최대한 이용하려 든다. 이 권력의 대리인들이 배반을 꾀하거나 무능을 드러낼 경우 전제권력은 허약하게 무너질 수밖에 없다. 주인의 거듭되는 경고와 협박에도 불구하고 위스벡의 환관들은 하렘의 질서를 지켜낼 만큼 유능하지 못했다.

다섯 아내 가운데 위스벡이 가장 신뢰했던 록산느Roxane의 배반이 드러나 그녀와 정을 통한 젊은 남자가 환관들의 칼에 맞아 죽고, 록산느가 독약을 마시고 자살하는 것으로 하렘의 파탄은 막을 내린다. 전제정치의 모순을 그처럼 명석하게 분석할 수 있었던 위스벡은 자신을 배신한 아내의 충실성을 끝까지 믿었던 순진한 폭군이었던 셈이다. 그가 그녀를 잘 알았더라면, 그는 그녀에게서 '맹렬한 증오심,' 즉 폭정에 시달리는 사람들의 일반적 감정을 간파할 수 있었을 것이다. 록산느가 독약을 먹고 죽어가면서 위스벡에게 쓰는 마지막 편지는 숨기고 억눌러왔던 심정의 솔직한 토로인 바, 그것은 공공연한 반항의 언어로 이루어져 있다. 그리고 그녀는 어떠한 폭력의 사슬도 인간의 내면을 붙들어맬 수 없음을 선언하고 있다.

어떻게 당신은 내가 세상에 존재하는 것은 오직 당신의 변덕을 경배하기 위해서라고 여길 만큼 그렇게 순진하다고 생각할 수 있었나요? 당신이 무엇이나 마음대로 하는 동안, 당신은 나의 모든 욕망을 억누르는 권리를 가지고 있다고 생각했나요? 아닙니다! 나는 굴종 속에서 살았지만, 언제나 자유로웠습니다. 나는 당신의 법을 자연의 법으로 개조했으

며, 내 정신은 항상 독립성을 유지했습니다.[29]

위스벡은 자신이 진단했던 전제군주의 허약한 기반을 스스로 뼈아프게 경험해야 하는 처지에 놓인다. 일단 죽음을 무릅쓴 노예의 반항이 시작되면 폭군의 절대권은 아무 쓸모가 없어진다. 그는 배반에 대해 피의 응징을 명령하지만, 이런 잔인한 복수가 내면의 평정을 확보해주는 것은 결코 아니다. 마지막 편지에서 그는 친구 네시르에게 자신의 내면을 다음과 같이 고백한다.

나는 거기 갇힌 여자들에게보다 나에게 더 무시무시한 벽 속에 감금당하러 갈 것이네. 그녀들의 열의도 내게서는 아무것도 끌어내지 못할 것이네. 나의 침대 속에서, 그녀들의 품안에서, 나는 불안밖에는 누리지 못할 것이네. 깊은 생각에 잠기기에는 그처럼 적절치 못한 시간 중에도, 질투심은 결국 나를 깊은 생각에 빠뜨리고 말 것이네. 인간성의 무가치한 찌꺼기이며, 일체의 사랑의 감정에 마음이 닫힌 천한 노예들인 너희 환관들조차도 내 조건의 불행을 안다면 너희들의 조건에 대해 한탄하지는 못하리라.[30]

동정심을 자아낼 만한 위스벡의 가련한 내면은 항상 불안에 시달려야 하는 전제군주의 내면을 반영하는 것이다. 이처럼 그의 하렘은 전제정치의 원리와 구조와 종말을 하나의 축도로 제시하며, 위스벡 자신은 전제군주의 여러 측면을 압축하여 반영하는 인물로 제시된다.

---

29) Montesquieu, *Lettres Persanes*, p. 372.
30) 같은 책, p. 368.

4. 지식인의 약점

앞에서 우리는 『페르시아인의 편지』의 주인공 위스벡이 지닌 현저하게 모순되는 양면을 고찰해보았다. 이 인물은 보편적 이성에 입각하여 전제정치의 속성과 폐단을 명석하게 분석하고 비판하는 관대한 정신의 지적 면모를 보여주는 반면에, 자기 자신의 하렘에 공포의 전제를 행사하는 질투심 많고 잔인한 폭군의 비합리적 면모를 보여주는 인물이기도 하다. 이처럼 위스벡은 분명 모순을 간직한 인물이었다. 우리는 한 인물 안에 공존하는 이런 정면으로 배치되는 모순을 어떻게 보아야 할 것인가?

위스벡의 모순되는 양면은 작품의 두 가지 흐름과 특성에 상응하는 요소를 이룬다. 작자 몽테스키외는 주인공의 이성적 고찰을 통해 서구의 풍속과 제도를 비판하면서 자신의 정치적 견해를 개진하는 동시에, 위스벡이 권위적으로 군림하는 하렘의 풍속도를 통해 작품에 이른바 동방소설적 흥미를 부여할 수 있었다. 작자는 작품이 겨냥하는 그 두 가지 구도의 효율성을 위해 주인공을 하나의 도구로만 이용하면서 그에게 인격적 통일성의 상실을 강요한 것인가? 만약 사정이 그러하다면 소설가 몽테스키외에 대한 신뢰와 소설작품 『페르시아인의 편지』의 가치는 무너지고 말 것이며, 작자가 주장한 소설적 '연쇄chaîne'도 의미를 상실할 것이다. 작품의 소설적 구성과 의미에 중대한 타격을 가하는 것이 될 이러한 관점은 한 인간의 사적 영역과 공적 영역, 사고의 영역과 행동의 영역 사이에는 항상 일관된 통일성이 있다는 인간관을 전제로 한다. 그러나 그런 인격적 통일성은 이상적 지평을 나타내는 것일 뿐

현실의 인간은 수미일관된 인격적 통일체이기보다는 대체로 모순의 집적으로 이루어져 있기가 쉽다. 몽테스키외는 18세기의 합리주의적 세계관의 소유자이며, 자신의 일생을 통해 모범적인 조화와 균형을 실천해 보인 철학자임에도, 그 사실을 잘 인식하고 있었던 것으로 보인다.

일차적으로 인간 일반에 대한 상식적 판단만으로도 지나치게 작위적 인물을 창조해냈다는 비난으로부터 몽테스키외의 면책은 가능할 것이다. 그는 이른바 있어야 할 당위적 인간이 아니라 있을 수 있는 현실적 인간을 창조해낸 셈이다. 작중인물의 모순을 둘러싼 비판적 고찰은 이론적이거나 도덕적인 관점보다는 작품 자체와 관련되어야 한다. 주인공 위스벡의 모순된 면모는 『페르시아인의 편지』를 소설작품으로 읽는 데 아무런 장애요인이 되지 않는다. 오히려 그것은 이 작품의 소설적 흥미와 유기적인 관계를 맺고 있어 작품을 소설로 만들어주는 중요한 요소라고 할 수 있다. 그러나 161편의 많은 편지로 이루어진 이 서한체 소설에서 자명하게 드러나기보다는 면밀하고 분석적인 독서의 결과로서만 고찰될 수 있는 주인공의 모순된 면모는 안이한 정당화를 넘어서서 적극적인 해석을 요구하는 사항으로 보인다. 이 주제를 탐구하는 데 우리에게 많은 시사를 준 바 있는 스타로뱅스키J. Starobinski는 위스벡의 모순을 다음과 같이 설명한다.

모순된 인물, '분열된' 인물 위스벡은 그의 모호성 자체로 인해, 그를 그런 모습으로 빚어낸 몽테스키외를 전적으로 정당화하는 해석을 요구한다. 그런데 위스벡의 지적 취향과 사적 행동 사이의 모순은 의미를 지니고 있다. 그것은 교훈의 가치를 갖는 것이다. 〔……〕 이성과 보편성을 향한 위스벡의 호소가 아무리 성실하고 단호한 것이라 할지라도(정의, 진실, 덕성 등에 대한 수많은 고찰이 그것을 증명한다), 그는 어느 면에서 하나의 특수한 문명과 윤리의 인간으로 남는다. 그는 역사적 전통에 의해 교육받고 형성되었다. 따라서 그는 특히 '풍속'에 관한 한 그에게 하나의 타산적 관점을 부여하는 조건에서 벗어날 수 없다. 몽테스키외는 너무나 자주 인식되지 못하는 다음과 같은 진실을 명백히 밝히고자 했는지도 모른다. 즉, 특수성을 극복하고자 갈망할 때조차도, 비양립적 교리의 충돌과 상호적 무효화로부터 일반적이고 보편적으로 인간적인 요소가 승리하는 것을 보고자 희구할 때조차도, 하나의 특수한 관점에 서는 것이 불가피하다는 진실 말이다.[31]

이상의 설명만으로도 우리는 위스벡이 부자연스럽게 조작된 인물이 아니라 오히려 현실성을 갖는 자연스러운 인물임을 납득할 수 있다. 그리고 이런 인물을 창조한 몽테스키외는 픽션의 세계에 사실성을 부여하는 소설가로서 충분한 정당성을 누릴 수 있을 것이다. 몽테스키외는 풍토와의 관련 속에서 풍속과 제도와 인간을 고찰하는 사회학의 창시자답게 자신의 인물 위스벡을 페르시아적 풍토의 소산으로 만들고 있다. 이 인물은 외국의 문물과 제도, 전제정치의 양상을 초연한 입장에서 고찰하고 비판할 때는 자유로운 지성을 행사할 수 있었으나, 자신의 가정사와 남녀간의 윤리문제에 관해서는 자국의 낡은 관습과 전통의 영향을 벗어나지 못하는 어쩔 수 없는 페르시아 남자다. 위스벡의 모순은 이런 식으로 설명이 가능하며, 소설인물이라는 그의 존재도 쉽게 정당화될 수 있을 것이다. 그러나 그의 모순이 내포하는 교훈은 더 의미

---

31) J. Starobinski, *Le remède dans le mal*, pp. 109~10.

심장하다.

우리는 앞에서 위스벡이라는 인물을 하나의 지식인 상으로 규정한 바 있다. 지적 호기심과 학문적 열정, 인간이성에 대한 신뢰와 보편성의 추구 등 이 인물의 여러 특징이 그를 그렇게 규정할 수 있는 논거였다. 아마도 이 인물은 소설사에 최초로 등장하는 지식인 상일지도 모른다. 지식인에 관해서 일반적으로 떠올리게 마련인 이미지에 이처럼 근접한 인물을 『페르시아인의 편지』 이전의 소설에서는 좀처럼 발견하기 어렵다.

자신의 이해관계가 문제되지 않는 한 모든 일에 자유롭게 진보적 입장을 취하지만, 일단 자신의 기득권이 위협받는 상황이 되면 쉽사리 보수적 태도로 선회하는 지식인의 예는 비일비재하다. 추상적 진보주의와 현실적 보수주의, 사고와 행동의 이중성이 모든 지식인의 공통적 속성은 아니겠지만, 가장 비난에 노출되기 쉬운 지식인의 취약점인 것은 사실이다. 노동자의 편에 서서 발언하는 지식인들에 대한 노동자의 일반적인 불신감, 사르트르가 『문학이란 무엇인가? *Qu'est-ce que la littérature?*』의 제4장 「1947년의 작가의 상황」에서 잘 분석하고 있는 진보적 작가들의 콤플렉스와 꺼림칙한 의식은 지식인의 그런 모순을 바탕에 깔고 있다.

위스벡은 그의 하렘에 닥친 재난 때문에 전제군주가 겪는 고통을 경험하지만, 전제정치에 대한 그의 비판과 자신의 전제적 군림 사이의 모순을 의식하고 있는 인물은 아니다. 이런 의미에서 이 인물은 허위의식과 자기기만의 인식으로 인해 불편하고 꺼림칙한 의식에 시달리는 20세기의 지식인보다는 행복한 경우에 속할는지 모른다. 그렇다고 해도 이 인물은 여전히 지식인의 치명적인 약점인 모순을 드러내는 인물임에는 틀림없다. 의도적이든 아니든 몽테스키외는 벌써 18세기 초엽에 지식인의 일반적인 약점을 암시하는 하나의 지식인 상을 자신의 소설인물로 형상화하고 있는 셈이다. 위스벡은 지식인의 모순에 준엄한 경고의 의미를 갖는 인물로서 대단히 교훈적이며, 또한 생명력이 강한 소설인물이라고 할 수 있다. 이 주인공이 함축하고 있는 의미만으로도 『페르시아인의 편지』는 소설작품으로서의 가치를 오래도록 유지할 수 있을 것이다.

Ⅲ. 볼테르

| 제1장 |

계몽운동의 대표적 투사 볼테르

볼테르Voltaire는 역사서 『루이 14세의 세기 *Le Siècle de Louis XIV*』를 저술함으로써 17세기 프랑스를 '루이 14세의 세기'로 명명했다. 이런 식으로 한 나라의 한 세기를 상징적인 한 인물로 대표할 수 있다면, 프랑스의 18세기는 누구의 세기로 명명할 수 있을까? 아마도 '볼테르의 세기'가 다수가 동의하는 가장 개연성이 높은 명칭일 것이다. 볼테르는 1694년에 태어나 1778년까지 18세기의 대부분의 기간에 걸친 긴 생애를 살면서 계몽의 세기였던 당시 프랑스의 특징을 가장 상징적으로 구현한 인물이었다. 아직 귀족적 신분질서가 엄존하던 구체제 아래서 볼테르는 귀족이 아닌 부르주아에 지나지 않았다. 그럼에도 볼테르는 프랑스는 물론 유럽 전체에 걸쳐 일종의 지적(知的) 제왕과도 같은 영향력과 권위를 행사한 인물이었다. 유럽의 많은 군주와 저명한 귀족들이 볼테르와 앞 다투어 교유하고 서신왕래를 했으며, 페르네에 거주하던 말년에는 신성로마제국 황제가 주네브까지 왔다가 자신을 방문하지 않았다고 섭섭해 할 정도로 그는 군주와도 맞먹는 자존심을 지닐 수 있는 인물이었다. 볼테르는 문사(文士)로서 당대에 그야말로 미증유의 위신과 영광을 누린 인물이었다. 문필의 힘만으로 볼테르처럼 생존 시에 압도적인 명성과 영향력을 누린 사람을 생각하기는 어렵다. 18세기의 프랑스를 어느 정도 아는 사람들에게는 그 세기를 '볼테르의 세기'로 명명하는 것이 조금도 어색하지 않을 것이다.

그러나 후세에 오면서 볼테르는 18세기 작가들 가운데 가장 그 평가가 엇갈리거나 모호한 채로 남아 있는 경우에 속한다. 끊임없이 다시 읽히고 연구되는 루소, 20세기 전반의 유물론자 논객들에 의해 재발견되어 새롭게 문제시되고 있는 디드로와 견주어볼 때 볼테르는 문학사나 사상사의 관심에서 얼마간 밀려나 있는 듯한 느낌이 들기도 한다. 생전에 누렸던 큰 명성과 화려한 영예의 반대급부이기라도 하듯 볼테르는 19세기에 들어오면서 특히 낭만주의 시인들에 의한 평가절하에 시달렸다. 뮈세Musset는 무엇보다 그와 그의 조상들의 초상의 눈과 입 주위에 걸려 있는 저 '흉측한 미소hideux sourire'에 진저리쳤으며, 보들레르Baudelaire는 그에게서 '반(反)시인, 실없는 구경꾼들의 왕, 피상적인 인간들의 군주, 예술가의 적, 수다쟁이들을 위한 설교자' 이상을 보려 들지 않았다. 이 철학자에 대한 일반적인 평가 역시 크게 호의적이지는 않았다. 깊이의 부재, 가벼운 문체와 톤이라는 꼬리표가 언제나 그를 따라다녔으며, 사회학적·역사적인 관점에서도 그의 사상은 1789년의 혁명적 에너지를, 말하자면 전유해버린 대부르주아지의 세계관을 크게 벗어나지 않는 것으로 평가되는 게 사실이다.

일견 수긍이 가면서도 한편으론 편협하기 짝이 없는 이러한 비판들

은, 그러나 그가 프랑스 계몽주의의 대표적 사상가요 전방위 투사였다
는 사실 자체를 부인하지는 못한다. 그는 자신의 84년 생애를 오직 시
대의 요구에, 그 시대 인간들의 필요에, 그들의 집합인 사회라는 구성
체의 당대적 요청에 바침으로써 한 지적인 정신이 역사의 특정한 순간
에 어떻게 사유와 글쓰기를 통해 '행동'할 수 있는지를 고스란히 보여
준 가장 모범적인 사례로 남는다. 그런 점에서 "우리가 볼테르의 철학
으로부터 얻는 것은 바로 행동에 대한 분명한 호소다"라는 저명한 마르
크시스트 평론가 장 바를로Jean Varloot의 말은 기실 그에 대해 가능한 모
든 평가의 귀착점일 수 있다.

　오늘날 프랑스를 '볼테르의 나라le pays de Voltaire'라고도 불리게[1] 만
든, 어쩌면 가장 프랑스적인 그의 면모를 올바로 파악하는 일은, 그래
서 무엇보다도 그가 자신의 시대의 모순과 문제점들에 맞서 살아나간
과정을 구체적으로 따라가는 것으로 시작해야만 할 것이다.

　그는 위대한 고전주의의 세기가 끝나갈 무렵인 1694년에 파리의 공
증인이었던 아버지에게서 프랑수아 마리 아루에François-Marie Arouet라는
이름을 받고 태어났다. 이처럼 전형적인 부르주아 집안에서 태어난 신
분적 토대는 그가 훗날 구체제의 특권층인 귀족과 성직자들의 아집과
편견을 마음껏 조롱하고 비판할 수 있게 하는 일차적 자격조건을 부여
하는 셈이 된다. 일곱 살에 어머니를 여의고 열 살이 되어 예수회교도
들이 운영하는 콜레주 드 루이 르 그랑Collège de Louis-le-Grand에 들어갔
을 때 그를 가까이에서 지켜본 몇몇 신부들은 벌써 그가 '총명한 아이,

---

1) 프랑스인들은 자신들의 조국을 반복해서 일컬을 때, 흔히 'France' 대신 국토의 지리적 형
　상을 따라 '육각형l'Hexagone'이라고 부르거나 '볼테르의 나라'라고 표현한다.

그러나 비상한 악동*puer ingeniosus, sed insignis nebulo*'임을 알아보았다.

스무 살이 된 청년 프랑수아 마리는 자신을 따라 법률가가 되기를 바라는 아버지의 소박한 염원을 뒤로한 채 명민한 정신과 반짝이는 재치를 가지고 당시 유명한 사교계 모임인 르 탕플le Temple에 출입하면서 당대의 많은 자유사상가들libertins과 역사와 사회, 문학 일반에 관해 폭넓은 대화를 나누며 교류하게 된다. 그곳에서 접하고 익힌 즐거움 혹은 쾌락에 대한 감각과 취향, 자유로운 비판정신은 이 젊은이를 문학의 길로 이끌었으며, 또한 '인간적 삶의 현세적 복락의 추구'라는 그의 사유의 기본입장을 다지는 데 기여했다.

그러나 재기발랄한 에스프리, 분출하는 열정과 자유분방한 혈기는 그를 결코 평온한 청년기를 보내도록 내버려두지 않았다. 1717년, 사망한 루이 14세를 대신하여 섭정을 펼치던 오를레앙 공을 야유한 풍자문을 쓴 죄목으로 프랑수아 마리는 압제적 권위의 상징인 바스티유 감옥에 11개월 동안 투옥되었다. 이미 집필을 시작했던 비극 『외디프*Œdipe*』가 완성된 것은 바로 이 바스티유 감옥 안에서였다. 이듬해 이 비극은 대단한 성공을 거두는데, 이에 고무된 작자는 아루에라는 성 대신 볼테르[2]라는 필명을 스스로에게 부여했다.

한편 1726년에는 뜻밖의 사건이 발생하여 볼테르의 운명을 전혀 다른 곳으로 이끌게 된다. 사교계를 드나들면서 알게 된 귀족 슈발리에 드 로앙Chevalier de Rohan이란 사람이 문학적 성공에 기대어 당돌하게 구는 평민계급 청년 볼테르를 더 이상 두고 볼 수 없다고 느껴, 하인들을

---

2) 그의 재치는 이 작명에서도 발휘된다. 추정할 수밖에 없는 사실이긴 하지만, 상당수의 볼테르 연구자들은 볼테르VOLTAIRE가 '청년 아루에AROVET L(e) J(eune)'의 철자 바꾸기anagramme의 결과물이라고 믿고 있다.

시켜 몽둥이로 두들겨 패는 사건이 발생했던 것이다. 이에 분개한 자존심 강한 볼테르는 이 귀족에게 결투를 신청하기에 이르렀는데, 감히 귀족에게 도전장을 던진 그의 오만불손은 당시만 해도 굳건하던 위계적 신분사회의 심기를 건드리기에 충분했다. 다시 바스티유에 투옥된 그는 조국을 떠나겠다는 약속을 하기 전에는 결코 풀려날 수 없었다. 영국으로 향하는 망명길에서 볼테르가 곱씹은 울분, 즉 철옹성 같은 특권계급의 횡포와 프랑스 사회의 불평등과 모순을 향한 분노가 그의 계몽사상에 '치욕스러운 것(혹은 파렴치한 것)을 쳐부수어라! Ecrasez l'Infâme!'라는 유명한 슬로건을 마련하는 계기가 되었음은 말할 나위가 없다.

1728년까지 약 2년 7개월간 계속된 영국 체류는 볼테르에게 전혀 새로운 사회적 가능성을 목도하게 함으로써 그의 사상에 큰 전기를 마련해준 전환점이 된다. 그는 자신의 표현처럼 '자유'의 나라인 이곳에서 종교와 사상의 자유, 의회정치의 선진성, 인간생활의 개선과 진보, 정신의 사회적 가치 등에 눈을 뜨게 되었다. 또한 셰익스피어의 연극을 관람하고, 당대의 시인 포프Pope, 『걸리버 여행기』의 작가 스위프트Swift 등과 교류하는 한편, 경험주의 철학자 로크와 새로운 과학자 뉴턴을 읽고 열광했다. 뿐만 아니라 후에 집필하게 될 역사서와 철학서를 위한 광범위한 독서와 자료수집에 몰두했다. 그리하여 성공한 극작가이며 『앙리아드La Henriade』를 쓴 사교계 시인으로서 영국행 배에 올랐던 볼테르는 바야흐로 '철학자들의 세기le Siècle des Philosophes'를 대표하는 계몽주의 '철학자philosophe'가 되어 귀국행 배를 타게 되었다.

그는 몇 년 후 이 시기에 획득한 새로운 인식과 철학적 지평을 『영국서한Lettres Anglaises』에 묶어 영국 견문기 형식을 빌려 출간한다. 랑송이 '구체제에 던져진 최초의 폭탄première bombe lancée contre l'Ancien Régime'과 같은 것이라고 그 성격과 영향력을 규정한 바 있는 이 책은, 후에 『철학서한*Lettres philosophiques*』이라는 제목으로 개칭되어 출간된다. 『철학서한』은 실천적 지식인이자 당대의 살아 있는 정신인 볼테르가 펼쳐갈 계몽사상의 기초적인 윤곽을 뚜렷이 보여주는 매우 소중한 자료다.

1734년 이 책이 처음 파리를 피해 지방도시 루앙Rouen에서 조심스럽게 출간되었을 때, 그 새로움과 전복적 성격은 곧바로 검열당국을 자극했다. 출판인은 바스티유 행을 피할 수 없었고 "종교와 사회에 가장 큰 해악을 가져다줄 방종을 부추기는 이 위험한" 책은 곧 의회에서 분서(焚書) 판결을 받았다. 그럼에도 이 자유로운 지적 모험과 비판은 5판을 거듭하여 인쇄된다. 날카로운 풍자와 사회적 함의로 가득 찬 이 정치적 선동서는 볼테르에게는 곧바로 체포령을 가져다주어, 그는 자신의 후견인 겸 연인이었던 뒤 샤틀레 부인Madame du Châtelet의 영지인 로렌 지방 근처의 시레Cirey로 도피하지 않을 수 없게 된다.

25개의 서신으로 이루어진 200쪽 남짓한 『철학서한』은 볼테르 사상의 중요한 지점들을 두루 언급하면서 계몽사상의 핵심적인 성격들을 잘 드러내 보인다. 물론 서신의 형식을 빌린 글들의 모음인 이 책에서 하나의 체계적인 구도나 일관된 주제를 중심으로 구축된 철학적 개설을 찾을 수는 없다. 그러나 볼테르는 프랑스와는 달리 개방된 영국 사회의 여러 면모, 특히 정치와 종교, 상업 등의 분야를 직접 관찰하고 체험한 결과를 비판적 시각과 날렵한 문체로 소개하는가 하면, 뉴턴의 과학적 성과에 감탄하여 데카르트와의 비교를 시도하기도 하고, 또 영국 경험주의 철학의 거장 로크의 가치를 재발견하여 신학적 형이상학의 공허함을 비판하기도 한다. 뿐만 아니라 극작가로서 셰익스피어의 비극과 희극에 관해 논하는가 하면, 포프 같은 시인들과 학술원에 대해서도 자신만의 독특한 관점에서 언급하는 것을 빼놓지 않는다. 그리고 맨 마지막 서신에서 볼테르는 파스칼의 『팡세*Pensées*』의 주요 구절들을 조목조목 비판적으로 검토하는데, 마치 영국 체험이 자신에게 가져다준 교훈들의 집약이자 결론인 듯 유난히 긴 지면을 이 부분에 할애하고 있다.

요컨대 결코 영국식 모델을 모방하거나 추종하자는 것이 아니라 프랑스의 시스템이 얼마나 불합리하며 그 안에서 개인들은 영국민과 비교할 때 얼마나 더 제약된 정신과 행동의 폭 속에서 살아갈 수밖에 없는지를 지적하면서, 특히 구대륙의 기존의 신학과 철학들이 매달려온 추상적이고 사변적인 형이상학적 논의에 대해 반박하고, 그 정신적 토대를 제공한 기독교적 계시신앙의 독선과 편협함을 기회 있을 때마다 들추어낸다.

왜 철학은 인간의 자유와 해방 그리고 사회적 삶의 진보의 가능성에 대해 말해야 하는 의무를 외면하는가? 초월적 형이상학이 영혼의 본성이니 신의 속성이니 물질과 정신의 관계니 하는, 인간의 오성과 감각을 벗어나는, 잘 알 수도 없으려니와 그 비밀과 신비들이 밝혀진다 한들 현세적 삶의 행복의 조건에 아무런 변화도 가져오지 않을 저 영원한 주제들에 매달려 있는 동안, 기득권층뿐만 아니라 일반 민중들마저 미신과 광신*fanatisme*, 불관용의 몽매에 빠져 있으며, 사회 시스템은 권위주의적 구태에 물들어 불평등과 모순이 거리를 뒤덮고 있다. 인간의 앎과 지식이, 학문과 철학이 가져야 할 기본적 태도와 그 대상에 관한 볼테르의 이런 현실주의적 생각은 한 편지글에서 요약적으로 잘 드러난다.

우리 눈과 수학이 우리에게 증명해 보이는 것을 진리로 여겨야 한다.

그 나머지 모든 것들에 대해서는 '모른다'라고 말하기만 하면 된다. [……] 영혼이 무엇인지 우리는 알지 못한다. 우리는 다만 배열하고, 결합하고, 분해하고, 수를 세고, 무게를 달고, 크기를 잴 뿐이다. 그것이 우리가 할 수 있는 전부다.[3]

『철학서한』에서 그는 영국의 퀘이커교도들의 행태를 관찰하여 우선 우스꽝스러운 점 몇 가지를 지적하지만, 곧이어 그들 신앙의 관용성과 자유에 대해 언급함으로써 프랑스의 경우를 비판적으로 떠올리게 만든다. 제6서신에 나오는 다음과 같은 말은 종교가 구체적인 사회조직 내에서 그리고 개인의 삶에서 어느 만큼의 의미와 위상을 가지는 것이 적절한지에 대한 볼테르의 생각을 암시한다.

만약 영국에 종교가 하나밖에 없다면 그 전제와 횡포는 가공할 만한 것이 될 것이다. 만약에 둘 있다면 서로 목을 베려 들 것이다. 그렇지만 실제로는 서른 개나 있어, 그것들은 평화롭고 행복하게 잘 지내고 있다.[4]

사실 종교문제는 프랑스 계몽주의가 18세기 내내 매달린 문제였다. 주지하듯 비록 유럽 대륙이 15~16세기의 르네상스와 인문주의를 거치기는 했지만, 천 년이나 이어온 중세의 가톨릭적 세계관과 교황청의 권위는 여전히 프랑스인의 실존과 정신을 근본적으로 조건 짓는 큰 틀로 기능하고 있었다. 개인의 일상적 의식과 감정에서부터 사회의 구성과 국가의 존재, 나아가 왕정체제의 존립 자체에 이르기까지 그들 삶의

---

3) L.M.C.에게 보낸 1768년 12월 23일자 볼테르의 편지.
4) Voltaire, *Lettres philosophiques*, in *Mélanges*, Pléiade, 1991, p. 18.

크고 작은 범주들 중 교회의 담론과 이념체계가 스며들지 않은 것은 없었다. 종교와 신앙이 제도 속으로 들어와 합리적 사회관계를 불가능하게 만들고, 개인의 의식과 양심을 편협하게 왜곡하기에 이르는 미신으로 기능할 뿐만 아니라 이성의 건전한 비판능력과 자유롭고 무한한 가능성을 제한하는 광신을 퍼뜨리는 문화적 장치로 작용한다면, 그것은 모든 지적 투쟁의 가장 우선적인 목표물이 되어야만 했다.

여러 계몽사상가들과 마찬가지로 볼테르 또한 신의 존재에 대한 자신의 견해를 분명히 밝히는데, 그는 결코 디드로처럼 무신론이나 유물론으로 기울지는 않았다. 그는 일생 동안 신의 존재를 인정하기를 마다하지 않는 이신론자로 살고 사유하고 썼다. 최대한 이성에 근거한 이러한 합리적 신관은 오히려 그에게 현실적 권위체로서의 교회와 세속적 교권주의를 적절히 비판하는 근거가 되어주었다.

우선 볼테르의 이신론의 정확한 출발점을 지적하자면, "신의 속성이 무언지 나는 통 모른다. 그 본질을 이해하기 위해 내가 태어난 것은 아니다"라는 스스럼없는 그의 말이면 충분할 것이다. 곧이어 그는 종교의, 더 정확히 당대의 지배적 종교인 기독교의 계시적 근거에 이의를 제기한다. 그가 보기에 "모든 종교는 순전히 인간의 것이다." 이러한 불경한 사고는 문학사가 랑송의 평가에 따르면 성서의 신성 자체를 문제 삼으려는 의도였다. 그것이 합리주의적인 것이든 경험적인 것이든 인간의 한계와 범위를 벗어나는 거룩한 진리라면 그것은 결코 인간을 이롭게 하지 못한다는 발상인 것이다. 그렇지만 그는 신을 향한 인간의 신앙 자체를 철폐하려 들지는 않았다. 다만 모든 개인적 주체들이 공감할 수 있는 방식, 즉 도무지 어불성설인 '계시'가 아닌 이성적 방식으로 신앙생활을 할 것을 권고한다.

그러나 종교적 신앙이 이성의 범주 안에서라면 받아들일 수 있는 것으로 볼테르에게 비쳤다면 그것은 초월적 신앙이 궁극적으로는 다름 아닌 도덕에, 집단적 삶의 윤리적 조건에 어쩔 수 없이 관여하는 바가 있어서다. 그에게 "종교는 인간들을 질서 안에 배치하고 유지하기 위해 만들어졌을 뿐이다. 그것은 또 그들로 하여금 미덕을 통해 신의 선의에 값할 수 있도록 하기 위해 들어선 것"이기 때문이다.[5]

『영국서한』 혹은 『철학서한』의 대미를 장식하는 파스칼 비판의 실질적 의미와 한계는 위와 같은 볼테르의 종교관을 바탕으로 할 때 더 분명하게 이해된다. 파스칼적 발상에 볼테르가 거의 본능적으로 반발하는 것은 파스칼의 극단적 인간학 자체에 대한 것이라기보다는 그러한 종교적 심성이 현실세계와 삶에서 매우 자주 광신상태로 이어질 수 있기 때문이다. 볼테르의 견지에서, 실제적인 삶과는 다른 영역에서 펼쳐지는 종교적 열정은, 우선 정신을 오로지 하나의 생각으로만 집중시킴으로써 사물의 다양한 측면을 균형 있게 종합적으로 바라보는 것을 방해하는 그 무엇이다. 그러한 질곡에 빠질 때 인간의 정신은 자신의 신념이 불완전한 것일 수 있음을 망각하기 쉬우며, 그 불완전성의 망각은 곧바로 독선과 폭력과 압제로 이어지기 십상이다. 이 점은 곧 관용

---

5) 대혁명을 앞둔 프랑스의 18세기와 같은 변혁의 순간에 늘 쟁점으로 부각되는 것들 중 하나는 언제나 도덕과 윤리다. 인간적 실존에 조금이라도 정신적인 요소가, 가치론적인 변수가 포함된다고 받아들이자마자 도덕의 기준과 그 실천은 피할 수 없게 제기되는 것이라는 사실은 부정할 수 없을 것이다. 그것은 개인과 집단의 자기에 대한 상(像)을 근거 짓는 요소이기 때문이다. 볼테르가 미구에 실현될 '시민사회'를 구체적으로 인식하거나 의식했을 리는 만무하지만 그것이 그의 삶과 투쟁에 하나의 무의식적 지향점으로 미필적으로 자리잡고 있었으리라고 인정하지 않는다면, 오늘날 볼테르를 위시한 계몽주의 시대의 지식인들에 대한 모든 연구와 성찰은 그 의미가 반감되어버리고 말 것인 바, 이러한 입장에서 보면 결국 볼테르의 방법론적 이신론은 19세기에 마련되고 확립될 시민계급의 도덕과 윤리적 이데올로기의 정립에 관여하게 될 한 요소로 간주될 수도 있을 것이다.

tolérance의 문제로 이어진다. 가톨릭교회뿐만 아니라 개신교와 이슬람교도 역시 비판의 대상에 올리는 볼테르가 보기에, 관용은 신앙이나 절대적 진리의 영역이 아니라 보다 나은 것, 보다 완전한 것으로의 가능성을 언제나 열어두는 철학적 실용정신의 영역에 속한다.

『철학서한』에 가해진 검열과 탄압을 피해 샤틀레 부인의 시레 영지에 머무르던 볼테르는 약 10년의 은둔기간 후, 1743년에는 장관이 되어 있던 친구 다르장송d'Argenson의 추천으로 국왕의 사료편찬관에 임명되기도 한다. 극작가로서의 명성과 지식인으로서의 위상에 힘입어 그는 이처럼 프랑스의 베르사유 궁뿐만 아니라 프러시아의 프레더릭 2세의 궁정으로부터도 부름을 받는다. 1750년부터 약 3년간 볼테르는 자신의 정치적 이상을 실제로 펼쳐볼 기회를 맞은 것이다. 루소의 주권재민 사상과 같은 혁명적 사회변혁 이상이 아닌 입헌 계몽군주제라는 점진적 목표에 매달린 그로서는 평소에 품어오던 국가통치와 사회개혁의 원칙을 베를린에서 적용해보길 원했다. 그러나 디드로와 러시아의 예카테리나 여제와의 경우에서 보듯 계몽주의 철학자와 권력의 정점에 앉은 군주의 의기투합은 거의 언제나 현실적 권력관계의 벽에 부딪혀 좌절되는 운명을 맞는다. 볼테르와 프레더릭 2세의 밀월관계도 곧 그 한계를 드러내어, 1753년 이 프랑스 철학자는 결국 프러시아를 떠날 수밖에 없게 된다.

프랑스 당국과의 마찰로 파리에 돌아갈 수 없었던 볼테르는 1754년 국경 너머 주네브 근처에 거처를 마련하여 약 5년간 정착한다. 그 자신이 '열락(悅樂)les Délices'이라고 이름 붙인 그곳에서도 왕성한 집필활동을 멈추지 않는다. 이 기간 동안 그는 『리스본의 대지진에 관한 시Poème sur *le désastre de Lisbonne*』를 출간하고, 디드로의『백과전서』의 출간작업에 참여하는 한편『풍속론*Essais sur les mœurs*』을 발표한다. 어언 예순을 넘긴 나이의 볼테르가 이 무렵에 펴내는 저작들 중 가장 주목을 끄는 것은 무엇보다도, 철학적 콩트『캉디드*Candide ou l'optimisme*』다.

유럽 대륙의 곳곳과 영국 섬까지, 때로는 망명객의 신세로 또 때로는 극진한 대접을 받는 초청객의 자격으로 두루 돌아다니며 수많은 희망과 환멸을 경험하고 난 노년의 성숙한 볼테르에게, 독일의 합리주의적 관념론자 라이프니츠Leibnitz와 볼프Wolf가 주장하는 낙관론은 결코 수긍할 수 없는 하나의 형이상학적 가설이었다.『캉디드』는 이 세계가 '모든 것이 최선으로 조직되어 있는 가능한 최상의 세계'라고 보는 그들의 낙관적 예정조화론을 가장 설득력 있게 반박하고 조롱하기 위해 구상된 콩트다. 삶은 결코 신 혹은 섭리가 그 궁극적 합목적성에 따라 미리 예정하고 마련한 대로 조화롭게 진행되는 필연적인 인과관계의 연속이 아니라, 도처에서 그리고 매순간 우연과 악운으로 가득 찬 미지의 여정임을 증명하지 않으면 안 된다. 그렇지 않다면 주어진 역사적 시점에서 개인 혹은 집단이 구상하는 모든 인간적인 기획과 실천을 향한 일체의 노력은 애초에 무의미하고 무가치한 것이 되어버릴지도 모르기 때문이다.

전쟁, 화형식, 폭행과 절도, 질병과 지진 등 온 세상을 편력하며 만날 수 있는 불행과 해악을 모두 겪는 주인공을 따라가면서 독자가 자연스럽게 "신의 섭리는 과연 어디에 있는가?" 하고 묻게 될 때 볼테르는 너무나도 소박하고 자연스러우며 인간적인 답변을 제시한다. "우리의 정원을 가꾸어야 한다Il faut cultiver notre jardin."

결국 라이프니츠의 낙관론에 맞서 볼테르가 제시하는 비관적 세계관은 그 자체를 하나의 도그마로 내세우기 위한 것이 아니다. 적어도 인간적 실천이 가능하고, 또 그것이 요구되기 위해서는 일체의 형이상학적 합목적성을 먼저 반박해야만 했으며, 불운과 우연으로 점철된 세계에 놓였다고 가정할 때 구체적인 행동에 대한 요청은 더 자연스럽고 절실해질 수 있기 때문이다. 이 콩트의 후반부에서 읽을 수 있는 다음과 같은 말은 결코 훈계조로 들리거나 인위적인 느낌을 주지 않는다.

일은 우리에게서 권태와 악덕과 가난이라는 세 가지 큰 해악을 몰아내줍니다. 〔……〕 이치를 따지지 말고 일합시다. 그것이 인생을 견딜 만하게 해주는 유일한 방법입니다.[6]

1760년부터 스위스 국경 부근의 페르네에 정착해 거의 20년 가까이 머물면서 여전히 식지 않은 철학적 열정으로 많은 저술과 팸플릿을 발표하던 볼테르는 프랑스 지성사에서 지워지지 않을 저작을 남긴다. 1763년에 발표된 『관용론 *Traité sur la tolérance*』은 한 해 전 툴루즈에서 발생한 이른바 '칼라스Calas 사건'을 계기로 쓰인 것이다.

종교적 맹신과 편협성이 빚어낸 사건의 전말은 칼라스의 아들이 죽는 것으로 시작된다. 현장을 보기 위해 신교도인 칼라스 가족의 집에 모여든 구교도 군중들 중의 누군가가 칼라스의 아들이 가톨릭으로 개종하려 했기 때문에 가족에 의해 살해된 것이라고 소리친다. 이에 경찰과 사법당국은 증거도 없이 가족을 체포하고 졸속한 재판절차를 거쳐 아버지가 사형에 처해진다. 말하자면 도시 전체가 한 가족에게 그들의

---

6) Voltaire, *Candide*, in *Romans et Contes*, Pléiade, 1990, pp. 232~33.

남다른 종교를 빌미로 집단적인 폭력을 자행한 것이다.

이처럼 한 가족의 처참한 파멸과 함께 묻힐 뻔했던 사건은 볼테르 덕분에 되살아났다. 칼라스 사건을 우연히 접하게 된 볼테르는 재판절차의 부당함에 분개했고, 그 부당함을 사회문화적으로 배태한 종교적 불관용과 적대감에, 그 미성숙에 또한 분개했다. 그는 툴루즈 고등법원의 사건기록을 입수해 분석하고, 칼라스 가족을 도와 국왕의 재판정에 상고할 것을 권유하는 한편 이 문제에 관한 팸플릿을 써서 양식 있는 사람들의 정의감을 일깨우는 등 일련의 노력을 통해 재심을 요구하는 여론을 조성하는 데 성공했고, 결국 칼라스의 무죄와 복권을 이끌어냈다.

『관용론』은 이 사건을 소개하는 것으로 시작해, 그로부터 가능한 모든 철학적 성찰과 반성, 촉구를 담은 책이다. 사실 우리는 관용의 주제는 일시적인 사회·문화적인 범위를 넘어서는 그 무엇을 지니고 있음을 알고 있다. 그것은 우선 언제나 타자의 문제를 제기하고 있으며, 그럼으로써 시민사회의 성립에 초석으로 작용할 어떤 원리와 연관이 있을 뿐 아니라 보다 깊게는 자유로운 근대적 주체로서의 개인의 위상을 사회와의 관계 속에서 정립하는 데도 관여한다. 또한 관용은 추상적이거나 논리적인 이론의 영역에 속한다기보다 현실적 차원의 실천적인 문제이며, 그로 인해 궁극적으로 도덕의 문제와 언제나 맞물린다. 그리고 그것은 속성상 절대적 유일신 신앙과는 은연중에 대립한다. 진리의 배타성뿐 아니라 절대화와 고착화에도 경계의 시선을 보내는 관용의 개념은, 그런 의미에서 계몽주의 사상의 여러 쟁점들 중 어쩌면 가장 볼테르적인 주제일 수 있다.

이렇듯 페르네의 영지에 머물면서도 당시 유럽 지성계의 대표적 정신으로서의 노력과 투쟁을 결코 늦추지 않았던 볼테르는 루이 15세가 사망하자 파리로 돌아갈 결심을 한다. 1778년 2월, 루이 16세가 질투를 느낄 정도였다는 말이 전해질 만큼 열렬한 시민들의 환영을 받으며 수도로 귀환한 볼테르는 긴 여행에 따른 피로와 연일 이어지는 환영행사를 이겨내기에는 너무 나이가 들어 있었다.

그해 5월 30일, 84년의 삶을 마감하기까지 볼테르는 결코 추상적 미사여구나 공허한 형식논리에 빠진 적 없이, 늘 동시대인들보다 한 걸음 앞서 느끼고 사유하고 글 쓰며 또 호소하기를 그치지 않았다.

우리는 영혼을 일깨우는 도저(到底)한 시적 페이소스를 구하려, 혹은 우리의 정신적 삶을 한 단계 격상시킬 또 다른 차원의 미학적인 혹은 어떤 초월적인 깨달음을 얻으려 볼테르를 읽지는 않는다. 우리가 볼테르에게서 보는 것은, 당대의 개인과 사회가 앓고 있는 질곡 밖으로 시선을 돌리기를 결단코 거부하는, 당면한 순간에 충실함으로써 역설적으로 특정한 시대를 뛰어넘어 역사의 모든 순간에 하나의 전범이 되는 정신으로 자신을 제시해내는 빛나는 덕목이다. 어떤 형태로든 삶이 지속되는 그곳에 가장 인간적인 광명으로 형형히 빛나는 그러한 지적 열정이 인간사회 어느 곳에선가 지금도 사라지지 않고 공동체를 비추고 있을 것이라고 믿기에, 우리는 파스칼과 루소와 플로베르와 프로이트와 사르트르의 암울한 인류학적 진단을 견뎌내며 우리의 실존을 희망과 진보의 이름으로 유지할 수 있는 것이다.

철학적 콩트와 계몽사상

1. 장르의 특성

18세기 유럽의 지적 풍토에 일종의 제왕과도 같은 영향력을 발휘했던 계몽사상가 볼테르의 활동영역은 잘 알려져 있는 바와 같이 대단히 폭넓었다. 그는 철학자였고 역사가였으며 현실문제에 적극적으로 참여한 행동하는 지식인이었던 동시에, 오늘날 순문학으로 분류되는 모든 분야에 많은 글을 남긴 작가이기도 했다. 볼테르는 시인, 극작가, 비평가였고 또한 소설가였지만, 아마도 문학 분야에 관한 한 그는 자신이 후세에 시인으로서, 그리고 무엇보다도 연극광답게 극작가로서 기억되기를 바랐을 것이다. 통칭하여 '철학적 콩트conte philosophique'로 분류되는 소설작품을 26편이나 남겼음에도, 그는 평생 동안 소설이란 것은 진지한 정신에는 어울리지 않는 열등한 장르라고 생각했다. 그리하여 이 오만한 작가는 한 번도 자신의 이름을 명시하여 소설작품을 출판한 적이 없었다. 이처럼 소설 쓰는 것을 명예롭게 여기지 않았던 볼테르가 오늘날에 와서는 시인이나 극작가보다 오히려 소설가로 더 많이 기억되고 논의되는 것은 하나의 역설이 아닐 수 없다.

다른 세기에 비해 시의 불모시대라고 할 수 있는 18세기에 『앙리아드』의 작가였던 볼테르는 세기의 대표적 시인이었으며, 『외디프』와 『자이르 _Zaïre_』의 작가 볼테르는 코르네유와 라신을 계승하는 18세기 최고의 성공적인 극작가였음에 틀림없다. 그러나 세기의 대표적 시인과 극작가로서의 볼테르의 명성은 근래 들어 문학사 속에 박제된 명성으로 머물러 있다는 인상을 지우기 힘든 것도 사실이다. 오늘날 그의 시는 더 이상 독서의 대상이 되지 못하며, 18세기의 관중을 열광시켰던 많은 극작품 중 어느 것도 무대에 올려지지 않는다. 반면에 그의 소설 작품, 적어도 『캉디드』『자디그 _Zadig_』『엥제뉘 _L'Ingénu_』『미크로메가 _Micromégas_』 등 몇몇 작품은 비평가들에 의해 자주 언급되며, 여전히 흥미로운 독서의 대상이 되고 있다.

시인과 극작가로서의 볼테르는 당대에 그의 역할이 어떠했든 프랑스 고전주의 문학 전통의 훌륭한 계승자였을 뿐 독창적인 창조자는 되지 못했던 것으로 보인다. 그러나 소설 분야에 관한 한 그는 철학적 콩트라는 특별한 하나의 장르를 창안해낸 새로운 창조자였다. 후대는 계승자는 쉽게 망각하고 새로운 창조자만을 오래도록 기억하는 습성을 갖고 있는 것인지도 모른다.

볼테르의 콩트들은 넓은 의미로는 소설로 분류되지만, 소설 일반과 구분하여 철학적 콩트라는 하위장르로 따로 분류하는 것이 보통이다. 연구자들에 따르면 철학적 콩트는 선행 모델을 찾아볼 수 없는 순전한

볼테르의 발명품이었다. 19세기의 아나톨 프랑스Anatole France에게서 약
간의 계승 흔적을 볼 수 있다는 것 외에는 볼테르와 더불어 종언을 고
한 것이 이 장르이기도 했다. 따라서 철학적 콩트는 볼테르와 더불어
시작되고 끝난 볼테르 특유의 문학장르라고 할 수 있다.

　26편에 달하는 볼테르의 콩트들이 모두 양적·질적으로 동일한 면모
를 보여주는 것은 아니다. 두세 쪽에 불과한 짤막한 콩트가 있는 반면
중편소설 정도의 꽤 긴 작품도 있고, 다루는 주제도 각양각색이며, 작
품으로서의 완성도 또한 균일하지 않아 일견 볼테르의 콩트를 구성하
는 원리는 오히려 다양성에 있는 것으로 보일 수도 있다. 그러나 이처
럼 다양한 일련의 작품군을 철학적 콩트라는 하나의 장르로 묶는 공통
적 속성이 있을 것인 바, 이 점에 관해서는 많은 평자들이 여러 가지
정의를 내놓고 있다. 여기서는 볼테르와 동시대인이었던 콩도르세
Condorcet의 정의를 간략하게 인용해보기로 한다.

　　이 장르는 비범한 재능을 요구한다. 즉, 자연스러움을 멈추지 않으면
　서도 심오하며, 진실됨을 멈추지 않으면서도 신랄한 철학의 결과를 농
　담조로, 상상력의 생생한 필치로, 또는 소설적 요소들 자체에 의해 표현
　할 줄 아는 재능 말이다. 철학자여야 하지만, 철학자처럼 나타나 보여서
　는 절대로 안 되는 것이다.[7]

　이상의 콩도르세의 정의에 따르면, 철학적 콩트는 철학적 내용과 독
특한 소설형식이라는 두 요소로 성립된 문학장르다. 볼테르가 자신의

---

7) Pierre Sauvage, "Comment, au XVIIIe siècle, la philosophie se fait conte," in *Le
conte philosophique voltairien*, Ellipses, 1995, p. 23에서 재인용.

철학적 사유의 결과를 대중적으로 널리 전파할 목적에서 창안해낸 새로운 문학형식이 철학적 콩트라고 할 수 있을 것이다. 이 볼테르 특유의 문학장르에서 후세에 더 많은 주목을 받은 것은 형식적 측면으로 보인다. 현기증 날 정도로 급박하게 전개되는 수많은 사건의 중첩, 날카로운 대조법과 패러디를 빈번하게 사용함으로써 심각한 문제들을 극도로 단순화하는 기법, 비극적 운명을 희극적 효과로 부각시키는 기지와 해학, 신랄하고 날카로우면서도 민첩하고 경쾌한 어조의 유지 등, 철학적 콩트를 특징짓는 볼테르의 여러 가지 기법이 독자들의 찬탄을 불러일으켜왔으며, 오늘날까지도 철학적 콩트를 대상으로 한 비평작업과 학문적 연구의 주류는 이러한 형식적 측면에 집중되어 있는 듯하다.

볼테르 특유의 형식적 특성, 스탕달이 말한 바의 그 탁탁 튀는 듯한 볼테르의 문체의 힘이 없었다면 분명히 철학적 콩트는 오늘날까지 살아남지 못했을 것이다. 그러나 철학적 콩트를 읽는 흥미가 전적으로 볼테르의 글을 읽는 흥미일 수만은 없다. 플로베르와 프루스트에 익숙해 있는 현대의 독자들이 순전히 글을 읽는 재미만으로 철학적 콩트에 이끌리리라고는 생각되지 않는다. 19세기 이후 온갖 종류의 소설형식의 실험과 수많은 걸작소설 덕에 눈높이가 한층 높아진 현대의 독자들에게 볼테르의 콩트는 그렇게 매력적인 문학작품으로 읽히기는 힘들 것이다. 18세기의 다른 소설작품들, 예를 들어 프레보의 『마농 레스코 *Manon Lescaut*』, 디드로의 『운명론자 자크 *Jacques le fataliste*』, 루소의 『신(新)엘로이즈 *La Nouvelle Héloïse*』 같은 작품들과 비교해서도 문학적 관점에서 볼테르의 콩트들의 흥미는 떨어질 수밖에 없을 것이다.

철학적 콩트의 형식상의 특성을 아무리 강조한다 할지라도 그것이 소설작품 일반과 동일한 척도로 평가될 수는 없다. 철학적 콩트에 등장하는 인물들은 어떤 경우에도 독자가 자기동일화를 행할 만한 소설 주인공의 진정한 위엄에 도달하는 적이 없다. 그들은 철학자인 저자의 의도를 위해 사용되는 단순한 도구일 뿐 소설인물로서 자율성을 발휘하지 못하는 것이다. 비록 캉디드나 자디그 같은 콩트의 대표적 주인공들이라 할지라도, 약간의 감식력만 갖춘 독자라면 바로 그 인물 뒤에서 그들을 마음대로 조종하고 있는 전투적 계몽사상가 볼테르의 존재를 느낄 수 있게 된다. 그들은 저자가 세상에 투사하는 하나의 관점에 지나지 않는 존재들로서 작품에 출현하는 것이다. 볼테르의 철학적 콩트는 애초의 의도, 즉 계몽사상의 선전 팸플릿이라는 기능을 사상(捨象)하고서는 성립될 수 없으며 가치를 지닐 수도 없는 작품이다. 따라서 볼테르의 콩트는 일반 소설작품들과는 다른 독서법을 요구한다. 이제 이 계몽사상가의 몇몇 대표적인 콩트를 통해 그의 계몽적 의도가 어떻게 표출되고 있는지를 살펴보자.

2. 불행한 세계

현세적 행복에 대한 강렬한 취향과 그 실현 가능성에 대한 믿음은 반종교적이었던 18세기 지적 풍토의 커다란 특징 가운데 하나였다. 볼테르는 이러한 18세기적 경향의 가장 첨예한 대변자라고 할 수 있다. 인간의 지상적(地上的) 행복에 대한 볼테르의 신념은 무엇보다도 파스칼의 비관적 비전을 논박하고 있는 『철학서한』 제25번째 편지에 잘 드러나 있다.

120

파리나 런던을 바라볼 때, 나로서는 파스칼 씨가 얘기하는 바의 그런 절망에 빠질 이유를 전혀 보지 못합니다. 나는 황량한 섬과는 전혀 닮지 않은, 사람들로 가득 차고, 풍요로우며, 개화된 도시, 사람들이 인간적 본성이 허용하는 만큼 행복하게 살고 있는 도시를 볼 뿐입니다. 〔……〕
왜 우리의 존재에 혐오감을 갖게 하는 것입니까? 우리의 삶은 사람들이 우리에게 믿게 하려는 것만큼 그렇게 불행한 것은 아닙니다. 세계를 감옥처럼, 모든 사람을 곧 처형할 죄인처럼 보는 것은 광신자의 생각입니다.[8]

이처럼 행복한 삶에 대한 확신을 표명했던 볼테르가 콩트에서는 대체로 불행한 삶의 모습만을 보여주는 것은 놀라운 일이다. 다소간의 정도 차이와 결말에 따른 얼마간의 뉘앙스 차이가 있지만, 그의 콩트작품들의 세계는 한결같이 불행과 비참으로 점철되어 있다. 자연재해, 전쟁, 불합리한 제도, 사람들의 악의 등등 온갖 종류의 세상의 악으로부터 벗어나는 인물은 아무도 없다. 그리하여 철학적 콩트는 각종 인간불행의 명세서처럼 보일 정도다.

'동방 이야기Histoire orientale'라는 부제를 달고 있는 『자디그 또는 운명 *Zadig ou la destinée*』의 주인공 자디그는 인간의 운명이 얼마나 쉽사리 우연의 희롱물이 될 수 있는지를 보여주는 인물이다. 그는 동화 속의 왕자처럼 젊음과 미모와 부(富)와 총명과 덕성 등 행복의 최상의 조건들을 모두 구비한 인물로 제시된다.

---

8) Voltaire, *Lettres philosophiques*, p. 110.

막대한 부와 그것에 따라오는 친구들과 더불어, 그리고 건강, 미모, 올바르고 절제된 정신, 성실하고 고상한 마음을 갖춘 자디그는 자신이 행복할 수 있다고 믿었다.[9]

그러나 이 바빌론의 행운아는 계속해서 불행한 모험에 시달리는 운명을 겪는다. 그는 자신을 사랑한다고 믿었던 두 여인에게 연속해서 배반을 당하고, 지나치게 박식했던 것이 원인이 되어 고발을 당하며, 시기하는 이웃의 무고(誣告)로 감옥에 수감된다. 그는 무죄가 밝혀져 처형을 면하고 대신자리에까지 올라 모든 사람의 존경을 받는 위치가 되지만, 곧 그를 향한 왕비의 애정이 밝혀지면서 질투심 많은 왕에게 쫓기는 신세로 전락한다. '불운의 더없이 끔찍한 벼랑'[10]에 떨어진 주인공은 박해받는 한 여인을 구하려다 그녀의 남편을 살해하게 되고, 뒤이어 아랍 상인의 노예로 팔리며, 화형선고를 받는 등 온갖 불행을 겪게 된다.

불운한 처지의 고아나 미망인을 구출하고 결국은 영광을 차지하게 되는 기사의 이야기를 다루는 중세 기사도 소설의 패러디처럼 읽힐 수도 있는 이 콩트가 다행스런 결말로 끝나는 것은 사실이다. 자디그는 사랑하는 왕비 아스타르테Astarté를 찾아내어 노예가 된 그녀를 해방시키고 무술시합에서 승리한 뒤 마침내 그녀와 결혼해 바빌론의 왕이 되는 것이다. 그러나 이 다행스런 결말이 이유 없이 닥쳐오는 수많은 재난을 다 정당화할 수는 없다. 『자디그』는 볼테르의 생애에 큰 슬픔과 충격이었던 샤틀레 부인의 죽음, 프레더릭 2세와의 불화를 겪기 이전인 1747년의 작품인 만큼 그 이후 작품들에 비해 비관적 어조가 상당

---

9) Voltaire, *Zadig,* in *Romans et Contes,* Pléiade, 1990, p. 58.
10) 같은 책, p. 79.

히 완화되어 있기는 하다. 작품 말미에 천사 제스라드Jesrad를 출현시켜 "우연이란 결코 없으며, 모든 것이 시련이거나, 징벌이거나, 보상이거나, 또는 선견지명이다"[11]라고 말하게 함으로써 인간사에 작용하는 이른바 섭리providence를 그대로 수용하는 인상을 준다. 나아가 이 부분에서는 후에 『캉디드』에서 그토록 통렬히 공박하게 될 라이프니츠류의 예정조화론을 긍정적으로 받아들이는 것으로 보이기조차 한다. 그러나 결말 부분이 어떻든 『자디그』의 전체적 기조는 영문 모르게 계속 닥치는 불행 앞에서 "이 세상의 삶에서 행복하기는 참으로 어렵구나!"[12]라는 무고한 희생자의 탄식으로 이어진다. 동화 같은 해피엔딩에도 불구하고 자디그는 자신의 책임과는 무관하게 일생의 대부분의 기간 동안 끊임없이 불행을 떠안는 주인공임에 틀림없다. 그리하여 이 인물은 행복이 개인의 선의나 미덕보다는 오히려 외부적 우연성에 주로 기인하게 되는 부조리한 인간조건을 형상화하는 인물로서의 의미를 지닌다. 18세기 불문학에 나타난 행복의 문제를 전문적으로 다룬 연구자의 다음과 같은 견해는 인간의 행복의 문제와 관련한 자디그의 상징성을 잘 요약해준다.

자디그의 삶은 예측 불가능한 연쇄들, 근거 없는 사건들, 터무니없는 불운들의 부조리한 연속처럼 전개된다. 거의 언제나 사소한 원인이 불길하고 예기치 못한 결과로 반향된다. 〔……〕 인간은 행복의 추구에서 성공의 기회를 가지기는 한다. 그러나 그 기회들은 터무니없이 부조리하게 배분되어 있다. 때로는 인간의 장점이 그에게 도움이 되지만, 때로

---

11) 같은 책, p. 114.
12) 같은 책, p. 65.

는 그것이 그를 파괴하기도 한다. 때로는 하나의 우연한 사건이 그에게
혜택을 베풀지만, 때로는 그것이 그를 파멸시킨다. 덕성은 사람들의 광
기와 우연의 맹목성이 허용할 때만 이따금 보상을 받을 뿐이다. 그러므
로 행복학은 불가능하다. 그처럼 불합리한 것을 인식의 대상으로 변환
시킬 수는 없기 때문이다. [13]

70대에 들어선 볼테르 만년의 작품으로서 문명세계에 온 휴론족 인
디언의 이야기를 다루고 있는 『엥제뉘』는 선량한 야만인의 눈을 통해
문명세계의 폐단을 비판할 목적으로 쓰인 콩트지만, 여기서도 인간의
운명은 전혀 행복한 양상을 보여주지 못한다. 엥제뉘의 순진하고 명석
하고 정의로운 정신은 문명화되었다는 프랑스인들의 편견 앞에서 무력
함을 경험할 수밖에 없다. 엥제뉘는 생티브Saint-Yves 양과 서로 사랑하
는 사이가 되며, 사랑하는 남녀는 결혼할 권리가 있다는 자연인다운 당
연한 주장을 하지만, 편협한 종교적 관행과 한 세력가의 탐욕 때문에
이들의 사랑은 장애에 봉착한다. 프랑스 해안에 침입한 영국인들을 격
퇴한 엥제뉘는 이 용감한 행위에 대한 보상을 받기 위해 베르사유로 향
하는데, 도중에 소뮈르Saumur에서 목격한 종교적 만행에 분개한 탓으
로 예수회의 첩자에게 밀고를 당해 바스티유 감옥에 갇히는 신세가 된
다. 이 억울한 수인(囚人)의 오랜 수감생활은 정조까지 희생하는 연인의
헌신적 노력 끝에 겨우 풀리게 된다. 엥제뉘는 자디그와 같은 다행스런
대단원도 경험하지 못하는 불행한 인물이다. 그리던 애인과 해후하자
마자 정조를 잃은 회한 때문에 생티브 양이 세상을 떠나버리는 것이다.

---

13) Robert Mauzi, *L'Idée du bonheur dans la littérature et la pensée française au XIIIe
siècle, Slatkine Reprints, 1979, p. 65.

시간이 갖는 망각작용만이 이 인생의 쓰라림에 약간의 위안을 줄 수 있을 뿐이다. "시간은 모든 것을 완화시킨다"[14]라는 말과 더불어 이 쓸쓸한 사랑의 이야기는 막을 내린다.

볼테르의 대표적인 철학적 콩트로 인정받는 『캉디드』에는 앞에서 언급한 두 작품에서보다 인간의 운명이 더 우울한 색조로 채색되어 있다. 주인공 캉디드는 물론 작품의 모든 등장인물이 운명의 비참과 덧없음을 증언하고 있는 것으로 보인다. 온화한 품성과 캉디드라는 이름 자체가 암시하는 바의 단순한 정신의 소유자인 젊은 주인공은 유럽과 아메리카 대륙을 두루 주유하는 동안 온갖 종류의 세상의 악을 목격하게 된다. 볼테르의 많은 콩트가 그렇듯이 여행 이야기로 구성되어 있는 『캉디드』의 전개는 세상에 만연해 있는 악의 목록을 작성하는 구실로 사용되는 듯하다. 볼테르는 이 긴 악의 목록에 의해 "모든 것이 최선으로 조직되어 있는 가능한 최상의 세계"라는 라이프니츠류의 낙관주의를 조소하고 부인한다.

캉디드는 세상의 모든 악을 자디그보다 훨씬 더 수동적으로 겪을 뿐 자신의 운명에 정면으로 맞설 줄 모르는 운명의 단순한 장난감으로 시종하는 인물이다. 퀴네공드Cunégonde를 사랑한다는 죄 때문에 툰더텐트롱크Thunder-ten-tronckh 성에서 매를 맞고 쫓겨나는 것으로 시작해서 전쟁, 지진, 종교재판, 살인, 사기 등등 수많은 재난이 덮쳐오지만, 이 소박한 인물은 애초에 스승 팡글로스Pangloss로부터 전수받은 우스꽝스런 낙관론을 좀처럼 의심할 줄 모른다. 연속되는 불운의 모험에 시달리는 이 인물의 삶에 의미를 부여해주는 하나의 목표가 있다면 사랑하는

---

14) Voltaire, *L'Ingénu*, in *Romans et contes*, Pléiade, 1990, p. 347.

여인을 되찾는 것이다. 연애소설로 읽기에는 사랑 이야기 자체가 지나치게 희화화되어 있지만, 어쨌든 캉디드는 결국 퀴네공드를 다시 만난다. 그러나 천신만고 끝에 되찾은 연인은 가혹한 운명에 우롱당해 심신이 철저하게 파괴된 추한 여자의 모습이다. 그가 이 여자와 결혼하는 것은 단지 그녀 오빠의 우스꽝스러운 귀족적 편견에 도전하려는 의도에서일 뿐이다. 캉디드가 겪은 인생의 유위전변(有爲轉變)은 마침내 이 단순한 정신의 낙관론적 신념을 흔들어놓기에까지 이른다. "우리의 정원을 가꾸어야 한다"[15]라는 『캉디드』의 이 유명한 결론에는 여러 가지 해석이 따르지만, 어쨌든 그것이 캉디드가 신봉하던 안이한 낙관론에 대한 부정임에는 틀림없다.

볼테르의 다른 콩트들에서와 마찬가지로 이 작품에서도 여성들은 서술의 내적 논리의 필연성에 의해서가 아니라 저자의 철학적 의도를 증명해 보이기 위해 주인공에 곁들여 출현하는 한낱 부속인물에 불과하지만, 그녀들 또한 인간조건의 비참함을 증언하는 증거가 되고 있다. 퀴네공드와 그녀의 하녀 노릇을 하는 노파 파케트Paquette가 모두 납치와 겁탈과 노예화라는 비슷한 운명을 겪지만, 『캉디드』의 제11장과 12장에 나오는 노파의 일대기는 특히 비참함의 정도가 극심하다. 교황의 딸로 태어난 고귀한 신분의 그녀는 왕자와 약혼하지만 질투하는 여인의 손에 약혼자가 독살당하자 그 슬픔을 잊기 위해 별장으로 가던 항해 도중 해적선에 납치당하는 운명이 된다. 해적들에게 처참하게 능욕당한 후 노예로 팔린 그녀는 온갖 수난 끝에 마침내는 굶주린 병사들에게 엉덩이 한쪽까지 뜯어 먹히는 곤욕을 치른다. 퀴네공드의 하녀가 되기

---

15) Voltaire, *Candide*, p. 233.

까지 거듭 주인을 바꾸며 온 유럽을 전전한 그녀는 아메리카로 도망치는 배 안에서 퀴네공드에게 이런 말을 한다.

요컨대 아가씨, 나는 경험이 있고 세상을 압니다. 재미 삼아서 각 선객에게 자기 이야기를 해달라고 해보세요. 자기 인생을 빈번히 저주해 보지 않았거나 자기가 가장 불행한 인간이라는 생각을 자주 해보지 않은 선객이 단 하나라도 있으면, 나를 바다 속에 거꾸로 처박으세요.[16]

인간의 온갖 비참과 불행의 명세서가 작성되어 있는 작품의 콘텍스트에서 노파에 의한 이상과 같은 인간불행의 보편화는 타당성을 지니는 것으로 보인다. 그리고 "모든 것이 환상이거나 참화에 불과하다"[17]거나, "인간은 불안의 경련상태 아니면 권태의 혼수상태 속에서 살도록 태어났다"[18]고 주장하는 마르탱Martin의 철저한 염세주의가 정당성을 획득하는 것으로 보인다.

3. 계몽적 신념의 표현

콩트 작가 볼테르는 인간의 현세적 행복의 가능성을 믿었던 『철학서한』의 저자로서의 신념을 부인하는 것인가? 그의 콩트작품을 가득 채우고 있는 인간의 비참상과 거기에서 비롯되는 인간의 삶에 대한 비판

---

16) 같은 책, p. 173.
17) 같은 책, p. 211.
18) 같은 책, p. 230.

적 비전 때문에 일견 『철학서한』과 콩트작품 사이의 모순을 지적할 수도 있다. 그러나 볼테르의 철학적 콩트에 기술되어 있는 불행한 삶의 원인이 무엇인지를 살펴보아야 할 필요성이 있다. 자디그든 캉디드든 볼테르가 창조한 소설인물들의 불행은 인간조건의 불가피한 속성으로부터 기인하는 것으로 그려져 있지 않다. 우선 '철학적'이라는 수식어가 붙어 있음에도, 볼테르의 콩트들은 인간조건에 대한 철학적 탐구를 지향하는 작품들로 보이지는 않는다. 때로는 인간의 왜소함과 그 비참한 조건에 대한 철학적 명상 같은 것이 나오기는 한다. 예를 들어 이집트로 피신하는 도중 밤하늘의 별을 바라보며 비탄에 잠기는 자디그의 다음과 같은 명상이 그렇다.

자연 가운데에서 눈에 띄지 않는 하나의 점에 불과한 지구가 우리의 탐욕에는 그처럼 거대하고 고귀한 어떤 것으로 보이는 반면, 우리의 눈에는 미약한 반짝임으로 보일 뿐인 그 광활한 빛의 천체들을 그는 감탄하며 바라보았다. 그때 그는 인간들을 실제 있는 그대로의 모습으로, 즉 티끌 같은 작은 진흙 위에서 서로를 잡아먹는 벌레처럼 생각했다.[19]

그러나 자디그의 명상은 더 이상 나아가지 않는다. 이러한 우주적 명상은 일회적인 것일 뿐 인간의 조건에 대한 철저한 절망이나 또는 종교적 초월의지 같은 것으로 이어진 적이 없다. 현세적 인물인 자디그는 인생을 포기하거나 체념하는 인물이 아니다. 형이상학적 사고의 적대자였던 볼테르는 인간조건을 형이상학적으로 규정하려 들지 않는다.

---

19) Voltaire, *Zadig*, p. 79.

철저한 비관론자로 드러나는 『캉디드』의 마르텡조차도 인간조건에 대한 비관적 추론을 끝까지 밀고 나가는 철학자적 태도를 보이지 않는다. "이치를 따지지 말고 일합시다. 그것이 인생을 견딜 만하게 해주는 유일한 방법입니다"[20]라는 지극히 현실적인 해결책의 제시가 그의 마지막 발언이다. 콩트에 그려진 인간불행의 양상이 아무리 처절한 것이라 할지라도, 그것은 인간조건의 비극성 자체를 반영하는 것이 아니다. 볼테르의 콩트는 인간은 본질적으로 무의미한 존재이며, 인생이란 어쩔 수 없이 허망한 것이라는 비관주의에 입각해 있는 작품들의 비극적 울림을 전혀 갖고 있지 않다. 철학적 콩트의 톤은 언제나 경쾌하고 명랑한 편이다. 볼테르의 콩트는 인간조건에 대한 다음과 같은 비전을 반영하고 있는 것으로 보인다.

또 어떤 사람들에게는, 인간조건이 인간의 본성에 따라서라기보다는 각각의 인간이 세계와 동류 인간들과 맺고 있는 관계 상황에 따라 규정된다. 따라서 조건의 문제가 아니라, 선택되고 꾸며지는 특수한 상태들의 문제다. 이럴 경우 불행은 보편적 성향이나 내적 예정의 숙명적 결과가 되는 대신, 일련의 충격과 반작용—— 운명보다 인간들에게 더 책임이 있으며 그것에 대한 방어책이 불가능하지 않은—— 속으로 흡수되게 된다.[21]

인간조건 자체 속에 내재되어 있는 것이 아니라 인간이 외부와 맺고 있는 관계 양상에 기인하는 불행이라면, 교정과 치유가 가능한 불행인 만큼 결코 인간의 행복의 여지를 배제하지 않는다. 철학적 콩트는 인간

---

20) Voltaire, *Candide*, p. 233.
21) Robert Mauzi, 앞의 책, p. 70.

불행의 긴 목록을 담고 있지만, 그것은 인간의 불행을 제시하고 확인하기 위한 목적에서가 아니다. 인간의 삶을 불행하게 만드는 제반 요인, 즉 각각의 인간이 타인과 사회, 세계와 맺고 있는 관계의 왜곡된 양상을 들추어내어 그것을 비판하고 공격하면서 가능한 한 그것을 시정해보려는 노력이 철학적 콩트의 진정한 목적이다. 연애소설의 성격이 가장 강해 보이는 『바빌론의 공주 *La Princesse de Babylone*』나 상징성과 우의성이 두드러져 보이는 『하얀 황소 *Le Taureau blanc*』 같은 콩트조차도 이 점에서는 예외가 아니다. 볼테르의 콩트들은 인간의 행복에 대한 강렬한 염원과 열정의 소산이라고 할 수 있다. 여기에서 철학적 콩트의 저자 볼테르는 『철학서한』과 『철학사전 *Dictionnaire philosophique*』의 저자인 계몽철학자 볼테르, 칼라스 사건과 시르방 Sirven 사건과 라바르 La Barre 사건에서 정의를 위해 싸운 계몽의 투사 볼테르의 입장과 전적으로 합류하게 된다.

이름 자체가 아랍어로 '정의로운 사람'을 뜻하는 말에서 나온 자디그는 정의롭고 덕성스러우며 합리적인 인물이다. 이 인물은 26편의 콩트 작품 가운데 저자의 모습에 가장 근접해 있는 볼테르의 화신과 같은 인물이라고 할 수 있다. 자디그는 스스로 여러 가지 불행을 겪을 뿐만 아니라 그것을 통해 사회의 각종 불합리를 보여주며 그것을 고발하는 인물이기도 하다. 이 이성적인 인물의 모습 자체가 세상의 비이성적 양상과 대조를 이루면서 효과적인 비판의 장치로서 기능한다. 이 인물은 그의 창조자와 마찬가지로 특히 종교적 편견과 광신을 못 견디면서 그런 것과 투쟁을 벌이는 인물로 나타난다. 아랍상인의 노예신분으로 전락한 상황에서도 그는 종교적 폐습에 대해 끊임없이 교화적인 역할을 맡아 그것을 훌륭히 수행해낸다. 그는 주인 세토크 Sétoc의 미신을 교정하고, 남편이 죽으면 아내가 함께 화장을 당하는 동양의 종교적 악습을 시정하는 수완을 발휘한다. 주인과 함께 발조라Balzora를 여행할 때 자디그는 세계의 각종 종교적 견해를 대표하는 사람들이 한곳에 모여 싸움을 벌이는 장면을 목격하게 된다. 이때 이 지혜로운 인물은 조정에 나서서 상이한 각종 종교적 신념과 관행에도 불구하고 최고의 존재l'Etre supérieur를 믿는 점에서는 모두 일치한다는 설득으로 종교적 이견 때문에 싸우는 사람들을 화해시키기에 이른다. 콩트의 기법에 맞게 매우 단순화되어 있지만, 자디그는 볼테르의 이신론déisme의 이상을 대변하는 인물이 되는 것이다. 종교적 측면에서와 마찬가지로 정치적 측면에서도 자디그는 볼테르의 이상을 대변할 수 있는 인물로 보인다. 볼테르가 프레데릭 2세와의 불화로 환멸을 맛보기 이전에 창조된 인물인 자디그는 계몽사상가 볼테르가 아직 간직하고 있던 계몽전제군주에 대한 기대와 이상을 구현하는 인물이라고 할 수 있다. 바빌론의 수상으로서 그가 보여주는 다음과 같은 현명한 정치의 모습은 볼테르가 계몽전제군주에게 기대했던 정치이기도 할 것이다.

그는 모든 사람에게 법의 신성한 힘을 느끼게 했지만, 아무에게도 자신의 위엄의 무게를 느끼게 하지는 않았다. 그는 국무회의의 발언을 전혀 억제하지 않았으며, 어느 대신이든 자유롭게 의견을 말해도 그의 기분을 거스르지 않았다. 그가 어떤 사건을 심판할 때면, 판결을 내리는 것은 그가 아니라 법이었다. 그러나 법이 지나치게 엄격하면, 그는 그 법을 완화했으며, 법이 없을 경우에는 조로아스터의 법으로 여겨질 만큼 훌륭한 법을 그의 공정성이 만들어냈다.[22]

이러한 자디그의 선정의 모습이 당시 프랑스의 정치현실에 대한 간접적인 비판의 역할을 하는 것은 물론이다. 계몽사상가들의 저작에서 혁명의 모티프를 보려는 것은 대체로 성급하고 독단적이기 쉽지만, 위의 기술 같은 것은 부패하고 독선적인 앙시앵레짐에 대해 전복적 기능을 하는 부분이라고 볼 수 있다. 마침내 바빌론의 왕으로 즉위하여 자디그가 베푸는 정치는 바로 계몽적 이성에 의한 진보의 정점에서 기대되는 정치적 이상향의 실현을 보여주는 것이라고 할 수 있다. 이 작품의 대단원은 다음과 같이 막을 내린다.

제국은 평화와 영광과 풍요를 누렸다. 그것은 지상의 가장 아름다운 시대였다. 그 땅은 정의와 사랑으로 통치되었다. 사람들은 자디그를 축복했고, 자디그는 하늘을 축복했다.[23]

이성의 힘으로 세계의 부조리를 질타하는 점에서는 모든 콩트작품이 동일선상에 놓인다고 할 수 있지만, 『자디그』 이후의 작품들은 최고의 지혜에 도달하는 철학자의 전형과 같은 주인공이 출현하는 이 작품만큼 다행스런 결말을 보여주지는 못한다. 연륜과 더불어 볼테르의 염세적 경향이 증가해간 듯 콩트의 색조는 좀더 어두워지고, 이 전투적 사상가가 '치욕스러운 것l'Infâme'이라고 부르게 될 세상의 불합리에 대한 공격은 좀더 거세지는 것처럼 보인다. 오늘날 'l'Infâme'이라는 단어는 볼테르가 대항해 싸웠던 모든 불의를 상징하는 단어처럼 이 계몽주의자와 불가분의 관계로 맺어져 있지만, 주목할 만한 볼테르의 전기를 내놓은

---

22) Voltaire, *Zadig*, p. 71.
23) 같은 책, p. 117.

장 오리외Jean Orieux에 따르면 볼테르가 이 말을 쓰기 시작한 것은 『캉디드』의 출판연도이기도 한 1759년부터였다. 이 전기작가는 'l'Infâme'의 의미를 다음과 같이 설명한다.

1749년에 그는 아직 '치욕스러운 것'에 대해 이야기하지 않았는데, 1759년에는 그것에 대해 얘기하고 있다. 그것은 하나의 고정관념이 되었다. '치욕스러운 것?' '치욕스러운 것'이 무엇인가? 어떤 사람들은 로마 교회라고 말한다. 그것이 가장 가까운 뜻이겠지만, 사정은 좀더 복잡해 보인다. 그 자신이 설명한 적은 결코 없다. 어쩌면 의미가 흔히 얘기되는 것보다 덜 정확했기 때문일 것이다. '치욕스러운 것,' 때로는 그것이 로마 교회이기는 하지만, 로마 교회가 치욕을 독점하고 있는 것은 아니다. '치욕스러운 것,' 그것은 불관용, 광신, 박해다. 그것은 부적으로 둘러싸이고 독 투창으로 무장했으며 거대한 어리석음에 올라탄 '미신'이다.[24]

볼테르의 만년은 이 'l'Infâme'과의 투쟁으로 점철되어 있다고 할 수 있는 바, 만년의 콩트작품들 역시 이 투쟁의 일환임은 물론이다. 아시아를 지리적 배경으로 하는 『자디그』에 비해 유럽이 주무대인 『캉디드』와 프랑스를 배경으로 한 『엥제뉘』의 현실비판은 더 직접적이라고 할 수 있다. 『캉디드』는 오늘날의 르포르타주 문학처럼 당대 현실에서 마주칠 수 있는 온갖 비리와 악의 보고서를 이루는 작품이다.

『캉디드』에서는 잔혹한 것 가운데 어느 것도 꾸며낸 것은 없다. 볼테

---

24) Jean Orieux, *Voltaire ou la royauté de l'esprit*, t. II, Flammarion, 1977, p. 137.

르는 하나의 기록물을 넘겨주는 셈이다. 그것은 얼마간 단순화되어 있기는 하지만, 신문들이 주의 깊은 유럽인 누구에게나 알려주었던 잔혹한 사실들의 발췌본과도 같은 기록물이다.

　〔……〕 볼테르는 세상의 고통에 전율한다. 그는 불의의 창안자들, 수탈을 비호하는 기치들 모두를 알고 있거나 또는 알고 있다고 생각한다. 그는 그것들을 열거하고, 대조하고 대립시킨다.[25]

전쟁을 일으켜 살육과 파괴와 겁탈을 자행하고는 테데움을 노래하는 군주들, 무고한 사람을 이단으로 몰아 화형에 처하는 종교재판의 만행, 흑인 노예의 수족을 절단하는 백인 식민지 상인의 비인간성, 엘도라도에서 얻어온 캉디드의 막대한 재산을 차례로 축내가는 거듭되는 사기와 강탈 등 『캉디드』에 그려진 이 모든 '치욕스러운 것'의 현상은 위의 인용이 지적하는 바와 같이 모두 18세기 유럽에서 확인할 수 있는 현실이다. 이 현실을 담아내는 볼테르 특유의 기법, 현대비평이 주요 관심대상으로 삼는 그 아이러니의 기법은 순전히 문학적 흥미를 유발하기 위해 채택된 것이 아니다. 그것은 계몽사상가 볼테르의 이성의 투쟁을 위한 효과적인 도구인 것이다.

　『캉디드』에서 아이러니는 공격적 무기의 기능을 갖는다. 그것은 외부를 향한다. 그것은 합리적 사고만이 소유해야 할 권위를 부당하게 차지하는 모든 것에 대항하는 이성의 투쟁을 이끈다.[26]

---

25) J. Starobinski, *Le remède dans le mal*, Gallimard, 1989, p. 125.
26) 같은 책, p. 129.

이 이성의 투쟁은 무엇을 이끌어내는가? 공격당하는 비이성적 권위들은 실제로 타격을 입는가? 현실의 견고한 힘이 문자의 공격에 쉽게 굴복하리라고 생각하는 것은 예나 지금이나 순진한 환상에 불과할 뿐이다. 그러나 독자의 의식 속에 이 작품은 기성의 권위에 대한 의혹과 회의를 불어넣는 효과를 발휘하도록 조직되어 있다. 제6장의 '멋진 화형식un bel auto-da-fé' 장면을 읽고 가톨릭교회의 허상에 눈뜨지 않기는 어려울 것이다. 정치적·사회적 권위는 물론 포코퀴랑테Pococuranté의 일화를 통해 철학적·문학적 권위에 이르기까지, 이 작품은 일체의 비이성적인 기성 권위에 타격을 가한다. 『캉디드』의 공격대상인 모든 기성 권위, 그것은 넓은 의미로 앙시앵레짐을 떠받치고 있는 권위이며, 프랑스 대혁명에 의해 붕괴의 운명을 맞게 되는 권위다. 현실에 대한 문학의 전복적 기능은 간접적이고 우회적으로 작동하며, 일반적으로 그 효과가 장기간에 이르러서야 나타난다. 대혁명기의 사람들이 볼테르를 혁명의 아버지로 추앙한 것은 그 혁명에서 볼테르의 계몽사상이 구현되고 있음을 인식했기 때문일 것이다. 볼테르의 대표적인 철학적 콩트 『캉디드』를 계몽사상의 한 표현으로 인정한다면, 이 작품을 혁명과 연결시켜 생각하는 것도 큰 무리는 아니다.

'볼테르 정신의 정수, 그의 철학의 최종적 상태'[27]가 과연 『엥제뉘』에 나타나고 있는지는 확인하기 어렵지만, 이 작품이 이른바 '치욕스러운 것'의 일차적이고 주된 의미인 가톨릭교회를 『캉디드』에서보다 더 직접적으로 겨냥하고 있는 것은 사실이다. 이 작품은 예수회jésuite파 사제들에게 교육받았던 만큼 교단에 대해 상당한 기간 동안 우의를 지켰

---

27) 같은 책, p. 145.

던 볼테르가 예수회 회원들과 완전히 적대적 관계가 되었음을 확인해
준다. 순진한 엥제뉘를 바스티유 감옥에 무단으로 수감하는 만행을 저
지르는 것이 예수회 회원이며, 가련한 생티브 양을 희생의 장소로 인도
하는 것도 예수회 회원이다. 세속적인 예수회 사제들의 문란한 풍속이
이 작품에서는 다음과 같이 풍자되기도 한다.

수도원장은 존귀한 드라쉐즈 사제 댁으로 갔다. 그는 뒤트롱 양과 함
께 있어서 수도원장에게 접견을 허용할 수가 없었다. 그는 대주교의 문
앞으로 갔다. 그 고위성직자는 교회업무로 아름다운 드레디기에르 부인
과 칩거해 있었다. 그는 모의 주교의 시골집으로 달려갔다. 주교는 드몰
레옹 양과 함께 기용 부인의 신비적 사랑을 검토하고 있었다.[28]

18세기의 계몽철학자들 가운데는 디드로와 같은 유물론적 무신론자
들도 있었지만, 볼테르는 유신론을 포기한 적이 없었으며, 하층민들을
위한 종교의 유용성을 강조하는 보수적인 측면도 보여주었다. 그럼에
도 가톨릭교회가 볼테르를 교회의 최대의 적으로 증오했던 것은 볼테
르의 시대적 역할이 가장 컸던 탓도 있겠지만, 『엥제뉘』에서 볼 수 있
는 바와 같은 교회 세력에 대한 신랄한 독설과 야유 때문이기도 할 것
이다.

『엥제뉘』는 '치욕스러운 것'에 대한 공격으로만 일관되어 있는 작품
은 아니다. 이 작품은 건전한 이성에 의한 문명의 진보 가능성을 예견
케 하는 긍정적이고 적극적인 요소를 아울러 지니고 있다. 바스티유 감

---

28) Voltaire, *L'Ingénu*, p. 322.

옥은 역설적으로 훌륭한 교육의 장소가 된다. 엥제뉘는 그곳에서 박학한 장세니스트 사제 고르동Gordon을 만난다. 이 뛰어난 스승의 도움으로 야만상태에서 갓 벗어난 주인공이 채 1년도 안 되는 기간 동안 철학, 문학, 역사를 두루 섭렵하는 지식인으로 변모한다. 지식인으로 변모한 이 야만인은 스승을 교화시켜 장세니즘의 광신을 치유하게 하는 역할까지 행한다. 철학적 콩트가 본래 사실주의와는 거리가 먼 작품이지만, 이러한 엥제뉘의 급속한 변모는 죽었다던 인물들이 계속해서 살아 돌아오는 『캉디드』의 전개보다는 있음직한 이야기로 읽힐 수 있을 것이다. 볼테르는 이 선량한 야만인의 이야기를 통해서 문명의 편견에 물들지 않은 선입관 없는 건전한 정신은 쉽게 계발될 수 있음을 얘기하고자 하는 것 같다. 그리하여 이 인물은 인간에게 있어서 진보 가능성이라는 계몽주의의 신념을 표상하는 인물이 된다. 따라서 "엥제뉘는 계몽철학을 위한 이상적 모델이다"[29]라는 견해도 크게 과장된 것만은 아니다.

4. 계몽적 이성

플로베르 이후 이른바 '무에 관한 책un livre sur rien'이 문학적 이상과 규범처럼 되어 있는 오늘날, 그리고 계몽주의적 이성에 대한 회의와 반성이 더 많이 얘기되고 있는 오늘날, 계몽사상의 관점에서 철학적 콩트를 읽고자 하는 것은 어쩌면 진부하기 짝이 없는 일인지도 모른다. 18세

---

29) Christine Marcandier-Colard, *Premières leçons sur le conte voltairien*, P.U.F., 1995, p. 32.

기는 문학의 불모의 시대이며, 계몽주의 사상은 이제 용도 폐기된 지난 날의 낡은 부르주아 이데올로기라고 생각하는 것이 오늘날의 대체적인 경향인 것 같다. "18세기는 역사상 유일한 행운의 시대이며 프랑스 작가들이 곧 잃어버리게 된 낙원이다"[30]라고 소리 높이 외쳤던 사르트르의 현실참여적 문학론도 이제는 먼 추억처럼 아련한 것이 되어버린 실정이다. 이성에 대한 불신이 확산되어가고 있는 이 시대에 이성을 신봉하는 계몽사상의 선전 팸플릿과도 같았던 볼테르의 철학적 콩트는 어떤 의미를 지닐 수 있는가?

볼테르를 비롯해 대부분이 부르주아 출신이었던 18세기 지식인들에 의해 이룩된 계몽사상 일반이 넓은 의미로서의 부르주아 이데올로기에 합류한다는 사실을 부인하기는 힘들다. 그렇다면 계몽주의는 오로지 18세기의 상승계급이었던 부르주아지의 이해관계에 봉사하는 운동이었던가? 다음의 사르트르의 고찰은 계몽주의 작가들이 내세웠던 것이 보편적 이성이었음을 말해준다.

18세기의 작가가 그의 작품에서 끊임없이 요구하는 것은 역사에 반해서 반역사적(反歷史的) 이성을 행사하는 권리다. 그런 의미에서 그는 추상적 문학의 본질적 요구를 밝힐 뿐이다. 〔……〕 작가는 보편적임을 자처했으므로 보편적 독자들만을 가질 수밖에 없으며, 그가 그의 동시대인들의 자유에 요구하는 것은 그들의 역사적 연결을 끊고 보편성 속에서 자기와 합류하자는 것이다.[31]

---

30) J.-P. Sartre, *Situations II*, Gallimard, 1975, p. 143.
31) 같은 책, pp. 150~51.

계몽주의 작가의 요구가 결과적으로 18세기 부르주아지의 현실적 이해와 합치하여 부르주아 이데올로기를 반영했던 것이 사실이라 하더라도, 그것이 어디까지나 일정한 역사적 조건을 넘어서는 보편적 이성의 요구였던 것만은 확실하다. 계몽주의자든 그들의 적대세력이든, 18세기 당시에는 계몽주의 운동이 특정의 계급적 이해관계와 연관되어 있다는 것을 전혀 의식하지 못했던 것으로 보인다. 볼테르를 비롯한 계몽철학자들은 자신들의 투쟁이 인간의 보편적 이성을 실현하기 위한 것이라는 사실을 조금도 의심하지 않았다. 19세기 이후에 이야기될 이른바 부르주아지의 영악한 전략 같은 것이 인간의 보편적 이성을 진지하게 믿는 계몽사상가들의 정신에 스며들 여지는 없었던 것으로 보인다. 보편적 이성을 지향하는 계몽주의는 적어도 그 정신에 있어서는 부르주아지의 승리라는 일정한 역사적 조건과 더불어 시효가 소멸된 운동일 수는 없다. 보편적 이성이 완전히 실현되지 못한 곳이라면 어디든 계몽주의 정신은 항의의 정신으로 살아남아 여전히 가치와 의미를 지닐 것이다. 이런 의미에서 계몽사상은 18세기의 부르주아 이데올로기에 온전히 갇혀 있는 사상이 아니라 오늘날에도 여전히 유효한 개방되어 있는 사상이다. 세계는 아직도 보편적 이성의 실현과는 거리가 먼 상황이다. 볼테르가 그토록 정력적으로 대항해 싸웠던 '치욕스러운 것'은 형태와 내용이 변했을지언정 아직도 도처에서 인간을 억압하고 있다. 볼테르의 철학적 콩트가 비이성에 대한 이성의 항의였다면, 그것은 오늘날에도 여전히 의미 있는 작품이다. 우리는 여전히 비이성의 세계에 살고 있기 때문이다.

사르트르는 글 쓰는 것이 곧 행동으로 여겨진 18세기의 문학적 조건을 부럽게 생각한 적이 있지만, 이성에 의한 인류의 무한한 진보를 아무런 유보 없이 믿을 수 있었던 계몽사상가들의 낙관적 미래관이야말로 현대인들에게는 부러운 것이 아닐 수 없다. 18세기가 상상하던 것 이상으로 진전된 물질문명 가운데 살고 있는 현대인들은 나날이 가중되는 환경파괴와 정교화되는 살상무기 앞에서 생물학적 종(種)으로서 인류의 생존 자체를 의심하기에까지 이른 미래에 대한 회의주의자가 되었다. 그리고 현대인들은 인류의 운명에 대한 이 우울한 진단과 전망을 이성의 탓으로, 진정한 의미에서 근대를 열기 시작한 18세기적 이성의 탓으로 돌리는 습관을 키워온 것으로 보인다. 이성은 언제나 통치술의 거장들이 장악하고 있던 도구였다는 니체의 지적 이후, 계몽주의적 이성과 합리성에 대한 비판은 오늘날 도처에서 목격되고 있다.

18세기 이후 오늘날까지 여러 역사적 단계에서 이성의 이름으로 자행된 수많은 횡포, 나아가 이성의 억압적 기능을 지적하기는 쉽다. 그리고 현대문명의 병리적 현상을 이성의 폐해와 연결시켜 비판하는 것 역시 그리 어려운 일이 아니다. 그러나 그 모든 이성의 책임은 이성 자체의 책임이 아니라 오도되고 남용된 이성의 책임일 것이다. 계몽사상가들이 진지하게 믿었던 인간의 이상적 기능인 보편적 이성은 역사의 현장에서 횡포를 부린 이성도, 특정의 계급적 인간상에만 봉사한 이성도 아닐 것이다. 그것은 모든 인간의 행복한 삶을 실현하기 위한 유용한 수단이 되는 이성일 것이다. 볼테르는 이미 『자디그』의 말미에서 모든 사람의 행복한 삶의 성취를 가능하게 하는 정의와 사랑의 정치를 얘기하지 않았던가. 이성을 단죄하고 폄하하는 데만 열성이라면 문명의 위기를 해결할 근거를 어디에서 찾을 수 있을 것인가? 능란하게 이성을 비판하는 사람들도 대안제시에는 그다지 유능해 보이지 않는다. 이성에 기대지 않는다면, 비합리적 낭만주의, 신비주의, 아니면 종교적 몽매주의가 이 복잡다단한 현대세계의 해결책이 될 수 있을 것인가? 현대세계는 아직도 보편적 이성의 실현과는 거리가 먼 비이성의 와중에 머물러 있는 것으로 생각되므로 볼테르가 '치욕스러운 것'이라고 불렀던 바의 인간의 행복을 저해하는 온갖 종류의 비이성적 행태에 맞서 싸웠던 계몽주의 정신은 오늘날에도 여전히 절실하게 필요한 정신으로 보인다. 이런 의미에서 계몽사상의 한 특수한 표현형식이었던 볼테르의 철학적 콩트는 아직도 독자들에게 반성과 참조의 논거가 될 만한 문학작품으로서 그 나름의 생명력을 지닐 것이다.

제3장

이성과 관용정신—『관용론』

1. 볼테르와 칼라스 사건

볼테르의 가장 중요한 면모, 가장 본질적인 면모, 또는 가장 영광스러운 면모가 무엇인가라는 물음은 어쩌면 부질없는 질문일지도 모른다. 사상가, 철학자, 역사가, 문인, 투사 등 18세기 유럽의 이 대표적 지성인의 다양한 역할 가운데 어느 것 하나 중요하지 않은 것이 없으며, 그런 역할 중 어느 것 하나를 제외하고서도 계몽주의의 상징적 인물인 볼테르를 이야기하기는 어렵다. 이 역사적 거인의 다양한 발자취를 대상으로 한 경중의 언급은 관심 분야나 연구 관점에 따른 개별적인 지적이기가 쉽다. 그러나 의외로 볼테르의 몇몇 연구자들에게서 그의 가장 중요한 가치에 대한 문제제기가 이루어지고, 그것이 칼라스 사건l'affaire Calas에서 보여준 볼테르의 활약으로 수렴되는 현상을 발견할 수 있다.

이 작은 고찰은 칼라스 사건을 둘러싼 투쟁과정에서 나온『관용론 *Traité sur la tolérance*』을 대상으로 한 것인 만큼 이러한 문제제기로부터 논의의 발단을 여는 것도 하나의 방편이 될 수 있을 것이다.

볼테르의 대표적 전기『그의 시대의 볼테르 *Voltaire en son temps*』의 저자로, 현대의 중요한 볼테르 학자 가운데 한 사람인 르네 포모 René Pomeau 는 칼라스 사건과『관용론』의 중요성을 다음과 같이 부각시킨다.

칼라스 사건은 최상의 볼테르를, 정의에 대한 그의 정열과 인류의 이상을 위한 그의 관대성에 의해 위대한 모습의 인물을 드러내 보인다. 볼테르의 그러한 면모는『관용론』으로 입증되는데, 이 책은 칼라스 소송의 진정한 목적을 지적하기 위해서, 다시 말해 프랑스에 종교적 관용의 체제를 확립하기 위해서 소송이 진행되는 동안 그가 출판한 것이다.[32]

볼테르 탄생 300주년 기념행사에서 했던 것으로 보이는 미셸 알프랭 Michel Halperin 의 강연은 문학연구자가 아닌 법률가의 견해여서 더욱 흥미로운데, 그는 아예 칼라스 사건을 볼테르의 본질로 규정한다.

볼테르의 본질, 그것은 칼라스 사건입니다. 이렇게 말함으로써, 나는 변호사도 때때로 문인에 관해 얘기할 권리를 갖는다고 생각할 당위성을 마침내 얻게 될지도 모릅니다. 볼테르는 대작가지만, 칼라스 사건, 다시 말해『관용론』을 제외하면, 그가 쓴 것은 상대적인 중요성밖에는 갖지 못합니다. 볼테르는 분명히 자기 세기의 사상적 움직임에 중요한 기여

---

32) René Pomeau, "Voltaire : Le combat pour la tolérance. Calas, Sirven, La Barre," in *Raison Présente*, n° 112, Nouvelles Editions Rationalistes, 1994, pp. 78~79.

를 했지만, 그러나 그의 많은 텍스트들은 오늘날 대단히 아름다운 언어의 즐거움을 위한 것이 아닌 한, 더 이상 주의 깊은 독서의 가치를 갖지 못할 것입니다.[33]

칼라스 사건을 집중적으로 다룬 연구자로부터 나온 다음의 고찰은 어느 면에서 앞선 두 견해를 반복하고 있지만, 그것을 더 강조하여 부연한다.

오늘날 대다수의 우리 동시대인들은 칼라스 때문에 볼테르를 알고 있다. 볼테르는 무엇보다도 먼저 '칼라스의 인사'다. 심지어 클로드 로리엘과 더불어 '만약 볼테르가 칼라스의 옹호자가 아니었더라면 오늘날 그의 영광은 어떻게 되었을까?'라고 의문을 제기해봄직도 하다. 이 특별한 노인은 68세에 페르네의 은신처에서 하나의 새로운 생애, 그로 인해 그의 이름이 가장 완벽하게 후세에 전해질 하나의 생애를 시작한다고 말할 수도 있으리라. 그에게 아카데미 프랑세즈 회원의 지위와 위대한 문인의 명성을 가져다준 시와 비극 작품들은 이제 잊혀졌다. 국왕의 수사가(修史家)로서의 그의 직함을 떠받쳐주는 역사적 저술들로 말하자면, 그것은 이제 대체로 대학인들이나 전문가들밖에는 읽지 않는다. 그러나 처단받고, 상처받고, 모욕당한 무고함을 옹호한 사람의 추억을 집단적 기억력은 경건하게 유지하고 있다. 볼테르는 우선 정의의 심판관이다.[34]

---

33) Michel Halperin, "Voltaire: La tolérance intolérante," in *La tolérance au risque de l'histoire, de Voltaire à nos jours*, Aléas, 1995, pp. 160~61.

34) Ghislain Waterlot, *Voltaire, le procureur des Lumières*, Editions Michalon, 1996, pp. 9~10.

144

이러한 견해는 성립할 수 있는 주장이기는 하지만, 누구든지 수용할 만한 명백한 사실의 제시라고 하기는 힘들 것이다. 최상의 볼테르의 모습, 또는 볼테르의 본질을 칼라스 사건에서가 아니라 『철학서한』이나 『루이 14세의 세기』에서 보고자 하는 사람들도 있을 것이다. 또한 칼라스 사건에 개입하기 위해 썼던 『관용론』이 오늘날 볼테르의 시나 극작품보다 많이 읽히리라는 것은 추측이 가능하지만, 과연 그것이 콩트 『캉디드』보다 많이 읽힐는지는 의심스럽다. 순전한 문학적 관심에서 고려할 때는 『관용론』이 볼테르의 저술 중 가장 중요한 것으로 떠오르기는 아무래도 힘들다. 그러나 18세기의 흐름을 계몽운동의 측면에서 고찰할 경우 분명히 칼라스 사건은 볼테르의 생애에서 가장 중요한 사건이며, 18세기 계몽운동의 정점을 보여주는 사건이라고 할 만하다. 칼라스 사건에 의해 볼테르는 계몽주의의 전투적 성격을 극명하게 구현하며, 19세기의 에밀 졸라, 20세기의 사르트르로 이어져나갈 프랑스 지식인의 치열한 현실참여의 역사를 시작한다. 칼라스 사건은 계몽의 투사 볼테르의 생애를 특징짓는 대단원이며, 『관용론』은 계몽사상가 볼테르의 정수가 담겨 있는 저작이라고 할 수 있다. 어쨌든 볼테르의 생애와 계몽주의의 역사에서 칼라스 사건과 『관용론』의 중요성을 결코 간과해서는 안 된다. 이제 이 저작을 구체적으로 검토해보기에 앞서, 이미 두 세기 반이나 지났기 때문에 대체로 기억이 희미해진 칼라스 사건의 전말과 『관용론』의 간행경위를 먼저 간략히 살펴볼 필요가 있겠다.

2. 칼라스 사건과 『관용론』

아내와 여섯 자녀를 둔 60대의 가장이며, 고장에서 좋은 평판을 누리던 툴루즈의 포목상인 장 칼라스Jean Calas는 프로테스탄트였다. 그의 집에는 30년 동안이나 줄곧 봉사를 해와 가족이나 마찬가지인 잔 비기에르Jeanne Viguière라는 하녀가 있었는데, 그녀는 독실한 가톨릭교도였다. 또 그의 삼남 루이 칼라스Louis Calas가 가톨릭으로 개종했지만, 프로테스탄트인 부친은 개종한 아들에게 여전히 생활비를 대주고 있었다. 이러한 상황은 장 칼라스가 종교적으로 철저하게 비타협적인 완고한 신교도는 아니었으리라는 추정을 가능케 한다.

1761년 10월 13일 칼라스 가족의 저녁식사 자리에는 주인 부부, 장남 마르크 앙투안Marc-Antoine, 차남 피에르Pierre, 하녀, 고베르 라베스Gaubert Lavaysse라는 청년이 참석해 있었다. 라베스는 칼라스 가족의 친구인 변호사의 아들로, 곧 멀리 카리브 해 연안으로 떠날 예정이라 인사차 방문했다가 저녁식사를 함께하자는 권유를 받아 머물러 있었다. 식사가 끝나고 7시 반경 장남 마르크 앙투안이 말없이 방을 떠나 층계를 내려갔다. 침울하고 폐쇄적인 성격의 이 28세 청년은 본래 변호사가 되는 것이 희망이었지만, 신교도에게는 그 길이 금지되어 있었기 때문에 아버지의 가게에서 일하며 살아가는 것을 불만스러워하는 처지였다. 주인과 얘기를 나누며 남아 있던 라베스가 10시경 떠나려 하자 차남 피에르가 그를 배웅하기 위해 함께 층계를 내려갔다가 아래층 가게의 문짝에 목이 매여 있는 마르크 앙투안의 시체를 발견했다. 그들이 외치는 소리에 가족이 달려 내려왔고, 이웃사람들이 몰려들었고, 피에르와 라베스는 의사를 찾으러 달려갔으며, 당국에도 신고를 했다. 11시 30분경 툴루즈 시 행정관인 다비드 드 보드리그David de Beaudrigue가 현장에 도착했을 때 마르크 앙투안의 시체는 바닥에 눕혀 있었다. 시체에는 상처나 싸움의 흔적 같은 것은 없었고, 목에 가볍게 조인 자국만이 보였다.

모여든 구경꾼들이 이 죽음을 둘러싸고 수군거리기 시작했고, 가족이 그를 살해한 것이라는 소문이 일었다. 마르크 앙투안도 다른 동생처럼 신교를 버리고 가톨릭으로 개종하려고 했는데, 그것을 참을 수 없었던 가족이 그를 살해했다는 얘기였다. 이단에 대한 증오심이 유달리 강했던 툴루즈 사람들 사이에서 이런 소문은 순식간에 퍼져나갔고, 사건 전날 개종자를 처단하기 위한 프로테스탄트들의 회합이 열렸는데, 그 자리에서 라베스가 사형집행인으로 선출되어 살해를 돕기 위해 불려왔다는 식으로 소문은 확대되어갔다. 이 근거 없는 소문이 칼라스가(家)의 운명을 결정짓게 되었다. 시 행정관 다비드 드 보드리그는 다른 필요한 조치에 앞서 구경꾼들을 심문하는 데 역점을 두었고, 그들의 진술에 따라 칼라스 가족을 체포했다.

자살을 범죄로 여겨 자살자의 시체는 제대로 매장하지 않고 치욕스럽게 취급하는 것이 당시의 풍습이었다. 칼라스 가족은 그런 치욕을 피하기 위해 첫 심문에서는 마르크 앙투안의 자살을 부인했으나, 두번째 심문에서는 그가 문에 목이 매여 있는 상태로 발견되었음을 인정했다. 볼테르는 확신을 가지고 자살의 가정을 강력히 주장하지만, 사실 그의 죽음의 정황에는 얼마간 애매한 점이 있어 보였다. 이 죽음을 둘러싼 많은 연구가 존재하지만, 1981년에 소르본 대학에서 발표된 장 오르소니Jean Orsoni의 학위 논문『볼테르 이전의 칼라스 사건 L'Affaire Calas avant Voltaire』이 가장 종합적인 연구로서, 르네 포모 같은 권위 있는 연구자도 그 논문을 인용하고 있으며, 오늘날은 대체로 이 논문에 의거해 칼라스 사건의 전말을 얘기하고 있다. 그러나 어쨌든 가족의 손에 마르크 앙투안이 살해됐다는 증거는 없었으며, 그 개연성 또한 생각하기 어려웠다. 사법당국이 가족의 범죄임을 입증하려고 애쓰는 동안, 그해 11월 8일 툴루즈의 카르멜회 수도사들은 마르크 앙투안을 마치 이교를 부인한 가톨릭의 거룩한 순교자라도 되는 것처럼 장중하게 장사 지냈다.

심문이 되풀이되었지만 장 칼라스는 장남의 교살을 완강히 부인했다. 그러나 검사는 논고에서 칼라스의 가족을 교수형에 처하고, 라베스는 갤리선으로 보내고, 하녀 잔 비기에르는 5년간 병원에 감금할 것을 요구했다. 논의를 거듭한 툴루즈 고등법원 판사들은 주저하며 의견이 둘로 갈렸는데, 그들은 우선 가장의 경우만 판결하기로 결정하고, 마침내 8대 5의 표결로 장 칼라스에게 사형언도를 내렸다. 숨을 거두기 전 극심한 고통이 따르는 거열형(車裂刑) 언도였다. 사형판결에는 두 표가 많은 다수결이 필요했는데, 한 명의 판사가 마지막에 의견을 바꾸어 가까스로 필요한 요건을 채웠다고 한다. 장 칼라스의 사형은 판결 다음 날인 1762년 3월 10일에 집행되었다. 그의 사형선고 편에 선 판사들은 이 허약한 노인이 막상 처형의 극단적 고통에 직면하면 자신과 공모자들의 죄를 자백하리라는 논리를 폈다. 그러나 이 노인은 단말마의 고통 앞에서도 끝까지 자신의 결백을 주장하며 용감하게 죽어갔다.

기대하던 자백을 얻어내지 못해 당황한 고등법원 판사들은 다른 피고들을 처형할 수 없었다. 그들은 아들 피에르에게만 추방령을 내리고 다른 피고들은 석방했다. 「장 칼라스의 죽음의 개관Histoire abrégée de la mort de Jean Calas」이라는 제목의 『관용론』 제1장에서 볼테르는 판결의 모순을 잘 지적하고 있다. 60대 노인이 혼자 힘으로 건장한 청년인 아들의 목을 졸라매는 것은 불가능하다. 그가 그런 일을 하려면 저녁 내내 함께 있었던 가족과 라베스의 협력이 필요했을 것이다. 그런데 석방된 사람들은 공범의 혐의가 벗겨진 셈이며, 추방된 피에르가 만약 공범이라면 아버지와 같은 형벌을 받아야 마땅할 것이고, 만약 무죄라면 추방당할 이유가 없을 것이다. 볼테르는 이러한 모순의 지적과 아울러 사건 당시 부재중이던 두 딸이 수녀원에 유폐당하고, 미망인의 재산은 몰수되었다는 슬픈 얘기도 전하고 있다. 툴루즈의 한 평화로운 가정은 이렇게 비극적인 파탄을 맞았다.

이 사건과 볼테르의 관계는 다시 르네 포모의 다음과 같은 지적을 인용하는 것으로 시작하는 것이 적절하겠다.

칼라스 소송은 종료되었다. 그 소송은 시간이 경과하면서 불의가 전혀 고쳐지지 않고, 불공정한 법률이 문제시되지 않고, 불관용이 고발되지 않은 채로 망각 속에 묻혀버릴 수도 있었을 것이다. 그러나 1762년 3월 22일, 페르네에 머무르던 볼테르는 툴루즈에서 일어난 일을 알게 된다. 그에 의해서, 오직 그 한 사람에 의해서, 칼라스 소송은 칼라스 사건, 사람들의 양심에 각인된 그런 사건들 중의 하나로 변하게 될 것이다.[35]

맨 처음 볼테르에게 장 칼라스의 불행을 알린 사람은 마르세유의 상인 도미니크 오디베르Dominique Audibert였다. 처음에는 칼라스의 무죄를 믿지 않았던 볼테르가 의견을 바꾸는 데는 그 불행한 가정의 막내아들 도나 칼라스Donat Calas를 만난 것이 결정적이었다. 도나는 사건 당시 14세

---

35) René Pomeau, 앞의 책, p. 76.

소년으로 도제생활을 위해 집을 떠나 있었는데, 아버지의 처형 후에는 칼뱅교도들의 중심지인 주네브로 피신해 있었다. 이 순진한 소년의 모습은 볼테르에게 강한 인상을 주었고, 그의 불행은 볼테르의 마음을 뒤흔들어놓았다. 사정을 더 자세히 알아본 볼테르는 마침내 칼라스 가족의 결백을 확신했고, 4월에 들어서는 이 사건을 자신이 떠맡기로 결심했다.

칼라스가의 명예가 회복되기까지는 3년에 걸친 볼테르의 끈질긴 투쟁이 필요했다. 우선 사람들의 관심을 불러일으키고 여론을 움직이는 일이 중요했다. 그 일을 위해서는 칼라스 부인과 두 아들인 피에르와 도나의 글이 필요했는데, 불행히도 그들은 효과적인 형태로 호소하는 글을 쓸 능력이 없었다. 그들을 대신해서 그들의 이름으로 글을 쓰고, 또 그것을 모아 「칼라스가 남자들의 죽음과 툴루즈에서 내려진 판결에 관련된 원본서류들 *Pièces originales concernant la mort des sieurs Calas et le jugement rendu à Toulouse*」이란 제목의 팸플릿으로 만들어 뿌린 것이 볼테르였다.

동시에 볼테르는 페르네의 은신처에서 파리는 물론 유럽의 각지로 계속해서 편지를 보내면서 정력적인 싸움을 이어갔다. 퐁파두르 부인을 끌어들여 루이 15세에게까지 영향을 미쳤고, 주요 대신들과 영향력 있는 고위인사들을 계속적으로 공략했다. 동시에 그는 유럽 전역에 걸쳐 칼라스 가족을 위한 모금운동을 벌여 스웨덴 왕과 프러시아 왕 등 주요 군주들의 참여를 이끌어냈다.

18세기에는 고등법원의 판결에 대한 상고나 파기 제도가 없었다. 볼테르는 고등법원보다 상급의 권위를 가진 국왕참사회 le Conseil du roi를 움직여야 했는데, 마침내 1763년 3월 7일에는 칼라스 사건을 위한 참사회의 회합을 이끌어낼 수 있었다. 1764년 6월 4일에는 참사회가 툴루즈의 판결을 파기했고, 칼라스 사건 재판을 위한 특별법정이 구성되어 1765년 3월 12일에는 이 법정이 장 칼라스를 복권시키고, 다른 피고들에게 무죄선고를 내리기에 이르렀다. 볼테르의 오랜 투쟁이 이렇게 완벽한 승리를 거두는 것으로 칼라스 사건은 막을 내렸다.

잘 알려져 있다시피 『관용론』은 칼라스 사건을 위한 볼테르의 투쟁 과정에서 투쟁의 수단으로 출현한 저작이다. 볼테르의 서한에서 이 저작에 관한 언급이 처음으로 나오는 것은 그가 칼라스 사건에 개입하기 시작한 지 몇 달 후인 1762년 12월이다. 이 무렵 그는 친구인 다밀라빌Damilaville과 다르장탈d'Argental에게 보내는 각각의 편지에서 저술에 관해 얘기하고 있다. 자료를 모아가는 과정에서 볼테르는 프랑스 신교도들의 상황과 칼라스 사건이 일어난 고장에 관한 정보를 최대한 수집해주도록 친구들에게 부탁한다. 1763년 1월 2일에는 주네브의 젊은 목사로서 『관용론』 집필에 소중한 협력자 역할을 한 폴 클로드 물투Paul-Claude Moultou에게 초고를 보내 읽고 수정해주기를 부탁하게 된다.

볼테르는 철저한 전략가로서 저작의 목적과 현실적 효과를 계산하면서 집필작업을 끊임없이 계속해나간다. 어느 것 하나 우연에 내맡김 없이 논거를 조직적으로 배열하고, 용어 하나하나를 신중하게 선택하고, 문장의 길이를 측정하여 쓰는 작업이었다. 볼테르는 독자들을 설득하고 끌어들이기 위해서는 내용 못지않게 형식이 중요하다는 사실을 누구보다도 잘 알고 있었다. 볼테르가 우선적으로 겨냥한 독자층은 칼라스 사건의 재심에 영향력을 행사할 수 있는 귀족과 권력층 인사들이었다. 일반 독자층에게 저작을 배포하는 것은 나중 문제였다. 볼테르는 이 점에 관해 다밀라빌에게 다음과 같은 편지를 보냈다.

다수를 계발하는 것은 항상 소수에 의해 시작해야 합니다. 만약 궁정이 이 책에 질겁하게 된다면, 이 책을 폐기하고, 그것의 배포를 유리한 시기로 연기해야 한다는 것이 내 의견입니다.[36]

볼테르가 마지막 교정을 보고 마침내 배포할 수 있는 상태로 책자가 꾸며진 것은 1763년 4월이었다. 그는 예정했던 대로 대신, 퐁파두르 후작 부인, 참사회 회원, 귀족 친구 등 칼라스 사건에 영향력을 행사할 수 있는 소수의 유력인사들에게 우선 그 저작을 보내고, 대중적 배포는 후일의 기회를 기다리기로 했다. 그는 익명을 고집했고, 많은 사람들이 볼테르가 저자임을 의심치 않았음에도 기회가 될 때마다 자신이 『관용론』의 저자라는 사실을 부인하려고 애썼다. 『관용론』은 그렇게 정선된 엘리트 독자들에게 처음부터 대단한 반향을 불러일으킴으로써 일차적인 목적을 달성했고, 검열당국이 집요하게 추적을 했음에도 이 책이 점점 널리 읽히는 상황을 막아낼 수는 없었다. 그러나 이 저작은 칼라스 사건의 종결과 더불어 그 사명이 끝난 것이 아니었다. 18세기 중엽의 한 특수사건에서 발단된 작은 책자 『관용론』은 오늘날까지도 의미가 퇴색되지 않는 계몽주의의 명작으로 남게 된다.

3. 역사적 관점

『관용론』은 하나의 우연한 시대적 사건인 칼라스 사건을 위한 변론

---

36) "Lettre à Damilaville de 4 mars 1764," Valérie van Crugten-André, *Le Traité sur la tolérance de Voltaire*, Champion, 1999, p. 92에서 재인용.

서인 동시에 특정한 상황을 넘어서서 관용이라는 일반적 가치를 설파하는 보편적 성격의 저작이기도 하다. 볼테르에게는 칼라스 사건 자체가 한 가족의 재앙만을 의미하는 것이 아니라 인간이 공통적으로 직면할 수 있는 위험을 암시하는 사건이었다. 그것은 광신이 불러일으킬 수 있는 파괴적 결과의 한 현격한 예로서 인류 전체의 운명과 관계되는 사건이다. 볼테르는『관용론』집필 이전부터 피에르 칼라스의 입을 빌려 그 사실을 분명히 지적한다.

나는 광신이라는 인류의 이 저주스러운 재앙이 만들어낼 수 있었던 그 모든 것의 마지막 세부사항까지 알려지는 것이 인류에게 중요하다고 느낍니다.[37]

볼테르는 처음부터『관용론』을 일시적 효용의 저작으로 만들 생각이 아니었던 듯, 책의 서두를 다음과 같이 후대를 언급하면서 시작한다.

1762년 3월 9일 툴루즈에서 사법의 칼날로 자행된 칼라스 살해는 특이한 사건의 하나로서, 우리 시대와 후대의 주의를 끌 만하다.[38]

그리고 저자는『관용론』제25장의 결론 부분에서 관용에 대한 일반적 성찰이 저술을 이끌어온 원리였음을 분명히 진술하고 있다.

불관용의 정신 때문에 희생된 장 칼라스의 죽음을 계기로, 우리가 관

---

37) *Déclaration de Pierre Calas*, in Voltaire, *Mélanges*, Pléiade, 1991, p. 552.
38) Voltaire, *Traité sur la tolérance*, in *Mélange*, Pléiade, 1991, p. 563.

용에 대해 생각하는 바를 써오는 과정에서, 우리를 이끌어준 것은 오직 정의와 진리와 평화의 정신이었음을 신은 아실 것이다.[39]

관용tolérer의 어원은 본래 종교적인 것으로서 오류의 신앙을 가진 일부 사람들을 감내supporter한다는 의미지만, 『관용론』에서는 그 단어가 종교적 의미를 넘어 정치·사회적 함축을 지닌 포괄적인 뜻으로 쓰이고 있다. 관용은 종교개혁의 세기인 16세기부터 널리 유포되어온 개념이며, 프랑스 계몽철학의 공통 관심사이기도 해서 볼테르만의 주제일 수는 없다. 상황의 소산으로서 시대의 특수성에 반응하는 전략적 저술인 만큼 『관용론』은 사상적 대담성에서는 오히려 앞선 선구자들인 존 로크나 피에르 벨의 이론적 저술에 못 미치는 점도 있어 보인다. 이 저작의 특성은 관용을 호소하고 설득하는 볼테르의 방식에서 더 많이 볼 수 있다. 우선적으로 눈에 띄는 볼테르의 설득방식은 그의 역사적 관점이다.

역사에 관한 볼테르의 관심은 대단히 폭넓은 것이어서 17세기와 18세기의 근세사는 물론 그리스, 로마, 유대의 역사 등 고대사 전반, 그리고 지역적으로는 중국과 일본을 포함하는 세계사 전체를 아우른다. 역사적 성찰은 현재를 상대화시킴으로써 현상을 반성적으로 바라보는 유연한 시각을 가져다준다. 역사적 사실을 부단히 환기시킴으로써 볼테르가 겨냥하는 것이 바로 그러한 효과다. 칼라스 사건의 전말을 요약하고 있는 『관용론』 제1장에서부터 볼테르는 대뜸 역사적 비교를 통해 장 칼라스를 죽음에 이르게 한 사법제도의 모순을 지적해낸다.

---

39) 같은 책, p. 644.

우리는 매일같이 우리 이성의 연약함과 우리 법률의 불충분함을 느낀
다. 그러나 단 한 표의 우세로 한 시민이 거열형에 처해질 때보다도 그
것의 참화가 더 잘 드러나는 경우가 있을 것인가? 아테네에서는 사형판
결을 내리기 위해서 시민 과반수 찬성에 50표가 더 필요했다. 그 사실로
부터 어떤 결과가 나오는가? 그리스인들이 우리보다 더 현명하고 더 인
도적이었다는 사실을 우리가 알게 될 뿐 어쩔 도리가 없는 것이다.[40]

툴루즈 시의 정직한 시민 장 칼라스는 고대 아테네에 비해 더 가혹하
고 불합리한 사형제도의 희생자라고 할 수 있다. 위의 인용문 바로 앞
에서 볼테르가 말한 바와 같이 친부모에 의한 자식 살해 같은 일반적으
로 일어나기 힘든 사건에서는 확실한 증거에 입각한 재판관 전원 일치
의 판결 같은, 보다 신중한 재판이 필요할 것이다. 그러나 칼라스는 사
법제도의 피해자이기에 앞서 종교적 광신의 희생자였다. 프로테스탄트
에 대한 가톨릭교도들의 불신과 증오가 그를 자식 살해범으로 몰아갔
던 만큼 칼라스 사건의 핵심에는 종교적 관용의 문제가 놓인다. 따라서
볼테르의 역사적 비교는 무엇보다도 종교에 역점이 놓인다. 『관용론』
은 종교적으로 보다 관용적이었던 역사의 많은 예를 제시하고 있다. 우
선 아테네의 경우가 두드러진 예다.

아테네인들은 이방의 신들, 자기들이 알 수 없는 신들에게도 제단을
헌납했다. 모든 민족에 대해 너그러웠을 뿐만 아니라 타민족의 종교도
존중했음을 보여주는 그보다 더 강력한 증거가 어디 있겠는가?[41]

---

40) 같은 책, pp. 567~68.
41) 같은 책, p. 586.

볼테르는 고대 로마인들 또한 고대 그리스인들에 뒤지지 않는 종교적 관대함의 소유자들이었음을 다음과 같이 강조한다.

로물루스 시대부터 기독교도들이 제국의 신관들과 논쟁을 벌이던 시대에 이르기까지 고대 로마인들에게서는 종교적 감정 때문에 박해를 받은 사람을 단 하나도 볼 수 없다. 〔……〕 로마인들이 모든 종교를 신봉한 것은 아니었고, 모든 종교를 공인한 것도 아니었다. 그러나 그들은 모든 종교를 허용했다.[42]

이처럼 종교문제에 있어서 관대했던 로마인들이 기독교도들을 박해했다는 것은 생각하기 어려운 일이다. 볼테르는 로마제국의 초기 기독교도 박해 사실을 부인하거나, 일반적으로 알려진 통설과는 달리 해석한다. 초기 기독교도 박해는 유대인들의 분쟁이 잘못 알려진 것이며, 네로 황제가 로마 화재의 죄를 뒤집어씌워 기독교도들을 살해했다는 것도 종교적 불관용의 결과는 아니라고 지적한다. 또한 볼테르는 성 라우렌티우스Laurentius, 성 폴리우토Poliuto 등 로마시대 기독교 순교자들의 죽음은 대부분 그들의 과도하고 비정상적인 신앙의 결과로 유발된 것이지 로마의 종교적 불관용에 기인하는 것이 아니라고 말하면서 순교자 열전의 허구성을 지적하기도 한다. 기독교사에서 자주 언급되는 디오클레티아누스Diocletianus 황제 치세의 잔인한 기독교 박해의 역사도 볼테르의 해석에 의하면 과장과 왜곡이 심한 이야기다. 종교적 신앙이

---

42) 같은 책, pp. 586~87.

사회질서를 어지럽히고 국가체제를 위협할 경우에는 국가권력에 의한 제재가 불가피할 수밖에 없는데, 로마시대의 기독교 박해는 대체로 그런 성격이 강했던 것으로 본다. 요컨대 로마인들이 종교적으로 관용적이었던 반면, 초기 기독교도들이 편협하고 광신적이었던 것으로 취급되는 것이다.

볼테르는 유대인에 대해 그다지 호의적이지 않아서 앞에서 인용한 바 있는 미셸 알프랭 같은 사람은 그의 반유대주의를 신랄하게 비판하기도 한다. 실제로『관용론』에는 유대인에 대한 부정적 견해가 들어 있지만, 볼테르는 유대인의 역사에서조차 종교적 관용의 흔적을 찾아낸다.

> 이 민족의 전 역사를 통하여 너그러움이나 아량, 자비의 흔적은 나타나지 않는다. 그러나 그처럼 길고 끔찍스러웠던 야만의 구름 속에서도 보편적 관용의 빛줄기가 언제나 새어나온다.[43]

유대 민족의 종교적 관용의 흔적을 증명하기 위해 볼테르는 구약성서를 길게 검토한다. 볼테르는 폐쇄적인 사람들로 알려져 있는 유대인의 역사에서조차 이처럼 관용성을 찾아냄으로써 상대적으로 기독교도들의 불관용을 부각시키는 것이다.

볼테르의 비교는 18세기에는 아직 잘 알려져 있지 않던 중국과 일본 같은 동양의 종교적 관습에까지 미친다. 볼테르는 예수회 선교사들을 추방한 청나라의 조치나, 결국 쇄국조치에 이르게 된 일본의 종교적 분쟁이 모두 선교사들 자신의 편협함의 결과이지 해당 국가의 잘못이 아

---

43) 같은 책, p. 608.

님을 다음과 같이 지적한다.

아마도 중국 역사상 가장 지혜롭고 가장 너그러운 황제였던 위대한 옹
정제가 예수회 선교사들을 추방한 것은 사실이다. 그러나 그것은 황제
가 종교적 관용성이 없어서가 아니라, 예수회 선교사들이 그랬기 때문
이다.[44)

일본인들은 가장 관용적인 사람들이었다. 그들의 제국에는 이미 12개
의 평화로운 종교가 자리잡고 있었다. 예수회 선교사들이 들어와 13번
째 종교를 만들었는데, 그들이 다른 종교를 용인하지 않으려 해서 알다
시피 머지않아 내전이 일어났던 것이다. 리그Ligue 전쟁 못지않게 끔찍
했던 내전이 그 나라를 황폐화시켰다.[45)

볼테르의 해박한 역사적 검토를 통해 드러나는 동서고금의 종교적
관용의 예들은 기독교도들이 저지른 많은 불관용의 사례들과 명백한
대조를 이룬다. 『관용론』은 이교와 이단에 대한 기독교 박해의 긴 목록
을 보여주는 책이다. 볼테르는 역시 역사가의 날카로운 비판적 안목으
로 기독교의 전 역사를 훑으면서 잔인한 박해의 사례들을 들춰낸다. 그
런 의미에서 기독교의 역사는 피의 역사로 보이기도 한다.

우리는 기독교인들이 교리를 둘러싸고 논쟁을 벌여온 이후로 어떤 대
가를 치렀는지 충분히 알고 있다. 4세기부터 오늘날에 이르기까지, 처

---

44) 같은 책, pp. 578~79.
45) 같은 책, p. 579.

형대 위에서건, 전쟁터에서건, 많은 피가 흘렀다.[46]

볼테르가 근본적으로 반기독교적이었다는 평가를 벗어날 수는 없겠지만, 『관용론』에서는 기독교 비판이 종교 자체를 향해 나아가는 것으로 보이지는 않는다. 볼테르는 신·구약성서의 면밀한 검토와 철학적 해석을 통해 기독교가 본래 불관용적인 종교가 아니라는 사실을 오히려 강조하고자 한다. 그러므로 기독교의 역사가 잔인성을 보여준다면, 그것은 교리를 둘러싼 사람들의 공연한 논쟁과 광신자들의 오류에 기인한 것이리라. 여론의 반향을 의식해야 하는 전략적 저술답게 이 책에서 나타나는 기독교 공격은 직설적이 아니며, 공격의 어조 또한 상당히 완화되어 있다. 그렇다고 해서 종교적 박해에 대한 볼테르의 반응 자체가 완화된 것은 아니다. 한 연구자는 계몽주의의 대표적 투사 볼테르가 박해에 얼마나 격렬하게 반응하는 사람이었는지를 다음과 같이 전한다.

볼테르에게 성 바르텔르미 대학살은 심각한 정신적 충격으로 남아 있으며, 인간성에 반하는 이 범죄의 기억은 생애 마지막까지 그에게서 떠나지 않을 것이다. 그 유명한 살육이 행해진 날이 돌아오면 그는 열병에 사로잡혔고, 밤이면 종교적 불관용에 희생당한 사람들의 망령에 시달렸다.[47]

불의와 타인의 고통 앞에서 스스로 열병을 앓을 만큼 민감했던 볼테르에 의한 불관용의 고발, 그것이 『관용론』이 지닌 하나의 의미다. 볼테르의 만년을 특징짓는 이른바 '치욕스러운 것'과의 싸움에서 가장 치

---

46) 같은 책, p. 572.
47) Valérie van Crugten-André, *Le Traité sur la tolérance de Voltaire*, p. 109.

열한 양상이 칼라스 사건이었다면, 『관용론』은 이 싸움의 효과적인 도구였던 셈이다. 그러나 이 책자에는 기독교의 광신을 위시한 모든 형태의 광신을 뜻하는 '치욕스러운 것'에 대한 비판과 공격만 담겨 있는 것은 아니다. 이 책자는 '치욕스러운 것'을 넘어서서 관용에 이르는 길의 모색 또한 보여준다.

4. 관용과 이성

무엇이 편견과 광신을 넘어 관용의 길로 이끌 수 있는가? 답은 일목요연해 보이지 않는다. 때로는 자비심 같은 감정, 또는 루소가 『인간 불평등 기원론』에서 말한 바와 같은 타자의 고통을 보기 싫어하는 본능적 반응, 또는 도덕적 함양이나 온건한 풍습이 관용을 확보하는 방법이 될 수 있다. 실천적 지식인이었던 볼테르의 실용적 저술답게 『관용론』은 관용에 관한 체계적 이론서가 아니므로 논리적 해답이 자명하게 드러나지는 않는다. 볼테르는 초기 저서 『철학서한』을 영국 퀘이커교도들에 대한 경탄 어린 관찰로 시작하면서 그 교파에 많은 지면을 할애하고 있고, 『관용론』 제4장에서도 미국 퀘이커교도들의 평화로운 생활을 극찬하고 있어, 그들이야말로 가장 관용적인 종교집단처럼 제시된다. 그러나 정작 그들이 특히 이성적이었다든지 또는 감성적으로 특별히 순치되었다든지 하는, 그들을 관용적인 집단으로 만든 이유에 대해서는 명백한 설명이 나와 있지 않다.

개인적 차원이나 작은 규모의 집단 또는 지역적 차원에서 관용을 얘기하자면 다양한 원인과 처방이 제시될 수 있을 것이다. 그러나 앞서 말한 바와 같이 『관용론』은 특수한 사건에서 기인한 것이기는 하지만 보편성을 지향하는 저술이다. 당연히 관용의 모색 또한 보편적인 것이 되지 않으면 안 된다. 다방면에서 여러 논의와 해결책에 관한 다양한 표현이 있었지만 『관용론』에 제시된 인류 보편적인 관용에 이르는 길, 그것은 이성에 의한 길이다. 볼테르는 계몽의 세기의 대표적 사상가답게 궁극적으로 인간의 이성에서 관용의 해결책을 찾음으로써, 다른 저서들에서와 마찬가지로 『관용론』에서도 다시 한번 이성의 강력한 설교자로 드러난다.

볼테르의 글에서 이성은 곧 광신의 반대항으로 나타난다. 그는 칼라스 사건의 경위를 설명하는 『관용론』 제1장에서부터 칼라스를 광신의 희생자로 제시하면서 광신과 이성을 다음과 같이 대조해 보여준다.

이것이 우리 시대의 일이라니! 철학이 그토록 많은 진보를 이루어내고, 수많은 아카데미가 풍속의 온화함을 고취하는 글을 쓰고 있는 시대에 이런 일이 일어나다니! 최근에 이성의 성공에 분개한 광신이 이성의 밑에서 더 격렬하게 몸부림치고 있는 것처럼 보인다.[48]

곧이어 볼테르는 파리와 지방을 비교하여 파리가 상대적으로 이성적임을 지적한다. 이런 의미에서 칼라스는 이성이 뒤처져 있어서 광신이 맹위를 떨치는 툴루즈라는 지방적 풍토의 희생물이라고 할 수도 있다.

광신이 아무리 기승을 부릴 수 있다 해도, 파리에서는 이성이 광신을

---

48) Voltaire, *Traité sur la tolérance*, p. 567.

능가한다. 반면 지방에서는 거의 언제나 광신이 이성을 누른다.[49]

18세기의 지적 풍토를 반영하듯 볼테르의 이성에 대한 신뢰는 절대적인 것처럼 보인다. 이성은 광신의 틀림없는 치료제이고, 우리를 관용으로 이끄는 무류(無謬)의 안내자로 제시된다. 『관용론』에는 볼테르의 이성에 대한 이런 믿음을 보여주는 부분이 여러 군데 나오지만, 특징적인 한 대목만 인용하면 다음과 같다.

편집광적 광신자들이 여전히 남아 있다면, 그들의 수를 감소시킬 수 있는 묘책은 그 정신병을 이성의 요법에 맡기는 것이다. 이성은 느리기는 하지만 확실하게 사람들을 계발한다. 이성은 온화하고 인정이 있으며, 너그러움을 고취하고 불화를 잠재우며, 덕성을 확고히 하고 강제로 법을 유지시키기보다 법에 복종하는 것을 즐겁게 만든다.[50]

이런 비전 아래서는 이성이 인간사회의 모든 순기능의 근원이며, 사회적 완성도의 척도이기도 할 것이다. 볼테르는 기독교세계에 비해 고대세계가 더 관용적이었음을 줄곧 강조하고 있는 만큼, 그의 관점으로는 고대세계가 더 이성적이고 사회적 완성도가 높은 세계임이 분명하다. 이성의 절대적 신봉자였던 볼테르는 종교적 관용의 차이를 다신교와 일신교의 차이 같은 다른 요인에서가 아니라 오직 이성의 계발 정도에서만 찾으려 하는 듯하다.

이성을 모든 것의 척도로 삼는 이러한 볼테르의 견해에서 우리는 그

---

49) 같은 책, p. 570.
50) 같은 책, pp. 581~82.

의 역사관의 일단을 볼 수 있다. 고대세계가 이후의 기독교세계보다 우월했다는 얘기는 역사발전이 필연적으로 일직선적 방향을 취하는 것은 아님을 뜻하는 것으로, 볼테르의 역사관이 순환론적 입장에 더 가까움을 엿볼 수 있는 것이다. 『관용론』에 기술된 역사는 분명히 부침(浮沈)을 거듭하는 순환의 구조로 보인다. 그러나 역사에 작용하는 인간의 이성은 시대에 따라 정도를 달리하여 나타날 뿐, 언제나 변함없이 존재하는 인간의 본질적 속성으로 조명된다. 볼테르가 신뢰하는 이성은 인간성에 선천적으로 내재하는 불변하는 구조로서의 이성인 바, 이 점에 대해서는 다음의 인용으로 설명을 대신하기로 한다.

이성의 근대적 발견은 존재하지 않던 어떤 것, 사람들에 의해 만들어진 어떤 것을 발명했음을 의미하는 것이 아니라는 사실에 주의해야 한다. 볼테르는 이성은 가장 오랜 고대의 관습보다도 더 오래된 것이라고 한결같이 강조한다. 이성은 모든 시대에 속하는 것이다. 그러나 사람들이 그들의 야만성으로 그것을 가려왔다. 좀더 정확히 말하자면 이성은 보편적으로 퍼져 있고, 인간성에 내재하는 싹이지만, 그것의 발전과 성장이 막혀왔다. 이제는 이성의 빛을 전파하는 것으로 충분하다. 그러면 사람들이 건전하게 이성을 사용하고, 과거로부터 내려오는 오류를 폐기할 수 있을 것이다.[51]

『이성에 대한 역사적 찬가 *Eloge historique de la raison*』라는 좀 기이한 제목의 짤막한 콩트에서 볼테르가 우화적으로 얘기하고 있듯이, 오랫동

---

51) Ghislain Waterlot, 앞의 책, pp. 91~92.

안 억눌리고 수많은 우여곡절을 겪어왔던 이성이 18세기에 이르러 비로소 족쇄를 풀고 비상을 시작했다. 볼테르는 『관용론』에서도 자신의 세기인 계몽의 세기를 면목이 일신된 시대, "눈부신 진보를 이룬 이성, 많은 양서들, 온화한 사회풍속"[52]의 시대로 정의한다. 마침내 도래하게 된 이 빛나는 이성의 시대에 벌어진 칼라스 사건은 이성을 정면으로 거스르는 치욕스런 사건이 아닐 수 없었다. 그래서 이성의 사도 볼테르는 격분하여 일어나 싸운 것이다. 이 역사적 투쟁의 효과적 도구로 안출된 『관용론』은 관용정신을 고양하는 맥락의 귀착점에서 자연스럽게 인간의 보편적 이성과 만난다.

5. 이성의 보편성

칼라스 사건이 일어난 1762년, 볼테르의 나이는 68세였다. 만3년의 투쟁 끝에 마침내 칼라스의 복권을 얻어낸 1765년, 페르네의 장로는 71세의 노인이었다. 인간의 평균수명이 현저히 늘어난 오늘날에도 대부분의 사람들이 웬만큼 체념하고 인생을 관조적으로 바라볼 노령에 이 18세기의 계몽사상가는 치열한 투쟁을 전개했고, 찬란한 승리를 쟁취했다. 프랑스의 사법제도, 아니 프랑스라는 대국가 전체를 상대로 하여 전 유럽의 여론을 뒤흔들면서 혼자서 해낸 힘겨운 싸움이었고, 그만큼 값지고 빛나는 승리이기도 했다. 이 투쟁의 과정은 무엇보다도 정열적인 볼테르의 인간상을 보여준다. 그것은 불꽃같은 정열 없이는 해

---

52) Voltaire, *Traité sur la tolérance*, p. 575.

낼 수 없는 투쟁이었다. 건조하고 냉랭한 이성의 세기를 대표하는 피도 눈물도 없어 보이는 움푹 꺼진 눈의 깡마른 노인 볼테르의 이미지, 칼라스 사건은 그런 이미지를 넘어서고 부인한다. 볼테르가 제시하는 최종적 교훈이 이성이라면, 그것은 노투사(老鬪士)의 정열적 모습과는 모순되는 것인가? 아니면 그런 정열적인 노인이 제시하는 것인 만큼 더욱더 설득력 있는 교훈인가?

칼라스 사건에서 보인 볼테르의 활약은 아마도 사르트르가 말한 지식인의 앙가주망 *engagement*의 가장 선구적인 예가 될 것이다. 그리고 작품이란 동시대에 즉각적으로 효력을 발휘해야 한다는 사르트르의 주장에 『관용론』은 가장 잘 부합하는 저작일 것이다. 칼라스 사건이 성공적으로 종결되었으므로 『관용론』은 애초의 목적을 100퍼센트 달성한 책이기 때문이다. 그러한 사르트르의 관점에서 보자면 이 저작을 둘러싼 오늘날의 논란은 무의미한 것일 수도 있다. 그러나 앞서 보았듯이 『관용론』은 18세기 당대와 더불어 생명이 다한 책이 아니다. 저자 자신의 의도 역시 구체적 사례를 넘어 보편성을 지향한 측면이 있으며, 또 우리는 아직도 관용의 호소가 여전히 강한 울림을 갖는 세계에 살고 있다. 따라서 오늘날 이 책을 둘러싼 논란이 이는 것은 자연스럽게 예상할 수 있는 일이다. 당대의 여론의 반응을 우선 고려해야 했던 전략적 저술이라는 점을 감안한다 해도, 논자의 관점에 따라서는 『관용론』이 공격과 비판의 대상이 될 수도 있다.

가톨릭교회가 보기에 볼테르가 불경한 자의 대명사 같은 존재였다는 사실은 잘 알려져 있다. 그러므로 정통 가톨릭의 입장에서는 『관용론』 또한 불경한 자가 쓴 독성(瀆聖)의 책자에 지나지 않을는지도 모른다. 이 저작은 가톨릭의 불관용에 맞서 프로테스탄트를 옹호한 저작이니 프로테스탄트로부터는 지지를 받을 것인가? 무엇보다도 현실적 투쟁의 목적으로 나온 『관용론』은 종교를 신앙의 관점에서보다는 주로 제도적 관점에서 보고 있어, 종교철학적 입장에서는 논란의 여지가 많아 보인다. 구교든 신교든 기독교 신앙인에게는 『관용론』이 전적으로 수용할 만한 내용만 담고 있는 책은 아닌 듯하다. 다음의 지적은 종교적 신앙과 관용이 아예 비양립적이라는 생각까지 보여주고 있어 흥미롭다.

> 신자는 불관용적일 수밖에 없을 것이다. 그렇지 않으면 그는 논리적 통일성을 갖지 못할 것이다. 광신적이 아닌 사람은 누구나 진정으로 믿는 것이 아니며, 관용적인 신자란 체념한 사람에 지나지 않을 것이다. 진정한 관용은 신자가 아닌 불가지론자의 속성일 것이다.[53]

자기 종교의 교리를 절대적인 것으로 믿는 유일신교의 진실한 신자는 타종교의 교리를 어떤 방식으로든 인정할 수 없으므로 종교적으로 관용적일 수 없을 것이라는 견해는 종교철학적 관점에서는 이해가 가능한 견해일 수 있다. 그러나 신앙이나 교리 같은 문제는 우리의 능력을 넘어서는 문제이며, 우리의 관심사도 아니다. 여기에서 우리 논의의 초점은 이성과 관용정신과의 상관관계에 관한 것이다.

볼테르는 『관용론』에서 불관용에 대한 처방으로 분명히 이성을 제시하고 있다. 이 18세기 철학자의 인간이성에 대한 믿음에는 아무런 그늘도 끼어들지 않은 것 같다. 그러나 칼라스 사건이 있었던 18세기 중엽 이후 250여 년에 가까운 세월 동안 갖가지 역사의 우여곡절을 경험

---

53) Jérôme Cottin, "La tolérance voltairienne à la lumière de la conscience chrétienne," in *La tolérance au risque de l'histoire, de Voltaire à nos jours*, p. 155.

한 우리 시대 사람들은 이성에 대해 그처럼 철저한 믿음을 유지하기가 힘들어 보인다. 이성의 이름으로 행해진 많은 역사적 오류의 기억에 시달려야 하는 오늘날의 이성주의자들에게는 회의의 그림자가 짙게 드리워 있다. 그들의 눈에는 "볼테르의 이성에 대한 믿음은 순진성이 없지 않은"[54] 믿음으로 비칠 것이다. 계몽사상가의 아무 유보 없는 신념을 부러워해도 소용없는 일이다. 우리는 오늘날 이성에 대한 신뢰보다 오히려 불신과 공격의 담론이 유행하는 시대에 살고 있는 듯한 인상을 지우기 어렵다.

볼테르의 계몽적 투쟁 이래 관용은 이제 아무도 감히 이의를 제기하기 어려운 보편적 가치가 되었다. 앞서 인용한 제롬 코탱의 견해도 하나의 종교적 관점일 뿐 불관용을 옹호하는 주장은 아니다. 자신과 다른 믿음, 다른 견해를 용인할 줄 알아야 한다는 당위성 앞에 공공연히 반기를 들 만큼 완고한 사람은 이제 흔치 않아 보인다. 전진과 후퇴가 있기는 했지만, 칼라스 사건 이후 세계사가 분명히 관용의 증대를 향한 흐름을 보여준 것도 사실이다. 볼테르의 시대보다 현재의 인류가 더 자유로운 세상에 살고 있음을 부인하기는 힘들다. 그렇지만 볼테르의 관용에 대한 호소는 여전히 현실성을 갖고 있는 것으로 보인다. 종교를 포함하여 인종, 이념, 계층 등 대부분의 영역에서 현대세계는 아직도 관용정신을 절실히 필요로 하고 있으며, 이상적 사회가 도래하지 않는 한 인간사회는 영원히 그것을 필요로 할 것이다. 관용정신의 발현을 이성의 계발에 기대하는 논리 또한 반박하기가 쉽지 않아 보인다. 인간의 이성을 트집 잡고 흠집 내려는 논의는 무성하지만, 관용정신의 근거로

---

54) Ghislain Waterlot, 앞의 책, p. 76.

서 이성 이상의 것을 제시하는 사람 또한 찾아보기 어렵다. 이성을 무기로 하여 관용이라는 보편적 가치를 설득력 있게 고취하는 볼테르의 『관용론』은 오늘날의 이 시점에서도 여전히 깊은 울림을 갖는 저작으로 남아 있다.

IV. 디드로

계몽주의를 집대성한 철학자 디드로

드니 디드로Denis Diderot는 1713년 10월 5일, 프랑스의 랑그르Langres에서 칼을 제조하는 장인(匠人)의 맏아들로 태어났다. 유럽 각국의 외과의사들이 선호하는 수술용 메스를 만들어낼 정도로 유명한 장인이었던 그의 부친은 상당히 유복한 편이었다. 교회 참사회원Chanoine이었던 아저씨를 계승하여 성직을 맡아 안정된 삶을 살도록 예정되어 있던 디드로는 일찍부터 랑그르의 예수회 학교에 다니며 열두 살 때는 삭발례를 받기도 했다. 그러나 신앙심 깊은 처녀로 일생을 보낸 누이동생 드니즈 디드로Denise Diderot나 사제가 된 그의 동생 디디에 피에르 디드로Didier-Pierre Diderot와는 달리 이 랑그르 부르주아 가문의 장남 드니 디드로는 파리에 올라가 교육을 받으면서 곧 신앙심을 잃고 성직과는 거리가 먼 일생을 살게 된다. 그는 18세기의 대표적인 유물론자가 되었던 것이다.

작가들을 둘러싸고 흔히 진위가 분명하지 않은 여러 전설적 이야기가 많게 마련이지만, 디드로에게는 바람개비처럼 수시로 변하는 충동적 인물이라는 이미지가 따라다닌다. 디드로의 일면을 보여주는 이러한 이미지를 만들어낸 사람은 누구보다도 디드로 자신이라고 할 수 있다. 그는 고향 랑그르 출신의 특징을 내세워 자신의 변화무쌍한 기질을 설명하고 있는데, 이 점에 관해서는 나이 사십이 넘어 만나 일생을 함께한 연인 소피 볼랑Sophie Volland에게 보낸 디드로의 편지를 인용해보는 것이 좋을 것이다.

이 고장 사람들은 많은 재치와 지나친 활기와 바람개비 같은 변덕을 갖고 있습니다. 내 생각으로는 그것이 하루 동안에도 추위에서 더위로, 고요함에서 폭풍으로, 맑은 날씨에서 우천으로 바뀌는 그들 풍토의 변화무쌍함에 기인하는 것 같습니다. 그런 결과가 그들에게 작용하지 않을 수는 없어서, 그들의 마음이 얼마 동안 계속 같은 상태에 머문다는 것은 불가능한 일입니다. 이처럼 그들의 마음은 유년기부터 바람 부는 대로 돌아가는 데 익숙해 있습니다. 교회의 풍향기가 종탑 꼭대기에 있듯이 랑그르 사람의 머리는 그의 어깨 위에 있습니다. 그 머리는 결코 한 지점에 고정되어 있지 않습니다. 만약 그것이 떠났던 자리로 되돌아온다 할지라도, 그곳에 멈추기 위해서가 아니지요. 동작, 욕망, 계획, 상상, 생각에서 놀랄 만큼 신속하게 변하는 반면에, 그들은 느린 말투를 갖고 있습니다. 〔……〕 나로 말하자면, 나도 내 고장에 속합니다. 다만 수도에 체류한 경험과 꾸준한 노력이 얼마간 나를 교정했을 뿐이지요. 나는 내 취향에 있어서 변함이 없습니다. 한번 내 마음에 든 것은 항상 내 마음에 듭니다. 나의 선택에는 언제나 확실한 근거가 있기 때문입니다. 내가 증오하든 사랑하든 나는 그 이유를 알고 있습니다. 내가 천성적으로 결점을 무시하고 장점에 열광하는 경향을 띠는 것은 사실입니다. 나는 악덕의 흉함보다 미덕의 매력에 더 민감합니다. 나는 악한 자들에게서는 서서히 고개를 돌리지만, 선한 사람들 앞으로는 날 듯이 달려갑니다. 하나의 작품, 하나의 성격, 하나의 그림, 하나의 조상(彫像)에 아름다운 부분이 하나 있으면 나의 눈길은 거기에 머뭅니다. 나는 그것만을 보고, 그것만을 기억하며, 나머지는 거의 잊습니다.[1]

디드로는 1767년에 미셸 반 루Michel van Loo가 그린 자신의 초상화에 대한 코멘트에서 "나는 내가 받는 사물의 영향에 따라 하루에도 백 개의 다른 모습을 갖는다"고 말하기도 한다. 하지만 풍향기처럼 수시로 변하는 백 개의 다른 모습은 철학자의 진지하고 심오한 정신과 집요함을 숨기고 있었다고 할 수 있다.

1728년 학업을 위해 파리로 간 디드로는 1732년 파리 대학의 문학사 maître-ès-arts가 된다. 이후 약 10년의 기간은 전기 연구가들이 세심하게 추적을 했음에도 상당히 불분명한 것으로 남아 있다. 이 기간 동안 그는 법학 또는 신학을 공부했고, 소송 대리인의 사무실에서 서기일도 하고, 징세 청부인의 집에서 가정교사 노릇도 하면서 아마도 『라모의 조카 Le Neveu de Rameau』의 주인공같이 자유분방한 떠돌이 생활을 했을 것으로 추정된다. 이 젊은 보헤미안이 린넬 제품 제조공lingère이던 앙투아네트 샹피옹Antoinette Champion을 만난 것은 1741년이었고, 디드로 자신과 마찬가지로 궁핍한 떠돌이였던 루소와 교유를 시작한 것은 1742년이었다.

---

1) 소피 볼랑에게 보낸 1759년 8월 10일자 편지.

아버지가 수도원에 감금해버릴 정도로 가족의 반대가 심했으나, 디드로는 수도원에서 맨발로 도망쳐 나와 1743년 11월에 앙투아네트와 파리에서 비밀리에 결혼식을 올리고 생빅토르Saint-Victor가(街)에 살림을 차린다. 이처럼 정열적으로 힘들게 성사된 결혼이었으나 디드로의 결혼생활은 그다지 행복한 편이 아니었다. 앙투아네트는 가정생활에 충실하지 못한 남편에게 잔소리가 심한 까다로운 아내가 되어갔고, 아내에게서 지적 동반자의 모습을 찾을 수 없었던 디드로의 애정은 소피 볼랑을 비롯한 다른 여인들에게로 향했던 것이다.

이 가정에서 가장 중요한 의미를 띠는 사건은 아마도 딸 마리 앙젤리크 디드로Marie-Angélique Diderot의 출생일 것이다. 1753년 앙젤리크가 출생했을 때 디드로는 이미 먼저 태어났던 세 자녀를 잃은 뒤였다. 뒤늦게 얻은 딸에 대한 디드로의 애정은 유별난 것이었다. 그는 심혈을 기울여 딸을 사랑했고, 딸의 행복을 위해서라면 그 어떤 것도 주저하지 않는 아버지였다. 일체의 도덕적 질곡에서 벗어난 자유인 디드로, 또는 엄격한 철학자로서의 디드로의 이미지도 딸을 사랑하는 아버지의 모습 앞에서는 힘없이 무너지고 마는 것으로 보인다. 앙젤리크는 아버지의 지극한 정성으로 훌륭한 교육을 받았고, 1772년에는 아버지 고향 랑그르의 좋은 가문인 방될Vandeul가의 청년과 결혼을 했다. 디드로는 딸의 어린 시절부터 사윗감을 골랐고, 결혼 전 2년에 걸쳐 상대방과 계약조건을 협의했다고 한다. 그가 자신의 모든 장서를 러시아의 예카테리나Ekaterina 여제(女帝)에게 판 것도 결국 딸의 지참금 마련을 위해서였다. 부르주아 가문의 장남으로 태어나 부르주아의 시대인 18세기를 산 부르주아 가장 디드로의 면모가 딸 앙젤리크에 대한 지극한 사랑 속에 배어 있다고 할 수 있다.

딸에 대한 극진한 사랑의 면모를 제외하면, 디드로의 일대기는 부르주아적 안일과는 무관한 생애처럼 보인다. 계몽주의의 가장 열렬한 투사였던 디드로는 그야말로 불꽃같은 인생을 산 인물이었다. 그러나 19세기는 물론 20세기 초까지만 해도 계몽의 세기는 우선적으로 볼테르와 루소의 세기로 일컬어져왔다. 볼테르와 루소라는 양대 산맥의 그늘에 가려 있던 디드로가 그들과 비견될 만한 비중으로 부각되기 시작한 것은 비교적 최근의 일이다. "우리에게는 프랑스의 18세기가 볼테르의 세기나 루소의 세기만이 아니라, 마찬가지로 어쩌면 우선적으로 디드로의 세기다"라는 로베르 모지Robert Mauzi의 견해는 디드로에 대한 최근의 재평가를 반영할 뿐이다.

이러한 재평가는 우선 마르크스주의자들에 의해 시작되었다. 러시아의 디드로 연구가인 뤼폴Luppol부터 앙리 르페브르Henri Lefebvre나 폴 베르니에르Paul Vernière 등의 프랑스 마르크스주의자들은 디드로에 대한 새로운 평가를 시도했고, 당대의 유물론자들과 구별되는 디드로의 독창성과 위대함을 발견하고자 했다. 그들에 따르면 18세기 프랑스 유물론자들은 자신들의 지적 모순과 한계, 즉 당시의 부르주아 세계가 지니고 있었던 모순에서 벗어날 수 없었는데, 디드로는 그것을 인식한 철학자로서 가장 첨예한 문제의식을 보여준다는 것이다. 마르크스주의에 기울어진 연구자들이 보여주는 조금은 상투적인 결론에도 불구하고 디드로에 대한 새로운 시각과 관심을 불러일으켰다는 점에서 그들의 공로는 적지 않다. 그리고 이후 지적인 무정부성, 종합력의 부재, 결정적인 구성력의 무능 따위로 비난을 받아온 디드로에게서 사상의 연속성과 지적 통일성을 발견하고자 하는 노력이 본격화되었다. 다시 말해 『백과전서』 작업 이전과 이후 디드로의 작품들 사이에 존재하는 연관

성을 밝히고자 하는 노력이 이루어졌다. 허버트 디크만Herbert Dieckmann
이 1959년에 출판한 『디드로에 대한 5개의 강의 Cinq leçons sur Diderot』,
자크 프루스트Jacques Proust의 『디드로와 백과전서 Diderot et l'Encyclopédie』
(1967), 디드로에 대한 가장 완성된 형태의 전기로 꼽을 만한 아서 윌
슨Arthur Wilson의 『디드로』(1972), 자크 슈이에Jacques Chouillet의 『1745년
에서 1763년 사이의 디드로 미학 사상의 형성La Formation des idées esthétiques
de Diderot, 1745~1763』 등이 이러한 노력을 증명하는 대표적인 연구다.

디드로의 가장 두드러진 시대적 역할은 계몽의 세기의 정신과 지식
의 집대성인 『백과전서』를 책임 편집한 일이라고 할 수 있다. 1747년
부터 1766년까지의 긴 세월 동안 디드로는 처음에는 달랑베르와 함께,
그리고 달랑베르가 편집일을 떠난 후에는 혼자서 그 방대한 저작을 완
성하는 일을 떠맡았다. 이 정력적인 계몽철학자는 당국의 검열과 출판
업자의 상업주의와 싸우는 한편 타협을 하면서도, 일의 고달픔을 푸념
하고 저주하면서도, 결국 『백과전서』를 완성하는 힘겨운 책무를 완수
해냈다. 디드로는 이 역할만으로도 계몽주의 운동의 맹장으로 불리기
에 전혀 손색이 없다. 계몽주의를 대표하고 상징하는 저작은 무엇보다
도 『백과전서』이기 때문이다.

그러나 디드로의 역할이 모든 18세기 지식인들의 열정과 학식을 결
집시키는 작업으로 국한되었던 것은 아니다. 서민적인 활력과 자발성
의 소유자였고 지칠 줄 모르는 근면한 일꾼이었던 디드로는 『백과전
서』를 편집하느라 힘겨운 와중에도 자신의 개인적 저작에 시간을 할애
했다. 그가 글을 쓴 것은 명예를 위해서도 돈벌이를 위해서도 아니었
다. 끊임없이 자신의 생각을 말과 글로 쏟아놓지 않으면 못 견디는 기
질이었던 디드로는 『백과전서』의 항목을 기술하면서 미처 말할 수 없

었던 자신의 생각을 토로해낼 필요성 때문에 여러 형태의 글을 쉼 없이 써냈던 것으로 보인다. 그에게 중요한 것은 쓴다는 것이지 자신의 이름을 덧붙이는 것은 의미가 없었던 듯, 저작들 가운데 많은 부분이 생전에 출판되지 못하고 서류더미 속에 묻힌 채로 남아 있었다. 이것이 디드로에 대한 정당한 평가가 뒤늦은 이유 가운데 하나일 것이다. 위대한 계몽사상가들이 모두 그렇듯이 디드로의 활동영역 또한 철학과 문학의 제반 분야에 걸쳐 폭넓은 것이었다.

디드로와 유물론 철학

철학 분야에서 디드로의 특성은 계몽주의의 합리적 사유를 그 극단으로까지 밀고 나간 데서 찾을 수 있다. 『맹인에 관한 서한』을 출판하여 뱅센 감옥에 수감된 1749년부터 유물론적 사고를 나타내 보이기 시작한 디드로는 그 이후의 철학적 저작들에서 계속하여 유물론적 결정론을 전개해나갔다. 자연 속에는 신도 영혼도 존재하지 않으며 끊임없이 변화하는 물질의 무한히 다양하고 항상 일시적인 결합만이 존재한다는 디드로의 유물론적 사고는 18세기 합리주의의 최종적인 단계를 나타내는 것이다. 그의 유물론은 종교문제에 있어서는 광신과 미신에 대한 공격이나 반교권주의로 그치지 않고 적나라한 무신론으로 이어지게 된다.

사실 철학자로서 디드로가 최초의 비판대상으로 삼은 것은 종교였다. 디드로는 1745년 샤프츠베리Shaftesbury의 『재능과 덕성에 관한 탐구』에 자신의 주석을 덧붙여 출판한 『재능과 덕성에 관한 에세이 *Essai sur le mérite et la vertu*』에서 디드로는 샤프츠베리의 이신론(理神論)을 근거로 하여 종교에 대한 경멸과 동시에 관대한 자연에 대한 신뢰를 표명한다. 그러나 다음 해에 출판된 『철학사상 *Pensées philosophiques*』은 디드로에게 이러한 이신론이 일시적인 것이었음을 보여준다. 디드로는 이 저작에서 신을 완전히 부정함과 동시에 기독교에 대한 비판 역시 이신론적인 틀을 넘어서고 있기 때문이다. 그리고 1746년의 『회의주의자의 산책 *Promenade du sceptique*』에 이르러서는 훨씬 실천적인 주장을 펼친다. 다시 말해 데카르트에서 나오고 퐁트넬이 속류화한 기계론적 체계가 유물론을 이루기에는 그 근거점이 불충분하다고 주장하면서 생명과학을 자신의 유물론의 기반으로 삼게 되는 것이다.

신에 대한 부정에서부터 출발한 디드로의 철학과 유물론이 던진 최초의 질문은 당연히 신이 없는 이 세계에 대한 것이다. 그의 이론은 세계란 끊임없이 자신을 생성하고 창조하는 존재라는 생각에서부터 시작된다. 예를 들어 디드로는 『맹인에 관한 서한』에서 다음과 같은 질문을 던진다. "이 세계란 무엇인가?" 그러고는 이 질문에 대해 "파괴를 향해 나아가는 변화에 종속된 복합체, 서로 이어오고 서로 밀어내며 사라지는 존재들의 빠른 연속, 일시적인 균형, 순간적인 질서"라고 스스로에게 답한다.

그의 철학적 입장은 『백과전서』 편집작업의 과정에서 고전과 당대의 철학자들, 루엘Rouelle과 같은 화학자, 보르되Bordeu 같은 의사 등의 전문가들을 통해 얻은 지식과 다른 한편으로는 물질과 생명과학에 대한 끊임없는 관심 덕에 알게 된 모든 것을 통해 더욱 풍요로워진다. 『달랑베르의 꿈 *le Rêve de d'Alembert*』에서 달랑베르가 잠꼬대로 중얼거리던 "모든 것은 물질이다"라는 말을 디드로는 계속해서 주장한다. 즉, 세계는 신도 영혼도 아니며 단지 이질적이면서 끊임없이 변화하는 물질의 무한히 다양하고 일시적인 조합일 따름이다. "모든 것은 변화하고 지나가며 남는 것은 단지 전체일 뿐이다"라는 말로 그의 유물론 사상은 요약된다. 디드로의 유물론에 따르면, 신과 영혼은 무익하고 모호한 가설일 뿐이다. 돌에서부터 인간에 이르기까지 모든 존재는 물질이다. 조직의 복잡성의 정도에 따라 물질은 비활동적 물질, 활동적 물질, 생각하는 물질로 나뉜다. 그리고 물질의 영원한 운동은 인간이 존재하는 세계를 만들어낸다. 단지 인간의 삶이 너무 짧기에 인간은 이 세상이 변화하는 것을 볼 수 없을 뿐이다. 동물, 사물, 인간은 필연적으로 사라지게 된다.

세계에 대한 근원적 질문으로부터 시작된 유물론은 이윽고 인간에 대한 질문으로 나아간다. 생각하는 물질로서 인간의 특성은 그의 뇌로부터 생겨난다. "인간의 머리는 바로 생각이 자리잡고 있는 곳"이며 이를 설명하기 위해 디드로는 『달랑베르의 꿈』에서 유명한 거미줄의 비유를 들고 있다. 인간의 육체는 거대하고 정교하며 세밀한 거미줄과 같다. 그리고 그 거미줄의 중심에는 거미, 즉 뇌가 존재한다. 이 거미는 자신이 만들어놓은 거미줄에서 일어나는 모든 일을 인식하는 존재인 것이다. 그리고 두번째로 벌떼의 비유를 통해 기관들의 결합으로서의 생명의 존재를 설명한다. 분자에서 벌로, 그리고 벌에서 벌떼로 생명이 배열되어 있다는 것이다. "세상 또는 물질이라는 전체 덩어리는 거대한 벌떼와 같다."

이로부터 디드로의 결정론 또는 운명론이 도출된다. 자유란 의미 없는 말일 뿐이다. 그렇지만 디드로는 인간을 단순히 생리의 문제나 교육의 결과물로 한정 짓는 라메트리La Mettrie나 엘베시우스Helvétius의 유물론에 동의하지 않는다. 인간의 행위를 설명하기 위해서는 필연성의 수많은 연결고리를 고려해야 하다. 그러나 예견할 수 없는 사실이나 겉으로는 무의미하게 여겨지는 상황이 항상 존재하기 때문에 그 모든 연결고리를 다 안다는 것은 불가능하다. 디드로가 소설들에서 괴짜들과 기이한 인물들, 즉 별난 행동으로 우리를 당황스럽게 하는 인물들을 자주 등장시키는 것은 인간존재의 설명 불가능성을 보여주기 위해서, 또는 이러한 인간상들이 탄생하게 되는 그 복잡한 과정들에 대한 보다 깊은 숙고를 요청하기 위해서가 아닐까.

디드로가 그의 유물론 사상을 표현하는 방법은 당대의 대표적인 유물론자인 돌바크d'Holbach와도 다르다. 돌바크가 자신의 무신론을 단언의 방식으로 제기한다면 디드로는 의심은 아니지만 끊임없는 의문을 제기하는 것으로 자신의 생각을 표현한다. 돌바크의 규격화된 명제들이 디드로에게 있어서는 비판적 숙고의 출발점이 된다. 디드로가 『'인간'이란 제목의 엘베시우스의 작품에 대한 반박 *Réfutation de l'ouvrage intitulé l'HOMME*』에서 "나는 선언하지 않는다. 나는 질문을 던진다"라고 말한 것은 바로 그가 일생 동안 항상 견지했던 철학적 태도다.

디드로와 도덕

디드로는 감각적 대리석이라는 가설을 제시하면서도 당시 유물론자들의 지나치게 단순한 관점에 반대하여 인간의 특수성을 내세운다. 물론 그의 도덕관은 한편으로는 유물론적 결정론에 근거를 둔다. 대표적으로 랑두아Landois에게 보낸 편지와 『운명론자 자크』에서 나타나는 그의 결정론적 도덕관은 선과 악을 판별할 수 있는 유일한 기준으로 선행과 악행을 내세운다. 그리하여 디드로는 엘베시우스가 교육에 부여한 전능함을 비판하면서 바로 자연적으로 타고난 성격과 조직기관의 결정론이라는 이유를 내세운다. 그렇다고 해서 디드로가 인간이 '변화할 수 있는 존재'라는 것을 부인하는 것은 아니다. 이는 단지 하나의 훈련에

지나지 않는 사회교육이 인간의 천부적 자유를 속박할 수 있다는 위험
에 대한 인식의 결과이며, 또한 사회적인 구속과 관습이 인간이 자연으
로부터 물려받은 에너지를 약화시키리라는 사실에 대한 불신의 결과
다. 사실 위대한 일이란 이러한 에너지가 없다면 불가능한 일이기 때문
이다. 이러한 디드로의 인식으로부터 천재와 강한 열정에 대한 찬양이
도출되며 또한 역설적이게도 신(新)스토아주의의 출현을 보게 된다. 즉,
진실의 옹호를 위해 전제군주에 맞서는 소크라테스의 예와 같이 원초
적 힘과 사회적 요구의 종합을 가능하게 하는 것은 위인들의 영웅주의
다. 기본적으로 인간의 천성은 필요에 의해 규정되지만 숭고함에 이를
수 없는 것은 아니다. 『라모의 조카』에서 철학자인 '나Moi'가 그토록 천
재의 중요성을 강조하고 디오게네스Diogène를 찬양하는 것은 바로 이러
한 이유에서다.

그러나 기본적으로 디드로는 자연의 권리를 옹호하며 도덕적인 엄격
주의를 거부한다. 디드로 도덕의 첫번째 원칙은 바로 육체의 기본적인
욕구와 관련된다. 이는 당연히 성적 욕구의 문제로 이어지며 특히 성의
영역에서 모든 종류의 금지에 반대한다는 점에서 그는 동시대인들보다
훨씬 멀리까지 나아간다. 『달랑베르와의 대화 속편 Suite de l'entretien avec
d'Alembert』에서 디드로는 "존재하는 모든 것은 자연에 대항해 존재할 수
도 없고 자연 밖에 존재할 수도 없다"라고 주장하며 의사인 보르되를
통해 주저 없이 순결과 금욕이라는 기독교의 덕목을 단죄한다. 디드로
는 성적 욕망에는 어떠한 잘못도 없으며 게다가 "순수한 사랑의 가장
숭고한 감정들에도 성적 욕망이 스며들어 있음"을 다밀라빌에게 보내
는 편지(1760년 11월 3일자)에서 고백하고 있다.

성적 자유의 문제는 『부갱빌 여행에 대한 보충 Supplemént au voyage de

Bougainville』에서 간통 또는 근친상간 등의 사회적 금기의 문제와 더불어 다시 논의된다. 그렇지만 타히티인의 성적 자유에 한계가 없는 것은 아니다. 자연법의 첫번째 법칙은 쾌락이 아닌 생식이기에 생식 없는 쾌락은 단죄의 대상이 된다. 따라서 『부갱빌 여행에 대한 보충』은 무정부주의적인 유토피아론이면서 동시에 인구증가를 예찬하는 우화다.

그렇지만 이 저작에서 나타나는 원시적 행복에 대한 디드로의 향수는 되찾은 낙원에 대한 목가 속으로 도피하고자 하는 욕망에서 생겨난 것은 아니다. 원시인과 문명인의 비교는 역동적인 기능을 지닌다. 즉, 그것은 현재의 관습과 악습에 대한 비판적인 사고를 제공한다. '인간을 문명화시켜야 하는가, 아니면 그의 본능에 맡겨두어야 하는가?'라는 문제는 예 또는 아니오라는 단순한 대답으로 해결될 수 있는 것이 아니다. 그러나 이 문제는 이론적인 해결책을 주는 것에 그 기능이 있다기보다는 이를 통해 보다 구체적인 질문에 접근할 수 있게 해준다는 것에서 그 역할을 찾아야 할 것이다.

디드로 도덕의 두번째 원칙은 사회적인 것으로 선행과 관련된다. 인간의 의무는 우정, 부자간의 사랑, 공공의 선을 위한 헌신이다. 부르주아 드라마, 리처드슨Richardson의 소설, 그뢰즈Greuze의 그림에서 볼 수 있는 이러한 덕성의 이미지들은 가장 생생한 감동을 불러일으키게 되며 눈물을 흘리게 한다.

디드로의 소설 『수녀La Religieuse』는 이러한 두 개의 원칙을 정확하게 보여주는 예다. 디드로는 여기서 수녀들의 기괴하고 비정상적인 행위를 자세히 묘사한다. 수녀들은 정도의 차이는 있지만 병적이거나 광적인 모습으로 나타나며, 이는 잔인함, 광신, 우울, 동성애 등의 형태로 표현된다. 디드로는 동성애를 그 자체로 비난하지 않는다. 오히려 그는 그것을 인정한다. 그러나 『수녀』의 경우는 이와는 다르다. 수녀들의 동성애는 은둔생활과 순결의 강요에 기인한 결과이기 때문이다.

디드로와 정치

디드로의 말년에는 정치학의 비중이 상당히 커진다. 사실 『백과전서』의 유명한 항목인 '정치권력'은 오늘날의 관점에서는 그리 파괴적이지 않다. 디드로는 사회를 형성하는 최초의 계약은 '복종의 계약'이라고 생각했기에 심지어 불의의 군주라 할지라도 군주에게 복종해야 한다고 설교한다. 선한 왕의 신화로 앙리 4세Henri IV를 듦으로써 이 항목은 『백과전서』 전체를 관통하는 일반적인 원칙을 따르고 있다. 『백과전서』는 지식 엘리트들이 국가의 영속성에 효과적으로 봉사하는 현대적 군주정을 이상으로 삼고 있기 때문이다. 그렇다고 해서 디드로가 계몽군주정치의 추종자로 영원히 남아 있었던 것은 아니다. 디드로 역시 프레데릭 2세Frédéric II에 대한 환상을 지니고 있었지만 결코 포츠담에서 안락을 찾고자 하지는 않았다. 오히려 그는 계몽군주의 위험성을 지적한다. 그는 정의롭고 계몽된 군주가 자의적 정부를 이루는 것이 가장 위험하다고 생각한다. 계몽군주의 덕성과 매력은 "그 후계자가 누구든, 폭군이든 바보든, 그를 사랑하고 존경하고 복종하게 만들기" 때문이다. 즉, 민중은 군주의 계획이나 의도에 반대할 권리를 자발적으로 반납하는 것이다. 그러나 "이 반대의 권리는 그것이 비록 무분별할지라도 신성한 것이다. 즉, 그 권리가 없다면 사람들은 기름진 목장으로 인도된다는 구실 아래 요구를 무시당하는 짐승떼와 다름없기 때문이다." 말할 것도 없이 정부가 나빠서 그 목장이 기름진 곳이 아니라면 민중의 반대는 정당한 것이다. 1770년경 부르곤느Bourgonne와 함께 랑그르를 여행하며 농촌의 비참함을 가까이서 관찰할 수 있었던 디드로는 곡물에 대한 자본투자의 체계를 분석함으로써 그 당시 권력층에 속해 있던 토지 자본주의 이론가와 중농주의자들에 대한 기대감을 잃게 되며, 이로 말미암아 그의 정치사상은 보다 과격해지는 경향을 보인다.

디드로의 러시아 여행은 그가 프랑스에 대해 꿈꾸던 것과 같은 심도 깊은 개혁을 러시아에 시도해보고 싶다는 욕망의 결과였으며, 또한 이러한 개혁을 통해 국가의 성격을 바꾸어보겠다는 의지를 표명한 여제를 솔직하게 믿었기 때문이다. 그러나 이 여행은 결과적으로 디드로로 하여금 계몽군주에 대한 환상을 완전히 떨쳐버리게 한 계기가 되었다.

디드로의 마지막 정치저작은 혁명적인 계획이 아니라 도덕적인 성찰로 귀결된다, 디오게네스와 소크라테스라는 두 개의 모델 사이에서 망설이며 소크라테스의 모습에 익숙해 있던 그는 새로운 대가를 발견하게 되는데, 그것은 바로 철학자 세네카Sénèque다. 디드로에게 세네카는 명상하면서도 동시에 행동하길 원하는 현자이며, 선한 대중을 위해 폭군 곁에서 자신의 명예가 위태로워지는 것을 받아들인 관대한 인간이다. 마치 예카테리나 여제 곁의 디드로처럼. 결국 디드로는 결론을 내리기보다는 그의 습관처럼 스스로에게 질문을 던진다. "끝날 것이 틀림없는 어떤 일부를 구원하고 질서를 부여하느니 차라리 영원히 지속될 인류를 계몽했던 것이 더 나은 것일까? 영원한 인간이어야 할까, 그 시대의 인간이어야 할까?" 그러나 이러한 질문은 스스로 말하고 있듯이 풀기에 어려운 문제였다.

디드로와 문학

철학에서와 마찬가지로 문학 분야에서도 디드로는 자기 시대의 성격을 공유하는 동시에 자기 시대를 폭넓게 앞선 선구적인 작가였다. 그는 뛰어난 미술평론가였고, 소설과 연극의 이론가이기도 했으며, 오늘날 까지도 그 독창적인 서술형식으로 많은 논란을 불러일으키는 『라모의 조카』와 『운명론자 자크』 같은 독특한 소설을 써낸 소설가이기도 했다. 문학사적 관점에서 디드로의 중요성은 무엇보다도 지나치게 이성 우위 적인 18세기의 건조한 문학에 낭만적 감성을 도입한 작가라는 점이다. 루소와 더불어 디드로는 18세기 후반에 전기 낭만주의적 문학을 개화 시킨 낭만주의의 선구자 역할을 했다.

또한 디드로에게 소설은 우선 그의 도덕론과 관련하여 중요한 역할 을 한다고 할 수 있다. 디드로 소설에서 특히 두드러지는 것은 육체와 성적 욕망과의 관련성이다. 팬터마임을 실행하는 라모의 육체 또는 『수녀』에서 쉬잔Suzanne의 육체를 애무하는 수녀의 동요와 쉬잔의 흥분 된 감정의 묘사가 그 한 예다. 게다가 디드로는 그의 소설에서 성적 도 덕의 매우 난처한 경우들, 예컨대 연인 간의 신뢰와 배신, 욕망과 권태 등, 시간이 빚어낸 피할 수 없는 결과의 문제들을 검토한다. 『운명론자 자크』에서 소개되는 폼므레 부인Madame de la Pommeraye과 아르시 후작 marquis des Arcis의 이야기, 『카를리에르 부인 *Madame de la Carlière*』 『이것은 콩트가 아니다 *Ceci n'est pas un conte*』 등이 그 단적인 예라고 할 수 있다. 정당한 것과 비난받아야 할 것이 무엇인지, 사랑이란 무엇인지, 디드 로는 소설에서 이러한 문제와 관련된 이야기들을 하며 정답을 제시하 기보다는 가능한 한 다양한 판단들을 제시한다.

두번째로 디드로의 소설은 그의 철학이론과 현실을 접목시키고자 하 는 노력의 결과였다. 볼테르의 철학콩트가 증명하듯이 소설과 같은 허 구의 글쓰기는 당시의 철학자들에게는 일종의 유희였으며, 그 유희의 목적은 철학이라는 추상의 세계를 구체화하고 속류화하는 것이었다. 디드로 소설의 경우 역시 동일한 관점에서 살펴볼 수 있다. 그러나 디드로에게 소설은 단지 이러한 목적을 실행하기 위한 수단으로 한정되지 않는다. 그의 소설은 철학이론을 대중들에게 이해시키기 위한 간편한 도구가 아니라 철학이론의 근원적 토대를 문제 삼아 그 한계와 가능성을 극한까지 살펴보고자 했던 시도라고 할 수 있으며, 『라모의 조카』는 바로 이러한 실험성이 가장 잘 드러나는 소설이다.

마지막으로 디드로 소설의 형식상의 특징은 바로 대화에서 찾을 수 있다. 디드로가 데카르트와 대립되는 것은 단지 주체의 문제에 대해서만은 아니다. 디드로는 명증한 생각들의 연쇄 위에서만 지식이 세워진다는 원칙 역시 문제 삼는다. 디드로는 실상 생각이 형성되는 모호한 측면에 항상 주의를 기울인다. 즉, 달랑베르의 경우와 같이 꿈에서부터 오는 생각, 라모의 조카와 같이 광기로부터 오는 생각, 그리고 대화로부터 생겨나는 생각들의 경우가 그러하다.

디드로의 작품들은 대화의 시학에 정확하게 부응한다. 그건 단지 그의 작품들이 흔히 대화로 이루어져 있다는 사실 때문만은 아니다. 작가가 정해놓은 방식에 따라 진행되는 플라톤 식의 대화는 이미 존재했다. 그러나 디드로의 작품들은 예기치 않은 결합과 새로운 주제들이 튀어나오는 거의 무질서와 같은 형태의 대화들이다. 게다가 그의 작품들은 닫혀 있지 않으며 작품의 끝에 이르러서도 질문은 끝나지 않는다. 라모의 조카는 소설의 끝에 철학자를 남겨두고 떠난다. 끊어지고 이어지길 반복하는 자크의 사랑 이야기는 결국 소설의 서술자에 의해 독자의 환상에 그 결말이 맡겨진다. 문장과 목소리, 질문과 이야기들, 파편적이고 계속해서 단절되는 이것들은 세상을 이루고 있는 분자들과 흡사하며 어떤 절대적인 질서에도 복종하지 않는다.

1784년 2월 디드로 평생의 연인이었던 소피 볼랑이 사망한다. 수종과 뇌출혈로 이미 심각한 위기를 겪었던 디드로에게 그녀의 죽음은 그의 삶을 이 땅에 묶어두었던 마지막 끈이 사라진 것과 같았다. 그의 마지막을 예감한 예카테리나 여제는 디드로에게 마지막 은총을 베풀어 리슐리외가에 그의 마지막 안식처를 마련해준다. 그리고 이 집으로 옮긴 지 12일 만인 7월 31일에 디드로는 숨을 거둔다.

디드로의 마지막은 그가 애지중지했던 딸 방될 부인에 의해 비교적 소상하게 알려져 있다.

아버지는 식사를 하기 시작했다. 수프를 먹고 삶은 양고기와 치커리 차를 드셨다. 그리고는 살구를 하나 드셨는데 어머니는 아버지가 살구 드시는 걸 말리려고 했다. "그걸 먹는다고 도대체 무슨 나쁜 일이 있을라고?" 아버지는 살구를 드셨고 설탕에 졸인 체리를 드시려고 식탁에 팔꿈치를 대고는 가볍게 기침을 하셨다. 어머니가 질문을 하셨지만 아버지는 아무 대답이 없으셨고 어머니는 얼굴을 들어 아버지를 쳐다보셨다. 아버지는 더 이상 거기 계시지 않았다.[2]

오랫동안 디드로는 세련되지 못하고 교양 없는 사람으로 여겨졌다. 이는 육체와 쾌락에 대해 이야기하는 것을 주저하지 않았던 그의 태도나 그의 유물론이 신이나 영혼 없이 살 수 있다는 것을 두려워하는 모

---

2) Madame de Vandeul, *Mémoires pour servir à l'histoire de la vie et des ouvrages de Diderot* in *Œuvres complètes* de Diderot, le Club Français, 1969, p. 799.

든 사람들에게 견디기 힘든 것이었기 때문이다. 그래서 디드로의 마지막은 때론 조롱의 대상이 되기도 했다. 예컨대 바르베 도르빌리Barbey d'Aurevilly는 디드로의 마지막 순간을 다음과 같이 조롱하며 그에 대한 반감을 극명하게 보여준다. "디드로는 저녁식사를 한 후 배가 가득 찬 개처럼 죽었다." 사실 최후의 순간이 신에게 귀의하는 과정과 속죄의 과정이 되어야 한다고 믿는 사람들에게는 그의 마지막은 짐승의 죽음과 같이 여겨질 수도 있을 법하다. 그러나 육체의 욕구에 충실하다 최후를 맞이한 그의 죽음이 신의 세계를 부정하고 지상에서의 행복의 중요성을 역설했던 유물론자 디드로의 모습을 다시 확인시켜주는 것처럼 보인다면 그건 좀 지나친 생각일까?

마지막 일화! 파리 라틴구에 위치한 팡테옹의 지하묘지에는 공화국의 건립과 발전에 기여한 위인들이 묻혀 있다. 입구에 들어서자마자 서로 마주보며 있는 것은 바로 볼테르와 루소의 무덤이다. 디드로의 무덤도 여기 어디쯤 있지 않을까 찾고자 하는 사람들에겐 아쉽겠지만 디드로는 팡테옹으로 이장되지 못했다. 디드로가 묻힌 곳은 파리에 있는 생 로크Saint Roch 교회였다. 그러나 디드로의 무덤은 더 이상 그곳에, 아니 그 어느 곳에도 존재하지 않는다. 프랑스 혁명 당시 교회를 점령한 혁명군들이 탄알을 만들기 위해 납으로 만들어진 그의 관을 이용했을 것이라는 게 가장 믿을 만한 추측이라고 한다. 만약 이 추측이 사실이라면 그의 육체는 그가 주장한 거대한 전체로서의 자연 속으로 돌아간 것이며, 그 육체를 가두고 있던 관은 혁명의 작은 일부분이 된 것이다. 참으로 디드로에게 어울리는 결말이 아닌가 싶다.

| 제2장 |
『라모의 조카』와 시대 현실

1. 18세기 문학과 디드로

계몽주의 문학에 대해 어떠한 입장을 취하든 디드로는 중요한 위치를 차지하는 작가로 부각되는 18세기의 중심적인 작가의 한 사람이다. 지나치게 이성 우위적인 건조성 때문에 이 세기의 문학을 부정적으로 평가하는 사람들에게는 디드로야말로 이러한 건조성으로부터 18세기 문학을 건져내는 희귀한 작가 중 한 사람이다. 디드로가 낭만주의 문학의 개화에 기여한 몫은 아마도 루소에 미치지는 못할 것이다. 그는 새로운 감수성으로 한 세대 전체를 열광시킨 『신 엘로이즈』 같은 기념비적 저작을 내놓지는 못한 것이 사실이다. 그러나 볼테르류의 앙상하고 차디찬 이성의 문학과는 대비되는 18세기 후반의 문학적 성격은 디드로를 제외하고는 이야기될 수 없을 것이다.

흔히 무질서하다고 비판받아온 디드로 작품들의 뒤죽박죽으로 들끓어오르는 듯한 구성 자체가 벌써 하나의 명제를 증명하기 위해 일직선적인 구성을 갖던 이전의 작품들과는 대비를 이룬다. 디드로의 작품들은 어느 것도 특정한 명제를 밝히기 위해 쓰였다는 단일한 인상을 남기지는 않는다. 천민적인 활력과 자발성의 소유자였던 작가 자신처럼 그의 소설작품은 거칠지만 활기와 생명력에 넘치는 심정의 토로로 가득 차 있다. 그리고 『라모의 조카』에 등장하는 장 프랑수아 라모Jean-François Rameau를 비롯해 디드로의 작품에는 사회의 변두리에서 변칙적인 삶을 살아가는 기이하고 유별난 괴짜들이 흔히 출현한다. 괴테를 비롯하여 질풍노도 운동에 돌입한 독일의 청년층이 격찬했다는 디드로의 짤막한 단편 『부르본느의 두 친구 Les deux Amis de Bourbonne』 같은 작품은 빅토르 위고의 『에르나니 Hernani』를 연상시키는 대담한 모험담과 무법자들이 우글거리는 숲의 배경, 친구를 위해 가볍게 목숨을 버리는 고양된 감정 등으로 인해 낭만주의의 한가운데에서 쓰인 듯한 착각을 일으킬 정도다. 디드로의 작품에서 낭만적 정서와 감수성을 드러내는 구절을 찾아 인용하자면 한이 없을 것이다. 계몽주의 문학의 건조함을 비판적으로 보는 사람들에게는 디드로의 이러한 측면은 탁월한 미덕이요 장점으로 비치는 것이 당연하다.

계몽주의 문학의 사회비판적 기능과 전투적 성격을 긍정적으로 평가하는 사람들에게는 디드로의 중요성은 더욱더 크게 부각된다. 디드로는 그가 책임 편집한 『백과전서』를 중단당하지 않고 성공적으로 끝내기 위해 자신의 과격함을 억제하고 신중하게 처신하려고 애썼음에도, 사회비판을 가장 극단으로까지 밀고 나간 사람이었다. 그는 사회를 모든 한계에서 포착하여 사회에 대해 더없이 대담한 공격을 퍼부은 작가였다.

디드로는 18세기 프랑스의 사상적 흐름에서도 가장 급진적인 극단을 나타내는 인물로 보인다. 종교문제에 있어 디드로의 반기독교적인 생각은 반교권주의나 광신에 대한 공격만으로 그친 것이 아니라 철저한 무신론의 입장을 취한다. 볼테르의 이신론이나 루소의 종교에 대한 신비적 태도와는 달리 디드로의 아무런 유보 없는 무신론의 입장은 반기독교적인 18세기 풍토의 극단적 정점을 나타낸다. 디드로의 무신론은 그의 유물론적 세계관을 반영하는 것이다. 그는 일찍이 『맹인에 관한 서한』을 발표하여 뱅센 감옥에 수감되던 해인 1749년부터 유물론적 신념을 밝히고, 이 신념을 끝까지 유지한 철저한 유물론자였다. 그는 자연 속에는 신도 영혼도 존재하지 않으며 끊임없이 변화하는 물질의 무한히 다양하고 항상 일시적인 결합만이 존재한다고 여러 저작에서 되풀이해 말하고 있다. 엘베시우스나 돌바크 남작과 궤를 같이하는 이러한 유물론적 사고는 18세기 합리주의의 최종적이며 극단적인 귀결이라고 할 수 있을 것이다. 이와 같은 유물론적 세계관은 루소보다 앞서서 디드로를 자연의 인간으로 만들고 있다. 자연상태로의 복귀와 연결되는 유토피아적 성격을 갖지 않는다는 점에서 디드로의 자연주의는 루소의 그것과는 다르지만, 인간의 불행과 악의 근원을 사회에서 찾는다는 점에서 디드로는 루소와 유사성을 보여준다. 디드로는 종교와 권력과 인간 사이의 불평등과 특히 도덕을 창안해낸 사회를 인간불행의 원천으로서 맹렬히 공격한다. 디드로에게 도덕이란 하나의 사회적 제도에 불과한 것으로, 인간의 자연적 기능으로부터 유래되는 정당한 기쁨을 금지하는 위선적 속박으로 비치기도 한다. 그리하여 그는 일체의 종교적·금욕적·사교적 덕목들을 사회의 편견이나 억압으로 일축해버린다. 그렇지만 그는 자연에 대한 존중에 의거하여 도덕적 무정부상태에서 벗어날 수 있었다. 자연으로부터 물려받은 디드로의 본성은 그에게 본능적으로 일종의 덕성스런 상태에 이를 수 있도록 해주는 훌륭한 것이었다. 디드로는 가난했지만 탐욕성과 저속함이 없는 너그럽고 독립적인 성격의 소유자였다. 이기적 동기에 근거한 일체의 도덕을 파괴하는 디드로는 인류 전체를 위한 관대한 성찰로 나아간다. 그리하여 그에게는 인류에게 유용한 모든 것은 선이며 인류에게 해로운 모든 것은 악이라는 도덕관이 생성된다. 디드로의 사회비판은 단순히 현실사회에 대한 일정한 태도의 소산이 아니라 그의 유물론적 세계관에서 비롯되는 자연주의의 결과인 만큼 더욱더 심화되고 근본적이며 또 치열한 성격을 띠는 것으로 보인다.

계몽주의를 긍정적으로 바라보든 부정적으로 바라보든 디드로의 중요성에 대해서는 아무도 이의를 제기할 수 없을 것이다. 18세기의 정신과 지식의 집대성인 『백과전서』를 끝까지 책임지고 편집한 것이 디드로의 가장 두드러진 시대적 역할이라고 할 수 있겠지만, 그 외에 철학자와 미학이론가로서, 극작가와 소설가로서의 디드로의 역할도 18세기의 어느 작가보다 비중이 덜하다고 말하기는 어렵다. 그러나 상당히 오랜 기간 동안 디드로는 볼테르와 루소라는 양대 산맥의 그늘에 가려져온 느낌이 짙다. 18세기의 프랑스를 무엇보다도 볼테르와 루소의 시대로 정의하는 습관은 오늘날까지도 대단히 영향력이 큰 것으로 보인다. 디드로가 볼테르와 루소에 비견될 만한 비중으로 부각된 것은 비교적 현대에 이르러서다. 다음의 인용은 이 작가에 대한 당대의 평가와 현대의 평가 사이의 커다란 격차를 잘 보여준다.

"볼테르는 불멸인데 디드로는 유명할 뿐이다"라고, 가장 위대한 사람들 사이에 자리잡을 그의 정당한 위치를 후세가 아직도 디드로에게 인정하지 않은 사실에 공쿠르 형제가 놀라워한 지 한 세기가 약간 넘었다. 오늘날『캉디드』의 저자의 불멸성을 의심치 않으면서『운명론자 자크』의 저자에게도 마찬가지로 영속적인 명성을 예언하는 것은 위험한 일이 아니다. 우리에게는 프랑스의 18세기가 '볼테르의 세기'나 루소의 세기만이 아니라 마찬가지로——어쩌면 우선적으로——디드로의 세기다. 문학사와 사상사는 이와 유사한 재평가의 다른 예들을 보여준다. 이러한 재평가가 동시대인들에게는 거의 전적으로 알려져 있지 않던 텍스트들의 독서에 근거해 있는 일은 드물다. 1784년 사망 당시 디드로는 독자들에게 어떤 인물로 비쳤는가? 많은 증언이 상기시키는 바의 기막힌 이야기꾼. 그 대담성이 당국을 불안케 할 수 있었으나, 그중 가장 중요한 두 저작——『자연의 해석에 관한 명상 *Pensées sur l'interprétation de la nature*』과 『세네카에 관한 에세이 *Essai sur Sénèque*』——이 일종의 침묵으로 25년간이나 격해 있는 몇몇 철학적 서술의 저자. 두세 편의 콩트나 대화의 저자이자 '방탕아'라는 평판을 불러온 젊은 시절의 소설인『경솔한 보석 *Les Bijoux indiscrets*』의 저자. 그보다는 새로운 연극의 창시자. 그러나 개념의 적용보다는 그의 개념으로 인해 더 찬미받는 창시자. 특히『백과전서』사업의 지칠 줄 모르는 고무자, 즉 볼테르가 얘기하는 바의 디드로 팡토필 *le Diderot Pantophile*, 그리고 한 세기 후에 미쉴레가 그에게서 파뉘르주 *Panurge*와 아울러 프로메테우스의 면모를 인식하게 될 인물. 근면하고 재치가 번뜩이는 만큼이나 관대하지만, 그러나 중요한 개인적 저작에 집중하는 것은 불가능한 무엇에나 손대는 사람. 최상의 평가라야, 전투적인 계몽정신의 가장 완전한 구현자이지만 그러나 위대한 창조자는 못되는 무엇보다도 철학자였던 인물![3]

이상의 인용문이 말해주듯이 디드로에 대한 정당한 평가가 이루어진 것은 그의 사후 오랜 세월이 흐른 뒤이며, 특히 뛰어난 문학작품의 창조자로서의 디드로에 대한 평가는 뒤늦게 이루어졌다. 디드로의 많은 저작이 그의 사후에야 출판된 사정이 당대의 그에 대한 소홀한 평가의 한 원인일 것이다. 그러나 현대로 올수록 이 작가에 대한 연구열이 점점 왕성해지고, 작가의 가치를 점점 더 중요시하게 되는 경향은 디드로가 그만큼 현대적인 조명을 받을 여지를 많이 갖고 있기 때문일 것이다. 디드로의 세계는 단일한 성격으로 규정할 수 없는 대단히 복잡하고 다양한 면모를 갖는다. 랑송의 다음과 같은 설명이 그것을 잘 보여준다. "그의 스타일에는 모든 것이 들어 있다. 분석·종합·사상·감각·환상·리얼리즘·낭만주의. 그것은 항상 아름다움을 갖고 있지는 않지만, 어쨌든 흔히 생명력을 갖고 있는 들끓어 오르는 세계다."[4]

이제 이처럼 다양한 디드로의 세계 가운데서 리얼리즘이라는 한 측면을 그의 소설작품 『라모의 조카』를 대상으로 조명해보고자 한다. 이 작은 시도를 위해 일반적인 얘기를 길게 늘어놓아야 했던 이유는 18세기 프랑스 문학 일반과 디드로라는 작가에 대한 우리 학계의 관심과 연구 수준이 여전히 빈곤해 보이기 때문이다. 이러한 사정은 『라모의 조카』에 대한 작품설명을 시도함에 있어서도 아주 기초적인 소개로부터 이야기를 시작하지 않을 수 없게 만든다. 비록 이 작품이 디드로의 대표적인 소설로 꼽힌다 할지라도 우리 풍토에서는 상당히 생소한 작품으로 남아 있는 것이 사실이기 때문이다.

---

3) R. Mauzi et S. Menant, *Littérature française*, t. X, Arthaud, 1977, p. 169.

4) G. Lanson, *Histoire de la littérature française*, Hachette, p. 747.

2. 작품의 집필과정과 구성

디드로에게 중요한 것은 글을 쓴다는 것이지, 그 글에 자신의 이름을 덧붙이는 것은 별다른 의미가 없었던 것 같다. 따라서 디드로의 글 가운데 많은 부분은 생전에 출판되지 않고 서류더미 속에 묻힌 채로 남아 있었다. 『라모의 조카』도 다른 소설작품인 『수녀』나 『운명론자 자크』와 마찬가지로 디드로의 사후에야 출판된 작품 가운데 하나다.

이 작품은 디드로 사후 20년이 지난 1804년에 괴테에 의해 처음으로 독일어 번역판으로 출간되었다. 괴테는 디드로의 친구였던 그림Grimm이 그에게 맡긴 것으로 보이는 복사된 원고를 가지고 이 작품을 번역했던 것으로 생각되는데, 그 원고는 상실되어 찾을 수가 없다. 괴테의 독일어판을 다시 불어로 번역한 『라모의 조카』가 1821년에 프랑스에서 출간되었다. 1823년에는 디드로의 딸인 방될 부인이 제공한 복사원고를 바탕으로 불어 원판의 작품이 출판되었으나, 편집자들이 원고에 많은 수정을 가한 것이었다. 1875년에는 아세자Assézat가 다른 복사원고를 바탕으로 『라모의 조카』를 출판했고, 1884년에는 투르뇌Tourneux에 의해 좀더 개선된 판이 나왔다. 그러던 중 1890년에 코메디 프랑세즈의 사서였던 조르주 몽발Georges Monval이 고서적상에서 우연히 디드로의 친필로 쓰인 복사원고를 발견하여 이듬해에 이 원고가 출판된 이후로, 이것이 모든 『라모의 조카』 출판의 대본이 되고 있다. 100쪽 정도 되는 이 작품의 결정판이 이루어질 때까지 많은 우여곡절이 있었던 셈이다.

『라모의 조카』의 원래 원고가 존재하지 않고 디드로의 손으로 쓰인 복사원고만이 남아 있기 때문에 이 작품이 제작된 정확한 연대를 설정하는 데는 얼마간 난점이 있다. 그렇지만 작품 내에 출현하는 여러 가지 시대적 상황이라든지 인물의 개인적 상황에 관한 언급으로 미루어 이 작품은 1761년에 쓰이기 시작했다는 데 연구자들은 대체로 의견의 일치를 보인다. 이 작품은 1761년에 쓰이기 시작하여 1762년 초에는 골격을 갖춘 작품형태를 이루었을 것으로 추정된다. 그러나 작품에는 1762년 이후의 시대적 논거도 상당히 많이 출현한다. 이것은 디드로가 이 작품에 몇 차례 수정과 가필을 가했다는 것을 의미한다. 디드로는 1771~72년경에 이 작품에 많은 손질을 했던 것으로 여겨지며, 예카테리나 2세의 초청으로 러시아에 다녀온 1774년 이후에도 다시 작품에 손을 댔던 것으로 추정된다. 이처럼 긴 세월에 걸쳐 여러 번 수정을 거듭했다는 사실은 이야기하는 식으로 힘들이지 않고 수월하게 글을 써나갔던 디드로에게는 이례적인 일로서 그가 이 작품에 각별한 정성을 기울였음을 뜻한다. 참고로 이 작품에 출현하는 시대적 사실에 대한 구체적인 언급의 숫자를 디드로의 한 연구자가 작성한 도표대로 제시하면 다음과 같다.[5]

연도	역사적 사실	문학적 사실	계
1750~59	12	3	15
1760	2	6	8
1761	13	5	18
1762	4	13	17
1763~66	11	5	16
1767~68	2	13	15
1769~76	8	1	9
계	52	46	98

5) J. Chouillet, *La Formation des idées esthétiques de Diderot*, 1745~1763, Armand
   Colin, 1973, p. 521.

꽤 오랜 세월에 걸쳐 수정이 가해졌던 만큼 이 작품에 출현하는 연대적 사실들 사이에는 얼마간 모순이 드러나기도 한다. 예를 들어 대화 중에 딸의 나이가 여덟 살이라는 말이 나오는데, 그의 딸인 마리 앙젤리크는 1753년 출생이므로 이 대화는 1761년에 이루어지고 있는 셈이다. 그렇다면 1761년의 대화에 이후의 역사적 사실들이 언급된다는 것은 명백한 모순이다. 그러나 우리가 이 작품을 역사책이나 연대기로서 읽지 않는 한 이러한 연대적 모순은 그리 문제될 성질은 아니다. 다만 1760년대의 역사적 사실들이 다수 언급되어 있다는 것은 당대의 현실을 직접적인 제재로 삼고 있는 이 작품의 시대적 배경을 분명히 해주는 논거가 될 뿐이다.

오늘날 『라모의 조카』를 소설장르로 구분하는 데 이의를 제기하는 사람은 없을 것이다. 그러나 이 작품은 통상적인 소설의 개념에 꼭 들어맞는다고 할 수 없는 특이한 구성을 갖고 있다. 디드로 자신은 이 작품에 '두번째 풍자문 satire seconde'이라는 부제를 붙여놓았다. 『성격에 관하여, 그리고 성격, 직업 등의 말에 관하여 *Sur les caractères et les mots de caractère, de profession, etc.*』라는 에세이가 그의 첫번째 풍자문이며, 『라모의 조카』는 그것에 뒤이은 두번째 풍자문이라는 것이다. 풍자문 satire 이란 마튀랭 레니에 Mathurin Régnier 와 부알로 Boileau 이후의 17세기 고전적 전통에서는 오직 운문으로 쓰인 장르로서, 신랄한 표현과 재미있는 어조로 우스꽝스런 행태와 악덕을 공격하는 형식의 글이었다. 풍자시에서는 지나치게 개인적인 공격은 금기로 되어 있었으며, 적의 이름을 인용하는 것이 허용된다 할지라도 그것은 오직 일반적 진실을 밝히기 위해서일 따름이었다. 산문으로 쓰인 논쟁적 저술은 고전적 용어로는 팸플릿이라고 명명되었다. 디드로는 『라모의 조카』에 풍자문이라는 부제를 붙임으로써 이와 같은 고전적 전통과 격리되고 있다. 어쨌든 작가 자신이 풍자문이라고 분류했던 『라모의 조카』가 오늘날에는 아무 의심 없이 소설로 분류되며, 그의 대표적 소설작품으로 평가된다.

『라모의 조카』는 철학자인 ‘나Moi’와 18세기에 실존했던 유명한 음악가 라모의 조카로서 장 프랑수아 라모라는 이름을 가진 ‘그Lui’가 카페에서 만나 주고받는 대화로 이루어진 작품이다. 간간이 내레이터인 나의 서술이 끼어들고 몇 차례 음악연주의 시늉을 해 보이는 그의 무언극pantomime에 대한 묘사가 있을 뿐, 작품의 거의 대부분이 ‘그’와 ‘나’ 사이의 대화로 채워져 있다. 디드로는 뛰어난 대화술의 구사자로서 그의 많은 작품이 대화체로 엮여 있지만 이 작품만큼 시종일관 대화로 이어지는 작품은 없다.

그들은 어느 날 오후 파리의 레장스 카페café de la Régence에서 만나 얘기를 시작한다. 그들이 만나는 시간은 점심식사 후라고만 기술되어 있고 헤어지는 것은 교회에서 만도의 종소리가 울리는 다섯 시 반으로 되어 있는데, 이 사이에 흐른 시간은 대략 두 시간 내외일 것으로 추정된다. 그러니까 두 사람이 카페에 앉아 나누는 두 시간 동안의 대화가 『라모의 조카』의 내용을 이루는 것이다. 이 작품의 형식을 찬미하는 사람들은 작품의 내용이 진행되는 시간과 작품을 읽는 데 걸리는 시간이 거의 일치할 수 있는 이러한 시간배정에서 현실을 그대로 반영할 수 있는 이상적인 시간의 흐름을 찾아내기도 한다.

얼핏 보면 ‘그’와 ‘나’ 두 사람 사이의 대화는 아무런 질서나 연계도 없이 되는 대로 나누는 잡담처럼 보일 수도 있다. 면밀한 주의를 기울이지 않으면 한 대화의 주제에서 다른 대화의 주제로 넘어가는 단락을 간파하기도 수월한 일이 아니다. 그러나 이 대화에 등장하는 주제를 크게 구분하자면 미학, 도덕, 철학에 관한 주제로 나눌 수 있겠는데, 도덕문제에 관한 대화가 가장 많은 분량을 차지한다. 물론 일상적인 평범한 대화처럼 얘기가 진행되므로 이 세 주제는 서로 얽혀들고 중첩되기도 한다. 그리고 이 주제들은 라모의 조카의 기이한 삶의 행태를 둘러싼 여러 가지 에피소드나 『백과전서』를 둘러싸고 백과전서파와 반대파들이 벌이는 싸움, 프랑스 전통음악과 이탈리아 음악의 우월성을 놓고 벌이는 이 시대의 유명한 '어릿광대 논쟁la querelle des bouffons' 등 여러 가지 일상적 또는 시사적 얘기를 주고받는 가운데에서 전개된다.

『라모의 조카』는 시사적 논쟁성이 강한 작품이기도 하다. 『백과전서』를 둘러싼 철학자들과 반대파들 간의 논쟁이나 음악을 대상으로 벌어졌던 논쟁 등 18세기를 뜨겁게 가열시켰던 쟁점이 이 작품에는 매우 큰 비중으로 반영되어 있다. 이 작품이 그 시대에 출판되었더라면 디드로의 동시대인들은 이와 같은 논쟁적 요소를 읽는 데서 재미를 느꼈을 수도 있을 것이다. 그리고 '풍자문'이라는 작품의 부제가 암시하듯이 『백과전서』에 반대하는 부류들의 비굴함과 저열성에 가차 없는 신랄한 풍자를 퍼붓는 것이 이 작품을 집필한 디드로의 애초의 동기 가운데 하나였을지도 모른다. 실제로 이 작품은 백과전서파의 주요한 적대자였던 팔리소Palissot와 그의 무리들을 가혹하게 취급한다. 이런 의미에서 이 작품은 디드로와 철학자들을 조소한 팔리소의 희극 『철학자들Les Philosophes』에 대한 디드로의 답변이라는 성격을 가진다. 그러나 현대의 독자들에게는 이와 같은 직접적인 시사적 논거들은 부수적인 흥밋거리밖에는 될 수 없다. 오늘날 우리는 이 작품을 역사적 자료로서 읽는 것이 아니다. 역사적 자료로서의 가치가 이 작품의 주된 가치를 이룬다면 오늘날까지 이 작품이 되풀이해서 읽히고 많은 연구의 대상이 될 수 없을 것이다. 우리에게는 『라모의 조카』가 무엇보다도 하나의 문학작품이기 때문에 어떤 관점에서 보든 이 작품의 주된 흥미는 시사적 논거가 아닌 다른 곳에 있다.

3. 장 프랑수아 라모

하나의 문학적 구조물로서 읽을 때 이 작품이 갖는 흥미는 라모의 조카라는 인물에 집중된다. 장 프랑수아 라모라는 인물은 디드로의 시대에 실재했던 사람으로서 그에 관한 증언의 기록이 지금까지 남아 있다. 그러나 실재한 인물에 대한 증언의 내용과 작품에 출현하는 인물 사이에는 많은 차이가 있으므로, 우리는 작품에 등장하는 라모의 조카가 디드로에 의한 소설적 형상화라는 것을 금방 알 수 있다. 실재한 인물이건 아니건, 동시대의 일상적 현실에 실재하는 인물처럼 꾸며서 소설의 주인공을 등장시키는 것은 소설의 가장 보편적인 수법이며, 특히 사실주의적 소설에서는 전형적인 수법이다. 그러나 외국인이나 야만인을 출현시켜 독자의 이국정서를 만족시키면서 낯선 눈으로 프랑스 사회를 바라보고 비판케 하는 것이 유행이었던 18세기의 문학풍토를 고려할 때 디드로의 인물설정은 우선 주목할 만하다. 몽테스키외의 『페르시아인의 편지』는 위스벡과 리카라는 두 페르시아인의 편지로 이루어져 있고, 볼테르의 『엥제뉘』에는 휴론족 인디언이 등장하며, 『캉디드』의 주인공도 가공적인 외국의 인물로 설정되어 있다. 이에 반해 이국정서의 취향에 물들지 않고 자기 시대, 자기 사회에서 인물을 취하는 디드로의 방법은 그의 소설을 사실주의적 성격에 접근시키는 일차적인 특성으로 지적될 만하다.

『라모의 조카』를 리얼리즘적 요소가 많은 소설, 또는 리얼리즘의 한 선구적 작품으로 규정하는 것이 가능하다면 그러한 규정의 근거도 대부분 라모라는 인물로부터 끌어낼 수 있을 것이다. 이 인물을 제시하는 작자의 비전에는 아무런 환상적 요소도 신비적 고양도 들어 있지 않다. 라모라는 인물은 17세기 고전 비극이나 영웅소설의 주인공들이 보여주는 영웅적 비장미를 전혀 갖고 있지 않다. 이 인물은 발자크, 스탕달, 플로베르 등 19세기 주요 작가의 작품들에 등장하는 주인공들보다도 폭이 작은 상대적으로 왜소한 인물이다. 많은 연구자들은 이 인물에게서 『돈키호테』의 산초 판사나 『팡타그뤼엘*Pantagruel*』의 파뉘르주Panurge 같은 부속인물의 특성을 발견해낸다. 그러나 라모는 작품에서 부속적 역할을 하는 것이 아니라 거의 언제나 작품의 전면으로 솟아오르는 중심인물의 역할을 하고 있다. 세르반테스나 라블레 소설에 등장하는 하인들과는 달리 그는 작중대화의 압도적으로 많은 부분을 차지하며, 대화의 중심적 주제를 이끌어가는 역할까지 빈번히 행하는 자율적 삶을 가진 존재로서 작품의 주인공이라는 명칭에 값하는 인물로 부각된다. 다른 소설들의 하인 역에나 걸맞을 왜소하고 희극적인 인물을 소설 주인공 역으로 끌어올린 데 디드로의 탁월한 사실적 소설기법이 두드러지게 나타나며, 이것은 점차로 소설 주인공의 규모가 왜소화해지는 현상을 아주 일찍이 보여주는 희귀한 예가 될 것이다. 사랑이나 영광 같은 어떤 목적으로 예정되어 있는 고전적 주인공들과는 달리 나날의 생존의 차원에 머물러 있는 이 라모라는 인물, 성장과 변모를 보여주는 수련소설의 주인공들과는 달리 애초의 뻔뻔스럽고 순진한 냉소주의에 그대로 머물러 있는 이 인물의 면모는 작품의 초두에 다음과 같이 길게 소개되어 있다.

　그는 고상함과 저열함, 양식과 몰상식의 복합체다. 그는 자연이 그에게 부여한 장점을 과시하지 않고 보여주며 자연으로부터 물려받은 단점을 부끄럼 없이 보여주기 때문에 그의 머릿속에는 정직과 부정직의 개념이 이상야릇하게 뒤얽혀 있음에 틀림없다. 게다가 그는 강건한 체질, 특이한 상상력의 열정, 유별나게 큰 목소리를 타고났다. 당신이 그를 만날 때 그의 괴상함에 마음이 끌리지 않으면 당신은 손가락으로 귀를 막거나 아니면 도망칠 것이다. 얼마나 무시무시한 목소리인가! 그 자신 이상으로 그와 다른 것은 없으리라. 때로 그는 극도로 쇠약해진 환자처럼 메마르고 창백하다. 그의 빰을 통해 이〔齒〕 숫자를 셀 수 있을 정도다. 그가 아무것도 먹지 않고 며칠을 지냈거나, 아니면 트라프 수도원에서 나오는 길이라고 여겨질 것이다. 그런데 다음 달이면, 그는 징세관의 식탁에서 계속 식사를 했거나, 또는 베르나르회 수녀원에 칩거하기라도 했듯이 살찌고 통통한 모습을 드러낸다. 어떤 때는 더러운 셔츠를 걸치고, 바지는 찢어지고, 누더기에 휩싸여서 거의 구두도 신지 않은 상태로 머리를 숙인 채 슬그머니 지나치고 있어서, 동냥을 주려고 그를 불러 세우고 싶을 정도다. 그런데 또 어떤 때는 머리에 분칠을 하고 머리칼을 곱슬곱슬하게 지지고, 옷을 잘 차려입고서, 고개를 똑바로 들고 걸으며 자신의 모습을 과시하기 때문에 그를 거의 신사로 여길 정도다. 그는 상황에 따라 슬프거나 기쁜 상태로 하루하루 살아간다. 아침에 잠자리에서 일어나면, 그의 첫번째 걱정은 어디에 가서 점심을 먹을까 하는 것이다. 점심 후에는, 그는 어디 가서 저녁을 먹을까를 생각한다. 밤 역시 그의 불안을 야기한다. 집세를 기다리다 지친 여주인이 그의 방 열쇠를 빼앗

아가지 않았다면 그는 자기가 거주하는 작은 다락방으로 걸어서 돌아간
다. 아니면 빵 한 쪽과 맥주 한 병을 앞에 놓고 교외의 선술집에 앉아 날
이 새기를 기다린다. 그에게는 종종 일어나는 일이지만, 주머니에 6수
sou의 돈도 없을 때면, 그는 친구들이 타고 온 삯마차의 마부나 대귀족
의 마부에게 부탁하여 말 옆의 짚더미에 잠자리를 마련한다. 아침이 되
어도 그의 머리칼에는 아직 지푸라기가 붙어 있기 십상이다. 일기가 온
화한 계절이면 그는 밤새도록 쿠르 산책로나 샹젤리제를 오락가락하며
지내기도 한다. 날이 새면 그는 시내에 다시 모습을 드러낸다. 다음 날
도 전날과 같은 복장으로, 때로는 일주일 내내 같은 차림으로. 나는 이
런 괴짜들을 존중하지 않는다. 어떤 사람들은 그들과 친하게 사귀고, 친
구로 삼기까지 한다. 그런 괴짜들이 나의 관심을 끄는 것은 일 년에 한
번쯤 내가 우연히 그들과 마주칠 때다. 그들의 성격은 다른 사람들과는
대조를 이루며, 그들은 우리의 교육과 우리의 사회관습과 우리의 예절
이 끌어들인 그 진력나는 균일성을 파괴하기 때문이다. 사람들의 모임
에 그런 자가 하나 나타나면, 그는 발효시키는 효모와 같아서 각자에게
타고난 대로의 개성의 한 부분을 복원시켜준다. 그는 뒤흔들고 휘저어
놓으며, 찬성이나 비난을 야기한다. 그는 진실을 튀어나오게 한다. 그는
선량한 사람들을 인식케 해주며, 악당들의 탈을 벗긴다. 그때 양식 있는
사람은 귀 기울여 들으며 모인 사람들을 분별해보게 된다.[6]

이와 같은 인물소개가 좀더 계속된 후 두 사람 사이의 대화가 시작된
다. 이 인물소개는 작품의 서론에 해당하는 셈인데, 차후로는 이런 식

---

6) Diderot, *Le Neveu de Rameau*, in *Œuvres romanesques*, Garnier, 1979, pp. 396~97.

의 인물묘사는 나오지 않고 대화에 의해서만 인물의 특성이 부각된다. 서두의 인물소개는 얼핏 보아 전지(全知)의 입장에 서는 작가의 관점에 따라 인물이 등장하는 발자크 소설의 수법과 혼동되기 쉽지만, "나는 오래전부터 이 사람을 알고 있었다"[7]라는 다음 구절에 의해서 이 인물을 친히 아는 '나'의 관점으로 제시되고 있다는 것이 밝혀진다. 라모의 첫 소개에서는 이 인물의 비상식적인 기이함, 떠돌이로서의 삶의 행태, 이 인물이 사람들에게 야기하는 효과가 기술되고 있는데 방랑자적 삶의 양상이 특히 두드러지게 얘기된다. 대화가 진행되는 동안 처음의 묘사가 불러일으켰던 라모에 대한 인상이 크게 수정되는 것은 아니지만, 대화의 내용은 라모의 방랑자적 삶의 모습보다는 그의 정신적·도덕적 자세를 밝히는 데 초점이 모아진다.

시종일관 대화로 구성되어 있는 이 소설은 줄거리 소설이 갖는 재미를 찾을 수 없다. 굳이 이 소설에서 줄거리 중심의 소설에서 느낄 수 있는 흥밋거리를 하나 찾는다면, 그것은 라모가 기식하던 부유한 집에서 추방당하게 되는 경위다. 이 인물은 허락받기 전에는 입을 열어 말하지 않는다는 조건으로 부유한 집에 출입하면서 식사를 제공받는다. 이 기생적 생활의 대가는 값비싼 것이다. 주인의 비위를 맞추고 저속하고 몰상식한 주인과 전적으로 의견을 같이하며, 갖가지로 아첨하여 주인의 기분을 좋게 만드는 어릿광대 역할을 수행하는 대가를 지불해야 하는 것이다. "살기 위해 학문과 덕성을 모욕하는 것, 그건 아주 값비싼 빵이군요"[8]라고 그의 대화상대자인 철학자는 말한다. 라모는 프랑스 작품들에 자주 등장하는 저열한 문사와 예술가들, 즉 권력자와 부자

---

7) 같은 책, p. 397.
8) 같은 책, p. 446.

에게 아첨하며 양심과 지식을 파는 지식인들의 한 유형이기도 하다. 라모가 기식하던 집에서 쫓겨났다는 사실은 일찍 밝혀진다. "오늘 저녁 어디 가서 식사를 해야 할지 모르게 된 것은 한순간 상식과 솔직함을 지녔기 때문이 아니겠습니까?"[9]라고 그는 철학자에게 얘기한다. 어떤 연유로 라모는 쫓겨나게 되었는가? 식사의 대가로 방기(放棄)해야 했을 상식과 솔직함을 한순간 노출했다는 것은 구체적으로 어떤 사정을 말하는가? 이 전말은 통상적 소설에서처럼 어느 정도 독자의 호기심을 부추기며 여타의 사건들을 주위로 집중시키는 중심적인 에피소드가 된다. 디드로는 이 호기심을 좀처럼 만족시켜주지 않고 끌어가다가, 작품의 후반에 가서야 라모의 입을 통해 자세한 경위를 밝히게 한다. 이 경위를 제외하고는 선적 구성을 갖는 소설이 주는 흥미는 일체 존재하지 않으며, 이 얘기 저 얘기로 옮겨가는 '나'와 '그'의 대화만이 계속된다.

디드로는 장 프랑수아 라모라는 인물을 프랑스 문학사상 가장 인상적인 비도덕적·반도덕적 인물의 하나로 만든다. 디드로는 직업적 아첨꾼이며 위선술의 철저한 신봉자인 이 예외적 개성을 하나의 전형으로 끌어올린다. 라모의 비도덕성은 의식적이며 적극적이고 공격적인 냉소주의에 달해 있다. 그에게 악덕의 수행은 어쩔 수 없는 편법이 아니라 하나의 신조이며 철저한 방법적 실천이 된다. 그는 "어떤 분야에서 숭고하게 되는 것이 중요하다면, 특히 악의 분야에서 그러합니다"[10]라고 주저 없이 말한다. 그러니까 악덕의 실천에 있어 숭고한 경지에 이르는 것이 그의 이상인 것이다. 라모에게는 아첨술이 그 나름의 고귀성을 갖는 하나의 예술로 비친다. 그는 자신의 아첨의 기술이 세련되어

---

9) 같은 책, p. 433.
10) 같은 책, p. 458.

있다는 사실에서 정당한 자부심을 끌어내며, 쫓겨나기 전 기식하던 집에서 아첨하던 능란한 자세를 철학자인 '나'의 앞에서 자랑스럽게 연기해 보이기도 한다. 이 아첨의 미학의 달인은 그 나름의 존엄성dignité의 감각을 지니고 있다. 그는 쫓겨났던 집에 다시 돌아가는 것은 자신의 예술을 포기하고 타락시키는 행위로서 존엄성에 어긋난다고 말한다. 그는 아첨을 행할 때 아첨의 능란한 기술을 스스로 즐기며, 아첨을 받는 사람을 내심으로 조소하는 상태에 이른다. 그러므로 그에게는 아첨 행위가 보수를 지불받는 배우의 연기보다 더 천할 것이 없다는 논리가 성립되는 셈이다. 이러한 라모의 아첨의 미학 뒤에는 물질적 행복에 대한 파렴치한 욕구가 숨어 있다. 재산은 없고 써먹을 만한 재능이 있는 그로서는 부유한 자들에게 아첨의 재능을 발휘함으로써 그들의 돈을 자신에게 유리하게 끌어오자는 생각인 것이다. 라모는 이처럼 부자의 재산을 이용하여 살아가는 것을 재산의 반환restitution 또는 돈의 순환이라는 논리로 설명한다. 어쨌든 이 인물은 물질적 욕구를 충족하기 위해 의식적으로 악덕을 실천하는 특이한 인간상의 전형으로 부각되고 있다.

　디드로는 라모라는 인물을 통해 도덕적 무정부주의의 기이한 인간상을 빚어내는 것으로 만족하지 않는다. 디드로에게는 이 인물이 현실비판의 효과적인 도구로서도 활용된다. 라모를 가리켜 "그는 자기 시대의 고발자이며 증인이지만, 그 사실을 모르고 있다"[11]라는 지적은 타당한 것이다. 디드로 소설의 리얼리즘적 성격을 얘기할 때 가장 두드러지는 측면은 아무래도 그의 작품이 갖는 현실비판적 기능일 것이다. 『라모의 조카』에서 디드로는 지극히 부정적인 인물을 내세워 역설적으로

―――――――――――
11) J. Chouillet, 앞의 책, p. 543.

206

현실의 어두운 면을 조명하고 있다. 우선 라모의 기생적 삶은 부자와 빈자 사이에 맺어지는 관계의 끔찍스러운 메커니즘을 드러내 보인다. 라모 자신이 아첨의 행위를 미학적 문제로 전환시켜 아무리 스스로를 정당화하려 든다 할지라도 그의 예속과 굴종하는 삶의 모습은 인간관계에 작용하는 부의 압도적 위력을 증명해 보이기에 충분하다. 라모와 다른 기생적 삶을 영위하는 무리들은 식사를 제공받아 생명을 이어가는 대신 부자에게 자신들의 존재 전체를 위탁하는 예속관계로 전락되어 있음을 이 소설은 가혹할 정도로 여실하게 그려 보이고 있다. 인간 불평등 문제에 대한 뛰어난 성찰자였던 디드로는 라모를 통해 불평등한 사회가 존속하는 한 언제나 사라지지 않을 하나의 인간유형을 제시해 보이려고 했는지도 모른다.

라모는 자기가 살고 있는 사회 전체의 도덕적 수준을 밝혀주는 인물로도 그려진다. 철학자의 도덕적 항변에 대해 '진실을 튀어나오게' 하는 이 인물은 기생자들이건 그들의 보호자들이건 사회 일반이 비슷한 도덕적 수준에 빠져 있음을 구체적 예증을 들면서 역설한다. 라모는 무엇보다도 돌이킬 길 없이 물질적 가치관에 깊이 물들어 있는 사회상의 한 표상이다. "황금, 황금, 황금이 전부이며, 황금이 없는 나머지 것은 무가치한 것입니다"[12]라고 선언하면서 자기 아들의 교육은 쉽사리 돈을 버는 방법을 터득케 하는 방향으로만 주력하겠다고 말하는 라모는 아무런 의심 없이 물질적 가치관을 수용하는 인물이다. 관능적 쾌락만을 추구하는 삶의 태도는 다음과 같이 거침없이 표현된다. "좋은 술을 마시고, 맛있는 음식을 실컷 먹고, 예쁜 여자들 위에서 뒹굴며, 부드러

---

12) Diderot, *Le Neveu de Rameau*, p. 475.

운 침대 속에서 쉬는 것. 그것을 빼면 나머지는 허영일 뿐입니다."[13] 그에게 행복이란 오직 관능적 향락을 의미할 뿐 덕성과는 아무런 상관이 없다. 행복과 덕성의 상관관계를 설파하는 철학자에게 그는 다음과 같이 답변한다. "그렇지만 나는 행복하지 못한 수많은 정직한 사람들을 보며, 정직하지 않고서도 행복한 수많은 사람들을 봅니다."[14] 이 파렴치한 향락주의, 이 반도덕적 황금만능의 사고는 라모라는 한 인간의 우연한 특성을 밝히기 위해서만 드러나는 것은 아니다. 디드로는 이 인물을 통해 한 사회 전체의 상태를 밝히고 있다. 라모의 부정적 측면은 그대로 사회의 부정적 측면을 조명해주는 효과적인 장치가 되고 있다. 『라모의 조카』는 적나라한 금전적 가치관에 짓눌려 있는 사회를 묘사하는 작품인 것이다.

4. 문제의 제기

악 속에서 숭고함을 실현하겠다는 라모라는 유별난 인물을 어떻게 규정하고 설명해야 할 것인가? 그리고 이 인물의 패륜적 냉소주의와 그의 대화상대자인 철학자의 합리적이고 도덕적인 입장 사이의 대립은 어떻게 평가해야 할 것인가? 이것은 『라모의 조카』라는 작품의 설명에서 가장 핵심적인 질문이 되며, 또한 이 작품을 둘러싸고 가장 빈번하게 일어난 논의의 주제이기도 하다.

논의의 단서를 연 것은 이 작품을 맨 처음 출판한 사람이기도 했던

---

13) 같은 책, p. 429.
14) 같은 책, p. 432.

괴테였다. 그는 "이 텍스트는 디드로가 하나의 이상적 전체를 빚어내기 위해 현실의 더없이 이질적인 요소들을 행복하게 결합시킬 수 있었던 증거를 보여준다"[15]고 말하면서, 이 작품에서 탁월한 질서와 통일성을 발견해낸다. 괴테에 따르면, 이 작품은 통일성에 다다르기 위해 사전에 면밀하게 준비된 계획에 따라 쓰인 유기적인 구성을 취하고 있다. 그는 작품의 통일성이 윤리적 차원이 아니라 선과 악을 넘어서는 미학적 차원에서 이루어지고 있다고 본 것이다. 이 작품에서 미학적 문제는 다른 모든 것을 능가하는 우월한 차원에 이르고 있으며, 두 대화자를 화해시키는 결정적인 단서로서 모든 문제는 미학적 문제로 수렴된다는 것이 괴테의 생각이다. 사실 다른 모든 주제에서 이견을 보이는 '그'와 '나' 두 사람의 대화자는 전통적 프랑스 음악과 새로운 이탈리아 음악의 대립문제에는 다같이 이탈리아 음악의 편에 선다는 의견의 일치를 보인다. 괴테의 비전에서 라모는 무엇보다도 탁월한 미적 감각의 소유자로 부각되며, 그의 도덕적 패륜성은 사소한 문제로 치부된다. 그리고 두 대화자 사이의 도덕적 입장의 상치는 두 사람의 미학적 일치 앞에서 역시 사소한 문제로 돌려진다.

모든 문제를 미학적 문제로 수렴시켜 작품에 통일성을 부여하려는 괴테의 관점은 대단히 흥미로운 것이기는 하지만, 쉽게 수긍되지는 않는다. 이 작품에서 미학적 문제는 여러 주제들 가운데 하나일 뿐이며, 오히려 훨씬 더 큰 비중을 갖는 주제는 윤리적 문제인 것으로 보인다. 우선 『라모의 조카』가 면밀하게 계획된 치밀한 구성을 갖는다는 생각 자체가 쉽사리 수긍될 수 없는 것으로, 생트뵈브에 이르면 벌써 이 생

---

15) J. Chouillet, 앞의 책, p. 539에서 재인용.

각은 반박을 당한다. 생트뵈브는 이 작품에서 질서정연한 구도와 통일성을 보는 대신 디드로의 열정이 뿜어내는 자유분방하고 대담한 수많은 생각의 잡다한 집적을 본다.

미학적 문제로 수렴시키지 않고 윤리적 문제 그 자체에 중심적인 비중을 부여한다면 두 대화자의 상반된 입장은 어떻게 평가해야 할 것인가? 라모의 패륜적 냉소주의는 타락한 정신으로 단죄되고, 철학자의 도덕적 이상주의는 이에 맞서는 긍정적 가치로서 제시되어 있는가? 이 책을 상식적으로 읽었을 때 받게 되는 인상은 그러하다. 라모는 사회의 기생충이며, 치유할 길 없이 골수까지 병든 패덕의 무뢰한이라는 인상은 독서 후에 생기는 가장 직접적인 인상임에 틀림없다. 기껏해야 이 인물은 타락한 사회의 현상을 있는 그대로 바라보는 타락한 현실주의자라는 인상을 줄 수 있을 뿐이다. 이처럼 부정적인 인물의 세계에 철학자의 긍정적 세계가 대립되어 있는 것이 이 작품의 대화내용이라고 한다면 문제는 매우 단순화되고 해답은 명쾌하다. 물론 정교한 분석과 복잡한 사유과정에서 나오는 결론이지만, 마르크스주의자들의 관점은 상식적인 독서의 결과와 대체로 일치함을 보여준다. 마르크스주의 비평가들은 철학자인 '나'를 전투적·지적 전위의 대변인으로 보며, 이에 맞서는 '그'를 이성의 진보에 반대하는 상징으로 보고 있다. 이러한 비평적 입장을 잘 보여주는 롤랑 데스네Roland Desné의 견해를 인용하면 다음과 같다.

타락한 자들의 세계에 맞서 철학의 세계가 존재한다. '그'와 '나'의 대화에 진정한 가치를 부여하는 것은 이 두 세계의 만남과 충돌이다. 이 두 세계 사이에는 극히 형식적인 수사(修辭) 말고는 공통의 척도도 존재할 수 없다. 비평에 의해 받아들여진 대화라는 편리한 용어가 환상을 일으켜서는 안 된다. 우리의 두 대화상대자에게는 중간적인 공통의 진실을 찾거나 어떤 타협을 성립시키는 것이 문제가 아니라, 반대로 양편에서 다같이 하나의 삶의 양식, 의도적으로 선택한 하나의 실천적 도덕을 정당화하는 것이 문제다.[16]

『라모의 조카』를 면밀히 읽게 되면 라모라는 인물에게 처음에 받은 일차적인 인상을 그대로 유지하기 어려운 복잡한 면모가 나타나는 것을 알게 된다. 마르크스주의 비평가들의 명쾌한 논리에도 불구하고 라모라는 인물은 일의적으로 단정하기 힘든 다양한 뉘앙스의 주인공인 듯 보이는 것이다. 이 인물은 실패한 예술가이기는 하지만 어쨌든 뛰어난 심미적 감각을 지니고 있으며, 세상의 관습을 아랑곳하지 않고 자신의 기질대로 살아가는 반사회적인 강한 개성의 소유자이기도 하다. 이 인물의 거침없는 냉소주의와 대면하는 '나'의 덕성의 목소리가 항상 그 냉소주의를 압도할 만큼 강력하지만도 않다. 때로는 '그'의 무자비한 현실의 목소리 앞에서 '나'의 이상의 목소리는 잦아들고 약해지는 것처럼 보이기도 한다. 결국 '나'의 목소리는 현실과 이상이라는 양면 가운데 하나의 단면을 대변하는 것이 아니겠는가. 철학자의 라모에 대한 태도는 경멸이나 연민의 우월한 태도로 시종일관 유지되지만은 않는다. 그는 이 강한 개성과 마주쳐 놀라움과 당혹감과 경탄이 뒤섞인 감정을 맛본다. 철학자는 자신의 감정을 이렇게 술회한다. "이와 같은 명민함과 이와 같은 저열함, 이토록 정확하면서도 이토록 거짓된 생각들, 이

---

16) D. Couty, *Le Neveu de Rameau, Diderot*, Hachette, 1972, p. 66에서 재인용.

토록 보편화된 감정의 부패, 이토록 완벽한 파렴치, 이토록 유별난 솔
직함에 나는 당황했다."[17] 대화가 좀더 진행된 다음 그의 느낌은 다음
과 같이 표현되기도 한다. "오, 미치디미친 자여! 그토록 많은 기괴함
과 더불어 어찌 너의 머릿속에 그렇게도 정확한 생각들이 뒤죽박죽 들
어 있을 수 있단 말인가?"[18] 이 인물에 대한 철학자의 감정은 때로는
친밀감과 일종의 선망의 뉘앙스를 나타내 보이는 데까지 나아간다. 장
프랑수아 라모라는 이 기괴한 인물에게서 디드로 자신의 감춰진 다른
일면을 발견하는 것은 디드로 비평가들에게 가장 널리 유포되어 있는
경향이기도 하다. 즉, 라모는 방랑생활을 하던 젊은 시절 디드로의 모
습, 책임감과 의무감에 의해 자신이 그것을 탈피했음을 다행으로 여기
나 한편으로는 그것을 그리워하고 애석해하는 젊은 날 디드로 자신의
표상이라는 것이다. 한 디드로 연구자는 이러한 견해를 다음과 같이 진
술한다.

방랑자, 불운한 예술가, 패덕자인 라모는 디드로가 체면 때문에 포기
한 그 자유로운 삶에 대한 강력한 향수를 디드로에게 불러일으킨다. 그
의 야릇한 주인공을 소개한 다음, "나는 이런 괴짜들을 존중하지 않는
다"고 써보았자 헛된 일이다. 반대로 그가 그런 괴짜들을 사랑했음을 우
리는 알고 있다. 어느 날 그는 볼랑 양에게 이런 편지를 써 보냈던 것이
다. "나는 반성이나 충격에 의해서야 내가 이따금 될 수 있는 것을 기질
적으로 계속해서 될 수 있도록 아주 행복하게 태어난 사람들이 있음을
알고 있습니다."[19]

---

17) Diderot, *Le Neveu de Rameau*, p. 413.
18) 같은 책, p. 421.

라모를 디드로가 이따금 다다를 수 있는 상태를 계속적으로 사는 행복한 인물로 보는 견해에 동의한다 할지라도 작품의 구조 내에서 이 인물이 긍정적 인물로 부각되는 것은 아니다. 그는 사회적으로나 직업적으로 실패자일 뿐만 아니라 자신이 실현하고자 하는 이른바 악덕의 미학이라는 측면에서도 실패자로 나타난다. 철학자와의 대화가 끝난 후 그의 냉소주의의 논리는 허약하고 공허한 울림을 남긴다. 그는 대화를 끝내면서 자기는 여전히 같은 상태로 남아 있다고 자기 성격의 통일성을 과시하며, "마지막에 이기는 자가 진정한 승리자입니다"[20]라는 애매한 말을 남기고 떠나지만, 작품의 결말은 결코 그의 승리를 말하는 것은 아니다. 이 작품은 어느 누구의 승리도 보장하지 않은 채 독자를 깊은 상념에 빠져들게 만든다. 『라모의 조카』는 대화라는 형식과 일상 대화의 자유로운 문체에 의해 소설형식과 글쓰기 행위에 많은 문제를 제기하는 작품인 것처럼 미학적·윤리적·철학적 문제, 나아가 삶의 문제 전반에 걸쳐 아직도 많은 문제를 제기하는 작품으로 남아 있다.

---

19) Ch. Guyot, *Diderot par lui-même*, Seuil, 1970, p. 74.
20) Diderot, *Le Neveu de Rameau*, p. 492.

| 제3장 |

실험소설 『운명론자 자크』

1. 18세기의 반소설(反小說)

디드로의 소설 『운명론자 자크』는 무엇보다도 형식상의 특성으로 주목받아온 작품으로, 이 소설을 둘러싼 논의의 많은 부분이 소설형식의 특이성에 관한 것이었다. 갖가지 형식의 소설이 실험되고 시도되어온 오늘날까지도 이 18세기의 소설은 아직도 독특한 양식의 작품이라는 인상을 지우기 힘든 소설로 남아 있다. 이 소설은 처음 접하는 독자에게 생경한 느낌과 당혹감을 주는 여러 가지 특이한 서술방식으로 이루어져 있다.

우선 작품 서술의 대부분이 대화의 형식을 취하고 있다는 것이 특기할 만하다. 작품의 주요 줄거리가 주인공 자크Jacques와 그의 주인Le maître의 대화로 밝혀지는 것 이외에도, 중첩되는 다양한 에피소드 역시 작중인물들 사이의 대화로 드러나는 구조를 이루고 있다. 물론 대화체는 디드로가 가장 즐겨 사용하는 소설 서술방식으로, 『라모의 조카』는 거의 전적으로 두 사람의 대화로 구성된 작품이고 그의 여러 콩트도 대부분 대화체의 서술형식에 의존해 있으며, 전통적 소설형식에 비교적 가깝다고 할 수 있는 『수녀』에서조차도 대화체 문장은 많은 비중을 차지한다. 디드로의 이와 같은 대화체 편향 이외에도 『운명론자 자크』에서 주목할 점은 작가와 독자의 대화가 빈번히 이루어지고 있다는 점이다. 디드로는 작가와 독자의 대화를 통해 기존 소설에 비판을 가하면서 소설의 속성에 대한 끊임없는 토론을 시도한다. 요컨대 소설 속에 끼어드는 작자와 독자의 대화는 디드로 소설론의 전개라는 성격을 갖는다. 이처럼 소설 내에서 소설론을 전개하면서 디드로는 『운명론자 자크』는 종래의 소설과는 다른 성격의 작품임을 다음과 같이 주장한다.

> 소설꾼이라면 틀림없이 그렇게 할 것이다. 그러나 나는 리처드슨의 소설과 같은 것이 아닌 한 소설을 좋아하지 않는다. 나는 이야기를 만들고 있는데, 이 이야기는 흥미롭거나 또는 그렇지 못할 것이다. 그건 나의 최소한의 염려거리다. 나의 계획은 진실이고자 하는 것이고, 나는 그 계획을 수행했다.[21]

작자가 '콩트conte'나 '로망roman'이 아니라고 되풀이해 주장하고 있지만, 우리가 소설이라는 장르 이외에 달리 구분할 방법이 없을 이 작품은 통상적인 의미의 많은 소설들과는 상당히 다른 구조를 이루고 있다

---

21) Diderot, *Jacques le fataliste*, in *Œuvres romanesques*, Garnier, 1979, p. 731.

는 점에서 또한 특기할 만하다. 이 작품을 긍정적으로 평가하는 많은 비평가들처럼 작품의 구조에 유기적인 통일성을 인정한다 할지라도 이 것이 단일한 이야기로 읽힐 수 있는 것은 결코 아니다. 『운명론자 자크』는 자크와 그의 주인의 여행 이야기, 자크의 사랑 이야기, 운명론에 관한 토론이 서로 뒤얽혀 있어 과연 어느 것이 작품의 핵심 줄거리인지 를 구별하기가 힘들다. 이상의 중심적인 세 가지 줄거리 이외에도 이 작품은 많은 에피소드가 끼어들어 중첩되는 특이한 구조를 갖고 있다. 많은 에피소드 가운데 폼므레 부인Madame de La Pommeraye이나 위드송 신 부Père Hudson의 에피소드는 그 자체가 하나의 작은 소설적 구조를 이루 고 있어 『운명론자 자크』는 소설 속에 등장하는 또 다른 소설구조라는 관점에서도 흥미로운 검토대상이 될 수 있는 작품이다.

『운명론자 자크』는 구조가 복잡할 뿐만 아니라 작품의 성격을 규정 하는 데도 많은 난점이 있다. 관점에 따라서 이 작품은 '희극적 소설 récit comique'로도, '악당소설récit picaresque'로도, 또는 '철학소설roman philosophique'로도 읽힐 수 있는 다양한 성격을 갖는 바, 다음의 견해에 서 볼 수 있듯이 단일한 성격의 소설로 규정하기가 불가능하다.

이 작품의 의미에 대한 불확실성은 소설 분야의 한 특정 영역에 이 작 품을 고정시키는 것이 불가능하다는 사실에 의해 두드러지게 드러난다. 『운명론자 자크』는 모험소설, 애정소설 혹은 음란소설roman sentimental ou libertin, 철학소설 등등 모든 유형의 소설을 모방하는 동시에 또 그것들을 부인한다.[22]

---

22) E. Walter, *Jacques le fataliste de Diderot*, Hachette, 1975, p. 21.

『운명론자 자크』는 3인칭 서술과 1인칭 서술이 교차되고 있어 서술 양식상으로도 특이한 점을 보여주는 소설이다. 서술의 어조 또한 익살과 풍자의 가벼운 톤을 띠는 경우가 대부분이어서 이 작품이 다루는 여행담이나 사랑 이야기나 운명론에 관한 논의가 과연 얼마만큼이나 진지성을 갖느냐 하는 의문을 자주 불러일으킨다. 이 소설이 취급하는 주제를 진지한 것으로 받아들이기 위해서는 작품 전체를 주도면밀하게 읽는 독서 태도가 반드시 필요하다. 이상에서 열거한 여러 이유로 이 작품을 18세기의 일종의 반소설anti-roman로 보고자 하는 다음과 같은 견해는 타당하다.

『운명론자 자크』는 우선 소설과 벌이는 유희이며, 소설에 대한 서술적 패러독스다. 어떻게 하나의 소설을 쓸 수 있는가? 소설 기술의 가능성과 한계는 무엇인가? 이러한 질문에 대해 디드로는 소설로 해석되기를 바라지 않으면서도 결국 소설임을 자인하기에 이르는 텍스트로 답변한다. 반소설, 비소설로서의『운명론자 자크』는 "이건 소설이 아니다"라는 야유조의 부인을 아끼지 않고, 진실을 내세우며 소설적 환상을 깨뜨린다. 그렇지만 독자는 진정한 하나의 소설, 심지어 뒤얽힌 여러 개의 소설을 읽는다는 느낌을 갖게 된다.[23]

소설로 해석되기를 원하지 않지만 결국 하나의 흥미로운 소설로 읽힐 수밖에 없는 이 18세기의 반소설은 오늘날까지도 상당 부분 형식상

---

23) 같은 책, pp. 22~23.

의 특이성을 유지하면서 소설이라는 문학장르, 나아가 글쓰기 자체에 대해 의문을 제기하게 만드는 작품으로 남아 있다. 『운명론자 자크』를 대상으로 하는 다방면의 탐구와 조사의 가능성 가운데 소설형식의 문제는 아마도 가장 풍요로운 토양을 제공하는 부문이라고 할 수 있을 것이다.

2. 사실주의 소설

디드로를 사실주의 소설의 선구자 가운데 한 사람으로 보는 것이 문학사적인 관행임에도, 『운명론자 자크』를 사실주의 소설로 읽을 수 있느냐 아니냐 하는 논쟁은 아직까지도 계속되고 있다. 다음과 같은 견해는 이 작품을 사실주의 소설로 읽어서는 안 된다는 주장을 표명한다.

『운명론자 자크』 속에서는 모든 것이 사실주의이면서 아무것도 사실주의가 아니다. 왜냐하면 형식적 방법 전체가 빚어내는 효과에 의해서, 현실적인 것의 반영이 회화적으로 느껴지기 때문이다. 그때부터 모작 parodie이 테마를 바꾸어놓고 참조사항을 옮겨놓는다. 우리는 이 소설을 더 이상 현실의 차원에서 읽지 않고, 소설의 차원에서 읽게 된다.[24]

반면에 자크 스미에탕스키 Jacques Smietanski 같은 연구자는 이 작품의 사실성을 다음과 같이 강력하게 부각시킨다.

---

24) S. Lecointre et J. Le Galliot, Introduction à *Jacques le fataliste*, in *Jacques le fataliste*, Droz, 1976, p. 153.

디드로로 하여금 그가 취한 길을 선택하게 한 동기가 무엇이든 『운명론자 자크』가 명백히 사실적인 양상을 제시한다는 것은 분명하다. 체험한 일화, 현실의 사건과 사실로부터 출발하여, 디드로는 자기 시대의 사회를 그릴 수 있었고, 그 사회의 가장 두드러진 특징들을 상기시킬 수 있었다. 또한 그는 현실로부터 대단히 진실한 인물들을 끌어내어, 그들의 몸짓과 움직임과 태도를 기록하며, 그들에게 인간적·심리적 깊이를 부여하며, 그들의 신분에 일치하는 자연스런 언어를 그들에게 빌려주면서, 그들에게 생명을 불어넣었다. 그는 우리를 일상적 삶에, 전원과 도시와 마을의 친숙한 활동에 참여케 했다.[25]

『운명론자 자크』가 '사실주의 소설 roman réaliste'이냐 아니냐 하는 것은 다의적인 이 소설에 대한 일의적인 질문으로서 문제제기가 적절치 못한 것이라고 할 수 있다. 특이한 형식으로 말미암아 글쓰기 자체에 대한 의문의 제시로 보이는 이 작품을 전적으로 구체적 현실의 반영으로 보는 것이 무리인 것과 마찬가지로, 명백하게 현실의 반향을 갖고 있는 이 작품을 단순히 하나의 알레고리 allégorie로 환원해버리는 것 또한 독단적인 비평태도라고 할 수 있다. 앞에서 그 형식적 특이성을 언급한 바와 같이 이 작품은 발자크류의 낯익은 통상적 사실주의 소설과는 전혀 상이한 소설이다. 이 작품을 처음 대한 인상은 오히려 대부분의 18세기 소설들 이상으로 사실주의 소설과는 거리가 먼 소설로 보일 수도 있다. 그러나 면밀한 독서는 이 작품에서 많은 사실주의적 요소,

---

25) J. Smietanski, *Le Réalisme dans Jacques le fataliste*, Nizet, 1965, pp. 175~76.

적어도 사실주의의 선구적 요소를 추출해내게 해준다. 『운명론자 자크』는 거기에 내포된 다분한 사실성으로 말미암아 디드로를 사실주의 소설의 한 선구자로 간주하는 문학사적 평가를 뒷받침할 만한 작품이라고 할 수 있다.

『운명론자 자크』는 일상적인 친숙한 배경을 가지고 꾸며진 소설이다. "그들은 어디로부터 오고 있었던가? 가장 가까운 장소로부터. 그들은 어디로 가고 있었는가? 사람들이 어디로 가는지를 알 수 있는가?"[26] 작품을 열자마자 맞닥뜨리는 이와 같은 문답은 독자에게 당혹감을 준다. 두 인물의 여행담을 주된 줄거리로 다루고 있는 소설이 이들의 출발점과 종착점을 알 수 없다는 진술로 서두를 열고 있는 것이다. 작자는 두 인물의 여정을 따라가면서 거기에서 일어나는 모든 일을 있는 그대로 기술하겠다는 입장을 취하는 것으로 보이지만, 이 여행담은 서두에서부터 통상적인 사실주의 소설의 낯익은 여행담과는 판이한 서술방식을 취하고 있는 것이다. 그러나 이 여행담이 환상적인 여행기이거나 상상적인 여정을 다루고 있는 것은 전혀 아니다. 일반적인 사실주의 소설과는 달리 시간과 공간에 관해 명시적으로 언급하고 있지 않다 할지라도, 독자는 자크와 그의 주인이 18세기 중반의 어느 시점에서 프랑스의 한 지역을 여행하고 있다는 것을 쉽사리 알게 된다. 따라서 이 여행담은 대단히 제한된 시간적·공간적 배경을 갖고 있는 셈이다. 또한 두 인물의 여행 이야기는 기이하고 환상적인 모험담을 엮어나가기가 다반사였던 당시의 유행소설과는 판이한 현실성을 보여준다. 작자는 앞일이란 예측할 수 없는 것이라고 되풀이해 얘기하면서 자기 인물들

---

26) Diderot, *Jacques le fataliste*, p. 493.

의 여행행로에 사전예측을 허용하지 않는다. 그렇지만 예측할 수 없는 행로에서 벌어지는 모든 사건이란 기상천외의 돌발사건이 아니라 일상의 현실에서 흔히 목도할 수 있을 개연성을 내포한 사건들로 보인다. 작자는 기이한 모험담이 중첩되는 소설, 예를 들어 볼테르의 『캉디드』 같은 소설에 대한 다음과 같은 비판을 거듭하기까지 한다.

> 그 무엇이 나로 하여금 주인을 결혼시켜 오쟁이 진 남편으로 만들고, 자크를 섬을 향해 떠나게 하고, 그 섬으로 그의 주인을 이끌어가고, 그 둘이 같은 배를 타고 프랑스로 돌아오게 만드는 것을 막을 수 있겠는가? 허황된 얘기를 만들어내기는 참으로 쉬운 것이다![27]

주인공을 낯선 이국으로 끌고 가서 낯선 풍물 속에서 파란만장한 모험을 겪게 만드는 당시의 많은 소설과 비교한다면, 『운명론자 자크』는 평범한 일상성 속에서 시종하는 소설이라고 할 수 있을 것이다. 자크가 거쳐 가는 들판과 마을과 도시, 그가 묵는 여인숙들, 그가 만나는 사람들은 적어도 18세기의 다른 대부분의 소설과 비교할 때 생생한 일상적 현실성을 갖는다. 이 소설에 끼어드는 많은 에피소드 역시 상식적인 일상성을 크게 벗어나지는 않는 틀 속에서 전개되고 있다. 『운명론자 자크』를 하나의 반소설로 규정하고자 할 때 그것은 대단히 포괄적인 의미를 띠지만, 18세기 소설의 범주에서 볼 때는 이 소설이 상대적으로 좀 더 사실주의 소설에 가깝다는 의미로도 비칠 수 있을 것인 바, 다음의 주석에서는 반소설이라는 용어가 그런 의미로 쓰이고 있다.

---

27) 같은 책, p. 495.

『운명론자 자크』에서는 사태가 작게 이루어진다. 이 소설은 반여행(反旅行)이며, 이 사실 자체로 모든 작가가 툭하면 바빌론과 아메리카를 들먹이는 시대에 반소설이 되는 것이다. 풍경은 친숙하며 자연은 조금도 과장되지 않고, 진실은 너무도 현실적이어서, 자크가 어떤 마을의 이름을 말하면, 마술이 깨지고 주인의 호기심은 대상을 상실할 것이다.[28]

작중인물에 관해서도 우리는 작품의 배경이 갖고 있는 것과 같은 일상적인 친숙성을 지적할 수 있다. 이 작품은 인물묘사를 생략하거나 또는 지극히 간략하게 처리함으로써 주로 대화나 사건의 전개를 통해 인물의 모습을 드러내는 방식을 취하고 있다. 이 작품에는 다양한 인간상이 제시되기는 하지만, 모든 이야기가 몇몇 중심인물에게로 집중되는 구조를 갖고 있지는 않은 만큼 어떤 인간상을 깊이 있게 탐구해볼 수 있는 성질의 소설은 아니다. 주인공 자크마저도 작품 내에서 인생의 경험을 통해 성장하거나 변모하는 인물로 제시되지 않는다. 그렇지만 이 인물이 대화에서마다 운명론을 후렴처럼 읊조린다 해도, 그가 캉디드처럼 하나의 철학적 명제를 증명해 보이기 위해 출현한 자동인형 같은 존재는 아니다. 유물론적 결정론이라는 철학적 명제가 이 작품에서 명확한 대답 없는 문제제기로 끝나고 있는 듯이 보이는 것처럼, 이 인물역시 모순을 간직한 살아 있는 한 인간의 모습으로서 삶의 의미에 관해 문제를 제기하는 인물인 것으로 보인다.

자크를 비롯한 『운명론자 자크』의 모든 인물은 루소의 『신 엘로이즈』

---

28) R. Kempf, *Diderot et le Roman*, Seuil, 1976, p. 186.

에서 볼 수 있는 바와 같은 이상화의 흔적을 전혀 간직하고 있지 않다. 그의 철학적 신조와 통찰이 어떠하든 자크는 무엇보다도 시골 출신으로서 도회에 나가 하인이 된 인물의 속성을 간직한 구체적인 살아 있는 인간의 모습으로 등장한다. 자크의 주인 역시 그 무기력의 정도가 어떠하든 귀족의 몰락상을 상징하는 인물이기에 앞서 생명을 가진 한 개체로서의 인간으로 제시된다. 농부의 아내, 시골 의사, 지방 소귀족, 군인, 수도사, 여관 주인 등등 이 작품에 출현하는 모든 인물은 작품의 배경이 되는 사회에서 흔히 부딪힐 수 있었음직한 인물들로 보인다. 그들은 각자 자기가 속한 시대와 계층과 환경의 흔적을 그대로 지닌 채로 때로는 투박하고 조야하게 들리는 생생한 언어를 사용하면서 작품에 출현한다. 전혀 이상화되거나 미화되지 않은 채 대부분의 경우 진부한 일상적 삶의 단면을 반영하는 성격을 지닌다는 의미에서『운명론자 자크』의 등장인물들은 현대로 오면서 점차 심화되어온 소설인물의 왜소화 현상을 일찍부터 보여준 예라고 할 수 있다. 그리고 이러한 이유로 그들은 사실주의 소설의 인물에 보다 접근해 있는 18세기 소설의 인물들로 평가될 만하다.

디드로의 소설론이 가장 체계적으로 제시되는 「리처드슨 찬양Éloge de Richardson」은 그것 자체가 디드로의 사실주의 소설 선언문으로 읽힐 만한 글이다. 다음과 같은 리처드슨 소설 찬양에서 디드로가 기괴함이나 이국정서나 환상적 요소를 극력 배제하고 구체적인 현실성을 소설의 주된 덕목으로 내세우고 있음을 분명하게 알아볼 수 있다.

이 작가는 벽면에 유혈이 낭자케 하는 법이 없다. 그는 독자를 궁벽한 먼 지역으로 실어가지 않는다. 그는 독자를 야만인에게 잡아먹히는 상황에 노출시키지 않는다. 그는 방탕의 비밀스런 장소에 틀어박히지 않는다. 그는 요정의 나라를 방황하지 않는다. 우리가 살고 있는 세계가 무대의 장소가 된다. 그의 드라마의 바탕은 진실하다. 그의 인물들은 전적으로 가능한 현실성을 갖는다. 인물들의 성격은 사회의 환경에서 취해진다. 그의 부수적 사건들은 모든 문명국가 국민들의 풍습 속에 있는 것들이다. 그가 그리는 정열은 내가 나 자신 속에서 느낄 수 있는 그런 것이다. 그 정열을 움직이게 하는 것은 똑같은 대상들이며, 그 정열은 내가 익히 알 만한 에너지를 갖고 있다. 그의 인물들이 받는 장애와 고통은 끊임없이 나를 위협하는 장애나 고통과 같은 성질의 것이다. 그는 나에게 나를 둘러싸고 있는 사태의 일반적 흐름을 보여준다. 그런 기교가 없었더라면, 나의 마음은 공상적 편향을 잘 띠지 않기 때문에, 환상은 순간적이고, 인상은 약하고 일시적인 것으로 머물렀을 것이다.[29]

물론 『운명론자 자크』는 「리처드슨 찬양」에 담겨 있는 소설론을 실천하기 위해 쓰인 작품이 아니다. 1770년대의 이 소설은 1762년의 소설론을 때로는 배반하고 때로는 부인하면서 그것을 폭넓게 극복한 작품이라고 할 수 있다. 이 소설을 본질적으로 사실주의 소설과는 다른 소설이라고 보는 비평적 입장도 가능하게 할 만큼 실제로 이 작품에는 많은 비사실적 요소가 들어 있다. 그러나 앞서 우리가 확인한 바와 같이 사건의 전개와 배경과 작중인물 등 여러 측면에서 이 작품에는 또한 많은 사실적 요소가 담겨 있기도 하다. 우리는 이 작품이 18세기에 쓰인 한 선구적인 사실주의 소설이라고 주장할 만한 많은 논거를 제시할 수

---

29) Diderot, *Éloge de Richardson*, in *Œuvres esthétiques*, Garnier, 1976, pp. 30~31.

있다. 소설을 대상으로 할 경우 언제나 사회적 문제를 검토할 수는 있 겠지만, 사회현실이 보다 직접적으로 반영된 사실주의 계열의 소설이 그러한 검토에 더 잘 부합된다는 것은 말할 나위가 없다. 많은 사실적 요소를 내포하고 있는 『운명론자 자크』는 사회묘사의 문제를 중요한 탐구대상의 하나로 요구하는 작품이다.

3. 역사적 현실의 반영

작품의 사실적 성격을 일단 인정하고 난 다음의 물음은 그 작품에 역 사적·사회적 현실이 어떤 식으로 반영되고 있으며, 그것은 어떤 의미 를 갖느냐 하는 것으로 자연스럽게 이어진다. 계몽사상가들의 저작에서 프랑스 대혁명과 이후 역사발전의 모티브를 읽어내려는 시도는 대단히 끈질긴 것으로, 흔히 마르크스주의 비평가들의 해석에서 이 같은 시도 와 마주치게 된다. 『운명론자 자크』에 관한 쾰러E. Köehler의 다음 해석 역시 그러한 시도를 담고 있는 마르크스주의 비평의 일단을 보여준다.

당장은 세력관계가 그것을 강요하므로, 자크의 운명론은 일시적으로 전통적인 사회질서를 받아들인다. 그러나 그는 또한 그 질서를 부정한 다. 그리고 이 부정은 예측 불가능한 운명의 절대적 우연성에 근거해 있 기 때문에, 결정적으로 낙관적 미래의 전망을 연다. '큰 두루마리'에 기 입되어 있는 모든 가능성 가운데서, 아무것도 변하지 않는다는 가능성 은 가장 있음직하지 않은 것이다. 자크의 운명론 철학은 외견상 고착되 어 있는 상황에서 하인이 만들어낼 수 있는 가장 혁명적인 이데올로기를

내포하고 있다. 이 철학은 자크에게 자신의 우월성이 드러날 미래에 대한 믿음을 준다.[30]

사생아의 미래를 화제로 한 자크와 그의 주인이 주고받는 잡담 같은 대화에서 이러한 혁명적 의미를 추출해내는 것은 대단히 예리한 통찰을 보여주는 흥미로운 해석이다. 작품 전체의 맥락에서 볼 때『운명론자 자크』는 아마도 이러한 해석을 정당화할 수 있는 진보적 계몽사상가 디드로의 역사관을 담고 있을 것이다. 그러나 이 작품 전체를 전투적인 혁명의 빛깔로 채색하려 해서는 곤란하다.『운명론자 자크』는 무엇보다도 자크라는 인물이 경험하는 여행담이고 사랑 이야기이며, 운명론에 대한 토론이고 소설 쓰기에 대한 비판적 검토이지, 사회적 상황에 온전히 바쳐진 작품은 아니기 때문이다. 이 작품에 1750년대에서 80년대에 이르는 프랑스의 역사적 현실이 분명한 반향을 갖고 있다 할지라도, 그것은 자크의 이야기에 딸려 나오는 결과로 그 자체가 작품의 주된 목적으로 설정되었기 때문이라고 할 수는 없다. 따라서 비평의 목적이 어떠한 것이건 이 작품을 하나의 역사적 자료처럼 읽어서는 안 된다. 그리고 이 작품의 어느 부분에서도 작품이 완성된 십수 년 후에 폭발하게 될 혁명을 고무하는 구체적 단서는 드러나지 않으며, 앙시앵레짐을 고발하는 격렬한 어조도 발견되지 않는다. 다만 우리가 작품에서 줄곧 확인할 수 있는 것은 앙시앵레짐을 떠받치는 핵심요소들이 부정적으로 그려지고 있다는 사실이다.

『운명론자 자크』는 귀족계급이 쇠락해가는 사회상의 증언으로 읽힐

---

30) J. Proust, *Lectures de Diderot*, Armand Colin, 1974, p. 191에서 재인용.

만한 작품이다. 19세기의 스탕달이나 발자크의 소설에서처럼 귀족계급 전체가 더 이상 미래에 대한 희망이 없이 몰락의 절정에 달한 화석화된 계급으로 조명되고 있지는 않다 할지라도, 이 작품에 등장하는 개별적인 귀족상들은 귀족계급의 쇠락의 운명을 예감케 하기에 충분한 존재들로 보인다. 자크의 주인은 전통적인 귀족적 가치의 흔적을 조금도 지니지 못한 철저하게 무기력한 인간상으로 제시되고 있다.

그는 머릿속에 별 생각이 없다. 그가 무언가 분별 있는 말을 하기라도 한다면, 그건 어렴풋한 회상이거나 우연히 떠오른 생각에 의해서다. 그는 당신이나 나처럼 두 눈을 갖고 있다. 그러나 대부분의 경우 그가 보는지 어쩐지는 알 수가 없다. 그는 자는 것도 아니고 깨어 있는 것도 아니다. 그는 그저 존재한다. 그것이 그의 습관적 기능이다.[31]

이 무기력한 인간은 19세기 소설들에서 흔히 그려지는 귀족상들의 개인적인 세련이나 화려함의 흔적조차 지니고 있지 못하다. 이 인물은 무위의 나날을 보내는 사회적으로 철저하게 무용한 인간이다. 그는 생투앙 기사Chevalier de Saint-Ouen라는 사악한 친구의 농간에 걸려 친구의 정부인 아가트Agathe와의 속임수 연애사건으로 부친의 재산을 탕진하고 자신에게 전혀 책임이 없는 사생아의 부양까지 떠맡는다. 10년간이나 부양해온 사생아를 시골의 유모집에서 데려와 직업훈련을 시키려는 것이 이 인물의 여행목적인 것으로 보이는데, 이 여행과정에서도 그는 하인인 자크 없이는 아무것도 해결하지 못하는 철저하게 무력한 인간의

---

31) Diderot, *Jacques le fataliste*, p. 515.

모습을 드러낸다. 작자는 귀족적 특권과 허영에 매달려 기생적 생존을 영위하는 이 상류사회 인사의 나태하고 권태로운 모습을 다음과 같이 묘사한다.

그러고 나서 그는 시계가 들어 있지 않은 호주머니에서 시계를 찾았다. 시계와 코담뱃갑과 자크가 없으면 어쩔 줄 몰랐기 때문에, 그는 정말로 난감했다. 담배냄새를 맡고, 시간을 보고, 자크에게 질문을 하거나, 또는 그 일들을 한꺼번에 하며 지내는 것이 그의 삶이었으므로, 시계와 코담뱃갑과 자크는 그의 인생의 세 가지 큰 원천이었다.[32]

물론 이 인물의 이와 같은 한심한 상태가 귀족계급 전체의 상황을 그대로 표상하는 것이라고 말할 수는 없다. 그렇지만 작품 전체의 맥락에서 볼 때 이 인물이 계급적 상황과는 무관하게 전적으로 개인적 우연성에만 기인되는 경우라고 하기도 어렵다. 이 점에 관해서는 다음의 고찰이 설명을 대신할 수 있을 것이다.

그는 하나의 작중인물에 불과할 뿐, 이 주인을 통해서 디드로가 귀족계급을 표상한다는 증거는 아무것도 없다고 사람들은 말할 것이다. 그렇지만 귀족이나 세도가가 출현할 때마다, 그런 인물은 한결같이 활력이 없고 생기가 빠져 있음을 드러내며, 무엇보다도 무용성(無用性)으로 특징지어진다. 귀족의 집에서 디드로가 포착하는 것은 자크와 그의 주인이 거기에서 "남아도는 모든 것 가운데서도, 필요한 것은 아무것도 찾을

---

32) 같은 책, p. 516.

수 없었다"는 사실이다. 이것은 의미심장한 경우가 아닌가!³³⁾

이 인물 다음으로 비교적 상세한 조명을 받고 있는 귀족 출신 인사 데자르시 후작Le marquis des Arcis은 인간적 무기력의 정도가 자크의 주인만큼 극심한 인물로 보이지는 않는다. 그러나 무위와 나태한 생활을 영위하는 사회적으로 무용한 인간이라는 점에서 이 인물은 자크의 주인과 조금도 차이가 없다. 권태로 지친 이 인물에게 열려 있는 유일한 탈출구는 여자들을 유혹하는 일밖에 없는 것으로 보인다. 그는 폼므레 부인을 유혹하지만, 옛 기사도적인 사랑이 더 이상 가능하지 않은 이 18세기의 피로한 귀족은 그녀에게 곧 싫증을 느끼고 만다. 배반당한 폼므레 부인이 꾸미는 교묘한 복수극에 걸린 데자르시 후작은 부정한 과거를 지닌 여자와 신분에 어울리지 않는 결혼을 함으로써 혈통을 무엇보다도 중시하는 귀족계급의 가치를 저버리게 된다. 『운명론자 자크』에 등장하는 상류사회의 인물들에게서는 전사(戰士)의 영웅성이라든지 기사도적인 우정 등 무사계급에 그 기원을 둔 귀족계급의 본래적인 긍정적 면모를 찾아볼 수 없다. 기껏 터무니없고 우스꽝스러운 결투가 횡행할 뿐이다. 미르몽Miremont의 성주 데글랑Desglands은 결투광으로 드러나며, 자크의 옛 주인이었던 대위와 동료 장교는 재산의 차이에서 비롯되는 질투심을 극복하지 못해 무분별하고 소모적인 결투를 끊임없이 계속한다. 디드로는 『부르본느의 두 친구』에서 "전적이고 견고한 우정은 아무것도 가진 것이 없는 사람들 사이에만 있을 수 있다"³⁴⁾는 대단

---

33) J. Smietanski, 앞의 책, pp. 91~92.
34) Diderot, *Les Deux Amis de Bourbonne*, in *Œuvres romanesques*, Garnier, 1979, p. 792.

히 시사적인 말을 하고 있는데, 이 말은『운명론자 자크』의 소설세계에
도 그대로 적용될 수 있는 것으로 보인다. 작품에 등장하는 귀족들이
한결같이 부정적으로 그려지고 있다는 사실로부터 우리는 활력을 상실
하여 몰락의 길에 들어선 귀족계급의 운명을 예감한다.

　귀족계급과 더불어 앙시앵레짐의 지주를 이루는 성직계급은 계몽사상
가 디드로의 확고한 반교권주의적 입장 때문에『운명론자 자크』에서 혹
심한 비판의 대상이 된다. 자크의 주인은 "나는 사제들을 좋아하지 않는
다"[35]고 서슴없이 말하며, 수도사들이 왜 사악하냐는 자크의 물음에 대
해서는 "나는 그들이 수도사이기 때문에 그렇다고 생각한다"[36]고 대답한
다. 자크 역시 수도사들을 화제로 한 대화에서 "최상의 수도사라도 많
은 돈을 받을 가치는 없다"[37]고 얘기한다. 이와 같은 발언이 성직자들
을 취급하는 이 작품의 기조라고 할 수 있다. 종종 자크의 입을 통해
무신론적 견해가 발설되기도 하지만, 이 작품은 신앙문제에 대한 본격
적인 토론이 이루어지는 작품은 아니다.『운명론자 자크』에서 종교는
하나의 사회적 제도, 그것도 부패하고 타락한 제도로서 비치고 있을 뿐
이다. 이 작품에 등장하는 어떤 성직자도 신앙이라는 종교 본래의 목적
을 진지하게 고려하는 자세를 보이지 않는다. 작품 전체를 통틀어 비교
적 긍정적으로 제시되는 유일한 사제라고 할 수 있는 여인숙 그랑 세르
Grand-Cerf의 여주인이 얘기하는 사제도 기껏 인간적인 관용성에 의해
긍정적으로 평가되고 있을 뿐이다. 이 여주인은 "그는 일요일이나 축
제날 젊은 남녀가 춤을 추도록 내버려두는 좋은 사람입니다"[38]라고 말

---

35) Diderot, *Jacques le fataliste*, p. 712.
36) 같은 책, p. 535.
37) 같은 책, p. 535.
38) 같은 책, p. 637.

하면서 자신의 사제를 추켜세우는 것이다. 여타의 사제들은 대체로 다음과 같이 묘사되는 데농 양Mlle d'Aisnon의 사제의 이본(異本)들에 지나지 않는다.

> 〔……〕 위선자, 야심가, 무식꾼, 중상자, 도량 없는 자이죠. 자기들처럼 생각하지 않는 사람은 누구나 기꺼이 목을 졸라 죽이려는 사람들이란 그렇게 불리는 것이니까요.[39]

데자르시 후작에게 매수당한 데농 양의 고해사제는 고해성사를 교묘히 이용하여 여자의 타락을 조장하려 한다. 자크가 살던 마을의 보좌신부는 농부의 아내를 두고 자크와 다툼을 벌이다가 망신을 당한다. 위드송 신부의 에피소드는 그 자체로 성직계급의 극심한 타락과 방탕의 양상에 대한 신랄한 고발을 형성한다. 이 능란하고 교활한 사제는 고해하러 오는 많은 여자들을 유혹하여 수도원을 방탕과 쾌락의 장소로 만들고 있다. 그는 이처럼 방탕한 생활에도 불구하고 장세니스트들을 박해한 공로로 권력의 비호를 받으며, 스스로 막강한 권력의 행사자가 된다. 자크의 형인 장Jean의 경우 수도원 생활이 좋은 치부의 수단이 됨을 보여주기도 한다. 그는 수도원을 탈출해 외국으로 도망치면서 자크에게 이런 말을 남긴다. "나는 너의 누이들을 결혼시켰다. 내가 전처럼 수도원에 2년만 더 머물러 있었더라면, 너는 부유한 농부가 될 수 있었을 텐데."[40] 장과 앙주 신부Père Ange의 에피소드는 질시와 경쟁이 극심한 수도원 생활에서 위드송 신부와 같은 능란함이 없으면 견뎌낼 수 없

---

39) 같은 책, p. 617.
40) 같은 책, pp. 534~35.

음을 말해주는 사례이기도 하다. 『운명론자 자크』의 성직자들은 귀족
과 마찬가지로 무위의 생활을 영위하는 사회의 기생적 존재들로 드러
나며, 그 타락상으로 말미암아 사회에 유해한 존재들로 그려지기까지
한다. 『수녀』가 인간의 자유와 사회성과 자연적 본성에 반하는 수도원
생활에 대한 고발이라면, 『운명론자 자크』는 타락한 세속적 성직자들
을 통한 사회적 제도로서의 종교에 대한 비판이다. 앙시앵레짐의 두 지
주인 귀족계급과 성직계급에 대한 비판적 고찰을 허용한다는 의미에서
『운명론자 자크』라는 소설은 앙시앵레짐에 대한 비판으로 읽힐 수도
있을 것이다.

4. 민중의 비참

『운명론자 자크』에는 넓은 의미로 민중peuple에 속한다고 볼 수 있는
많은 인물이 등장한다. 작품의 중심인물인 자크 이외에 농부, 여관업
자, 소상인, 하인, 시골 의사, 장인, 행상인, 하급 경관과 군인, 점원
등이 그들이다. 그러나 자크를 제외한 대부분의 인물은 다양한 에피소
드에 끼어 잠깐씩 얼굴을 비칠 뿐 지속적으로 등장해 상세한 모습을 드
러내지 않기 때문에, 이들을 가지고 민중의 총체적인 상을 구성해보기
는 어렵다. 또한 민중에 대한 디드로의 관심과 공감이 잘 알려져 있다
할지라도, 민중의 모습이 지극히 부분적으로밖에는 드러나지 않는 이
작품에서 민중에 대한 전체적인 판단을 시도하기도 쉽지 않은 일이다.
다만 우리는 이 작품에서 사회의 하층에 속한 이들의 삶의 단면을 알아
볼 수 있을 뿐이다.

자신의 노동으로 먹고사는 사람들의 삶의 모습 중 이 작품에서 타 직종에 비해 비교적 구체적으로 드러나는 것은 농민들의 삶의 현실이다. 자크와 그의 주인의 여정이 대부분 농촌을 통과하는 것으로 되어 있어 가장 빈번히 눈에 들어오는 것이 농촌과 연관된 풍경이다. 자크는 농촌에서 태어나 성장한 사람답게 농업을 가리켜 "가장 유용하고 가장 명예스러운 직분"[41]이라고 말한다.

18세기는 물론 19세기와 20세기의 소설에서도 농촌은 흔히 전원의 평화와 행복이라는 목가적 이미지로 환기되기 십상이다. 건전하고 덕성스런 삶을 살아가는 행복한 인간이라는 이미지가 문학에 상투적으로 등장하는 농부상이기도 하다. 농촌 현실을 바라보는 디드로의 눈에는 이와 같은 환상적 요소가 전적으로 배제되어 있다는 점이 특기할 만하다.『운명론자 자크』에 출현하는 농부들은 조금도 미화되어 있지 않다. 그들은 고된 노동과 비참에 시달리고, 이해타산에 조금도 둔감하지 않으며, 거칠고 상스러우며, 농부 특유의 악덕을 내보이기도 한다. 우리는 농촌 현실을 다루는 디드로에게서 사실주의 작가의 모습을 충분히 감지할 수 있다.

자크의 첫 여자 경험을 얘기하는 에피소드에서 드러나는 농촌 현실에는 불행의 그림자가 드리워 있지 않다. 친구 비그르 2세Bigre le fils의 애인을 희롱하는 자크의 행위는 짓궂고 익살스럽게 보일 뿐, 생투앙 기사와 자크의 주인 사이에서처럼 악의가 엿보이지는 않는다. 자크가 쉬종Suzon 부인과 마르그리트Marguerite 부인과 맺는 관계도 상호간에 죄의식의 흔적이 없는 건강한 육체관계일 뿐이다. 웃음소리, 외설스런 농

---

41) 같은 책, p. 760.

담, 춤이 어우러지는 결혼잔치의 풍경과 더불어 우리는 소박한 풍속에
서 쾌활하게 살아가는 단순한 농부들의 모습을 보게 된다. 이웃집 아이
의 허물을 감싸주는 아버지 비그르Bigre le père의 관용적 태도는 온후한
농부의 심성을 짐작하게 해준다. 그는 자크의 부친에게 이렇게 말한다.

〔……〕 솔직히 말해서, 그 애들 나이에 우리가 그 애들보다 더 얌전
했었나? 어떤 사람이 나쁜 아버지인지 자네는 알겠나? 자기들 젊은 시
절의 과오를 망각해버린 사람들이야. 우리는 외박한 적이 없었는지 말
해보게나.[42]

목가적인 아름다움은 없으나 건강하고 평화로운 이런 농촌 풍속도는
농촌을 떠난 후에 자크가 마주치는 현실에서는 더 이상 찾아볼 수 없
다. 차후의 농촌은 비참에 짓눌린 불행한 농촌인 것이다. 다음의 견해
에서 볼 수 있듯『운명론자 자크』는 1770년의 농촌의 경제위기를 증언
하는 작품이다.

시골의 궁핍, 기근, 하층민의 말할 수 없는 고통, 이런 것이 지방여행
에서 돌아온 디드로의 걱정거리였다. 이 이후로는 그런 현실을 반향하
지 않는 작품이 없다. 실업, 비싼 밀값, 임금 하락, 지주와 채권자들의
탐욕스러움 등 1770년대의 궁핍과 위기에 대한 별 꾸밈없는 증언을 제
공해주는 것이『운명론자 자크』로, 경제학자조차도 이 작품을 이용할 수
있을 것이다.[43]

---

42) 같은 책, pp. 699~700.
43) R. Kempf, 앞의 책, p. 134.

234

전투에서 심한 부상을 입은 자크는 후방으로 후송되는 도중에 한 인정 많은 농부의 아내 덕에 그녀의 초가집에 머물게 된다. 그러나 그는 낯선 자를 집안으로 끌어들여 감당 못 할 부담을 지게 되었다고 아내를 질책하며 어려운 처지를 한탄하는 남편의 다음과 같은 얘기를 엿듣게 된다.

올해는 흉년이오. 우리와 우리 자식들의 필수품도 충분하지 않소. 곡식값은 비싸지! 포도주도 없지! 어디 일자리라도 찾을 수 있으면 좋으련만. 부자들은 몸을 도사리고, 가난뱅이들은 아무 할 일이 없소. 하루 일하면 나흘을 노는 판이오. 아무도 빚진 것을 갚지 않아 채권자들은 절망적으로 극성을 떨고 있소. 〔……〕[44]

이것은 타인에게 동정을 거부하는 몰인정과 인색을 위장하기 위한 탄식이 아니다. 이 농부가 증언하는 농촌의 비참한 현실은 여인숙 그랑세르에 출현하는 소작농부의 처지에 의해서도 뒷받침된다. 이 소작농부는 농기구며 가축이며 가구를 소유하고 있지만 흉작과 세금에 짓눌려 무거운 채무를 지고 있다. 그는 여인숙 주인에게 진 빚을 갚기는커녕 또다시 빚을 달라고 애걸한다. 이 농부의 어려운 형편을 여인숙 주인은 이렇게 요약해 들려준다.

자네는 궁핍에 빠져 자네 밭에 씨 뿌릴 거리도 어디서 꾸어와야 할지

---

44) Diderot, *Jacques le fataliste*, p. 510.

몰랐지. 자네 지주는 가불해주는 데 지쳐서 자네에게 아무것도 더 주려 하지 않았지. 그래서 자네는 나한테 왔네. 〔……〕 내가 돈을 꿔주었지. 자네는 갚겠다고 약속하더니, 열 번도 더 약속을 어겼네.[45]

비참한 농촌 현실이 일반화된 현상이라는 증거는 잔Jeanne의 경우를 통해서도 알 수 있다. 9프랑어치의 기름이 담긴 항아리를 깨뜨린 그녀는 길바닥에 주저앉아 이렇게 울부짖는다. "나는 파멸이야. 한 달 동안 파멸이야. 한 달 동안 누가 내 불쌍한 애들을 먹여 살릴 것인가!"[46] 잔과 그녀의 헐벗은 아이들의 처지가 자크의 가슴을 메이게 하여 그는 자신의 형편을 생각지 않고 주머니를 턴다. 그러나 이런 자선행위가 흔히 목격되는 현상은 아니다. 궁핍한 현실은 사람들의 마음을 메마르게 하며, 모두들 사소한 금전적 이해관계에 악착같이 매달리게 만든다. 자크를 치료하는 시골 의사와 그의 가족은 부상당한 가련한 병사로부터 최대한의 이득을 끌어내기 위해 갖은 비루한 행위를 한다. "황금, 황금, 황금이 전부고, 황금이 없는 나머지 것은 무가치한 것입니다."[47] 라모의 조카가 부르짖는 이 적나라한 황금만능의 선언만큼 삭막한 울림을 갖지는 않더라도, 『운명론자 자크』가 보여주는 삶의 터전 역시 물질적 가치가 여타의 모든 가치를 압도하는 세계임에는 다름없는 것 같다.

비참한 농촌 현실은 필연적으로 불행한 사회적 결과를 유발한다. 더 이상 농촌에서 생존할 수 없게 된 농민들은 무작정 농촌을 버리고 유랑의 길을 떠난다. 여인숙 그랑 세르에 빚을 애걸하러 온 농부는 자기 가

---

45) 같은 책, p. 590.
46) 같은 책, p. 570.
47) Diderot, *Le Neveu de Rameau*, 1979, p. 475.

족이 뿔뿔이 흩어질 수밖에 없는 처지임을 다음과 같이 얘기한다. "내 딸애는 될 대로 되겠지. 내 아들놈은 전쟁터에 나가 죽을 거고, 나는 걸식을 할 거요. 〔……〕"[48] 이렇게 삶의 터전에서 추방당한 사람들 중 어떤 자들은 도둑과 강도로 변신한다. 자크와 그의 주인이 여행하는 길은 이런 범죄자들로 인해 위험에 노출되어 있는 길이다. "그들은 항상 별로 안전하지 못하며 엉터리 행정과 비참함이 범죄자의 숫자를 무한히 증가시켜놓았을 때는 더욱더 안전하지 못한 지역을 통과하고 있었다."[49] 걸인과 도둑의 증가와 아울러 이 작품은 밀렵과 밀수의 횡행도 보여준다. 여인숙 그랑 세르는 밀렵자로부터 식품공급을 받고 있으며, 자크와 그의 주인은 장례행렬로 위장한 일단의 밀수꾼들과 마주친다. 이 비참한 시기에 오히려 인구는 증가하여 인구과잉의 문제가 대두된다. "궁핍한 시기만큼 어린애를 많이 만들어내는 시기는 없다"는 자크의 말과 "거지들처럼 번식이 많은 것은 없다"[50]는 주인의 대화를 통해 디드로는 그 문제를 암시하고 있다.

이상에서 확인할 수 있었던 바와 같이 『운명론자 자크』는 하층민들의 비참하고 불행한 삶의 모습을 증언하고 있지만, 또한 이 작품은 인간적인 공감과 유대가 그들 속에 살아 있음을 얘기하기도 한다. 자크의 관대한 자선행위와 그랑 세르의 주인이 보여주는 동정적 유대감이 좋은 예다. 그랑 세르의 주인은 채무자인 농부를 심하게 다루지만, 그에게 닥칠 불행을 생각하며 곧 선량한 본성을 드러내고 아내에게 이렇게 말한다. "가도록 내버려두지 말고 그를 붙잡으시오. 그의 딸이 파리로

---

48) Diderot, *Jacques le fataliste*, p. 591.
49) 같은 책, p. 499.
50) 같은 책, p. 511.

가고, 그의 아들이 군대에 들어가고, 그 사람이 동네에서 문전걸식하
다니! 그건 참을 수 없소."[51] 디드로는 민중의 이와 같은 온정적 심성을
부유한 자들의 무디고 이기적인 속성과 대비시켜 이야기하기도 한다.
르 펠르티에Le Pelletier라는 사람은 자선행위로 자신의 재산을 다 써버린
후 자선금을 모금하러 다니는 사람이다. 이 사람의 행위에 대해서 두
가지 견해가 있지 않았느냐는 주인의 물음에 자크는 이렇게 대답한다.
"가난한 사람들 사이에선 그렇지 않았어요. 하지만 부자들은 거의 모
두가 예외 없이 그를 일종의 미친 자로 생각했어요."[52] 이와 같은 부유
한 자와 가난한 자의 대비에 이어, 이 작품에서는 다음과 같은 민중에
대한 적극적인 변호의 소리도 들을 수 있다.

몰인정하다고? 그건 틀린 얘기다. 민중은 전혀 몰인정하지 않다. 민
중은 불쌍한 자의 교수대 주위로 모여들지만, 가능하다면 법의 손아귀
에서 그를 끌어내고 싶을 것이다. 〔……〕 민중의 분노는 무섭지만, 그
것이 지속되지는 않는다. 자신의 비참함이 민중을 동정적으로 만들어놓
았다. 민중은 구경하러 찾아갔던 끔찍한 광경에서 눈을 돌린다. 민중은
마음이 여려져서, 울면서 그 광경에서 돌아오는 것이다. 〔……〕[53]

소설작품에 정치적 의미를 부여하려는 시도에서 불의의 지배계급과
정의로운 민중을 대비시키는 해석이 빈번히 등장하는 것을 볼 수 있다.
『운명론자 자크』도 이러한 정치적 관점에서 읽을 수 있는 소설인가?

---

51) 같은 책, p. 591.
52) 같은 책, p. 545.
53) 같은 책, p. 670.

이 소설에서 귀족계급과 성직계급의 모습이 지극히 부정적으로 드러나는 것이 사실이며, 민중의 모습이 상대적으로 긍정적 조명을 받고 있는 것도 사실이기는 하다. 그러나 이 소설이 보여주는 민중의 모습이란 부분적이고 단편적일 뿐이다. 이 소설은 지배계급과 피지배계급 문제에 대해 어떠한 체계적 고찰이나 도식적 해석도 허용하지 않는 듯 보인다. 이 작품에 어떤 정치적 의미가 함축되어 있다고 한다면, 그것은 주로 주인공 자크를 통해 간접적이고 상징적인 방식으로 표현된다.

5. 주인과 하인의 역설

『운명론자 자크』라는 소설의 제목이 암시하듯 자크는 우선 운명론을 신봉하는 철학적 의미의 인물이다. 작자는 이 인물을 통해 무신론적 유물론을 의미하는 듯 보이는 운명론을 대변케 하고, 인간의 자유의지를 지지하는 입장과 운명론적 입장 사이에 토론을 전개시킨다. 이 철학적 명제가 작품의 흥미로운 한 주제를 이루고 있는 바, 이러한 관점에서 작품의 성격을 규명하기 위해서는 별도의 논고가 필요할 것이다.

앞서 언급한 바와 같이 자크는 단순한 철학적 표상을 넘어서는 다양한 의미를 지닌 인물이기 때문에 작품의 사회묘사라는 우리의 관점에도 잘 적응되는 인물로 보인다. 성도 밝혀지지 않은 채 평범하고 흔한 이름으로만 명명되는 익명성에 가까운 이 인물은 발자크류의 사실주의 소설에서 볼 수 있는 풍부한 개인적 전기를 제공해주지 않는다. 이 인물에게는 개인적 과거가 남긴 흔적도 깊이 있게 느껴지지 않으며, 수련소설에서 볼 수 있는 식의 개인적 성장과 변모의 모습도 볼 수 없다.

작품이 진행되어나가면서 대화를 통해 조금씩 보충되는 자크의 일대기를 간단히 정리하면 다음과 같다.

자크는 시골에서 태어나 한때 조부모 손에 길러졌다. 고물상인이었던 조부는 과묵하고 말을 싫어하는 사람이어서 말을 못 하도록 입마개를 씌워 어린 손자를 키웠다. 그것이 그에게 끊임없이 수다를 떨지 않고는 못 견디는 습성을 길러주었다. 뒤이어 부모 밑에서 쾌활하고 태평스런 소년기를 보낸 것으로 짐작되는데, 어느 날 그는 부친에게 매를 맞고 홧김에 군에 입대하여 전투에 참가했다가 심한 부상을 당한다. 후송 도중 한 농부의 아내에게 구원을 받은 그는 뒤이어 시골 의사의 집과 미르몽의 성에서 치료를 받고 상처가 치유되나 한쪽 다리를 절게 된다. 그는 미르몽의 성에 머무는 동안 자신을 간호해준 하녀 드니즈Denise를 사랑하게 되고, 작품의 끝에 가면 오랫동안 그를 기다려온 것으로 보이는 그녀와 결혼한다. 미르몽의 성주 데글랑의 천거로 하인이 된 그는 함께 여행길에 오르는 현재의 주인을 만나기까지 여덟 명의 주인을 섬기며 전전했다.

이상의 일대기로 미루어볼 때 자크는 농촌 출신으로 도회에 나가 하인이 된 인물에 지나지 않는다. 농부에서 하인으로의 변신은 그 자체가 전혀 자랑스러울 것이 없는 변화로 어떠한 사회적 상향도 의미하지 않는다. 자크 스스로가 그 사실을 잘 의식하고 있어서, 자신의 처지를 밭갈이에 적응하지 못하는 말에 비유해 다음과 같이 다소 자조적으로 규정하기까지 한다.

저 어리석고, 건방지고, 게으른 짐승은 도시에서 살던 짐승임을 짐작할 수 있습니다. 안장을 짊어지던 제 첫 신분에 우쭐해서 저 말은 쟁기를 경멸하는 것이죠. 한마디로 저건 주인님의 말입니다. 저건 바로 자크의 상징이며, 또 자크처럼 시골을 떠나 수도에 와서 하인의 제복을 입고는, 농업으로 복귀하느니보다는 거리에서 빵을 구걸하거나 차라리 굶어죽는 편을 택하려고 하는 수많은 다른 비굴한 건달들의 상징이죠.[54]

자크는 다시 자신의 출신환경으로 복귀할 수도 없도록 하인의 신분에 길들여진 뿌리 뽑힌 자의 처지를 보여주는 셈이다. 위와 같은 자조적인 자기규정에도 불구하고 이 인물은 자신의 처지에 대해 지속적인 자괴감을 갖거나 사회적 상향에 대한 야심이나 의지를 갖고 있지도 않다. 다음의 지적이 말해주는 바와 같이 『운명론자 자크』는 주인공의 사회적 상향을 그리는 소설과는 다른 유형의 소설이다.

디드로의 소설은 사회적 상향의 소설에 대한 답변의 한 방식을 구성한다. 의지력과 야망의 힘으로 사회의 정상에 이르는 의기양양한 길을 개척하는 영웅적인 개인 대신에 디드로는 행위를 포기하고 말을 요구하는 '괴짜'를 등장시키는 것이다.[55]

사회적 상향의지의 부재는 계층적 신분질서로 짜인 앙시앵레짐의 고착화된 사회적 성격을 반영하는 현상일 수도 있을 것이다. 쥘리엥 소렐 같은 불요불굴의 사회적 상향의지가 배태되기 위해서는 프랑스 대혁명과 나폴레옹 제정 같은 역사적 배경이 전제되지 않으면 안 된다. 자크는 외견상 하인 신분이 갖는 굴종을 감수하는 것으로 보인다. 여행 중

---

54) 같은 책, p. 760.
55) M. H. Huet, *Le Héros et son double*, José Corti, 1975, p. 124.

벌판 가운데서 밤을 맞게 되자 화가 난 주인은 자크에게 채찍질을 가하고, 채찍을 맞을 때마다 그는 "이것도 역시 하늘에 쓰여 있는 모양이다. [……]"[56]라고 중얼거리며 그것을 운명으로 돌린다. 그러나 비천한 신분과 그것이 갖는 굴종적 위치를 감내하는 것은 외면적이고 형식적일 뿐이다. 자크는 주인과 하인의 관계가 실질적으로 전도된 것을 보여주며, 그것을 통해 의미심장한 사회적 변화를 상징하는 인물이라고 할 수 있다.

자크는 무기력하고 겁약한 그의 주인과 대조되는 모습으로 흔히 부각된다. 여인숙에서 강도집단과 마주쳤을 때의 두 사람의 태도는 그들의 상이한 개성을 잘 드러내주는 예가 될 것이다. 갑자기 닥친 위험 앞에서 공포에 떠는 주인과는 달리 자크는 태연하게 대처해 위험을 극복하는 모습을 보여준다. 자크가 신봉하는 운명론이란 상황을 수동적으로 감수하는 무기력한 것이 아니다. 자크는 행위의 포기 역시 적극적 행위의 행사와 마찬가지로 예정된 결과를 가져올 것이라고 믿기 때문에 상황에 대해 적극적으로 대처한다. 인간의 자유의지를 내세우는 주인이 오히려 상황의 노예로서 아무런 대책 없이 그날그날 생존해나가는 모습을 보여준다. 자크는 세상에 대한 경험과 지적 능력에 있어서도 어수룩하고 우둔한 그의 주인과 대조된다. 주인이 자신의 사랑 이야기를 시작하자마자 세상물정을 꿰뚫어보는 자크는 곧 생투앙 기사 일당의 간계와 속임수를 알아차린다. "재사들은 저주받을지어다!"[57]라는 주인의 외침은 자기 하인의 총명과 지적 우월성을 인정하는 탄식의 외침이다. 주인이 활력과 지적 우월성을 상실한 쇠락해가는 귀족계급의

---

56) Diderot, *Jacques le fataliste*, p. 495.
57) 같은 책, p. 737.

표상이라면, 하인 자크는 거칠고 힘찬 민중의 활력과 사물과 인간사에 대한 민중의 명민함을 표상하는 인물로 볼 수 있다. 두 사람의 이와 같은 대조적인 개성은 자연히 그들의 주종관계에 영향을 미친다. 자크는 주인에게 존대vouvoyer를 하는 반면 주인은 그에게 하대tutoyer를 하고 경우에 따라서는 욕설을 퍼붓고 매질을 하기도 하지만, 이러한 주종관계는 형식적이고 표면적으로 머물러 있을 뿐이다. 처음부터 끝까지 사태를 이끌어나가는 주도권이 하인 편에 놓임으로써 작품은 이들의 주종관계가 실질적으로 전도되어 있음을 보여준다. 관점에 따라서는 다음의 견해에서 볼 수 있듯 이들 양자의 관계를 상호 의존적인 불가분의 것으로 생각할 여지도 있다.

자크는 그의 주인의 '폭군'이다. 그는 지적인 면에서 주인을 지배하며, 디드로가 그에게 빌려주는 모든 교양을 지니고 있고, 대화의 주도권을 가지고 있으며, 용감하고, 창조적이다. 그러나 그는 주인 없이는 살 수 없다. 그는 지껄이기 위해 주인을 필요로 하며, 주인에 대해 우정과 흡사한 습관을 지니고 있다. 주인 역시 그의 하인의 '폭군'인 것이다. 그러나 그는 하인 없이는 살아갈 수 없다.[58]

작품 내에서도 이러한 관점을 뒷받침하는 논거를 끌어낼 수 있는데, 작자 자신이 "자크와 그의 주인은 함께 있을 때만 가치가 있지 산초가 없는 돈키호테처럼 떨어져 있으면 아무런 가치가 없다"[59]고 말하기도 한다. 그러나 상호간의 필요에 의해 맺어진 상호 의존적 관계라고 할지

---

58) J. Chouillet, *Diderot*, SEDES, 1977, p. 248.
59) Diderot, *Jacques le fataliste*, p. 553.

라도 의존의 정도가 훨씬 강한 것은 주인 편이고, 이 양자관계의 고삐를 쥐고 있는 것은 자크다. 자크가 숙소에 두고 온 시계와 지갑을 찾으러 떠났을 때, 주인은 자신의 말을 도둑맞고 혼자 남겨진 시간을 주체하지 못함으로써 자크가 없으면 완전히 무력한 그의 면모를 드러낸다. 반면에 자크는 혼자서 우여곡절이 많은 일을 훌륭히 해결해내며, 시간이 지체되었다고 그를 때리려 하는 주인에게 다음과 같이 위협을 가하면서 자신의 필요불가결성을 증명한다.

좀 조용히 하십시오, 주인님. 나는 오늘은 얻어맞을 기분이 아니에요. 첫번째 매는 참겠지만, 두번째 매질에는 말에 박차를 가해 떠나서 주인님을 여기 혼자 남겨두고 말겠어요.[……][60]

자크는 우월한 능력으로 주인을 이끌고 조종한다. 두 사람 사이의 끊임없는 대화에서 빈번히 간청과 애원의 어조를 띠는 것은 하인이 아니라 주인 편이다. 자크 자신이 그가 주인에게 필요불가결한 존재임을 충분히 의식하고 있으며, 두 사람 사이의 실질적인 주인은 자기 자신임을 알고 있다. 두 사람 사이에 벌어지는 분쟁은 마침내 그들의 관계를 다음과 같이 명문으로 규정하기에 이른다.

[……] 자크로서는 주인에 대한 자신의 영향력과 세력을 인식하지 않을 수 없으므로, 주인으로서는 자신의 약점을 부인하고 자신의 관용을 포기하는 것이 불가능하므로, 자크는 건방져야 하며, 그의 주인은 그것

---

60) 같은 책, p. 521.

을 눈감아주어야 합니다. 〔……〕 당신은 칭호를 갖고, 나는 실질적 내
용을 갖기로 약정되었습니다.[61]

주인은 명목상의 권한만 갖고 실질적 권한은 하인이 가짐으로써 주
인과 하인의 관계가 내용상 전도되었음을 명문화하고 있는 이 선언은
『운명론자 자크』 이전의 문학에서는 찾아볼 수 없는 혁명적 선언임에
틀림없다. 그리고 이 선언이 내용과 형식의 불일치를 분명히 내포하고
있다면, 그것은 그러한 모순 또한 조만간 해결되지 않으면 안 될 것임
을 암시하는 것이기도 하다. 우리는 여기서 『운명론자 자크』에 내포된
정치적 의미와 역사적 교훈을 감지할 수 있다. 그리고 이와 같은 맥락
에서 읽을 때 "선반공의 오두막에서 크롬웰 같은 인물이 나오지 말란
법이 어디 있습니까?"[62]라는 자크의 물음은 의미심장한 울림을 갖는다.
드니즈를 사이에 둔 연적관계에서 자크가 자기 주인을 물리치고 승리
자가 되는 것 또한 대단히 시사적이다. 실질적인 힘과 지배력은 활력과
총명을 간직한 편에 있는 것이다. 디드로는 일견 조리 없는 객담을 나
열한 것처럼 보일 수도 있는 소설 속에서 여러 사회세력의 관계 양상을
힘차게 제시함으로써 『운명론자 자크』를 깊은 의미의 사회적 함축으로
만들고 있다.

---

61) 같은 책, p. 665.
62) 같은 책, p. 768.

V. 루소

제1장

역설적 계몽사상가 루소

장 자크 루소Jean-Jacques Rousseau는 반항적이고 급진적인 사상가였다. 그는 계몽주의의 주류와 맞서는가 하면, 볼테르를 비롯한 계몽주의의 주역들과 끊임없이 불화를 빚어내는 역설적인 방식으로 계몽주의 운동에 참여하고 기여한 계몽사상가라고 말할 수 있다. 문명의 진보를 강조한 계몽의 세기 한가운데에서 그는 자연으로 돌아가라는 구호를 내세우며 일견 반문명적으로 보이는 주장을 편 사람이었다. 또한 루소는 이성의 시대에 반이성주의적인 발언을 서슴지 않음으로써 동시대의 철학자들을 격분케 하기도 했다. 그러나 루소는 흔히 알려져 있는 바와 같이 인류가 원초적 자연상태로 회귀할 수 있다고 믿었던 순진한 유토피아주의자는 아니었다. 그의 자연에 대한 옹호는 문명의 모순과 폐해를 지적하는 비판적 합리주의의 한 단면으로 보는 것이 옳을 것이다. 그는 계몽주의의 이념과 이상을 공유하는 동시에 그 한계를 지적하고, 후에 대혁명의 구호가 된 자유와 평등과 박애를 설교한 위대한 혁명적 사상가였다. 로베스피에르Robespierre를 비롯한 프랑스 대혁명기의 혁명가들에게 루소는 혁명의 아버지로 추앙되었다.

그러나 사상가 루소를 넘어 후세 사람들의 기억에 더 깊은 인상으로 남는 것이 인간 장 자크다. 그에게 사상이란 단지 사회를 계몽하고 개혁하기 위한 수단이 아니라 타락한 사회에서 자신의 존재와 삶을 순수하게 지탱해나가는 힘이기도 했다. 그가 자기 자신을 인간의 모델로서 제시하려는 욕구를 느끼지 않았다면 그에 대한 후대의 관심은 그렇게 크지 않았을지도 모른다. 루소의 자서전은 그의 철학체계의 중심을 비춰준다. 인간을 불행하게 만든 문명의 토대가 된 '외관paraître'에 맞서 장 자크는 자신의 심정을 투명하게 제시하면서 진정한 삶을 추구했다. 이해관계와 권력이 지배하는 냉혹한 사회 속에서 장 자크의 정열적이지만 연약한 영혼은 상처받지만, 그 영혼의 상처에서 흘러나오는 자서전적 글은 굳어진 사람들의 마음에 깊숙이 스며들어 심금을 울린다. 미쉴레Michelet는 그의 유명한 『프랑스 혁명사 Histoire de la Révolution française』의 서론에서 루소 특유의 호소력을 다음과 같이 평한다.

열정, 파고드는 멜로디, 여기에 루소의 마력이 있다. 『에밀 Emile』과 『사회계약론 Du Contrat social』에 들어 있는 바와 같은 그의 힘은 논란이 될 수도 있고, 논박될 수도 있다. 그러나 그는 『고백록 Les Confessions』과 『고독한 산책자의 몽상 Les Rêveries du promeneur solitaire』에 의해, 즉 그의 연약함에 의해 사람들을 정복했다. 모든 사람이 눈물을 흘렸던 것이다.[1]

---

1) J. Michelet, *Histoire de la Révolution française*, t. I, Pléiade, 1987, p. 50.

그는 계몽적 합리주의를 넘어 낭만적 감수성을 문학에 도입했고, 현대적인 의미에서 자아moi의 문학을 창조했다. 그의 위대한 부정(否定)의 정신은 독특한 언어형식을 통해 찬란하게 빛난다. 그는 분석적 성격이 강한 프랑스어를 흘러넘치는 감정과 몽상들로 가득 찬 무한한 세계를 표현해낼 수 있는 도구로 다듬었다. 루소의 글쓰기는 서로 모순적인 자연과 문명, 이성과 감정, 과학과 도덕의 대립을 융화시켜 자신의 내적 통일성을 확보하려는 한 인간의 치열한 실존의 표현이었던 것이다. 괴테가 "볼테르와 더불어 하나의 세계가 끝나고 루소와 더불어 하나의 세계가 시작된다"고 말했듯이, 루소는 근대에서 현대로 진입하는 문을 연 작가라고 할 수 있다.

장 자크 루소는 1712년 6월 28일, 스위스의 주네브 공화국에서 본래 프랑스 출신인 프로테스탄트 집안의 둘째 아들로 태어났다. 그의 어머니가 루소를 낳은 후 불과 9일 만에 사망함으로써 그는 아버지와 고모 손에 길러졌다. 아버지 이작 루소Isaac Rousseau는 주네브의 시민계급에 속하는 시계공이었지만 권력층에는 끼지 못하는 신분이었다. 그러나 당시의 유럽에는 많지 않았던 공화국의 시민계급 출신이라는 것이 루소에게는 자랑거리여서 그는 항상 자신이 '공화국의 시민'임을 자처했다. 시민이라는 명칭에 얽힌 이상과 현실은 이후 루소의 정치사상과 그의 정치적 행동에 많은 영향을 미치게 된다.

루소의 어린 시절을 특징짓는 것 가운데 하나는 아주 일찍이 시작된 독서열이다. 그는 보통의 아이들이라면 글자를 접하지도 않았을 아주 어린 시절부터 책읽기를 시작했고, 자기 집 서가에서 닥치는 대로 책을 뽑아 밤새워 읽곤 했던 경험을 『고백록』에 인상적으로 기록하고 있다. 그때 읽은 오노레 뒤르페Honoré d'Urfé의 『아스트레Astrée』를 비롯한 목가 소설들이 일찍부터 그의 낭만적 감성을 일깨워주었고, 『플루타르크 영웅전』은 덕성에 대한 그의 열정을 키워주었다. 자의식의 형성이 현실과의 접촉을 통해서라기보다 허구라는 매개에 더 의존했다는 점이 작가로서의 루소의 운명을 예고하고 있는 것으로 보인다.

1722년 이작 루소가 프랑스 퇴역장교와 싸움을 벌이고 처벌을 피하기 위해 주네브를 떠나는 바람에 루소는 외삼촌이 돌보게 된다. 루소의 형은 시계공의 도제로 들어갔다가 도망쳐 독일에서 행방불명되었다. 외삼촌은 루소를 자기 아들과 함께 주네브에서 얼마 떨어지지 않은 보세Bossey에 있는 랑베르시에Lambersier 목사의 기숙학교로 보냈는데, 그곳에서의 전원생활이 루소에게는 대체로 행복한 편이었다. 그러나 그는 거기에서 관능의 세계와 사회의 부정의를 맛본다. 열한 살 난 루소는 자신이 좋아하는 랑베르시에 목사의 여동생에게 볼기를 맞고 뜻밖에 관능적 쾌감을 느낀 것이다. 이후 얼마 지나지 않아 그는 부당하게 랑베르시에 남매로부터 랑베르시에 양의 빗살을 몰래 부러뜨리고도 이를 시인하지 않는다고 처벌을 받는다. 그는 그것이 자신이 저지른 일이 아니라고 항변하지만 소용이 없었다. 그는 이 사건을 계기로 어린 시절의 낙원에서 추방되었다고 말한다.

기숙학교에서 나와 다시 주네브로 돌아온 루소는 이후 정신적으로나 경제적으로 불안정한 생활을 영위하게 된다. 1725년 조각공의 도제로 들어간 루소는 차츰 주인의 횡포와 억압에 맞서 주인에게 반항하며 거짓말과 게으름, 도둑질 등의 악덕에 물들어갔다. 도제생활을 견디지 못한 그는 1728년 15세의 나이에 아버지와 형처럼 주네브에서 도망쳐 방랑길에 오른다. 루소는 그해 3월 21일 그의 운명에서 가장 중요한 여인이 될 바랑 부인Madame de Warens을 안시Annecy에서 만나는데, 뒤이어 그녀의 영향으로 토리노에서 가톨릭으로 개종한다. 토리노를 떠돌던 루소는 베르첼리스Vercellis 백작 부인 집에 하인으로 들어가는데, 거기에서 평생 그에게 죄책감을 느끼게 만드는 사건을 겪게 된다. 베르첼리스 부인은 곧 죽게 되는데, 여주인의 죽음으로 정신이 없는 집안에서 루소가 낡은 리본 하나를 훔치는 일이 일어난다. 그는 자기가 훔친 리본이 우연히 발각되자 하녀 마리용Marion이 그것을 자기에게 주었다고 무고함으로써, 불쌍한 하녀가 그 집에서 쫓겨나게 만든다. 루소는 『고백록』을 쓰게 된 중요한 동기들 중의 하나가 이때의 죄책감을 덜어내기 위해서라고 말할 정도로 끝까지 그때의 잘못을 잊어버리지 못했다.

1729년 루소는 편지로 계속 연락을 하던 바랑 부인에게로 되돌아간다. 바랑 부인의 집에는 그녀의 충실한 하인이자 정부(情夫)인 클로드 아네Claude Anet가 버티고 있었지만, 어쨌든 루소는 그녀 곁에 자리를 잡았다. 바랑 부인은 루소에게 이상적인 모성형의 여성으로서 '친절한 엄마' '이 세상에 존재하는 유일한 여성'이었다. 그러다가 1733년 그는 바랑 부인으로부터 한 사람의 남성 취급을 받게 되는데, 그는 여기서 근친상간의 죄를 범하고 있다는 고통을 맛본다. 1734년 3월 클로드 아네의 돌발적인 죽음으로 삼각관계는 깨지지만, 루소는 심리적 충격 때문인지 병이 들게 된다. 그는 바랑 부인을 설득하여 레 샤르메트Les Charmettes로 요양을 가는데, 그곳의 행복한 전원생활에도 불구하고 루소는 자신이 곧 죽을 것이라는 강박관념에 사로잡히게 된다. 루소는 학문의 세계에서 불안의 돌파구를 찾고 모든 정열을 공부에 쏟는다. 바랑 부인이 젊은 애인을 새로 두는 바람에 루소와 바랑 부인과의 관계는 새로운 국면을 맞게 되고, 루소는 바랑 부인의 보호에서 벗어나 1740년 리옹에 가서 대법관인 마블리Mably가(家)의 가정교사가 된다. 그러나 가정교사라는 직업이 맞지 않았던 그는 1년 만에 가정교사 생활을 끝내고 잠깐 바랑 부인에게로 돌아갔다가 1742년 마침내 대망의 파리로 진출한다.

그는 파리로 올라가면서 새로운 악보 기표법을 출세의 밑천으로 생각했지만, 그런 기대는 실망을 안겨주었을 뿐이다. 1743년 그는 우연히 베네치아 주재 프랑스 대사의 비서로 취직이 되어 열심히 외교업무를 수행했지만 무능한 대사와의 충돌로 파면당하고 만다. 1744년 10월 다시 파리로 돌아온 루소는 평생의 동반자가 될 테레즈 르바쇠르Thérèse Levasseur를 만난다. 그녀는 하숙집에서 세탁일을 하는 일자무식의 여인이었지만 예민한 감수성을 지닌 소박한 처녀였다. 루소가 그녀를 선택한 것은 사랑 때문이 아니라 그녀가 자기보다 못한 존재로 그에게 전혀 위압감을 주지 않아서였기 때문으로 보인다. 그녀와의 관계는 그가 죽을 때까지 30년 이상 지속된다. 이들은 1746년부터 1755년에 걸쳐 태어난 5명의 아이들을 모두 고아원에 버렸는데, 그 행위에 대해 루소는 세월이 흐를수록 점점 더 강한 죄책감을 느끼게 된다.

그는 디드로를 위시한 문인과 철학자들을 사귀면서 살롱에 드나들지만, 결코 그의 상상 속에서처럼 사교계의 총아로 입신할 수는 없었다. 그는 어쩔 수 없는 시골뜨기로, 즉석에서 기지에 넘치는 말을 주고받는 파리 사교계의 세련된 대화법에 적응할 도리가 없었다. 자신의 학식과 글재주를 팔아 귀족 집안의 서생(書生) 노릇이나 하며 지내던 그는 마침내 출세의 꿈을 접으리라 결심한다. 그러나 1749년 10월 뱅센 감옥에 수감당해 있던 절친한 친구 디드로를 방문하러 가던 도중에 그는 『메르

퀴르 드 프랑스_Mercure de France_』지에서 우연히 다음 해 디종Dijon 아카데미의 현상 논문 공고를 읽게 된다. "학문과 예술의 부흥은 풍속의 순화에 기여했는가?_Si le rétablissement des sciences et des arts a contribué à épurer les mœurs?_"라는 논제였다. 이 공고를 보는 순간 루소는 일종의 황홀경에 빠져 세계에 대한 새로운 비전을 보게 된다. 그는 "그것을 읽는 순간 나는 다른 세계를 보았고, 다른 사람이 되었다"고 후일 『고백록』에 기록하고 있다. 흔히 '뱅센의 계시_Illumination de Vincennes_'로 일컬어지는 1749년 10월의 이 사건은 루소의 생애에 결정적인 전환점이 되었다.

이른바 '뱅센의 계시'가 첫 저술로 구체화된 것이 『학문 예술론_Discours sur les sciences et les arts_』이다. 자연 옹호자 루소의 사상적 근간이 잘 드러나 있는 이 저작에서 그는 문명사회의 현 상태를 통렬하게 고발한다. 학문과 예술의 발전은 풍속을 순화시키기는커녕 악덕과 노예상태와 반목을 퍼트렸을 뿐이라는 것이다. 사람들은 더 이상 서로 정직하게 의사소통하지 않고 서로를 속이려고 가면을 쓰며 이에 따라 기만적인 세계가 생겨났다. 인간은 더 이상 자신에게 속하지 않는다. 세상 평판의 노예가 된 인간은 자신의 내면적인 '존재être'를 잊어버리고 단지 '외관'만을 위해 살 뿐이다. 부와 권력이란 개인적인 고통과 사회적인 비참함이라는 너무나 비싼 대가를 치르며 얻어지는 헛된 만족이다. 루소는 학문과 예술, 기술의 향상이 물질적 진보는 물론 도덕적 진보까지 갖고 올 수 있으리라는 합리주의적 기본 신념을 공격했다. 그는 볼테르를 위시한 계몽주의 철학자들이 지지한 바와 같은 꾸준한 '인간정신의 진보'가 아니라 정치와 윤리의 근본적 개혁을 요청했던 것이다. 이 논문으로 1750년 디종 아카데미상을 받은 루소는 전 유럽적 논쟁의 중심인물로 떠오르면서 갑자기 유명인사가 되었다.

루소는 논쟁의 외중에서 확신에 입각하여 새로운 생활방식을 표방했다. 그는 문학적 영광으로 진입하는 문턱에서 작가라는 직업을 포기하고 악보를 베끼는 일을 평생의 직업으로 삼고 사교계에서 물러나 고독과 고립 속에서 자신의 참다운 본성을 찾기로 결심한 것이다. 그러나 일단 유명해진 사람이 잊히기는 쉽지 않았고, 그는 문학적 영광의 길에서 좀처럼 벗어날 수 없었다. 예술을 그토록 비난했던 『학문 예술론』의 저자가 1752년에는 오페라 『마을의 점쟁이 *Le Devin du village*』를 쓰게 되고, 그 오페라가 국왕 앞에서 성공적으로 상연됨으로써 루소는 다시 한 번 명성을 얻는다.

1753년 11월에는 디종의 아카데미가 "인간 사이의 불평등의 기원은 무엇이며, 불평등은 자연법에 의해 허용되는가? *Quelle est la source de l'inégalité parmi les hommes, et si elle est autorisée par la loi naturelle?*"라는 제목으로 다시 한 번 현상 논문 공고를 냈다. 원칙과 현실적 삶 사이의 모순에 빠져 고민하던 루소에게 이 공고는 자신의 생각을 정리하여 발표할 기회와 구실을 제공했다. 루소는 수상(受賞)을 목표로 하지 않으면서도 이 현상 논문에 응모하는 형식으로 글을 쓰기로 결심하는데, 그 결과 나온 논문이 보통 『인간 불평등 기원론』으로 약칭되는 『인간 사이의 불평등의 기원과 기초에 관한 논설 *Discours sur l'origine et les fondements de l'inégalité parmi les hommes*』이다. 『학문 예술론』이 당대 사회의 악을 진단하고 이것을 웅변적으로 비난한 것에 불과하다면, 『인간 불평등 기원론』은 이러한 악을 야기한 사회적 원인에 대한 분석을 제시한 글이다.

『인간 불평등 기원론』은 인간사회의 불평등 현상에 대한 통렬한 고발인 동시에 평등을 향한 루소의 염원을 담고 있는 저술이다. 루소는 계몽사상가들 중 가장 논리적이지는 않을지 모르지만 가장 호소력 있는 평등의 설교자였다. 정치적 저작들뿐만 아니라 자서전적 저술을 포함한 그의 전 작품이 평등의 꿈을 향한 간절한 호소로 가득 차 있다고 말할 수 있다. 루소는 계몽철학자들 가운데 평등의 이름으로 발언한 가장 뛰어난 사상가였다. 시계공의 아들로 태어나 유럽을 전전하면서 통상적 의미로는 기이하고 불행한 일생을 보냈던 루소의 삶 자체가 벌써 평등을 향한 간절한 호소를 내포하고 있는 셈이다. 이 불평등의 처절한 피해자는 『인간 불평등 기원론』의 저자로서 일찍이 인간 불평등 문제에 집중적 관심을 기울인 선구적 이론가가 되었다. 『인간 불평등 기원론』은 후에 가서 『사회계약론』 등에서 구체화될 루소의 정치사상 체계의 서론적 성격을 갖는 저작이기도 하다. 따라서 이 저작에 대해서는 아직 체계성이 부족하고, 평등한 사회의 건설을 향한 전망이 결여되어 있는 점 등 몇 가지 약점을 지적할 수도 있다. 그러나 인간 자체를 그 기원에서부터 검토하고 있는 『인간 불평등 기원론』은 구체적 정치제도의 문제를 논의의 대상으로 하는 『사회계약론』보다 더 보편적 성격을 띤 원론적 저술이라고 할 수 있다. 이 저작은 그 보편성으로 인해 언제나 인간사회에 대한 성찰에 하나의 출발점을 제시해줄 만한 계몽의 세기에 나온 중요한 고전 가운데 하나다.

1754년 루소는 자신의 조국 주네브에 돌아가 다시 신교로 개종한 후 시민권을 획득하지만, 그곳에 정착하지는 못하고 다시 파리로 돌아왔다. 그러나 그는 여전히 '자기 개혁'의 원칙에 따라 문단을 멀리하고 생활하던 중 1756년 봄 데피네d'Epinay 부인의 초청을 받아 에르미타주Ermitage(은둔자의 암자)에 정착한다. 거기서 루소는 소피 두드토Sophie d'Houdetot 백작부인에게 연정을 느끼는 바람에 데피네 부인과 사이가 틀어져 1757년 12월, 쫓겨나다시피 에르미타주를 떠나 몽모랑시Montmorency에 있는 몽루이Mont-Louis의 황폐한 집으로 옮겨간다. 불화는 데 피네 부인과의 관계에만 한정된 것이 아니었다. 문명이 미덕을 훼손한 다고 주장하고 철학자들이 권력과 결탁하고 있다고 비난한 루소는 볼테 르와 달랑베르, 심지어 가장 절친했던 디드로와도 결별하기에 이른다.

몽루이에 정착한 1758년부터 1760년까지의 시기가 루소에게 가장 생산적인 시기였다. 이 기간 동안 루소는 『신 엘로이즈』 『에밀』 『사회 계약론』의 집필을 동시에 진행했다. 먼저 1758년 9월에 『신 엘로이즈』 가 완성되어 1761년 1월에 출간되었다. 사랑의 몽상과 현실의 절망적 인 사랑이 서로 융화되어 사랑과 미덕의 소설이 탄생하게 된 것이다. 다른 소설가들이 사랑을 분석했을 뿐이라면, 루소는 그것을 독자의 가 슴속에서 생생하게 움직이게끔 묘사하여 독자로 하여금 자신의 정열을 공감할 수 있게 만들었다. 그 결과 『신 엘로이즈』는 유럽에서 선풍적인 베스트셀러가 되는 대성공을 거두었다. 이 소설의 세계는 감정적인 영 역에만 국한되어 있지 않다. 작품의 2부와 4부에서 주인공 생프뢰Saint-Preux는 여행을 통해 파리나 로마와 같은 대도시에서 인간들이 영위하 는 삶을 관찰한다. 그가 가장 많은 묘사를 할애하는 부분은 예전의 연 인 쥘리Julie와 그녀의 남편 볼마르Wolmar가 운영하는 공동체 클라랑 Clarens의 삶이다. 주인들이 삶의 모범을 보이는 순수하고 소박한 공동 체의 생활풍습은 도시의 타락을 부각시킨다. 루소의 다른 작품들에서 개진된 모든 사상이 여기서 소설적 요구에 따라 변형된 모습으로 다시 나타나는 것이다. 『신 엘로이즈』는 작가의 감성과 이론을 집대성한 작 품이라고 할 수 있다.

1761년 여름 『사회계약론』과 『에밀』이 완성되고, 1762년 4월에 『사 회계약론』이, 5월에 『에밀』이 출간되었다. 『사회계약론』은 『인간 불평등 기원론』에서 제기된 문제, 즉 자연상태를 벗어나 타락한 인간과 사회를 어떤 정치적인 방법으로 재건할 것인가 하는 문제에 대해 이론적인 대답을 시도했다. 1권 1장은 다음과 같은 유명한 말로 시작된다.

사람은 태어나면서부터 자유인데 지금은 어디에서나 쇠사슬에 묶여 있다. 어떤 사람은 자기가 다른 사람들의 주인이라고 생각하지만 여전히 그들보다 더 노예다.[2]

루소는 생명과 소유권을 사회의 목표라고 주장하면서 자유의 제한을 인정하는 홉스Hobbes 등 기존의 정치사상가들과는 달리 자유야말로 사회의 일차적인 목적이어야 한다고 주장한다. 루소에게는 인간이 자신의 자유를 포기하는 것은 인간이 도덕적 존재이기를 멈추고 사물의 상태로 전락함을 의미하는 것이다. 따라서 이러한 근본적인 권리는 다른 모든 권리를 넘어서는 포괄적인 권리로 다른 사람에게 양도될 수 없다. 루소의 정치원리에서 핵심적인 것은 개인의 자유가 어떤 방식으로 완벽하게 보장될 수 있는가 하는 문제인데, 루소는 서로 대립되는 '각자'와 '모든 사람들'이 서로를 내포하는 관계를 맺으면서 개인이 공동체에 모든 것을 바친 후 그 대신 그가 바친 모든 것을 법을 통해 되돌려 받는다면 이러한 문제가 해결될 수 있다고 생각한다. 이를 위해 사회의 기초는 자유와 평등을 간직한 사람들이 모여 전원일치로 찬성하는 사회계약이어야 한다. 여기에서 '일반의지volonté générale'라는 개념이 나온다. '일반의지'는 각 개인의 개별 의지의 총합에 지나지 않는 '전체 의

---

2) J.-J. Rousseau, *Du Contrat social*, in *Œuvres complètes*, t. III, Pléiade, 1979, p. 351.

지'와는 달리, 모든 사람에게 공통되는 이익을 목표로 하는 공통된 의지다. 그러므로 계약을 맺은 사람들은 어떤 정치체제나 국가가 아니라 바로 자신의 도덕적 의지인 일반의지에 자신의 신체와 모든 힘을 맡기는 셈이 된다. 따라서 일반의지를 따른다는 것은 자유의 제약이 아니라 자신의 도덕적 의지를 따르는 것이다. 그리고 자신의 자연적 본능을 따르는 자연적 자유보다도 자신의 도덕적 의지를 따르는 사회적 혹은 도덕적 자유는 더욱 우월한 가치를 갖는다. 루소의 민주주의적 주권 이론에는 상당한 애매함이 내포되어 있는 것이 사실이지만, 그것은 세습적인 지배계급의 편견과 날카롭게 대립하면서 프랑스 대혁명이 나아가야 할 길을 가리키고 있다.

『인간 불평등 기원론』이 자연상태로부터 현재의 사회에 이르기까지 인류가 걸어온 과정을 대략적으로 서술했다면, 『에밀』은 한 개인이 발전하는 과정 속에서 인류가 거쳐 온 역사의 모든 단계를 구체적으로 묘사한다. 『에밀』은 인간이 자연적으로는 선량하지만 사회에 의해 타락하게 된다는 루소의 기본 신념에서 출발한다. 그런데 『인간 불평등 기원론』에서는 루소의 관심이 사회적 악의 발생에 집중되는 반면, 『에밀』은 타락한 사회를 돌이킬 수 없는 상태로 받아들이면서 개인의 교육을 통해 사회의 악에 물들지 않는 인간을 만드는 것을 시도한 교육서다. 완벽한 교사가 개입한 덕분에 에밀은 세상의 해로운 영향력에 물들지 않고 자연을 바탕으로 욕망의 무절제한 확대를 억제하며 스스로를 도덕적 의지에 따라 통제하는 자율적 인간으로 형성되어나간다.

1762년 6월 초, 파리의 소르본 대학과 고등법원은 『에밀』에 대해 분서령(焚書令)을 내리고, 루소 체포령을 내린다. 『에밀』에 들어 있는 「사부아 보좌신부의 신앙 고백 Profession de foi du vicaire savoyard」이 당시 교회의 교권주의를 심각하게 위협하는 것으로 보였기 때문이다. 루소가 내세운 '일반의지'가 전제권력을 정당화하는 기존의 정치이론, 생명과 소유권의 보장을 최고의 가치로 삼는 부르주아 계급의 자연권에 대립된다면, 「사부아 보좌신부의 신앙 고백」에 나타난 개인의 양심과 이성에 기초를 둔 이신론(理神論)은 기존의 계시신앙 및 계몽주의적 유물론과 대립된다. 당대 현실에서 주도권을 다투고 있던 이 두 이데올로기와 동시에 대결을 벌인 루소는 고립무원의 상태에서 스위스로 망명길에 오르게 된다.

1765년 겨울부터 루소는 전에 출판업자로부터 출간 제의를 받았던 『고백록』을 쓰기 시작한다. 자신을 변명해야 할 필요가 루소를 재촉했을 것이다. 1765년부터 1770년 사이에 쓰인 전 12권으로 된 『고백록』은 루소 자신이 '영혼의 역사'를 기록했다고 말하는 것처럼, 태어나면서부터 영국에 망명해 있을 때까지 루소의 생애를 적나라하게 서술하고 있다. 루소의 뜻에 따라 『고백록』은 그가 죽은 후 1782년에 1부(1~6권)가, 1789년에 2부(7~12권)가 각각 출판되었다. 독자에게 제시된 『고백록』은 하나의 증언이고 변론이자 예술작품이다. 루소는 『고백록』을 쓰는 의도를 책의 서두에서 다음과 같이 말하고 있다.

나는 결코 전례가 없었고 앞으로도 그것의 실행을 모방할 사람이 전혀 없을 기획을 구상하고 있다. 나는 동류의 인간들에게 한 인간을 완전히 자연의 진실 속에서 보여주려고 하는데, 그 인간은 바로 내가 될 것이다.[3]

---

3) J.-J. Rousseau, *Les Confessions*, in *Œuvres complètes*, t. I, Pléiade, 1986, p. 6.

루소는 자신을 둘러싼 음모에 맞서 주위 사람들과 사회를 비난함으로써 자신의 순수성을 입증하려고 시도한다. 그는 자신이 저지른 모든 잘못이 나쁜 의도가 아니라 나약함에서 나왔으며, 그 나약함은 실상 다른 사람들이 그를 왜곡하여 바라보는 시선에서 생겨났기 때문에 다른 사람들에게 더 책임이 있다고 변명한다. 루소에게 중요한 것은 그의 진실한 내면을 독자들에게 보여주는 것이다. 그는 자신을 일종의 자연인으로 제시한다. 루소는 1부에서는 재발견된 어린 시절의 낙원을 서정적인 문체로 그려나가는 반면, 2부에서는 실락원(失樂園)의 가혹한 현실과 박해를 묘사한다. 이 두드러진 대조가『고백록』의 구성상 특징인데, 이러한 구성은 또한 인류의 삶을 신화적으로 재현하는 것이다.

1767년 3월, 루소는 망명지였던 영국의 우튼Wootton을 떠나 프랑스로 다시 돌아와 6월부터 콩티Conti 공작령에서 가명을 쓰고 약 1년을 체류했다. 그러다가 1768년 8월에 그곳을 떠나 도피네Dauphiné 지방의 부르구엥Bourgoin에 정착하고 그곳에서 테레즈와 정식으로 결혼했다. 다음 해 1월, 그 근처의 몽캥Monquin에 있는 농가에 정착하여 11월부터는『고백록』2부를 쓰기 시작한다. 그리고 1770년 6월, 루소는 마침내 생활을 일신할 결심을 굳히고 다시 자신의 본명을 사용하며 파리로 돌아와 지금은 장 자크 루소 거리라 명명된 플라트리에르Plâtrière 거리에 자리를 잡고 필경사 일을 다시 시작했다. 체포령은 여전히 취소되지 않았으나 경찰에서는 그가 책을 출판하지 않는다는 조건으로 그를 눈감아주고 있었다. 연말에『고백록』이 완성되자 그는 곧 낭독회를 열 계획을 세우고 이를 실천에 옮겼다. 그는 자신의 참된 모습을 알려 박해자들에게 일격을 가할 심산이었던 것이다. 그러나 이 낭독회는 데피네 부인이 경찰 대리관에게 개입을 요구하여 중단되고 만다.

1772년에 루소는 자신에 대해 불완전한 이미지만을 제시한 것처럼 보이는, 그래서 사람들의 냉담한 반응만을 얻은 『고백록』에 불만을 품고 『루소가 장 자크를 판단하다 *Rousseau juge de Jean-Jacques*』를 쓰기 시작했다. 이 작품은 웅변과 광기로 가득 찬 놀라운 작품으로서 박해에 대한 최후의 저항이었다. 그는 자신이 만들어낸 허구적 인물들과 함께 자신을 해명한다. 세 사람(프랑스인, 루소, 장 자크)이 나누는 대화는 부조리에 맞서 투쟁하고 자아를 추구한 한 인간의 비장한 노력을 보여준다. 1776년 초, 그는 4년간의 긴 작업을 마쳤다. 그는 이 글이야말로 자신의 성격과 작품을 진실하고 완벽하게 설명하며, 그의 모든 모순을 해소하는 것이라고 믿고 있었다. 그는 그해 2월, 원고를 파리 노트르담 사원 제단에 바침으로써 여론을 불러일으켜 그에 대한 음모를 분쇄하고자 했다. 그러나 그날 제단 앞의 철책이 닫혀 목적을 달성하지 못하게 되자, 그는 이것이 그를 절망에 빠뜨리려는 하늘의 뜻이라 여긴다. 그럼에도 루소는 자신을 변명하기 위해 그해 4월에 「아직도 정의와 진리를 사랑하는 모든 프랑스인에게」라는 쪽지를 만들어 지나가는 사람들에게 뿌렸으나 이 64세 먹은 노인의 정신착란적인 호소에 귀를 기울이는 사람은 아무도 없었다. 박해에 대한 마지막 저항의 실패는 그에게 절망을 넘어선 평화로운 체념을 가져다주었다.

마침내 내 모든 노력이 무용하며 쓸데없이 스스로만을 괴롭히고 있다고 느끼고, 나는 나에게 남아 있는 유일한 결심을, 즉 더 이상 필연성에 반항하지 않고 나의 운명에 복종하리라는 결심을 했다. 나는 이러한 체념 속에서 평온함을 통해 나의 모든 불행에 대한 보상을 찾아냈다. 체념은 고통스러울 뿐 아무런 결실도 없는 부단한 저항의 노고와는 결합될

수 없었던 평온함을 나에게 가져다준 것이다.[4]

그해 후반부터 그는 『고독한 산책자의 몽상』을 집필하기 시작했다. 이 마지막 작품은 1778년 7월 2일 에르므농빌Ermenonville에서 루소가 죽음으로써 「열번째 산책」이 미완인 상태에서 끝이 나게 된다. 『고독한 산책자의 몽상』은 철학을 넘어선 루소의 상태를 규정하고 있다. 그는 이제는 어떻게 나왔는지도 잊어버린, 그러나 그 진실성만은 확신하고 있는 철학적 원칙들 덕분에 자동인형처럼 자신의 직접적인 감정에 몰두할 수 있게 되었기 때문이다. 이렇게 해서 「다섯번째 산책」의 절창이 탄생한다.

저녁이 가까워지면, 나는 섬 꼭대기에서 내려와 즐거운 마음으로 호숫가 모래톱의 어떤 은밀한 안식처로 가 앉아 있곤 했다. 그곳의 물결소리와 수면의 출렁거림이 내 감각들을 고정시키고 내 영혼으로부터 다른 모든 동요를 몰아내어 내 영혼은 감미로운 몽상에 잠겼다. 그 상태에서 나는 밤이 온 줄도 모르고 갑자기 밤을 맞아 놀란 일이 종종 있었다. 이 호수의 썰물과 밀물, 지속적이지만 간간이 거세지기도 하면서 끊임없이 나의 귀와 눈을 때리는 호수의 소리는 몽상으로 소멸된 내 마음의 내적 움직임을 대신하여, 생각하는 수고를 들이지 않더라도 내가 나의 존재를 기쁘게 느낄 수 있기에 충분했다. 수면을 보면서 이 세상에 존재하는 것들의 무상함에 대한 이미지가 떠올라 그 무상함에 대한 어떤 희미하고도 짧은 생각들이 이따금 생겨나기도 했다. 그러나 곧 이러한 경미한 인

---

4) J.-J. Rousseau, *Les Rêveries du promeneur solitaire*, in *Œuvres complètes*, t. I, Pléiade, 1986, p. 996.

상들은 끊임없이 나를 흔들어 달래는 지속적인 움직임의 단조로움 속으로 사라져버리곤 했다. 그리고 이러한 움직임은 내 영혼의 어떤 적극적인 호응 없이도 나를 사로잡아, 약속된 시간이나 신호에 의해 부름을 받더라도 쉽사리 거기로부터 빠져나올 수 없을 정도였다.[5]

그는 불행의 밑바닥에서 장 발Jean Wahl이 '실존적 신비주의'라고 명명한, 자연과 의식이 하나로 되는 충만감을 체험한다. 비엔Bienne 호수의 물결이 내는 규칙적인 소리가 감각과 사유를 잠재우면 오직 '존재의 감정'으로 축소된 가장 희박한 지각작용이 남고, 이로부터 존재 자체에서 나오는 도취가 생겨난다. 낙원의 충만감, 이 상태에서 철학을 극복한 혹은 철학을 완성한 개인은 자연상태의 인간에게 가능했던 행복을 맛본다. 그러나 이 최종의 행복은 순간적이고 고립적이다. 루소는 사회에서 추방당한 사람만이 그 보상으로 이러한 행복을 맛볼 수 있다고 경고하는 것을 잊지 않는다. 사회에서 사는 사람은 고독 속에서 행복을 찾지 말고 시민의 미덕을 수행해야 하기 때문이다.

1778년 7월 2일, 루소는 평소와 다름없이 일찍 일어나 산책을 하고 8시에 돌아와 식사를 마친 후, 오전 11시에 임종을 맞았다. 그의 시신은 7월 4일, 루소 자신의 소원에 따라 푀플리에 섬île des Peupliers에 조용히 매장되었다. 프랑스 대혁명 이후 혁명의 아버지로 추앙받은 루소의 시신은 1794년 팡테옹으로 옮겨져 생전의 숙적(宿敵) 볼테르와 나란히 안장되었다.

루소가 후대에 끼친 영향력은 측량할 수 없을 정도다. 칸트Kant로 대

---

5) 같은 책, p. 1045.

표되는 독일의 관념철학자들은 『에밀』과 『신 엘로이즈』의 루소를 의지의 숭고함에 기초를 둔 도덕성의 창시자로 찬양했다. 그러나 낭만주의 세대들은 루소에게서 자연의 복음을 전파하는 예언자, 감정과 정열의 원초적 힘을 재발견하고 이를 사회의 모든 속박으로부터 해방시킨 사상가로서의 모습을 보았다. 이러한 모순적인 반응은 정치 분야에서 더욱 두드러지게 나타난다. 어떤 이들에게 그는 극단적인 개인주의의 옹호자인 반면, 다른 이들에게 그는 국가 사회주의 혹은 현대 전체주의의 선구자이기도 하다. 그래서 루소에게는 항상 '모순적'이라는 형용사가 따라붙는다. 이러한 모순은 나약한 영혼의 인간이 절대적인 가치를 지향하는 과정에서 어쩔 수 없이 나타나는 현상일지 모른다. 그러나 루소 개인과 그의 글에서 나타나는 모든 모순에도 불구하고 그가 인간의 마음에 심어놓은 인간적 행복에 대한 열망, 즉 자유와 평등 속에서 인간 사이의 진정한 사랑과 우애를 누리고 싶다는 열망은 오늘날까지도 우리 마음에서 꺼지지 않는 불길로 살아 있다.

제2장

『인간 불평등 기원론』의 의미

1. 프랑스 대혁명과 평등의 이상

프랑스 대혁명 200주년인 1989년은 동유럽 사회주의 국가들이 격변을 겪은 해이기도 했다. 관찰자에 따라서는 공산주의 체제의 와해로 평가될 만한 동구권의 급격한 변화 사태는 멀리 프랑스 혁명과의 연관 아래서 고찰되기도 한다. 이 사태는 자유와 평등이라는 프랑스 혁명의 양대 이상 가운데 평등의 가치에 중점을 두었던 한 체제의 붕괴 혹은 퇴조를 의미한다는 지적이 그것이다. 자유의 가치를 더 중시하는 또 다른 한 체제의 상대적 우월성을 동시에 암시하고 있는 이러한 지적은 다른 한편 현대세계를 연 프랑스 대혁명이 발발한 지 200년의 세월이 경과했음에도, 이 혁명의 양대 이상의 동시적 실현은 아직 요원할뿐더러 어쩌면 불가능한 것일지도 모른다는 우울한 상념을 불러일으키는 지적이기도 하다.

 그 정치적 부자유와 경제적 비효율성이 어떠한 것이었든 사회주의 진영이 견고한 외관을 유지하고 있는 동안은 이 체제가 평등이라는 인류의 한 이상을 대변하고 있는 것으로 보였다. 그리고 이 체제는 어떤 식으로든 자본주의 체제의 참조대상이었다. 자본주의의 극심한 불평등에 절망한 사람들에게는 희망의 빛이 되기도 했으며, 자유의 가치를 우선으로 하는 많은 사람들 사이에서도 불평등의 완화를 지향하게 하는 중요한 요소가 되었다. 사회주의 체제의 확고한 존재는 자본주의를 방어하려는 사람들에게도 자기 체제의 오만과 무절제와 모순을 끊임없이 뒤돌아보게 만드는 기능을 지니고 있었던 것이다. 1989년의 사태는 사회주의의 이러한 기능을 현저히 약화시킨 것으로 보인다. 이제 세계 어디에서나 불평등을 고발하는 목소리는 활기를 잃고, 이 문제는 열띤 논쟁의 중심에서 벗어나버린 듯한 인상을 준다. 그러나 평등을 실현하고자 했던 정치체제의 퇴조현상이 목격된다고 해서 인간들 사이의 사회적 조건의 극심한 불평등이 그 자체로서 정당화될 수는 없을 것이다. 평등이란 사회주의 체제의 출현 훨씬 이전부터 인간의 관심사였던 만큼 어떤 특정 정치체제의 부침(浮沈)을 뛰어넘는 문제인 것이다. 프랑스 혁명의 중요한 이상이었던 평등이 아직도 포기될 수 없는 인류의 이상으로 남아 있는 것이라면, 이 가치가 상대적으로 퇴색하는 시기일수록 이 가치에 관심을 되돌리는 것은 의미 있는 일로 보인다.

 계몽주의로 지칭되는 18세기 프랑스 문학 전반이 프랑스 대혁명을 준비하고 잉태시킨 문학이라는 것은 잘 알려진 사실이다. 혁명의 프로그램을 작성하고 혁명적 행위를 조장하고 고무하는 등의 구체적이고 현실적인 의미에서가 아니라, 혁명의 온상이 된 앙시앵레짐의 비리와 모순을 끊임없이 공격하고, 후에 혁명의 구호가 된 제반가치를 설교하고 전파하는 데 열성이었다는 의미에서 계몽주의 문학은 전체적으로 혁명적인 성격을 지니는 문학이었다. 몽테스키외, 볼테르, 디드로, 루소 등 18세기의 뛰어난 작가들이 넓은 의미로 혁명에 영향을 끼쳤는 바, 혁명의 발발과 현대세계의 개화에 미친 계몽주의 작가들의 영향 가운데 누구의 몫이 가장 두드러지는지를 가늠하기는 사실상 어려운 일일 것이다. 그러나 통상적으로 프랑스 혁명과 연관되어 가장 빈번히 언급되는 이름은 루소로 보인다. 혁명기에 팡테옹Panthéon으로 옮겨진 그의 무덤에 새겨진 '혁명의 아버지에게'라는 헌사가 시사(示唆)하는 바와 같이 혁명의 정신적 아버지로서 루소의 이미지는 일찍부터 널리 유포되어왔다. 그렇지만 다음과 같은 지적에서도 볼 수 있듯 프랑스 혁명의 이념이 루소 특유의 것은 아니었다.

> 분명히 루소는 정의와 인권 존중의 원칙을 표명했다. 그러나 모든 점으로 미루어 자유, 평등, 박애는 그에게 고유하게 속한 개념이 아니라, 그의 세기 전체에 속한 개념이다.[6]

루소가 한 세기 전체가 공유한 개념을 자신의 방식으로 표명한 것이라면, 유독 그를 혁명의 아버지로 내세우는 것은 혁명기가 만들어낸 하나의 신화라고도 할 수 있다. 선지자가 혁명을 만들어낸 것이 아니라 혁명이 선지자를 만들어냈다는 역설적인 지적이 나오기도 한다. 특별히 불행하고 기이했던 루소의 생애는 그를 불의와 횡포와 특권에 희생

---

6) R. Trousson, *Rousseau et sa fortune littéraire*, Nizet, 1977, p. 68.

당한 정의로운 인간의 상징으로 빚어낼 충분한 소지를 갖고 있었다. 그리고 『신 엘로이즈』와 『에밀』의 저자로서 일찍부터 그를 둘러싸고 있던 후광은 정치적 저술들과는 필연적인 연계 없이도 혁명의 열정에 들뜬 사람들의 상상력에 쉽게 루소를 부각시켰을 것이다. 그러나 혁명의 아버지로서 루소의 상은 전적으로 우연에 기인된 신화라고만은 할 수 없다. 루소가 계몽주의 작가들이 공유한 시대정신을 역설한 것에 불과하다 할지라도, 그는 미셜레가 자신의 유명한 『프랑스 혁명사』의 서론에서 말하고 있는 바와 같은 독특한 호소력을 지니고 있었다.

루소는 계몽사상가들 중 가장 논리적이지는 않더라도 가장 호소력 있는 자유와 평등의 설교자였다. 정치적 저작뿐만 아니라 자서전적 저술을 포함한 그의 전 작품이, 나아가 그의 생애 전체가 자유와 평등이라는 프랑스 혁명의 이상인 동시에 인류의 꿈을 향한 간절한 호소들로 가득 차 있는 것이다. 특히 『인간 불평등 기원론』의 저자로서 루소는 일찍이 인간 사이의 불평등 문제에 집중적인 관심을 기울인 선구적 명상가가 되었다. 비록 이 문제가 18세기 전체를 관류한 공통 관심사였다 할지라도, 이 문제가 하나의 논설로 저술되어 후세에 많은 영향을 남긴 것은 루소의 『인간 불평등 기원론』뿐이다. 『인간 불평등 기원론』은 후에 가서 『사회계약론』 등에서 구체화할 루소의 정치사상 체계의 서론적 성격을 갖는 저작이라고 할 수 있다. 따라서 이 저작에는 아직 체계성이 부족하고, 정의롭고 평등한 사회의 건설을 향한 전망이 빠져 있는 등의 약점을 지적할 수 있다. 그러나 인간 자체를 그 기원에서부터 검토하고 있는 『인간 불평등 기원론』은 구체적인 정치제도의 문제를 논의대상으로 하는 『사회계약론』보다 훨씬 더 보편성을 갖는 원론적 저술로서 인간사회에 대한 성찰에 하나의 출발점을 제시할 만한 저작이라고 할 수 있다. 루소가 그토록 강력하게 고발했던 인간 사이의 불평등이 전혀 해소되지 못한 채 평등을 향한 열정마저 퇴색해가는 듯이 보이는 오늘날, 『인간 불평등 기원론』은 우리에게 새로운 검토를 요구하는 고전으로 떠오른다.

2. 저작이 나오기까지

대부분의 경우 고전들은 그 높은 성가(聲價)에 비해 오늘날 일반적으로 널리 읽히지 못함으로써 앙상한 개요만이 알려져 있거나, 전공 학자들 사이의 전문적 논의의 대상으로만 머물러 있는 것이 보통이다. 『인간 불평등 기원론』은 특히 심한 경우로서 책 이름은 널리 알려져 있으나 루소 자신의 다른 저작들과 비교해도 이 얄팍한 책자는 좀처럼 일반적인 독서의 대상이 되지 못하는 것 같다. 이러한 상황은 저작의 논의에 앞서 기초적인 설명을 요구한다.

1750년 첫 논설인 『학문 예술론』이 출판된 후 루소는 계속해서 이 논설을 둘러싼 논쟁과 공격에 휩싸여야 했다. 지칠 줄 모르는 루소의 적대자였던 샤를 보르드Charles Borde는 1753년 9월 『학문 예술론』을 반박하는 자신의 두번째 책자를 발간함으로써 루소에게 또다시 공격을 가해 왔다. 루소는 이러한 공격에 되풀이해서 응수해야 하는 상황에 염증을 느끼고 있었던 데다 오랜 논쟁의 와중에서 싹터 점차 분명하게 자리잡아가는 그의 새로운 생각을 좀더 체계적이고 본격적으로 다룰 필요성을 느끼고 있었다. "학문과 예술의 부흥은 풍속의 순화에 기여했는가?"라는 제목의 현상 논문을 공모하여 루소에게 『학문 예술론』을 집필케 했고, 그에게 수상의 영광을 안겨주었던 디종의 아카데미가 다시 한번 루소에게 좋은 기회를 마련해주었다. 1753년 11월 『메르퀴르 드 프랑스 *Mercure de France*』지는 "인간 사이의 불평등의 기원은 무엇이며, 불평등은 자연법에 의해 허용되는가?"라는 문제의 디종 아카데미가 조직한 두번째의 현상 논문 공모를 발표했던 것이다. 한 루소 연구가의 표현에 따르면, '천재와 강제적 상황의 만남'을 주선한 것이 되는 이 현상 논문 공모는 앞서 언급한 루소의 형편과 필요성에 부응하여 아주 시의적절하게 나타난 것으로서 루소로 하여금 『인간 불평등 기원론』의 집필을 결심하게 하는 구체적 실마리를 제공했다. 루소는 이 기회를 자신의 새로운 생각을 종합적으로 정리하여 적대자들의 비판에 간접적으로 답하는 계제로 삼았다. 루소 자신이 후에 『고백록』에서 『인간 불평등 기원론』 집필의 전후사정을 다음과 같이 진술하고 있다.

나는 곧 대단한 중요성을 갖는 한 저작에서 그것(나의 원칙들)을 완전히 전개시킬 기회를 갖게 되었다. 인간 사이의 불평등의 기원에 관한 디종 아카데미의 계획이 공표된 것은 바로 1753년 그해였다고 생각되기 때문이다. 그 중대한 질문에 강한 인상을 받았던 나는 아카데미가 그런 질문을 감히 제시한 데 놀랐다. 그러나 아카데미가 그런 용기를 발휘했기 때문에 나는 그 문제를 취급하는 용기를 가질 수 있었고, 그것을 시도했다.

그 큰 주제를 내 마음대로 생각해보기 위해 나는 칠팔 일 동안 생제르맹으로 여행을 했다. 〔……〕 숲 속에 틀어박혀, 나는 거기에서 내가 그 역사를 긍지를 가지고 그려낸 최초의 시기의 영상을 찾아보았고 또 발견했다. 나는 인간들의 왜소한 거짓들을 분쇄하고, 감히 그들의 본성을 적나라하게 드러냈으며, 그 본성을 변질시킨 시간과 사물의 진전을 따라가 보았다. 인간의 인간을 자연의 인간과 비교하면서, 나는 이른바 인간의 진보 속에 인간의 비참의 진정한 원천이 있음을 증명해 보였다. 이런 숭고한 명상으로 고양된 나의 영혼은 신의 곁으로 날아올랐으며, 거기에서 나의 동류의 인간들이 그들의 편견, 오류, 불행, 죄악의 맹목적인 길을 따라가는 것을 보면서, 그들이 들을 수는 없는 약한 목소리로 나는 그들에게 외쳤다. "끊임없이 자연을 불평하는 무분별한 자들이여, 너희의 모든 불행은 너희 자신으로부터 온다는 것을 알라."

이러한 명상으로부터 『인간 불평등 기원론』이 나온 바, 이 저작은 나의 다른 모든 글보다 디드로의 취향에 더 부합되는 것이었고, 이 저작을 쓰는 데는 디드로의 충고가 나에게 가장 유용했다. 그러나 이 저작은 전 유럽을 통해 귀 기울이는 소수의 독자밖에는 발견하지 못했고, 이 저작에 대해 얘기하고자 한 독자는 아무도 없었다. 이 저작은 현상에 응모하기 위해 쓰인 것이었으므로, 나는 그것을 발송했다. 그러나 나는 이것이 수상하지 못하리라는 것을 미리부터 확신했고, 아카데미상이 설정된 것은 이런 종류의 글을 위해서가 아니라는 것을 잘 알고 있었다.[7]

생제르멩에서 파리로 돌아온 후에도 루소는 근교의 불로뉴 숲을 찾아다니며 명상을 계속했다. 이러한 숲 속의 명상에서 느끼고 이해한 것, 독서와 연구, 그리고 평생 동안 사회적 불평등에 고통받아온 루소 자신의 개인적 경험 등이 종합되어 나온 저작이 『인간 불평등 기원론』이다.

---

7) J.-J. Rousseau, *Les Confessions*, pp. 388~89.

『고백록』의 진술 그대로 루소는 이 저작으로 디종 아카데미상을 받으리라고 기대하지 않았다. 아카데미의 현상 논문 공모는 『인간 불평등 기원론』 집필의 좋은 구실을 제공했을 뿐이다. 그는 외형을 갖추기 위해 이 논문을 디종 아카데미에 보내기는 했으나, 우선 현상에 응모하기에 이 논문은 너무 분량이 많았다. 애초에 수상을 목표로 했던 『학문 예술론』에서와는 달리, 루소는 심사위원들을 염두에 둔 일체의 고려나 타협을 배제했다. 모든 관례를 무시하고 기존의 편견에 정면으로 도전하는 『인간 불평등 기원론』은 인간의 문제를 그 시초에서부터 재검토하고자 하는 루소의 야망과 열정이 대담하고 순수한 형태로 표현된 저술이라고 할 수 있다. 예상대로 디종 아카데미에서 수상 논문으로 채택되지 않은 이 저술을 루소는 자신의 조국 주네브 공화국에 바치는 길고 장중한 헌사를 붙여 1755년에 책으로 출판했다. 이 책은 서문에 이어 주로 인간의 자연상태 기술에 바쳐진 제1부와 인간 사이의 불평등의 전개양상을 다루는 제2부로 구성되어 있다.

"인간은 자유롭게 태어났으나 도처에서 사슬에 매여 있다"[8]라는 『사회계약론』 초두의 유명한 명제를 『인간 불평등 기원론』에 대입해보면 "인간은 평등하게 태어났으나 도처에서 불평등에 시달리고 있다"라는 말로 환원할 수 있을 것이다. 요컨대 『인간 불평등 기원론』의 목적은 본래 자연상태에서는 평등했던 인간이 사회상태에 들어와 불평등하게 되었음을 증명하고, 불평등의 부자연스러움과 폐해를 고발하려는 데 있다. 『에밀』의 첫 구절에서 "조물주의 손에서 나올 때는 모든 것이 선

---

8) J.-J. Rousseau, *Du Contrat social*, p. 351.

이나, 인간의 손에서 모든 것이 타락한다"[9]라는 말로 표현되는 바의 루소의 사상 전체를 관류하는 가장 기본적인 생각, 즉 자연 옹호와 사회에 대한 비판은『인간 불평등 기원론』에도 그대로 적용되고 있다. 흔히 자연사상이라고 지칭되는 루소의 사상체계와 전체적 맥락에서 잘 합류되는『인간 불평등 기원론』의 독창성과 대담성은 인간을 그 근원으로 거슬러 올라가 검토하려는 시도에 잘 나타나 보인다. 루소는 "인간의 모든 지식 가운데 가장 유용하면서도 가장 진전되지 못한 것은 인간에 관한 지식인 것으로 보인다"[10]라는 말로 서문을 시작하면서 처음부터 자신이 다루는 주제의 중요성을 강조하고 있다.

불평등의 기원을 알기 위해서는 우선 문명 이전의 인간 자체의 근원적인 모습을 알아야 한다는 것이 루소의 생각이다. 인간 사이의 불평등이라는 사회학적 물음이 인류학적 물음으로 이행하는 것이다. 그러나 인간은 오랜 문명과 사회생활의 역사를 통해 "끊임없이 되풀이되는 수많은 원인에 의해, 수많은 지식과 오류의 획득에 의해, 육체의 조직에 생긴 변화에 의해, 정열의 계속적인 충격에 의해"[11] 애초의 모습을 알아보기 힘들 만큼 현저한 변모를 겪어왔다. 따라서 현존의 인간에게서 자연상태의 근원적인 면모와 문명에 의해 형성된 인위적인 면모를 구분해낸다는 것은 지난한 일이 아닐 수 없다. 인간의 원초적 자연상태는 실증적인 검증이 불가능한 상태이기 때문에, "더 이상 존재하지 않으며, 어쩌면 결코 존재한 적도 없으며, 아마 앞으로도 결코 존재하지 않

---

9) J.-J. Rousseau, *Emile*, in *Œuvres Complètes*, t. IV, Pléiade, 1980, p. 245.

10) J.-J. Rousseau, *Discours sur l'origine et les fondements de l'inégalité parmi les hommes*, in *Œuvres Complètes*, t. III, Pléiade, 1979, p. 122.

11) 같은 책, p. 122.

을 상태"[12]로 규정될 수 있을 것이다. 그렇다면 어떻게 이런 상태의 인식에 도달할 수 있을 것인가? 우리가 가지고 있는 자료, 우리가 알고 있는 사실은 이미 인간의 역사적 흔적을 나타내는 것이기 때문에 우리를 역사 속에 붙들어 맨다. 그것은 인간의 기원과는 이미 떨어져 있는 영역으로 우리를 이끌어가는 것이다. 인간의 역사가 태어나는 것을 보기 위해서는 역사에서 벗어나 더 멀리 거슬러 올라가야만 한다. 일체의 실증적 사실의 뒷받침이 배제된 상태의 기술, 그것은 추측의 방법에 의한 기술이 될 수밖에 없다. 루소에 의한 자연상태의 묘사는 가정에 근거한 묘사가 된다.

사실은 이 문제와 전혀 관계가 없으니, 모든 사실을 배제하는 것으로 시작하자. 이 주제에 관해 할 수 있는 탐구를 역사적 진실로 여겨서는 안 되며, 단지 가상적이고 가정적인 추론으로 여겨야 한다. 이런 추론은 사물의 진정한 기원을 증명하기보다는 사물의 본성을 밝히는 데 더 적절한 것으로서, 우리의 물리학자들이 매일같이 세계의 형성에 관해 행하는 추론과도 흡사한 것이다.[13]

루소 자신이 얘기하는 이러한 가상적 추론을 위해서는 어떤 단서가 필요할 것이다. 루소의 시대에 널리 유포되었던 여행기들이 증언하는 미개인들의 삶이 인간의 원초적 자연상태에 대한 추론에 일차적인 안내자 구실을 할 수 있을 것이다. 실제로 루소는 뒤테르트르Dutertre의 서인도제도 여행기, 라콩다민La Condamine의 남미 여행기 등 여러 여행

---

12) 같은 책, p. 123.
13) 같은 책, pp. 132~33.

기를 참조했고, 그것을 자신의 명상의 길잡이로 이용했다. 선량한 미개인의 이미지는 벌써 몽테뉴에서부터 프랑스에 익히 알려져 있는 것이기도 했다. 오지의 미개인은 유럽인에 비해 인간의 기원에 좀더 가까이 있을 터이므로 그에게 시선을 돌린다는 것은 우리의 시선을 인간의 기원 쪽으로 향하게 하는 일이 될 것이다.

그러나 루소가 보기에 어떤 미개인이라도 이미 문화에 의해 변질되어 원초적 자연인과는 현격한 거리가 있으므로, 인간의 기원에 대한 추론에는 더 신뢰할 만한 길잡이가 필요했다. 루소는 그 길잡이를 자신의 마음속에서 발견한다. 자신이 자연의 개념을 내면화하고 있다는 자부심은 루소의 자서전적 저작에서 잘 드러나 있다. 예를 들어 다음과 같은 진술이 그것이다. "오늘날 그처럼 변질되고 그처럼 비방당하는 자연을 묘사하고 옹호하는 사람들은 자기 자신의 마음으로부터가 아니라면 어디서 자연의 모델을 끌어낼 수 있겠습니까? 그는 스스로 자기 자신을 느꼈던 그대로 자연을 묘사했습니다."[14] 자연인, 적어도 자연의 기억이 아직 지워지지 않은 특별한 존재로서의 자연에 대한 믿음이 확고했던 만큼, 자연상태에 대한 명상에서 루소 자신의 마음이 가장 확실한 길잡이가 되는 것이다. 한 연구자는 이 점에 관해 다음과 같이 말한다. "그는 인간의 본성이 자신에게는 손상되지 않고 변질되지 않은 채로 남아 있다고 확신하며, 그 점에서 자신은 인류를 타락과 퇴폐로부터 구할 수 있는 특별하고도 유일한 경험을 대변한다고 확신한다."[15]

일견 오만해 보이지만, 성실한 일생의 실천을 통해 독자에게 시적

---

14) J.-J. Rousseau, *Rousseau juge de Jean-Jacques, Dialogues*, in *Œuvres complètes*, t. I, Pléiade, 1986, p. 936.
15) R. Derathé, "L'homme selon Rousseau," in *Pensée de Rousseau*, Seuil, 1984, p. 117.

울림을 갖게 만든 이러한 믿음이 『인간 불평등 기원론』에 명시적 형태로 출현하지는 않는다. 그러나 자신은 자연상태를 내재화한 특별한 존재라는 생각이 그의 일생을 관류하고 있으므로, 인간의 기원에 대한 추측에서 그 자신의 마음이 주된 참조의 대상이었음은 쉽게 유추될 수 있다. 생제르멩 숲과 불로뉴 숲 속의 고독한 명상에서 저 깊은 시간의 층을 뚫고 떠오른 인간의 원초적 모습, 그것은 본질적으로 루소 자신의 마음에 반영된 인간의 모습이라고 할 수 있다. 루소는 그 모습을 『인간 불평등 기원론』 제1부에서 기술하고 있다.

3. 원초적 인간

"오 인간이여, 너의 사는 지역이 어디든, 너의 견해가 어떠한 것이든, 들어보라. 너의 동류의 인간들의 거짓된 책에서가 아니라, 결코 거짓말을 하지 않는 자연에서 내가 읽어낸 바의 너의 역사가 여기에 있다."[16] 루소는 인간 전체를 향한 이런 장엄한 호소를 곁들이면서 인간의 역사를 서술하기 시작한다.

자연상태의 인간은 홀로 숲 속을 떠돌며 살아간다. 두 발로 걷는 이 단순한 동물은 나무에서 열매를 따먹고 바로 그 나무 밑에서 잠을 자며, 개울을 만나면 목을 축이면서 쉽게 본능을 충족시킬 수 있는 존재였다. 다른 동물들에 비해 힘이 약하고 덜 민첩한 면이 있다 할지라도 인간은 모든 면을 고려할 때 가장 유리하게 조직되어 있는 동물이었다.

---

16) J.-J. Rousseau, *Discours sur l'origine et les fondements de l'inégalité parmi les hommes*, p. 133.

야생생활의 여러 조건에 길들여져 있는 인간은 건강하고 튼튼한 존재였다. 허약한 개체는 자연선택에 의해 유년기에 일찍 도태되었기 때문이다. 루소는 인간이 본래 공격적이고 전투적이었다는 홉스의 생각과, 자연상태의 인간은 두려움에 떠는 겁약한 존재였다는 몽테스키외의 생각을 다같이 배척한다. 루소가 생각하는 자연상태의 인간은 평화로운 존재였지만, 그렇다고 야수가 무서워 떠는 겁약한 존재는 아니었다. 다른 동물보다 훨씬 더 능란한 재주를 가진 인간은 비슷한 크기의 짐승과는 맞설 수 있었고, 더 힘센 짐승 앞에서는 쉽게 도망칠 수 있었다. 근본적으로 질병은 불평등한 삶의 방식, 각종의 과도함, 열정으로 인한 흥분, 피로, 정신의 쇠진, 슬픔, 누구나 겪는 마음의 고통 등 문명상태에서 비롯된 온갖 불건전성에 기인한 것이기 때문에 자연상태의 인간은 질병이 없는 건강한 존재였다. 자연상태의 단순하고, 단조롭고, 고독한 삶의 방식을 보존해왔더라면 거의 모든 질병을 피할 수 있었을 것이라고 말하면서, 루소는 인간을 본래부터 이성적 존재로 믿는 동시대의 철학자들을 격분케 한 다음과 같은 극단적 진술을 덧붙인다. "자연이 우리를 건강하도록 운명 지워준 것이라면, 사고하는 상태는 자연에 반하는 상태이며, 사고하는 인간은 타락한 동물이라고 나는 감히 단언할 수 있다."[17] 말이든 고양이든 소든, 야생동물이 가축으로 길들여진 동물보다 더 강하고 용감한 것과 마찬가지로, 본래 튼튼하고 용감했던 인간도 사회화하면서 겁약하고 비굴한 존재로 변했다는 것이 루소의 생각이다.

홀로 지내며 무위의 생활을 하는 자연상태의 인간은 먹이를 찾거나

---

17) 같은 책, p. 138.

자기 보존을 위해 경계할 필요가 없을 때는 잠을 잔다. 항상 위험이 가까이 있으므로 동물들처럼 얕은 잠을 자는 것이다. 인간의 거의 유일한 관심사는 자기 보존이며, 그의 욕구는 육체적 필요성을 벗어나지 않는다. 어떤 것에도 흔들리지 않는 그의 마음은 현존의 감정에 국한된다. 그는 어떠한 미래에 대한 개념도 갖고 있지 않으며, 그의 계획은 기껏 그날 하루의 끝에 미칠 정도다. 야생생활에 알맞게 그의 시각과 청각과 후각은 대단한 섬세성을 갖고 있으나, 촉각과 미각은 거친 상태에 머물러 있다. 소유지도 오두막도 갖고 있지 않은 이 자연의 인간은 욕구가 충족되자마자 우연히 마주쳐 잠자리를 함께한 여자를 떠나게 된다. 그의 사랑은 육체적 필요에 국한되므로 상대에 대한 선호가 없으며, 따라서 여자를 둘러싼 다툼이 없거나, 혹 다툼이 벌어진다 해도 문명인들 사이에서처럼 치열한 양상을 보이지 않는다. 사랑의 싸움을 맹렬하게 만드는 상상력을 갖고 있지 않은 자연의 인간은 자연적 욕구가 찾아오면 상대를 가리지 않고 기꺼이 욕구에 자신을 내맡기며, 육체적 필요가 충족되면 욕구가 사라질 뿐인 것이다. 여자는 자식을 낳으면 필요한 기간 동안 부양한 후 그 자식과 헤어지게 될 것이며, 어쩌다 숲 속에서 마주치게 된다 할지라도 모자는 서로를 알아보지 못할 것이다. 루소가 생각하는 자연의 법칙은 근본적으로 고독이고, 그의 원초적 인간은 전혀 사회적 본능을 지니고 있지 않기 때문에 가족제도는 자연상태의 산물이 아니라 사회적 인습의 결과인 것이다. 루소가 본 자연상태의 인간은 무엇보다도 홀로 떠도는 존재였다.

이상과 같이 묘사될 때의 원초적 인간의 모습은 다른 동물들과 크게 다르지 않은 것으로 보일 수 있다. 그러나 인간은 동물과 구별되는 종(種) 특유의 속성을 지니고 있다. 동물은 본능에 의해 움직이는 기계적 존재로서 자신의 행위를 변경시킬 가능성이 전혀 없이 똑같은 행위를 무한히 반복할 수밖에 없다. 어떤 종의 동물의 수천 년 또는 수만 년 전 행태와 현재 행태 사이에는 근본적 차이가 없다. 그러나 인간은 다른 종의 동물과는 달리 자유로운 존재다. 자연상태의 인간은 규칙도 구속도 없이 살기 때문에 자유로운 존재이고, 자족적인 삶을 누리기 때문에 누구에게 예속되지 않는다는 의미에서도 자유로운 존재라고 할 수 있다. 그러나 다른 동물과 구별되는 하나의 종으로서 인간을 자유로운 존재로 규정하는 것은 인간이 자신의 행위를 선택하고 변경시킬 수 있는 기능을 갖고 있다는 점이다. 루소의 인간은 라메트리La Mettrie의 인간 기계론이 주장하는 것과는 달리 원인과 결과의 인과율에 철저히 예속된 단순한 기계가 아닌 것이다. "자연이 모든 동물을 지배하고, 짐승은 거기에 복종한다. 인간도 동일한 인상을 느끼지만, 그러나 인간은 수락하느냐 저항하느냐의 선택에서 자신을 자유롭게 인식한다. 인간영혼의 정신성이 드러나는 것은 무엇보다도 이 자유의식 속에서다."[18]

　자유와 함께 인간을 동물과 구분 짓는 또 다른 중요한 특성은 인간이 지니고 있는 완성 가능성perfectibilité이다. 인간은 자신을 개량하고 변화시킬 수 있는 잠재적 기능을 뜻하는 이 완성 가능성을 종의 차원에서와 마찬가지로 개인적 차원에서도 지니고 있다. 동물은 본능의 고정성으로 특징지어지기 때문에, 태어난 지 몇 달 후면 일생 동안 불변할 모습을 지니게 되고, 천 년의 세월이 흘러도 그 종의 발생시기와 똑같은 모습으로 머물러 있을 것이다. 반면에 인간은 완성 가능성으로 인해 소유

18) 같은 책, pp. 141~42.

하지 못하던 것을 새롭게 획득하기도 하고, 이미 획득한 것을 상실하기도 한다. 완성 가능성이란 애매한 기능이어서 항상 진보와 완성을 향한 긍정적 방향으로만 작용하는 것이 아니라, 때로는 불행과 타락을 가져오는 부정적 작용도 한다. 아직 진보라는 모험의 길에 접어들지 않았던 원시의 인간은 동물과 대단히 인접한 정신상태 속에 오랜 세월 동안 머물러 있었다. 이러한 상태에서 인간을 벗어나게 만든 것이 바로 완성 가능성의 작용이었다. 이것은 인간의 특성인 완성 가능성의 순기능인가, 역기능인가? 평온하고 무구한 인간의 원초적 삶이 행복을 의미하고, 번뇌와 혼잡의 문명상태가 불행을 의미한다고 하면, 완성 가능성은 인류에게 역기능으로 작용해온 것임에 틀림없다. 자연의 변함없는 옹호자인 루소는 인간만의 특권적 잠재력을 주로 부정적 관점에서 제시하고 있다. 일반적 견해와 달리 그는 자연상태의 삶을 조금도 비참한 것으로 보지 않기 때문이다. "마음이 평화롭고 육체가 건강한 자유로운 존재의 비참함의 종류가 어떤 것일 수 있는지 설명을 들어보았으면 좋겠다. 문명의 삶과 자연의 삶 중 어느 것이 그것을 영위하는 사람들에게 더 견딜 수 없는 것이 되는지 나는 묻는 바다."[19]

자연의 인간은 깊이 생각하지 않는 존재이기 때문에 선악의 개념에서 벗어나 있는 존재다. 인간은 천성적으로 악해서 사회적 질서가 확립되기 전까지는 상호간에 항구적 전쟁상태에 놓여 있었다는 홉스의 성악설에 루소는 정면으로 반대한다. 루소가 생각하는 자연상태의 인간은 선악의 개념, 미덕과 악덕의 개념 이전에 있기 때문에 악하지 않으

---

19) 같은 책, p. 152.

며, 악해야 할 이유가 없다. "원시인은 선하다는 것이 무엇인지 모른다
는 바로 그 이유 때문에 악하지 않다고 말할 수 있을 것이다. 원시인이
악을 행하는 것을 막아주는 것은 지식의 발달이나 법의 억제가 아니라,
정열의 고요함과 악덕에 대한 무지이기 때문이다."[20] 이처럼 "인간은
자연적으로 선량하다"[21]라는 루소의 단언에는 도덕적 함축이 빠져 있
다. 자연에서 쉽사리 양식을 찾고, 무한히 넓은 공간에서 홀로 떨어져
사는 루소의 원시인은 공격적이 될 이유도 없으며, 적과 다툴 이유도
없는 것이다. 이 원시인은 사회의 산물인 이성에 선행하는 두 가지 감
정만을 지니고 있다. 하나는 생존의 본능인 자기애(自己愛)이며, 다른 하
나는 동물에서도 관찰될 수 있는 것으로서 타자가 고통받는 모습을 보
기 싫어하는 선천적 감정인 연민pitié이다.

　자기애가 개체의 보존을 확보해주는 것이라면, 연민은 종의 보존을
지켜주는 일종의 규범처럼 작용한다. "연민은 각 개체에서 자기애의
작용을 완화하면서, 종 전체의 상호적 보존에 기여하는 자연적 감정임
이 확실하다. 남이 고통받는 모습을 보면 깊이 생각할 여지도 없이 우
리를 도움으로 이끄는 것이 바로 연민이다. 연민은 아무도 그 부드러운
목소리에 저항할 시도를 하지 않는다는 유리함을 가지고, 자연상태에
서 법과 풍속과 덕성을 대신한다. 자신의 먹이를 다른 곳에서 발견할
가능성이 있는 한, 건장한 원시인이 약한 어린애나 불구의 노인네가 힘
겹게 획득한 먹이를 빼앗지 않도록 하는 것이 연민이다."[22]

　루소가 숲 속의 명상에서 본 원초적 자연상태의 인간은 "고독하고,

---

20) 같은 책, p. 154.
21) 같은 책, p. 202.
22) 같은 책, p. 156.

무사태평하고 평화로우며, 건강하고 튼튼하며, 환경에 잘 적응하고, 생각도 정열도 없고, 예측도 기억도 없는 동물"[23]이었다. 우리는 루소가 그려낸 이 자연인의 영상을 어떻게 보아야 할 것인가? 루소의 묘사는 일찍이 "당신의 저작을 읽으면 네 발로 걷고 싶은 생각이 듭니다"라는 볼테르의 야유를 유발시킨 바 있다. 루소를 가장 호의적으로 이해하는 현대작가 중 한 사람인 장 게엔노Jean Guéhenno도 이 부분에 관해서는 "장 자크의 목가적 꿈은 미소를 자아내게 한다"[24]라고 말한다. 레비스트로스Lévi-Strauss는 『인간 불평등 기원론』의 저자를 인류학의 창시자로 보고 있음에도, 오늘날의 축적된 인류학 지식으로 이 저서를 반박하기는 수월한 일일 것이다. 루소가 그리고 있는 자연상태의 인간은 수백만 년 전으로 기원이 거슬러 올라가는 초기 호미니드Hominid의 모습인가, 아니면 인류학자들이 대략 수만 년 전에 출현했다고 얘기하는 현생인류인 호모 사피엔스사피엔스의 초기 모습인가? 그 어느 것도 확실하지 않다. 원시의 인간은 홀로 떠도는 비사회적 존재였다는 루소의 견해에 동의하는 인류학자는 아무도 없는 것 같다. "무엇보다도 인간은 사회적 동물이다. 우리는 정서적으로 한 집단의 일원이 되기를 원한다"[25]라고 현대인류학은 시초부터 인간이 사회적 존재였음을 역설하고 있다. 추측에 의한 하나의 가정으로서, 루소 자신이 어쩌면 존재한 적도 없는 상태라고 말하는 『인간 불평등 기원론』의 자연상태 기술에 대한 진위 여부를 따지는 것은 애초에 무의미한 일일 수밖에 없다. 이 저서의 주제인 동시에 우리의 주된 관심사는 인간 사이의 불평등 문제다.

---

23) R. Trousson, *Jean-Jacques Rousseau, La marche à la gloire*, Tallandier, 1988, p. 323.
24) J. Guéhenno, *Jean-Jacques, Histoire d'une conscience*, t. I, Gallimard, 1983, p. 287.
25) 리처드 리키·로저 레윈, 『오리진』, 김광억 역, 학원사, 1983, p. 76.

루소는 인간이 본래 평등했음을 강조하기 위해 인간의 기원을 탐구했던 것이다. 그는 인간의 원초적 자연상태를 다음과 같이 요약한다.

일도 언어도 거처도 없고, 싸움도 교제도 없으며, 다른 인간을 해칠 욕구가 없는 것처럼 다른 인간을 전혀 필요로 하지도 않으며, 어쩌면 동류의 인간을 아무도 개인적으로 인식하는 것도 없고, 별달리 정열에 기울지도 않으며, 스스로 자족하면서 숲 속을 배회하는 원시의 인간은 그 상태에 맞는 감정과 지적 능력만을 갖고 있었다고 결론짓자. 그는 자신의 진정한 필요만을 느꼈고, 볼 흥미가 있다고 여겨지는 것만 쳐다보았다. 그의 지력은 그의 허영심과 마찬가지로 진전되지 않았다. 우연히 그가 어떤 발견을 한다 해도, 그는 자신의 자식조차 알지 못하기 때문에 그것을 전수할 수 없었다. 기술은 발명자와 더불어 소멸했다. 교육도 진보도 없었다. 세대가 되풀이되어도 허사였다. 각 세대는 언제나 똑같은 지점에서 출발하는 것이었으므로, 최초의 시대의 모든 조야함 속에서 수백 년이 되풀이 흘러갔다. 종은 이미 늙었으나, 인간 개체는 항상 어린애로 머물러 있었다.[26]

이런 상태에서는 불평등이란 개념은 아무런 의미를 지니지 못한다. 육체적 불평등이 생각해볼 수 있는 유일한 불평등일 것이다. 그러나 육체적 불평등 역시 교육과 생활조건에 의해 그 차이가 점점 확산되는 문명사회에 비할 때 자연상태에서는 크게 두드러지지 않는다. 각자 자신의 필요에 따라 살아가고, 고독한 삶을 영위함으로써 상호간의 차이가

---

26) J.-J. Rousseau, *Discours sur l'origine et les fondements de l'inégalité parmi les hommes*, pp. 159~60.

무용한 것이 되어버리는 자연상태에서는 육체적 불평등은 별다른 결과
를 빚어낼 수 없다. 우연히 힘이 더 센 자가 약한 자의 먹이를 가로채
는 경우를 상정해볼 수도 있다. 그러나 강자가 약자를 예속시킬 수 있
는 아무런 방법도 없을 것이다. 강자가 잠깐 잠이 들거나 눈길을 돌리
는 사이에 포로는 원시의 숲 속 깊이 사라져 영원히 자취를 감출 것이
기 때문이다. "굴종의 끈은 인간 상호간의 의존과 인간들을 결합시키
는 상호적 필요성에서만 형성되기 때문에"[27] 자연상태의 인간은 속박
으로부터 전적으로 자유로운 존재였다. 강자의 법칙이 적용될 수 없는
자연상태의 인간은 불평등의 악으로부터 완전히 해방된 존재였다. 이
처럼 자유롭고 평등한 존재였던 인간이 어떻게 해서 그 행복했던 상태
를 상실하게 되었는가? 『인간 불평등 기원론』의 제1부가 자연인의 행
복을 기술하고 있다면, 제2부는 인간의 행복의 상실을 설명하고 있다.

4. 불평등의 길

"울타리로 땅을 둘러싸고, '이 땅은 내 것이다'라고 말할 생각을 해
냈으며, 그런 말을 믿을 만큼 단순한 사람들을 발견해낸 최초의 인간이
문명사회의 진짜 창시자다. 말뚝을 뽑아내고 해자를 메우면서 동류의
인간들을 향해 '이 협잡꾼의 말을 듣지 마시오. 과일은 모두의 소유이
고 땅은 아무의 소유도 아니라는 사실을 잊는다면 당신들은 파멸이오'
라고 외친 사람이 있었다면, 그는 얼마나 많은 죄악과 싸움과 살인, 얼

---

27) 같은 책, p. 162.

마나 많은 비참과 참혹을 인류에게 면하게 해주었을 것인가."[28] 『인간 불평등 기원론』 제2부는 이와 같은 격렬한 어조로 시작되고 있다. 자녀 다섯을 낳는 대로 차례로 고아원에 보내야 했을 정도로 사회적 불평등의 희생물로 일생을 보냈으며, 한 귀족 부인에게 보내는 편지에서 이 쓰라린 경험을 설명하면서 "내 자식들의 빵을 내 계급에게서 도둑질하는 것은 당신네 부자들의 계급입니다"라고 외쳤던 루소는 불평등을 고발할 때면 격정적이 된다. 장 게엔노에 따르면 "여기서는 그의 가슴이 뛰고, 그의 상처가 피를 흘렸다."[29] 루소의 생각에 따르면 모든 불행과 악의 원천이 불평등이므로, "불평등의 기원을 검토함으로써만 악의 진정한 기원을 논증할 수 있다."[30] 만인이 평등을 향유할 수 있었던 원초적 자연상태는 행복한 상태였으나, 인간 사이에 불평등의 싹이 트면서부터 인간은 차츰 불행의 길로 접어들게 된다.

　오랫동안 계속되었던 인간과 자연 사이의 균형상태, 인간과 세계의 직접적 관계에 균열이 생기는 우연한 상황을 상정해볼 수 있을 것이다. 자연적 장애, 다른 동물과의 다툼, 인간의 점차적인 수적 증가에 따른 먹이의 상대적 결핍 같은 것이 균열의 원인이 될 수 있을 것이다. 본래 완성의 잠재력을 지닌 인간은 새로운 상황에 적응하여, 생존의 수단을 찾아내게 된다. 인간은 강과 바닷가에서는 그물과 낚시를 발명하고, 숲에서는 활을 발명하며, 짐승의 가죽으로 몸을 감싸고, 벼락이나 화산으로부터 우연히 유래한 불을 보전하여 추위를 막고 고기를 익혀 먹는 방법을 배우게 된다. 이런 과정에서 인간은 동일한 필요성을 갖고

---

28) 같은 책, p. 164.
29) J. Guéhenno, 앞의 책, p. 287.
30) J. Starobinski, *Jean-Jacques Rousseau, La Transparence et l'obstacle*, Gallimard, 1976, p. 331.

동일한 반응을 보이는 자신과 유사한 존재들이 있음을 확인하고, 특수한 동일성에 근거한 이해관계의 공통성을 의식하게 된다. 그리하여 원래 숲 속을 홀로 떠돌며 지내던 인간은 점차 공동생활을 향해 발걸음을 내딛게 된다. 루소는 인간의 최초 상태를 상정했던 것과 동일한 추론방식으로 사회의 출현을 상정한다.

사람들은 동류의 상호간 도움에 대한 필요성으로부터 일종의 '자유로운 결합'의 형태로 일시적으로 모이게 된다. 사냥감을 함께 추적하는 동안 몇몇 사람들이 모였다가, 고기를 나누어 먹으면 그들은 또 뿔뿔이 흩어졌을 것이다. 짧은 시간이지만, 사람들의 이러한 결합은 상호간의 기본적인 이해를 요구하게 될 것이고, 그리하여 몸짓과 외침과 자연의 소리 모방 등으로 이루어진 기초적인 언어를 발생하게 했을 것이다. 비록 일시적인 것이었다 할지라도 이러한 결합은 공동행위에의 참여와 개인적 자유의 제한을 의미하기 때문에 더 이상 홀로 떠돌던 자연상태는 아니다. 자연상태에 일단 변화가 발생하면서부터 변화는 또 다른 변화를 유발시킨다. 나무 밑에서 자고 동굴에서 피신처를 찾던 초기의 인간은 이제 거친 돌도끼를 써서 나무를 잘라내 오두막을 지을 줄 알게 된다. 이런 변화에서 가족생활이 발생하고, 원래는 근본적으로 동일했던 남녀의 생활방식에 변화가 일어나 남자는 가족 공동의 먹이를 찾아 인근을 돌아다니고 여자는 오두막에 남아 자녀를 보살피게 된다. 점차로 거친 야성적 생활에서 벗어나면서 인간은 편리함에 익숙해지고 가족 공동체 내에서 언어가 조금씩 발달하게 된다. 독립적 삶을 영위하던 소규모 가족 단위들은 자연적 재변 등으로 가까워져서, 차츰 습속과 성격의 공통성에 따라 한군데 모여 함께 살아가게 된다. 이러한 공동생활은 인간 사이의 관계를 점점 더 긴밀하게 하고, 함께 모이는 습관과 여가는 노래와 춤을 발생시킨다.

　한편 공동생활의 경험은 자연상태의 인간이 알지 못했던 새로운 개념과 감정을 태어나게 하는 원인이 된다. 인간은 이제 타인에게 인식되기를 원하고, 가장 강한 사람 또는 가장 아름다운 사람으로 비치기를 바람으로써, 존재가 상대화하고 타인들의 시선에 의해 정의되기에 이른다. 이것은 불평등을 향한 첫걸음이 된다. "이것이 불평등을 향한, 그리고 동시에 악덕을 향한 첫걸음이었다. 이 최초의 선호로부터 한편으로는 허영심과 경멸이 태어났고, 다른 한편으로는 수치심과 선망이 태어났다. 이 새로운 효모에 기인된 발효가 마침내 행복과 무구에 치명적인 화합물을 발생시켰다."[31]

　일단 발생하자 문명사회를 향해, 다시 말해 인간 사이의 불평등의 확산을 향해 점점 가속화한 일련의 변화 가운데서 루소는 인류의 행복했던 한 시기를 설정한다. 그가 '세계의 진정한 청춘기'라고 부르는 이 시기는 대체로 오늘날 구석기시대라고 명명하는 시기에 상응하는 것으로 보인다. 인간의 원초적 자연상태가 하나의 가정에 불과한 데 반해, 이 시기는 여행기들이 묘사하는 원시인들의 생활상과 일치하기 때문에 구체적인 실재성을 갖는다. 이 가부장적인 공산사회는 인간이 정말로 행복했던 황금기로, 역사가 이 단계에 머물렀더라면 인류는 향후 수많은 비참을 겪지 않았을지도 모르는데 인류는 허망한 행복을 찾아 이 황금기를 떠나버린 것이다. 루소는 문명인들의 향수를 자아내는 이 시대를 다음과 같이 묘사한다.

---

31) J.-J. Rousseau, *Discours sur l'origine et les fondements de l'inégalité parmi les hommes*, pp. 169~70.

인간들이 참을성이 적어지게 되고, 자연스런 연민이 이미 얼마간의 변질을 겪었다 할지라도, 원초상태의 무위와 우리 이기심의 극성스런 작용 중간에 자리잡는 인간 기능 발달의 이 시기는 가장 행복하고 가장 안정된 시대였음에 틀림없다. 이 시기에 대해 깊이 생각해볼수록 그 상태는 변화에 가장 덜 종속되어 있었고, 인간에게 최상의 상태였음을 발견하게 된다. 인간이 그 상태에서 벗어나야 했다면, 그것은 공동의 유용성을 위해서는 결코 일어나지 말았어야 할 어떤 불행한 우연에 의해서일 뿐이다. 그 단계에서 발견되는 거의 모든 미개인의 예는 인류란 항상 그 단계에 머물러 있도록 만들어진 것이며, 그 상태는 세계의 진정한 청춘기이고, 향후의 모든 진보는 외견상 개인의 개선을 향한 진전으로 보이나 실상은 종의 쇠퇴를 향한 발걸음이었음을 확인해주는 것 같다.

사람들이 자신들의 투박한 오두막에 만족한 동안은, 그들이 짐승 가죽으로 된 옷을 동물의 뼈와 가시로 꿰매고, 깃털과 조개껍질로 몸을 장식하고, 갖가지 색깔로 몸을 칠하고, 그들의 활과 화살을 개량하거나 치장하고, 날카로운 돌을 가지고 고기 잡는 조각배나 조잡한 악기를 다듬는 데 만족한 동안은, 요컨대 그들이 혼자서 할 수 있는 작업과 여러 손의 협력이 필요 없는 기술에 전념한 동안은, 그들은 그들의 본성이 허용하는 만큼 자유롭고, 건전하고, 선량하고, 행복하게 살았으며, 계속해서 상호간에 독립적 관계의 평온함을 향유했다. 그러나 인간이 타인의 도움을 필요로 한 순간부터, 혼자서 두 사람 몫의 양식을 차지하는 것이 유리함을 알아차리게 되자마자 평등은 사라지고, 소유가 도입되고, 노동이 필요하게 되어 광막한 숲은 인간의 땀으로 적셔야 할 들판으로 변했으며, 머지않아 그 들판에서는 수확과 더불어 예속과 비참이 싹터 증가하는 것을 보게 되었다.[32]

인간은 자유의지의 존재이기 때문에 인간이 원초적 자연상태에 뒤이어 출현한 또 한 번의 낙원에서 다시 추락한 것은 전적으로 인간 자신의 책임일 것이다. 분업을 조장하여 생존을 위한 경제에서 생산경제로 이행하는 데 결정적 계기가 된 것은 농업의 시작과 철의 사용이다. 루소는 "사람들을 문명화시키고 인류를 파멸시킨 것은 쇠와 밀이다"[33]라고 말한다. 오늘날 신석기시대라고 명명되는 단계에 대체로 상응하는 이 시기에 들어서면서부터 인간은 공동작업과 분업의 운명에 처하게된다. 어떤 사람은 경작자가 되고, 어떤 사람은 철공이 되며, 밭을 갈거나 사냥할 시간이 없는 철공을 부양하기 위해 경작자는 자신이 필요로 하는 것보다 더 많은 곡물을 생산해야만 한다. 실제적 필요 이상의 것을 생산하게 되면서부터 잉여분의 소유를 둘러싼 다툼이 벌어지고, 소유의 개념이 점점 확산되기에 이른다. 처음에는 토지의 생산물에 대해서만 요구되던 소유권이 토지 자체로까지 확대되어 사방에 울타리가 쳐지고, 힘이 약하거나 약삭빠르지 못해 울타리 밖으로 밀려난 자는 빈자로 전락해버린다. 이전의 시기에는 알지 못했던 이러한 불평등은 인류에게 닥쳐온 참화로서, 루소가 보기에는 바로 인류의 타락을 의미하는 것이다. "루소가 보기에는, 인간이 부분적 활동에 빠져들면서 자신의 통일성을 상실한다는 사실과, 존재의 전체성의 상실을 인간이 소유에 의해 보상하려고 하는 열정 사이에는 긴밀한 상관관계가 있다. 하지만 이러한 보상작용은 균형을 회복해주지 못한다. 그것은 균형을 더욱더 위태롭게 할 뿐이다."[34] 이제 이 타락을 막아주는 장치는 아무것도

---

32) 같은 책, p. 171.
33) 같은 책, p. 171.

없다. 생산수단의 사유화는 인간을 소외시키고, 인간을 종속적으로 만든다. 개인의 가치는 존재에서 소유로 바뀌게 된다. 마침내 상속제도에 의해 토지 전체가 특정 인간들의 사유물로 변해서, 약하고 능란하지 못하며, 앞날을 예측하지 못한 사람들은 예전에는 공동재산이었던 것을 완전히 박탈당하는 상황에 처하게 되는 것이다.

루소는 홉스가 자연상태에 설정했던 만인의 만인에 대한 투쟁을 이 단계에서 본다. 인간이 홀로 떠돌며 평화로운 삶을 영위하는 자연상태를 묘사하기 위하여 홉스를 반박했던 루소는 여기서 홉스의 생각과 합류하는 것이다. 공동의 재산이던 땅을 맨 처음 차지한 사람은 정당한 근거도 없이 그렇게 한 것이므로, 그것은 투쟁의 당연한 원인이 될 것이다. 평등이 깨어진 직후의 상황은 끔찍한 무질서다. "이처럼 부자들의 횡령과 빈자들의 약탈은 천성적 연민과 아직은 약한 정의의 목소리를 잠재우면서 인간들을 인색하고, 야심적이고, 사악하게 만들었다. 강자의 권리와 최초의 점유자의 권리 사이에는 전투와 살해로만 끝나는 항구적인 갈등이 야기되었다. 생성되기 시작한 사회는 더없이 끔찍스런 전쟁상태로 대체되었다."[35]

모든 사람이 목숨을 걸고 싸움을 벌이는 이런 무정부상태는 인간 전체의 공멸의 위기를 뜻하는 것으로서 유지될 수 없는 상태다. 모든 것을 상실할 위험에 처한 부자의 머릿속에서 맨 먼저 질서에 근거한 사회의 개념이 떠오르게 된다. "자신을 정당화할 유효한 이유와 자신을 방어할 충분한 힘이 없으며, 한 개인은 쉽게 짓누를 수 있으나 강도떼에

---

34) J. Starobinski, 앞의 책, p. 349.
35) J.-J. Rousseau, *Discours sur l'origine et les fondements de l'inégalité parmi les hommes*, p. 176.

는 자기 자신이 짓밟히게 되며, 상호간의 질투심 때문에 약탈의 공통된 희망으로 결집된 적들에 대항하여 동료들과 결합할 수 없어 만인에 맞서 홀로이게 된 부자는, 긴박한 필요성으로 인해, 마침내 인간의 정신 속에 일찍이 스며든 적이 없는 가장 교묘한 계획을 생각해냈다. 그것은 자신을 공격하는 사람들의 세력 자체를 자신에게 유리하게 사용하며, 자신의 적대자들을 자신의 방어자들로 만들고, 그 적대자들에게 다른 준칙을 불어넣어, 자연법이 자신에게 불리했던 것과 마찬가지로 자신에게 유리한 다른 제도들을 그들에게 부여하는 것이었다."[36] 아무런 경험이 없어 속아 넘어가기 쉬운 군중을 향해, "평온과 안전을 가져다주는 규칙과 법을 만듭시다. 각자의 권리와 소유를 정합시다"라고 말하는 것이 이 부자의 논리다. 이러한 논리에 의해 질서와 평화의 구실로서 소유권은 정당성을 확보하고, 경제적 찬탈은 정치권력으로 변모하는 것이다. 불평등의 조건 아래에서 체결된 이 계약은 불공정한 계약이다. 이 계약에 의해 부자의 특권이 확고해지고, 불평등은 제도적 가치로 바뀌게 된다. "만인의 만인에 대한 투쟁이라는 공공연한 폭력이 부자에게 유리한 관습이라는 위선적 폭력으로 대치된"[37] 이 불공정한 계약이 우리 사회의 근저를 이루며, 국가의 기원을 이룬다. 애초에 잘못 체결된 이 불공정한 계약을 이른바 일반의지에 입각한 공정한 계약으로 대체하고자 하는 모색이 후에 『사회계약론』으로 나타날 것이다.

부자들의 안전을 위해 속임수와 책략으로 맺어진 왜곡된 계약으로 말미암아 빈자들은 비참과 예속으로 처단되었고, 소유와 권력으로부터 추방당했다. 사회적 질서의 확립이라는 이 결정적 단계를 넘어선 이후

---

36) 같은 책, p. 177.
37) J. Starobinski, 앞의 책, p. 350.

는 우리가 익히 알고 있는 인류의 역사, 불평등의 확대와 심화로 특징
지어지는 역사의 전개다. 아직 자연상태에 근접해 있어 사람들이 길들
여지지 않았던 초기에는 절대권력이 아니라 선출에 의한, 따라서 소환
가능한 행정관에게 권력이 위임되었을 것이다. 그동안에는 재산이 많
거나, 능력이 뛰어나거나, 경험과 지혜를 갖춘 나이 많은 사람이 선출
되어 권력을 행사했을 것이다. 그러는 동안 사람들은 점차로 속박과 굴
레에 익숙해졌고, 지배자들은 무정부상태를 막기 위해서는 지속적인
권위가 필요하다는 구실을 내세워 자신들의 직책을 세습적인 것으로
만들고 권력을 확장해가는 책략을 부렸다. 루소는 정치권력의 발생과
전개양상에 대해 몽테스키외의 『페르시아인의 편지』에 나오는 혈거인
들의 역사를 연상시키는 분석을 가한 후, 불평등의 진전을 다음과 같이
요약한다.

　　이런 다양한 변천 가운데서 우리가 불평등의 진행을 따라가 보면, 법
과 소유권의 확립이 제1단계이고, 행정권력의 제도화가 제2단계이며,
합법적 권력에서 독단적 권력으로의 변화가 마지막 제3단계임을 발견하
게 된다. 부자와 빈자의 상태는 첫번째 시대에 의해, 강자와 약자의 상
태는 두번째 시대에 의해, 주인과 노예의 상태는 세번째 시대에 의해 성
립되었다. 주인과 노예의 상태는 불평등의 마지막 단계로서, 새로운 변
화가 나타나 정부권력을 완전히 해체하거나 또는 그것을 정당한 제도에
접근시킬 때까지는, 다른 모든 단계가 거기로 귀착된다.[38]

---

38) J.-J. Rousseau, *Discours sur l'origine et les fondements de l'inégalité parmi les
hommes*, p. 187.

『인간 불평등 기원론』은 본래 평등하고 자유롭고 행복하게 살았던 인간이 불평등의 최종단계에까지 이르는 전 과정을 기술하는 것으로 사실상 끝난다. "어린애가 노인에게 명령하고, 바보가 현명한 사람을 이끌고, 굶주린 다수가 필요한 최소한의 것마저 결핍된 반면 한 줌의 사람들은 사치품으로 넘쳐나는"[39] 극심한 불평등을 고발하면서 막을 내리는 『인간 불평등 기원론』은 평등을 향한 밝은 전망으로 열리지는 않는다. 인간들 사이의 평등을 실현할 수 있는 공정하고 정의로운 질서에 대한 모색은 『사회계약론』 등에서 루소의 차후의 명상대상이 될 것이다.

5. 해결책의 모색

"문명인은 항상 활동하면서 땀 흘리고, 불안해하고, 더욱더 힘든 일을 찾아 끊임없이 번민한다. 그는 죽을 때까지 일하고, 살아 있는 상태에 놓여 있기 위해 죽음으로 내달리며, 불멸을 찾아 생을 포기하기도 한다. 그는 자신이 증오하는 세력가와 자신이 경멸하는 부자들에게 아부하며, 그들에게 봉사하는 영예를 얻기 위해서라면 아무것도 아끼지 않는다. 그는 그들의 보호와 자신의 비굴을 거만하게 자랑한다. 자신의 노예상태에 자부심을 느끼는 그는 그 노예상태를 공유하지 않는 사람들에 대해 경멸감을 가지고 얘기한다."[40] 이것이 불평등이 극에 달한 문명사회에서 인간들이 처한 삶의 모습이다. 휴식과 자유를 호흡하며

---

39) 같은 책, p. 194.
40) 같은 책, p. 192.

한가하게 살아가던 자연인의 삶에 비해 이것은 분명히 불행한 삶의 모습이다. 이 사회에서는 불평등의 희생자들뿐만 아니라 불평등의 수혜자들 역시 불행한 것이다. 추상화하고 상대화한 소유와 권력에 대한 욕구는 한이 없으며, 타인의 불행이라는 전제 위에 성립되는 행복은 일시적이고 허약한 것이다. 부자와 세력가들은 "민중이 비참하기를 정지하면 그들은 행복하기를 정지할 것이다"[41]라고 루소는 말한다. 루소가 본 인류의 역사는 전락의 역사다. 모든 불행과 악의 근원은 불평등이므로, 불평등을 제도화한 애초의 불공정한 사회계약이 이 전락의 원죄가 될 것이다.

이 불행한 문명을 치유할 방법은 없을 것인가? 인류는 자신의 뒤에 행복했던 과거를 가지고 있다. 그 과거로 되돌아가는 것이 가장 확실한 치유책일 것이다. 그러나 루소의 적대자들이 조롱했던 것과는 달리 그는 순진한 유토피아주의자가 아니다. 루소는 역사의 움직임은 역진될 수 없음을 알고 있었고, 또 그것을 맨 먼저 선언한 사람이기도 하다. "치유책은 자연상태로의 회귀가 아니다. 그것은 뒤로 되돌아가는 것이 아니라 앞으로 나아가는 데 있다. 루소는 미래의 이상을 생각하며, 『인간 불평등 기원론』 이후의 전 작품은 미래의 이상을 기술하는 데 바쳐져 있다."[42] 정치적 측면에서 바라본 이상은 『사회계약론』으로, 교육적 측면에서 바라본 이상은 『에밀』로 나타나게 되지만, 이 저작들이 현실 사회에 그대로 적용 가능한 구체적 프로그램을 담고 있는 것은 아니다. 이 점에 관해서는 다른 긴 논고가 필요할 것이다. 불평등문제를 해결하기 위한 루소의 모색이 과거의 유토피아로 돌아가는 불가능한 길이 아

---

41) 같은 책 p. 189.
42) Tzv. Todorov, *Frêle bonheur*, Hachette, 1985, pp. 18~19.

니라 어쩔 수 없이 문명사회 내에서 이루어지는 모색이라면, 그것은 과격하고 급진적인 해결책으로 귀결될 수는 없다. 루소는 모든 조건의 평등화와 평준화를 주장하는 것이 아니라, 사회적 불평등이 각자의 타고난 재능과 능력의 불평등에 비례하게 되는 정도의 해결책을 바라는 것으로 보인다. 그러나 인간이 문명상태로 진입한 이후 루소가 바라는 해결책에 도달한 사회는 일찍이 없었고, 오늘날에도 그것은 먼 이상으로 머물러 있기 때문에, 그의 『인간 불평등 기원론』은 사회에 대한 비판적 기능을 행하는 고전으로 남아 있다.

프랑스 대혁명이 발발하기 전 『인간 불평등 기원론』은 혁명을 선동하는 강한 호소력을 지니고 있었다. 이 저서는 야만적인 불평등과 불의와 압제로 가득 찬 앙시앵레짐 사회의 부당함을 간접적으로 지적하는 묘사로 충만해 있으며, 그런 사회에 대한 반항과 반란을 정당화하는 수많은 논거를 제시하고 있다. 루소는 이 한 권의 책만으로도 프랑스 혁명의 아버지로 추앙될 충분한 이유를 갖고 있는 것으로 보인다. 1789년의 혁명은 불평등의 적나라한 외형을 다소간 완화하는 결과를 가져왔다. 이 혁명은 법적·정치적 질서로 존재하던 계급제도를 파괴하고 법 앞에 만인이 평등하다는 형식논리를 성립시켰다. 그러나 이런 형식논리로 분식된 채 실제적 불평등은 온존되어왔으며, 자본주의의 발달과 더불어 인간들 사이의 불평등의 폭은 더 크게 벌어진 측면도 있다. 평등의 실현을 목표로 한 정치체제의 실험이 퇴조현상을 보인다고 해서, 인간들 사이의 극심한 불평등이 그대로 정당화될 수는 없으며, 평등이란 본래 실현 불가능한 이상일 뿐이라고 방기되어서도 안 될 것이다. 『인간 불평등 기원론』은 불평등이 인간의 모든 악과 불행의 근원이며, 불평등상태에서는 진정한 의미의 자유의 실현이 불가능함을 역설하고

있다. 불평등이 존속하는 한 이 저서는 여전히 문명과 사회에 대한 강
렬한 비판적 기능을 수행하면서 우리에게 소중한 참조대상으로 남을
것이다.

제3장

『신 엘로이즈』와 문명비평

1. 소설 문학의 역설

첫 저서 『학문 예술론』에서부터 예술을 공격했고, 특히 『달랑베르에게 보내는 연극에 관한 편지 *Lettre à d'Alembert sur les spectacles*』에서는 문학의 위험성과 폐해를 격렬하게 고발했던 루소는 자신의 소설 『신 엘로이즈』의 출판 전망 앞에서 심각한 모순을 느끼지 않을 수 없었기 때문에 소설 출판을 변명하고 정당화하는 여러 가지 조처를 강구해야만 했다. 그는 서두에 역설적인 서문을 두 개나 붙이고서야 『신 엘로이즈』를 출판할 수 있었다. "대도시에는 연극이 필요하고, 타락한 민중에게는 소설이 필요하다. 나는 내 시대의 풍속을 보았고, 이 편지들을 출판했다. 어찌하여 나는 이런 것들을 불 속에 집어던졌어야 할 시대에 살지 못했는가!"[43)라는 한탄으로 시작하는 첫 서문에서 이 소설가는 "정숙한 처녀는 결코 소설을 읽지 않는다"[44]라고 단언하기까지 한다. 이러한 저자의 입장은 주인공 생프뢰의 입을 통해서도 표명되어, "소설은 다른 일체의 교훈이 무용할 정도로 타락한 사람들에게 줄 마지막 교훈이다"[45]라는 정의가 나오는 것이다.

소설은 그 자체로서 경멸할 만한 것이지만 시대의 타락 때문에 어쩔 수 없이 필요하게 된 문학형식이라는 식의 변명만으로 만족할 수 없었던 루소는 실제로 자신의 소설을 교훈적인 책으로 만들고자 했다. 『신 엘로이즈』는 덕성을 줄기차게 강조하는 일종의 도덕적 설교집의 성격을 지니고 있다고도 볼 수 있다. 이 소설에서는 중심 줄거리와는 관련이 희박하거나 간접적일 뿐인 많은 논의들이 이루어지는데, 당대의 풍속과 제도의 여러 측면이 차례로 논의의 대상으로 떠오른다. 예를 들어 농사법, 어린이 교육, 파리의 사교계와 알프스 산간 지방 주민의 생활 모습, 이탈리아 음악과 프랑스 음악, 결투와 자살의 문제 등등이 때로는 지루할 정도로 길게 연인과 친구들이 주고받는 편지 속에 기술된다. 그리하여 『신 엘로이즈』는 단순한 사랑의 소설을 넘어서서 루소의 사상 전체가 투영된 작품이라는 성격을 지닌다고 할 수 있다.

그렇지만 이 소설의 다양한 성격을 아무리 강조한다 할지라도『신 엘로이즈』의 중심 주제가 남녀간의 사랑이라는 사실에는 아무런 변화가 없을 것이다. 한 시대를 들끓게 만든 작품의 현란한 성공도 그 속에 그려진 격정적 사랑의 새로운 감성에 기인하는 것이었다. 아마도 대부분의 독자들은 생프뢰와 쥘리의 사랑 이야기에 대한 흥미 때문에 이 소

---

43) J.-J. Rousseau, *La Nouvelle Héloïse*, in *Œuvres completès*, t. II, Pléiade, 1969, p. 5.
44) 같은 책, p. 6.
45) 같은 책, p. 277.

설을 읽었을 테고, 이러한 경향은 오늘날까지도 큰 변함이 없을 것이다. 작자 역시 자신의 소설의 주요 관심사가 무엇인지를 잘 의식하고 있었다. 루소는 몽모랑시의 숲 속 집 에르미타주에 자리잡고『신 엘로이즈』에 대한 어렴풋한 구상을 처음으로 떠올리던 1756년 초여름의 심경을『고백록』에서 다음과 같이 기술한다.

> 쉽게 타오르는 감각, 사랑으로 넘치는 가슴을 가진 내가 최소한 한 번이라도 특정한 한 사람을 위해 사랑을 불태워보지 못한 것은 어찌 된 까닭인가? 사랑의 갈망에 목말라하면서도 그것을 만족시키지 못한 채 나는 노년의 문턱에 다다라 제대로 살아보지도 못하고 죽으려 하는 것이다. 〔……〕
>
> 나의 피가 뜨겁게 달아올라 용솟음쳤고, 머리칼이 이미 희끗희끗해졌음에도, 나의 머리는 흥분으로 어지러웠다. 주네브의 엄숙한 시민, 45세가 다 된 엄격한 장 자크가 갑자기 다시 터무니없는 양치기가 되었다.[46]

이상의 술회가 충분히 암시하고 있는 바와 같이『신 엘로이즈』는 무엇보다도 루소의 사랑에 대한 꿈과 환상의 소설적 형상화다. 이 작품을 소설로 만들고 소설적 흥미로 읽히게 하는 것은 우선적으로 사랑이라는 주제다. 그러나 루소의 평생에 걸친 주요 관심사였던 문명고찰 역시 이 사랑의 소설 속에 일정 부분 반영되어 있다. 비록 부차적인 것이라 할지라도 그것은 작품『신 엘로이즈』의 흥미로운 한 주제를 형성하는 것이다. 이제 루소의 이론적 저작들을 참조하면서 그의 소설작품에 문

---

46) J.-J. Rousseau, *Les Confessions*, pp. 426~27.

명비평적 관점이 어떻게 드러나고 있는지 살펴보자.

2. 루소의 문명관

일생에 걸쳐 여러 차례 사상적 굴절과 변모를 보여주는 작가들이 있지만, 적어도 문명문제에 관한 한 루소의 태도는 『학문 예술론』이후 변함없이 일관된 것이었다. 이런 의미에서 그의 여타 저작들은 첫 저작의 변주와도 같은 성격을 갖게 될 것이다. "자연으로 돌아가라"는 너무나도 잘 알려져 있어 진부한 느낌까지 드는 표어가 나타내고 있는 바와 같이 루소는 문명에 반대하여 자연의 편에 섰던 사상가였다. 세부적으로는 여러 가지 상이한 해석이 가능하겠지만, 어쨌든 『학문 예술론』은 근본적으로 문명에 대한 준엄한 비판서라는 성격을 지니고 있는 저작이다.

디종 아카데미가 모집한 현상 논문의 응모작이었던 『학문 예술론』은 "학문과 예술의 부흥이 풍속의 순화에 기여했는가?"라는 현상 논문 논제에 대해 부정적으로 답변한 논문이다. 학문과 예술의 발전이 오히려 풍속을 타락시켰다는 것이 이 저작의 주된 논지다. 루소는 논문의 서두에서 학문과 예술의 성격 자체를 다음과 같이 부정적으로 규정하는 것으로부터 논의를 시작한다.

통치기구와 법률은 인간집단에게 안전과 안녕을 마련해준다. 반면에 덜 압제적이지만 더 강력한 것일지도 모를 학문과 문학과 예술은 인간들이 짊어지고 있는 쇠사슬 위에 화환을 펼치고, 인간들이 태어난 목적인 것으로 보이는 본원적 자유의 감정을 억누르고, 인간들로 하여금 노예 상태를 좋아하게 하며, 그들을 이른바 문명인들로 만든다. 필요가 왕좌를 일으켜 세웠다면, 학문과 예술은 왕좌를 공고하게 만들었다.[47]

총2부로 구성되어 있는 『학문 예술론』의 제1부는 주로 역사적 고찰에 할애되어 있다. "학문과 예술의 빛이 우리의 지평선 위에 솟아오름에 따라 덕성이 사라지는 것을 보게 되었으며, 동일한 현상이 모든 시대와 모든 장소에서 관찰되었다"[48]라는 논리에 입각해 역사상의 위대한 문명들이 차례로 검토대상이 되고 있다. 루소는 이집트, 그리스, 로마, 비잔틴, 중국의 문명은 한결같이 학문과 예술의 발달과 더불어 몰락의 길을 걸어왔음을 강조한다. 반면에 헛된 지식의 피해로부터 스스로를 보호했던 민족들은 건전하고 강건하게 살아남을 수 있었는데, 초기의 페르시아인들, 스키타이인들, 로마시대의 게르만 민족, 초기의 로마와 스파르타가 그런 예가 될 것이다.

제2부에서 루소는 학문과 예술의 본성에 대해 고찰한다. 학문과 예술의 여러 분야는 미신, 야망, 탐욕, 헛된 호기심, 오만 등 인간의 제반 악덕에 그 기원을 두고 있다. 학문과 예술은 판도라의 상자와 같은 것으로서 미풍양속의 적인 사치를 산출해내며, 그 사치가 또 취미의 타락을 야기하여 학문과 예술을 부패시키는 악순환을 가져온다. 학문과 예술의 연마는 결과적으로 진정한 용기와 군사적 덕성을 파괴하며, 도덕적 자질을 약화시킨다. 그리하여 더 이상 건전한 시민은 존재하지 않

---

47) J.-J. Rousseau, *Discours sur les sciences et les arts*, in *Œuvres complètes*, t. III, Pléiade, 1979, pp. 6~7.
48) 같은 책, p. 10.

고, 궤변을 농하는 철학자들만이 횡행하는 상황에 이르게 되는 것이다. 루소는 문명의 피해가 극에 달한 자기 동시대의 현실을 통렬하게 비판하고 있다. 그러나 자신의 글이 아카데미의 현상 논문에 응모하는 글임을 상기해야 했던 루소는 마지막 부분에서 얼마간 완화된 절충을 하지 않을 수 없었다. 그리하여 그는 지식과 풍속의 위탁을 책임 맡은 아카데미 같은 기관을 비판에서 제외시킨다. 그리고 학문과 예술의 영광에 값할 만한 재능을 타고나지 못한 루소 자신을 포함한 평범한 인간들과는 달리 인류의 교사 역에 어울릴 만한 뛰어난 재능을 타고난 사람들, 예를 들어 베이컨이나 데카르트나 뉴턴 같은 인물을 예외로 인정하고 있다. 이처럼 지적 엘리트주의를 내세운다 할지라도 『학문 예술론』은 여전히 반문명주의적 성격을 지닌 논설로서 본질적으로 진보의 이데올로기라고 할 수 있는 계몽주의의 일반적 흐름과는 멀리 떨어져 있는 저술임에 틀림없다.

『인간 불평등 기원론』은 여러 면에서 『학문 예술론』을 연장하고 보완하는 책으로 볼 수 있다. 루소의 이 두번째 논설은 『학문 예술론』 출간에 뒤이어 일어났던 오랜 논쟁의 과정에서 싹터 점차 분명하게 자리잡게 된 그의 생각을 체계적으로 다룬 저술이기 때문이다. 역시 디종의 아카데미가 조직한 "인간 사이의 불평등의 기원은 무엇이며, 불평등은 자연법에 의해 허용되는가?"라는 문제의 현상 논문에 응모하는 형식으로 저술한 이 논설에서 루소는 본래 평등한 존재였던 인간이 어떻게 불평등의 길에 들어섰는지를 조직적으로 탐구한다.

총2부로 구성된 이 논설의 제1부는 원초적 자연상태의 인간이 어떤 모습이었는지를 기술하고 있으며, 제2부는 인간 사이의 불평등의 양상이 어떻게 전개되어왔는가 하는 문제를 다루고 있다. 루소가 시적 비전을 통해 상상한 원초적 인간은 자유와 평등을 향유한 행복한 인간이었다. 이후에 축적된 인류학 지식과는 잘 맞지 않는 루소가 상상한 인류의 원초적 모습에 대해서는 동시대의 볼테르처럼 야유를 퍼부을 수도 있겠고, 또는 현대의 레비스트로스처럼 인류학의 선구적 발상을 볼 수도 있겠지만, 여하튼 거기에는 루소의 인간의 삶에 대한 이상과 꿈이 반영되어 있다.

루소의 생각에 따르면 인간의 불행과 악의 원천이 불평등이므로, 불평등의 기원을 검토함으로써만 악의 진정한 기원을 논증할 수 있다. 오랫동안 계속되었던 인간과 자연 사이의 균형상태가 깨지기 시작하면서 애초에 고독한 존재였던 인간은 공동생활의 길로 나아가게 된다. 공동생활의 경험은 자연상태의 인간이 알지 못했던 새로운 개념과 감정을 배태시키는 원인이 된다. 인간은 이제 타인에게 좋게 인식되기를 원함으로써 그의 존재가 상대화되고 타인의 시선에 의해 정의되기에 이르는 것이다. 이것은 인간들 사이의 불평등을 향한 첫걸음이 된다.

인간들 사이의 불평등은 일단 발생하자 점점 확산과 가속화의 길을 걷는다. 인류의 일련의 문명화의 과정에서 루소는 그가 '세계의 진정한 청춘기'라고 명명하는 바의 행복한 한 시기를 설정하기도 하지만, 그가 본 인류의 역사는 근본적으로 전락의 역사였다. 모든 악의 근원인 불평등이 점점 심화되어온 것이 인류의 역사이기 때문이다.

불평등이 극에 달한 근대문명의 상황을 고발할 때의 루소의 어조는 격정적이 된다. 이러한 불평등의 고발은 직접적으로 문명비판으로 이어진다. 자유와 한가함을 누리며 행복하게 살았던 자연인과 비교하면서 루소는 문명인의 삶을 가차 없이 불행한 것으로 진단한다. 루소가 본 문명인의 삶의 모습은 비참한 것이다. 이론적 저작에 드러나는 루소의 문명에 대한 이러한 비판적 관점은 그의 소설작품에도 근본적으로 변함없이 유지된다고 할 수 있지만, 소설은 인간의 구체적 삶을 다루고 있는 만큼 비판의 양상은 상당히 다르게 나타날 것이다.

3. 소설 속의 불평등구조

소설 『신 엘로이즈』에서 중심적인 갈등구조는 사회적 불평등문제에 기인하고 있다. 사랑하는 남녀 주인공의 결합을 막는 주된 장애가 여주인공 쥘리의 아버지 데탕주 남작le baron d'Etange의 계급적 편견이기 때문이다. "이 오만한 귀족은 일개 평민이 자기 딸을 사랑할 수 있다는 것을 상상조차 하지 못하는"[49] 사람이다. 그의 계급관념 때문에 생프뢰는 결국 사랑하는 연인과 쓰라린 이별을 해야 하고 쥘리는 사랑의 감정과는 관계없이 귀족의 아내가 되어야 한다. 이 상황은 인간들 사이의 불평등구조가 심화된 근대문명의 반영으로 『인간 불평등 기원론』의 논조에 비추어볼 때 격렬하게 비판받고 고발되어야 할 상황이다. 그러나 소설작품에서는 이 불평등문제가 이론적 논저로 미루어보아 예상되는 격렬한 공격을 받고 있지는 않다. 작품 전체를 통틀어 가장 길고 강하게 귀족의 편견을 비판하는 사람은 직접적 이해 당사자가 아닌 에두아르Edouard 경인데, 영국 귀족으로서 생프뢰의 친구인 그는 데탕주 남작의 계급적 편견을 다음과 같이 논박한다.

---

49) J.-J. Rousseau, *La Nouvelle Héloïse*, p. 103.

존경받을 만한 인사에 의해 시작된 가문만을 고려한다면 얼마나 많은 대귀족 가문이 망각 속에 빠질 것입니까? 현재에 의해 과거를 판단해보십시다. 정직한 방법으로 자신의 이름을 빛내는 시민이 두세 명이라면, 매일같이 천 명의 악당이 그들의 가족을 귀족으로 만들고 있습니다. 후손들이 그처럼 자랑하는 그 귀족계급이란 것은 조상의 도둑질과 야비함 말고 무엇을 뜻할 것입니까? 저는 평민들 가운데에도 많은 부정직한 사람들이 있음을 인정합니다. 그러나 귀족이란 십중팔구 사기꾼의 후예입니다. 〔……〕

당신이 그처럼 자랑스러워하는 그 귀족계급은 도대체 무엇을 영광으로 여기는 것입니까? 조국의 영예나 인류의 행복을 위해 귀족계급은 무엇을 합니까? 법과 자유의 치명적인 적(敵)인 귀족계급은 그 계급이 위세를 떨치는 대부분의 나라에서 압제의 힘과 민중의 억압 말고 무엇을 산출해냈습니까?[50]

귀족계급의 정당성에 대한 에두아르 경의 이상과 같은 공격은 『인간 불평등 기원론』의 신랄함을 연상시키는 바가 있다. 그러나 이러한 비판은 되풀이되지 않을뿐더러, 계급제도 자체의 존립근거를 겨냥하는 데까지는 나아가지 않는다. 그리고 막상 계급적 편견의 희생물인 남녀 주인공은 자기들의 옹호자만큼 공격적이지 않은 것으로 보인다. 쥘리가 자기 부친의 계급적 편견을 잠깐씩 언급할 뿐, 생프뢰는 아예 그 문제에 대해 직접적 언급을 피한다. 물론 연인들이 겪는 극심한 고통의

---

50) 같은 책, pp. 169~70.

모습이 사회적 불평등에 대한 비판을 형성한다고 말할 수도 있고, 사랑을 다루는 소설인 만큼 계급문제는 집중적인 조명을 받지 않고 후면으로 밀려난다고 말할 수도 있다. 그렇다 하더라도 불평등문제가 이 작품에서 상대적으로 온건하게 다루어지고 있다는 사실은 지적할 만한 사항이다. 『신 엘로이즈』는 사회계급들 사이의 평준화를 지향하거나 『인간 불평등 기원론』에서처럼 인간들 사이의 절대적인 평등이라는 이상적 지점을 지향하는 급진성을 띠지 않는 작품이다.

『신 엘로이즈』에 나타난 가장 세련된 문명의 환경은 파리 사회다. 따라서 문명비판의 관점에서 루소의 공격에 가장 잘 노출되는 환경이 파리 사회라고 할 수 있다. 파리는 "세상에서 재산이 가장 불평등한 도시, 가장 사치스러운 호화로움과 가장 통탄할 만한 비참이 동시에 군림하는 도시"[51]로 묘사되며, 이러한 극심한 불평등은 분명히 비판의 대상이 되는 것으로 보인다. 이 소설에서 파리와 가장 대조되는 이상적 환경으로 제시되는 것은 고지 발레le haut-Valais 지방과 클라랑이다. 작품의 초두에서 주인공이 여행 가서 체험하는 발레 지방의 생활은 여러 면에서 찬미의 대상이 되고 있다. 알프스 산간에 위치한 이 지방은 아마도 동시대의 유럽에서 가장 자연에 가까운 삶의 모습을 나타내는 곳일 것이다. 생프뢰는 그곳 주민들의 소박함, 한결같은 마음, 평화로움, 무사무욕한 인정, 외부인을 환대하는 열정 등을 찬양하며, 화폐를 사용하지 않는 그 지방 경제의 장점을 설명하고 있다. 하지만 18세기의 지상에서 발견되는 하나의 이상향이라고 할 수 있을 그곳도 완전한 평등이 실현된 곳은 아니다. 거기에도 주인과 하인의 구별이 존재하는데,

---

51) 같은 책, p. 232.

다만 "하인들이 그들의 주인과 함께 식탁에 앉을"[52] 수 있을 뿐이다.

발레의 목가적 풍경이 지나는 길에 우연히 발견되는 것인 반면에, 클라랑은 덕성스런 볼마르 부부에 의해 의도적으로 조직된 질서를 나타낸다. 발레의 묘사에서 어렴풋이 드러났던 루소의 이상이 클라랑의 묘사에서는 구체적으로 드러난다고 할 수 있다. 클라랑을 방문한 생프뢰는 "모든 사람이 평등하고, 아무도 자신의 처지를 잊지 않는"[53] 그곳 포도수확의 축제적 풍경을 감탄해서 전한다. 그러나 축제의 분위기 속에서 성립되는 그 평등은 봉건적 위계질서의 소멸 후에야 구축될 수 있는 『사회계약론』의 민주적 이상의 실현을 의미하는 것이 아니다. 그것은 기껏 일시적이고 감정적인 평등일 뿐이다. 이 평등의 성격에 관해서는 루소 연구자의 다음과 같은 해석을 인용해보는 것이 좋을 듯하다.

실상 되찾은 이 평등은 전적으로 환상이다. 그것은 축제일의 도취 속에 나타나서, 그 도취와 더불어 사라질 것이다. 그것은 집단적 즐거움의 부대현상일 뿐이다. 왜냐하면 일상적으로 클라랑은 원시시대의 자연적 평등도 『사회계약론』에 묘사된 시민적 평등도 알지 못하기 때문이다. 주인과 봉사자들은 가능한 만큼 불평등하다. 물론 봉사자들은 신뢰감으로 주인들과 연결되어 있다. 그러나 조직적인 볼마르는 오직 그들을 좋은 봉사자들로 만들기 위해서 자기 아랫사람들의 신뢰를 추구하는 것이다. 그것은 길들이기 방법으로, 평등한 연대성을 확립하기보다는 더 나은 봉사를 획득하는 것을 목적으로 한다. 영지의 가족적 조직화에 관한 편지의 각 행에서 우리는 온정주의적 태도의 특징들을 알아보게 된다. 봉

---

52) 같은 책, p. 81.
53) 같은 책, p. 607.

사자를 더욱더 온순한 도구로 만들기 위해, 그의 자유로운 동의, 나아가 그의 애정을 손에 넣으려고 주인은 애쓰는 것이다. 주인들은 자기들에게 아주 좋다고 생각되는 평등하게 느끼는 특권을 간직하고 있다. 하지만 이 특권은 봉사자가 아니라 주인에게만 속하는 것이다. 평등의 감정은 이처럼 주인의 사치로 머무르며, 그로 하여금 자신의 소유를 양심의 거리낌 없이 향유하도록 해준다.[54]

이상의 해석이 지적하고 있듯이 이 평등은 불완전한 것이다. 그것은 클라랑이라는 작은 폐쇄사회에 국한될 뿐 외부세계로 확산되지 않는다. 그리고 그것은 축제와 더불어 시작되고 끝나는 일시적인 것일 뿐 영속적인 평등이 못 된다. 비록 그것이 "어떤 사람들에게는 교훈을, 또 다른 사람들에게는 위안을 주고, 모든 사람에게 우정의 끈"[55]을 형성할 수 있다 할지라도, 그것은 자연상태의 평등의 복원이 아니며, 시민사회의 민주적 평등의 실현도 아니다. 강자의 의식적인 위선이나 교활함의 소산이 아니라 하더라도, 이러한 평등은 다분히 사이비 평등으로서 비판받을 소지를 내포하고 있다. 그렇다면 지상에 실현된 하나의 이상향처럼 클라랑을 찬미하는 소설의 어조는 무엇을 의미하는가? 『인간 불평등 기원론』이나 『사회계약론』에 표명됐던 루소의 이상은 허위였던 것인가?

오히려 우리는 소설작품에서 루소의 현실주의적 태도를 보아야 할 것이다. 이론적 저작에서는 루소가 마음껏 자신의 이상적 지평을 펼쳐

---

54) J. Starobinski, *Jean-Jacques Rousseau, La Transparence et l'obstacle*, Gallimard, 1976, p. 122.

55) J.-J. Rousseau, *La Nouvelle Héloïse*, p. 608.

보일 수 있었다. 그러나 루소는 그의 적들이 조롱했던 것과는 달리 순진한 유토피아주의자가 아니었다. 그는 일단 문명화의 길로 접어든 인류의 역사는 역진될 수 없음을 알고 있었다. 정말로 실재했던 것인지 확신할 수 없는『인간 불평등 기원론』에 기술된 초기 인류의 완전한 평등, 그것은 이상으로서는 아름다운 것이지만 인류가 결코 되돌아갈 수는 없는 잃어버린 낙원을 뜻할 것이다.『사회계약론』에서 얘기되는 시민사회의 민주적 평등, 그것은 언젠가 인류가 전취해야 할 이상이지만, 아직은 아득한 꿈일 것이다. 앞뒤로 멀리 떨어져 있는 두 이상적 지평 사이에서 루소는 클라랑의 이상, 어쩌면 낭만적 감성에 호소하는 어설픈 성격의 것이지만 현실적으로 가능해 보이는 그 이상을 제시한다. 그럼으로써『신 엘로이즈』는 소설작품으로서 사실성을 획득하게 된다. 이 작품이 이상적 급진성만을 내세웠다면 독자에게 감정적 통쾌함을 줄 수는 있었겠지만, 18세기 사회를 무대로 한 구체적 삶의 형상화로서는 성공할 수 없었을 것이다. 남녀 주인공의 사랑의 전말과 클라랑의 묘사를 통해『신 엘로이즈』는 소설작품으로서 사실성을 유지하면서 불평등이 심화된 문명에 대한 비판적 기능을 수행하는 것으로 보인다.

4. 파리의 병리적 현상

　사회적 불평등과 계급적 편견에 대한 비판이 비교적 온건한 어조로 이루어지고 있는 반면에, 파리의 풍속묘사를 통한 문명비판은 상당히 격렬한 어조로 진행된다. 넓은 의미로는 작품 전체가 관계된다고 할 수도 있겠지만, 문명비판이라는 우리의 주제에 가장 직접적으로 관계되는 부분은 주로 주인공 생프뢰가 파리에 체류하는 소설의 제2부로 보인다. 생프뢰는 감정생활과 마찬가지로 문명관도 대변하는 루소의 분신이라고 할 수 있는 인물이다. 이 젊은 주인공은 그의 창조자와 마찬가지의 엄격한 태도로 파리의 여러 면모를 관찰하며, 그것을 분개한 어조로 자기 연인에게 전달하고 있다. 그는 처음부터 은밀한 두려움을 품고서 파리라는 '그 광활한 세계의 사막'[56]에 발을 내딛는다. 그가 이 찬란한 문명의 중심지에서 발견하는 것은 상냥한 친절함과 세련된 예절이다. 그러나 그 기분 좋은 외관 뒤에서 그는 곧 냉정한 이해관계의 군림을 알게 될 뿐이다.

거기에서는 거짓의 입장을 기술적으로 변호하고, 철학의 힘을 이용하여 미덕의 모든 원칙을 뒤흔들고, 미묘한 궤변으로 자신의 열정과 편견을 채색하고, 시세의 준칙에 따라 어떤 유행의 모습을 오류에 부여하는 것을 배우게 됩니다. 그들이 매사에 대해 얘기하게 될 것을 대체로 짐작하기 위해서는 사람들의 성격을 알 필요가 전혀 없으며, 단지 그들의 이해관계만을 알면 됩니다.[57]

이처럼 자기 연인에게 파리의 부정적 면모를 보고하기 시작한 생프뢰의 편지는 계속적으로 이 타락한 대도시 풍속의 신랄한 풍자화를 이루고 있다. 생프뢰가 본 파리의 사교계는 대화의 원칙과 실천의 원칙을 각각 따로 가지고 있는 위선의 사회다. 여기서는 모든 사람들이 한심한 관례 추종자들로 타인의 눈치를 보기에 여념이 없다. 그리하여 동일한

---

56) 같은 책, p. 231.
57) 같은 책, p. 233.

상황에서는 모두 똑같은 행동을 해야만 하는 이곳 사교계 사람들은 동일한 끈에 의해 조종되는 꼭두각시와 같은 존재들이다. 생프뢰가 본 문명의 중심지 파리는 정열이 사라진 사랑의 사막과 같은 장소다. 그는 "여기에서는 자연스러운 감정의 질서 전체가 전복된 것처럼 보입니다. 여기에서는 애정이 어떠한 구속도 이루지 못하며, 처녀들에게는 애정을 갖는 것이 전혀 허용되지 않습니다"[58]라고 말한다. 파리 사교계의 결혼은 재산과 신분의 결합으로 이루어지기 때문에 결혼 후에는 혼외정사를 대수롭지 않게 여기는 타락한 성 풍속을 가져오게 마련이다. 생프뢰는 자신의 정열적인 사랑과 극단적 대조를 이루는 파리의 성 풍속에 대해 길게 고찰한다. 생프뢰의 비판은 풍속에 관한 것으로 그치지 않고 프랑스의 연극과 음악으로까지 넓게 확산된다.

『신 엘로이즈』에서 파리 사회가 중심적인 공격대상이 되는 것은 그것이 자연과 가장 멀리 떨어진 문명의 정점을 나타내기 때문일 것이다. 그리고 파리의 제반 양상에 대한 다양한 비판은 결국 루소의 문명비판의 중심주제로 수렴된다. 문명화가 가져온 가장 유감스러운 현상으로서 루소는 그의 첫 저작에서부터 인간의 본질과 외관의 분리를 지적한다. 『학문 예술론』에서 그는 이 현상을 다음과 같이 얘기한다.

사람들은 더 이상 있는 그대로의 모습을 드러내지 못한다. 그리고 이 항구적인 속박 속에서, 사회라고 불리는 이 떼거리를 이루는 인간들은 동일한 상황에 놓인다면, 더 강력한 동기가 그들을 거기에서 벗어나게 하지 않는 한, 모두 똑같은 짓을 할 것이다. 그래서 사람들은 상대하는

---

58) 같은 책, p. 270.

자의 정체가 무엇인지 결코 알지 못할 것이다.[59]

　문명화의 과정에서 인간이 겪게 되는 주된 폐해가 『인간 불평등 기원론』에는 다음과 같이 기술되어 있는데, 이것은 앞의 『학문 예술론』의 지적과 동일한 것이다.

　　인간은 자신을 돋보이게 하기 위해 자신의 실제 모습과 달리 보여야만 했다. 존재와 외관이 전혀 상이한 두 가지 사항이 되었으며, 이러한 구분으로부터 위압적인 호사와 기만적인 계략, 그리고 그런 것들에 수반되는 모든 악덕이 나왔다.[60]

　문명비판에 관한 한 『신 엘로이즈』는 앞선 두 논설문의 내용을 되풀이하고 재확인하는 작품이라고 할 수 있다. 생프뢰가 파리에서 발견하는 것은 바로 루소의 이론적 저작들에서 지적되었던 원리의 구체적 현상이다. 파리 사회는 문명의 원리를 가장 극단적으로 구현하고 있는 곳일 뿐이다. 이 문명의 병리적 현상을 자기 연인에게 전하는 생프뢰 서신의 표현이 이론적 저작의 표현과 크게 다를 것도 없다. 이 엄격한 문명의 검열자는 파리 사회, 그리고 특히 그 특성을 가장 예리한 형태로 나타내는 여인들을 대상으로 하여 다음과 같이 신랄하게 문명을 비판한다.

---

59) J.-J. Rousseau, *Discours sur les sciences et les arts*, p. 8.
60) J.-J. Rousseau, *Discours sur l'origine et les fondements de l'inégalité parmi les hommes*, p. 174.

사람들이 자신의 본모습과 다른 사람이 되고, 사회가 그들에게 말하자면 그들의 존재와 다른 존재를 부여하는 것이 대도시들의 첫번째 나쁜 점입니다. 특히 파리에서는, 그리고 특히 자신들이 염려하는 유일한 실재를 타인의 시선으로부터 끌어내는 여인들에 관해서는 이것이 사실입니다. 모임에서 한 부인에게 접근해보면, 당신은 파리 여인을 보는 대신에 유행의 모방을 볼 뿐입니다. 그녀의 키, 폭, 걸음걸이, 허리, 가슴, 안색, 풍채, 눈길, 화제, 태도, 그 모든 것 가운데 어떤 것도 그녀에게 속한 것은 없습니다. 만약 자연스런 상태에서 그녀를 본다면, 당신은 그녀의 모습을 알아볼 수 없을 것입니다.[61]

『신 엘로이즈』에서는 비록 파리만이 아니라 도처에서 문명의 폐해에 대한 비판이 이루어지고 있다. 문명의 중심지뿐만 아니라 생프뢰가 사랑의 아픔을 잊기 위해 달려가는 지구의 먼 구석에까지 문명은 그 오욕의 흔적을 남겨놓고 있다. 그를 창조한 작가의 인도주의를 물려받은 소설 주인공은 그가 찾아가는 남미와 아프리카 대륙에서 식민주의의 잔인성을 발견하고 그것을 고발하기도 한다. 그러나 파리 생활의 외면적 양상에 대한 비판과 마찬가지로 그런 비판은 차라리 지엽적인 것이라고 할 수 있다. 『학문 예술론』에서부터 일관되게 나타나는 루소의 문명 비판의 핵심, 그것은 문명세계에서 일어나는 인간존재의 왜곡현상이다. 즉, 인간에게 있어서 본질과 외관이 분리되는 현상을 말하는데, 그것은 문명화의 길에 들어서면서 인간이 겪기 시작하는 악인 것이다. 인류는 이미 원초적 무구의 상태를 떠났으므로 다소간 정도의 차이는 있

---

61) J.-J. Rousseau, *La Nouvelle Héloïse*, p. 273.

지만 이 악은 인간사회 전체에 미만(彌滿)해 있게 마련이리라. 따라서 아무런 가식이 없이 살던 원초적 세계에서 사람들이 누리던 인간관계의 투명성은 이제 더 이상 가능하지 않을 것이다. 다만 파리의 사교계가 루소의 비판에 가장 취약한 이유는 그곳이 그 문명의 악에 가장 심하게 오염된 곳이기 때문이다.

5. 이상향 클라랑

『신 엘로이즈』는 문명비판으로 시종하는 소설이 아니라 비판대상에 대한 치유책도 동시에 모색하는 소설이다. 간접적이고 우회적인 방식으로는 소설구조 전체에서 비판대상에 대한 반대항의 암시를 볼 수 있다. 소설의 중심축인 생프뢰와 쥘리의 정열적인 사랑은 그 자체가 파리 사교계의 기교적인 사랑에 대한 반대항을 형성한다. 소설의 첫 부분에서 묘사되는 발레 지방의 목가적 아름다움은 준엄한 비판대상이었던 파리 사교계의 세련된 허위성과 대조를 이룬다. 그러나 이런 방식 말고도 이 작품에는 보다 명시적이고 적극적인 방식으로 문명의 병폐에 대한 치유책이 모색되는 것으로 보인다. 덕성스런 볼마르 부부가 운영하는 클라랑은 사랑의 소설이 전개되기 위해 필요한 무대일 뿐만 아니라 문명세계 내에서 이루어지는 이상향의 모색이라는 의미를 갖는다.

클라랑은 과연 비판받는 문명에 대한 해결책이 될 수 있을 것인가? 물론 클라랑의 의미를 종합적으로 검토하기 위해서는 유토피아 문제와 연결하여 따로 긴 고찰이 필요하겠지만, 우선 우리는 이상적 삶의 공간으로서 클라랑의 미흡성을 쉽게 지적할 수 있다. 애초에 클라랑은 생프

뢰와 쥘리라는 사랑하는 연인들의 결합에 의해 건설된 흠결 없는 장소
가 아니다. 볼마르 부부가 아무리 의무감과 덕성으로 결합된 모범적인
부부라 하더라도 그들은 사랑의 상처를 간직한 사람들로서 그 원초적
사랑의 상흔은 클라랑에 긴 그림자를 드리우는 것으로 보인다. 그리고
우리가 앞에서 고찰했듯이 클라랑의 질서는 원시적 순결상태에서와 같
은 절대적 평등의 질서가 못 된다. 그곳의 평등이란 언제든 깨어질 수
있는 취약한 평등이다. 또한 화폐경제와는 담을 쌓은 자급자족적 농업
사회인 클라랑은 문명세계 가운데 하나의 섬처럼 고립된 소세계로서
문명세계 전체로는 결코 확산될 수 없는 예외적 성격의 사회다.

　이 사회의 구성원들은 본질과 외관의 분리라는 문명의 근본적 악으
로부터 벗어나 있는가, 다시 말해 이 사회에서는 투명한 인간관계가 성
립되는가? 클라랑이 문명세계의 대안이 되기 위해서는 무엇보다 이 질
문에 대한 답이 긍정적이어야 할 것이다. "행위와 나아가 생각의 투명성
이 그곳의 법칙으로서, 그것은 공동선의 이름으로 밀고를 장려한다"[62]
는 한 연구가의 주석에 따르면, 클라랑은 일견 구성원들 사이에 투명성
이 확립된 곳으로 보일 수도 있다. 그러나 일부 비판적인 해석자들처럼
클라랑을 전체주의적 유토피아로 보지는 않더라도, 상호감시와 밀고가
장려되는 분위기에서 배태된 투명성이란 그것이 아무리 선의의 소산이
라 할지라도 문명 이전의 순결성 속의 자연발생적인 투명성과는 성격
이 다른 것이다. 명석한 지도자 볼마르의 통제 아래서 생프뢰와 쥘리는
과거의 사랑에서 치유되었다고 믿을 수 있었지만, 쥘리의 마지막 편지
는 그 사랑이 소멸되지 않았음을 말해준다. 그 사실은 쥘리가 끝까지

---

62) R. Trousson, *Jean-Jacques Rousseau II, Le deuil éclatant du bonheur*, Tallandier,
　　1989, p. 26.

자신의 마음을 투명하게 드러내지 못한 채 살아왔음을 의미한다. 여주 인조차도 투명하게 자신을 노출하지 못하는 이상향은 문명의 악에서 완전히 면제된 이상향일 수 없을 것이다.

『학문 예술론』과『인간 불평등 기원론』에 나타났던 준엄한 문명비판의 연장선상에서 기대되는 해결책은 당연히 원초적 상태로, 적어도 루소가 '세계의 진정한 청춘기'라고 명명했던 바의 문명의 맹아기로 돌아가는 것일 터이다. 아무리 완벽하게 상상된 것이라 할지라도 문명세계 속의 유토피아는 루소의 엄격한 문명관으로 미루어보아 완전무결한 해결책일 수 없다. 따라서 절대적 의미에서는 클라랑은 결코 문명의 악에 대한 치료제일 수 없으며, 기껏 스타로뱅스키가『병 속의 약*Le remède dans le mal*』에서 언급한 완화제palliatif에 불과하다.[63] 그렇지만 루소는『신 엘로이즈』에서 분명하게 의도적으로 이 완화제를 처방하고 있는 것으로 보인다.

우리는 이 완화제를 어떻게 보아야 할 것인가? 그것은 문명을 가차없이 단죄했던 철학자 루소가 자연의 이상을 포기하고 문명과 타협한 결과의 소산인가? 클라랑은 철학자의 논리를 내던진 순진한 시인의 어설픈 꿈에 불과한가? 오히려 우리는 클라랑이라는 완화제의 처방에서 문명의 악을 고발할 때보다 더 고심한 철학자 루소의 모습을 보아야 한다. 루소는 문명의 효모인 학문과 예술을 격렬하게 고발한 직후에, 자신의 비판자를 향해 "한번 타락한 민중이 덕성으로 회귀하는 것은 결코 본 적이 없습니다. 악의 근원을 파괴하겠다고 주장해보았자 허사입니다"[64]

---

63) J. Starobinski, *Le remède dans le mal*. Gallimard, 1989, pp. 165~71 참조.

64) J.-J. Rousseau, Observations de J.-J. Rousseau, sur la Réponse à son Discours (Réponse à Stanislas), in *Œuvres complètes*, t. III, p. 56.

라고 말할 수 있었던 지극히 냉정한 현실주의적 철학자이기도 했다. 문명의 한가운데에 있는 인류를 향해 원시적 자연으로 돌아가자고 설교하는 것이야말로 순진한 몽상에 불과할 것이다. 클라랑은 고도로 진전된 문명 속에서 문명의 여러 요소를 최대한 활용하여 가능한 한 자연의 원리에 가장 가깝게 고안된 장소로서, 철학자 루소의 논리적 사유와 인간 루소의 꿈이 다 배어 있는 이상향이라고 할 수 있다. 한 문학사가는 "이 소설은 루소 사상의 종합으로서, 1760년에, 세기의 의식을 사로잡았던 모든 문제들을 제기하고 있기 때문에"[65] 총체성의 성격을 지닌다고 지적하고 있는데, 문명의 문제에 관해서도 『신 엘로이즈』야말로 비판과 대안의 모색이 다 들어 있어서 루소의 어느 저작 이상으로 총체성의 성격을 지니는 작품이라고 할 수 있다. 그리고 『신 엘로이즈』는 이론적 저작들에 비해 상대적으로 유연하며 더 합리적으로 문명을 비판함으로써 높은 사실성을 획득하고 있는데, 이 사실성은 이 작품을 뛰어난 문학작품으로 만들어주는 한 요인이다.

---

[65] R. Mauzi et S. Menant, *Littérature française, Le XVIIIe siècle II 1750~1778*, Arthaud, 1977, p. 211.

계몽주의와 오늘의 세계

계몽주의는 프랑스 대혁명의 지적 온상이었고, 혁명 이후 출현하기 시작한 세계 각지의 현대 민주적 공화국들은 대체로 그 공식적 이념을 계몽주의가 표방했던 원칙들로부터 끌어냈다. 오늘날 계몽주의에 대한 비판이 널리 유포되어 있음에도, 계몽주의는 18세기와 더불어 역사적 사명을 다하고 용도 폐기된 흐름이었다고 말할 수는 없을 것이다. 계몽주의는 적어도 그 정신에 있어서는 19세기와 20세기까지도 파장을 드리운 긴 흐름이었다. 계몽의 정신은 18세기 이후의 지식인들에게도 생생한 지적·도덕적 힘으로, 그리고 몽매주의와 역사적 반동에 대한 효과적인 비판의 무기로 계속 작용한 예를 많이 볼 수 있다. 가령 19세기 프랑스의 중요한 소설가 스탕달은 계몽사상가들의 충실한 제자로서, 계몽적 합리주의 정신을 자신의 지표로 삼았던 사람이었다. 드레퓌스 사건에 용감하게 개입했던 에밀 졸라의 행동은 칼라스 사건에서 보았던 볼테르의 투쟁을 곧바로 떠올리게 한다. 현실비판적 성격을 지니는 리얼리즘 문학 전반과 사르트르의 참여문학 운동은 계몽주의 문학과 상당 부분 맥락이 닿아 있는 문학적 흐름으로 파악될 수 있을 것이다. 18세기 문학은 이성 중심의 건조하고 차가운 문학일 뿐이라는 일반적인 평가절하에 반해, 사르트르가 "18세기는 역사상 유일한 행운의 시대이며 프랑스 작가들이 곧 잃어버리게 된 낙원이다"[1]라고 적극적으로 옹호하고 있는 것은 계몽주의 문학에서 자신의 참여문학론의 이상적 실현을 보았기 때문이다. 문학이라는 것도 절대적 개념이기보다는 역사적인 상대적 개념이며, 문학에 대한 평가는 길들여진 문학적 교양의 틀과 문학관에 따라 이루어진다.

계몽주의가 현대세계에 여러 긍정적 영향을 미쳤음에도, 현재 우리는 계몽주의의 가치와 공적을 찬양하기보다는 계몽주의에 대한 회의와 비판이 더 성행하는 세계에 살고 있는 느낌이다. 오늘날 계몽주의에 대한 비판은 문학 내에서뿐 아니라 문학의 테두리 밖에서도 폭넓게 제기되는 형편이다.

현재의 물질문명이 직면한 상황 때문에 계몽주의자들의 신조였던 낙관적 세계관은 불신을 사고 있으며, 그것이 계몽주의 자체에 대한 비판과 단죄로 이어지는 현상이 도처에서 목격된다. 21세기에 들어선 오늘날 인류는 18세기의 백과전서파 철학자들이 상상했던 것 이상으로 진전된 물질문명의 세계 속에 살고 있는지도 모른다. 그러나 우리는 『페르시아인의 편지』의 주인공 위스벡처럼 열광의 감정을 가지고 진보의 개념을 생각할 수는 없는 처지가 되어버렸다. 과학적 합리주의가 가져

---

1) J.-P. Sartre, *Qu'est-ce que la littérature?*, p. 143.

온 고도의 물질문명은 계몽의 세기가 믿었던 바의 인간의 행복을 보증해주지 못하는 것으로 나타났다. 오히려 현대인들은 과거보다 더 심한 불행의식에 시달리며, 나날이 가중되는 환경파괴와 정교화되는 살상무기 앞에서 생물학적 종으로서의 인류의 생존 자체를 의심하기에까지 이르렀다. 이처럼 우울한 회의주의자가 되어버린 현대인에게는 계몽의 세기의 낙관주의가 천진스런 어린애의 모습처럼 그저 부러운 것으로 비칠는지도 모른다. 인류의 운명에 대한 우울한 진단은 문명의 진보와 인간의 행복한 삶을 믿었던 계몽주의적 세계관에 대한 비판으로 자연스럽게 이어진다.

현대의 물질문명을 통렬하게 비판하면서 인류사를 생태주의적 시각에서 바라볼 것을 제안하는 문명비평가 제레미 리프킨Jeremy Rifkin의 『엔트로피Entropy』라는 인상적인 저서는 그러한 비판의 전형적인 한 예를 보여준다. 이 책은 단지 계몽주의를 비판하기 위해 쓴 것이 아니라, 더 포괄적이고 거시적인 관점에서 현대문명의 '기계적 세계관Mechanical World View'을 비판하고 새로운 엔트로피의 세계관을 제시하려는 목적으로 쓴 것이지만, 우리는 이 책에서 계몽주의에 대한 오늘날의 비판적 시각의 일단을 명백하게 볼 수 있다.

리프킨에 따르면 역사를 진보라고 보는 관념은 인류사에서 언제나 통용되어온 관념이 아니다. 예를 들어 역사를 붕괴하는 순환적 과정으로 보았던 고대 그리스인들에게는 역사적 진보라는 관념이 낯선 관념일 뿐이었다. 그들은 "역사는 온전성을 향한 누적적 진전과정이 아니라, 질서로부터 혼돈에 이르는 끊임없이 반복되는 순환과정"[2]이라고

---

2) 제레미 리프킨, 『엔트로피』, 김명자·김건 역, 두산동아, 1996, p. 21.

생각했다. 중세의 기독교적 세계관에서는 순환이라는 그리스적 개념이 사라지고, 역사가 오직 붕괴하는 과정이라는 개념만으로 파악되었다. 원죄설에 의해 인간의 개선 가능성조차 차단되어 있던 중세적 세계관에서는 인간이 역사를 창조하거나 변화시킬 수 있다는 생각이 원천적으로 불가능했다.

리프킨은 역사의 진보에 대한 믿음이 약 400년 전에 형성되어 지금까지 지속되어온 기계적 세계관의 소산으로 보고 있다. 이 세계관의 선구자로서 리프킨은 베이컨, 데카르트, 뉴턴, 로크 등을 들고 있는데, 이들은 모두 계몽주의의 선구자들이며, 특히 뉴턴과 로크의 사유는 계몽적 합리주의의 직접적 전범(典範)이었다. 리프킨은 세계를 기계로 보는 패러다임은 17세기에 형성된 이래 수정과 굴절을 거쳤지만, 지금까지 문명의 진보에 대한 신념을 온존시켜왔다고 말한다. 그리고 그는 기계론적 세계관의 진보에 대한 신념을 백과전서파의 학자이기도 했던 튀르고를 예로 들어 다음과 같이 설명한다.

튀르고는 역사의 순환성과 지속적인 붕괴의 개념을 모두 거부했다. 그는 역사는 직선적으로 발전하며, 역사의 각 단계는 그 이전의 것에 비해 진보한다고 역설했다. 역사는 누적적이며 진보적이라고 규정한 것이다. 정상상태the steady-state를 믿은 그리스 철학자나 로마 교회의 신학자와는 달리, 그는 끊임없는 변화와 변동의 미덕을 찬미했다. 튀르고는 발전이 어느 때는 정지하기도 하고 때로는 몇 단계 후퇴하기도 한다는 것을 인정했다. 그러나 전체적으로 이 지구상에서의 역사는 완전한 상태를 향해 진전하고 있음을 증명한다고 주장했다.[3]

튀르고 자신이 계몽주의 운동의 한가운데서 활동한 사람이기도 하지만, 그의 이러한 역사관은 우리가 앞에서 언급했던 계몽주의의 낙관적 세계관을 그대로 반영하고 있는 것으로 보인다. 순전히 과학과 물질문명의 관점에서만 본다면, 17세기 이래의 세계사는 발전의 연속이었다는 진단이 가능할 것이다. 그러나 그 발전이 인간에게 무엇을 의미하느냐 하는 질문 앞에서는 대답이 망설여지지 않을 수 없다. 더구나 물질문명의 발전 자체가 이제 막다른 골목에 봉착했다는 위기의식을 가질 경우, 기계론적 패러다임은 회의와 비판의 대상이 될 수밖에 없을 것이다. 리프킨의 비판은 그러한 입장에서 나오는 것인 바, 그는 기계론적 세계관의 비인간적 성격과 아울러 그것의 지속 불가능성을 얘기하고자 한다.

기계시대는 발전이라는 개념에 의해 특징지어져왔다. 가장 간단한 표현으로 압축한다면, 발전은 '덜 질서 있는less ordered' 자연세계를 인간이 과학기술에 의해 더 질서 있는 물질적 환경으로 만들어가는 과정이라고 할 수 있다. 바꾸어 말하면, 발전은 원래 상태에서 존재하였던 가치보다 더 부가된 가치를 자연세계로부터 창조하는 과정이라고 할 수 있다. 이런 맥락에서 과학은 그것을 사용하여 자연의 법칙을 터득하고, 또 그렇게 함으로써 일정한 법칙이나 규칙을 만들어낼 수 있는 하나의 방법론이다. 기술이란 인간의 물질적 편의를 위해 과학의 법칙을 적용함으로써 자연의 일부를 개조하여 원래 상태보다 더 큰 가치와 더 우수한 구조와 더 높은 질서를 만드는 것이다.

---

3) 같은 책, pp. 24~25.

기계적 세계관은 수학과 과학과 기술의 세계관이자, 물질주의와 발전을 지향하는 세계관이다. 또 그것은 인간이 경험하는 세계를 설명할 수 있다고 주장하는 세계관이다. 그러나 그런 세계관을 키우고 지탱해왔던 에너지 환경이 거의 종말에 가까워짐에 따라 그 세계관의 생명력도 생기를 잃기 시작하고 있다.[4]

계몽주의 사상은 리프킨의 비전에서 드러나 있는 기계론적 세계관과 그것의 발전의 개념을 가장 순수하고 첨예한 형태로 보여주는 사상으로 보인다. 따라서 좀더 거시적인 관점에 서 있는 그의 문명비판을 계몽주의 비판으로 원용해서 본다고 하더라도 큰 무리는 없을 것이다. 여하튼 우리는 오늘날 문학 내외에서 계몽주의에 대한 옹호보다는 비판과 단죄가 더 일반화되어 있는 현상을 목도하고 있다.

또한 계몽주의를 비판하는 사람들은 그 운동이 내세웠던 보편성이 허구라는 점을 지적한다. 앞에서도 얘기한 것처럼 계몽주의 운동은 일종의 보편주의 운동이었다고 말할 수 있는 바, 계몽주의 사상가들이 믿은 이성은 어떠한 특수한 이해관계에도 구속되지 않는 보편적 이성이었다. 사르트르의 설명으로 계몽주의 운동의 이 보편주의적 성격을 다시 한번 확인해보기로 하자.

18세기의 작가가 그의 작품에서 끊임없이 요구하는 것은 역사에 반해서 반역사적 이성을 행사하는 권리다. 그런 의미에서 그는 추상적 문학의 본질적 요구를 밝힐 뿐이다. 〔……〕 작가는 보편적임을 자처했으므

---

4) 같은 책, p. 42.

로 보편적 독자들만을 가질 수밖에 없으며, 그가 그의 동시대인들의 자유에 요구하는 것은 그들의 역사적 연결을 끊고 보편성 속에서 자기와 합류하자는 것이다.[5]

계몽주의자들이 내세웠던 이 보편적 이성이라는 것이 실상 부르주아지가 정치권력을 획득하기 위해 사용한 넓은 의미의 이데올로기적 도구에 지나지 않았다는 것이 계몽주의에 대한 공격의 요지다. 볼테르를 비롯해 대부분이 부르주아 출신이었던 18세기 지식인들에 의해 이룩된 계몽사상 일반이 결과적으로 부르주아 이데올로기에 합류한다는 사실을 오늘날에 와서 부인하기는 힘들 것이다. 그러나 계몽주의자들이든 그들의 적대세력이든 18세기 당시에는 계몽주의 운동이 특정의 계급적 이해관계와 연관되어 있음을 의식하지는 못했던 것으로 보인다. 계몽 철학자들은 자신들의 투쟁이 인간의 보편적 이성의 실현을 위한 것이라는 사실을 의심하지 않았다. 19세기 이후에 얘기될 이른바 부르주아지의 영악한 전략 같은 것이 인간의 보편적 이성을 진지하게 믿은 계몽 철학자들의 정신에 스며들 여지는 없었을 것이다. 보편성과 관련한 계몽주의에 대한 비판에는 변호의 여지가 많다. 계몽사상이 결과적으로 부르주아 이데올로기와 연결된다 할지라도, 사르트르가 보는 것처럼 앙시앵레짐 아래서 부르주아지는 역사적 당위성을 보유한 계급이었다. 따라서 부르주아 이데올로기의 편에 서는 것이 18세기에는 역사의 진행방향에 서는 것을 의미할 수 있었다. 또한 계몽주의자들이 내세운 보편적 이성, 다시 말해 역사적·지역적·계급적인 일체의 구속으로부터

---

5) J.-P. Sartre, *Qu'est-ce que la littérature?*, pp. 150~51.

자유로운 보편적 이성은 현실적으로 실천이 지난(至難)하다 할지라도, 지식인의 이상을 나타낸다는 점을 지적할 수 있을 것이다. 지적 훈련이 최종적으로 지향하는 것은 그런 보편적 이성의 지점이라고 할 때, 보편적 이성을 표방한 계몽주의는 인간의 한 이상을 표현하는 흐름이었다고 말할 수도 있을 것이다.

보다 근본적인 계몽주의 비판은 인간의 이성 자체에 대한 회의와 불신으로부터 나온다. 과학적 합리주의는 오늘날의 고도로 발달된 물질문명을 낳았으나, 이 문명은 생물학적 종으로서의 인류의 생존 자체까지 의심하지 않을 수 없는 두려운 상황인 것도 사실이다. 현대인들은 발달된 물질문명 속에서 겪는 불행이나 인류의 미래에 대한 우울한 진단과 전망을 모두 이성의 탓으로, 특히 계몽적 이성의 탓으로 돌리는 습관을 키워온 것으로 보인다. 이성은 언제나 통치술의 거장들 수중에 있었던 도구였다는 니체Nietzsche의 지적에서부터 다음과 같은 현대 철학자들의 견해에 이르기까지 계몽주의적 이성에 대한 비판은 도처에서 만날 수 있다.

이성이 지향하는 체계라는 것은 현상의 끝장에까지 이르는 최상의 인식형태이며, 자연의 지배를 시도하는 주체를 가장 효과적으로 뒷받침하는 인식형태다. 체계의 원리는 자기 보존의 원리다. 소수파는 생존의 부적격자로 드러난다. 노예 소유자로서, 자유 기업가로서, 관리자로서의 연속적인 모습을 보여온 부르주아가 계몽주의의 논리적 주체다.[6]

---

6) M. Horkheimer et T. W. Adorno, *La dialectique de la Raison*, Traduction française, Gallimard, 1974, p. 94.

18세기 이후 현재까지 여러 역사적 단계에서 이성의 이름으로 자행된 수많은 횡포, 또는 위의 인용에서 볼 수 있는 바와 같은 이성 자체의 억압적 기능을 지적하기는 쉽다. 그리고 현대문명의 병리적 현상을 인간이성의 폐단과 연결 지어 비판하는 것 역시 수월한 일이다. 그러나 그 모든 이성의 책임은 이성 자체가 아니라 오도되고 남용된 이성의 책임이라고 말해야 마땅하다. 계몽적 이성, 적어도 계몽주의자들이 지향했던 인간의 이상적 기능으로서의 보편적 이성은 역사의 현장에서 횡포를 부린 이성도, 특정의 계급적 인간상에만 봉사한 이성일 수도 없을 것이기 때문이다. 이성을 폄하하고 단죄하는 데만 열성을 보인다면, 문명의 위기를 해결할 근거를 어디에서 찾을 수 있을 것인가? 이성을 능란하게 비판하는 사람들도 그것의 대안을 제시하는 일에는 별로 유능해 보이지 않는다. 합리적 세계의 그늘에서 나타나는 광기를 동정적으로 이해하고 옹호할 수는 있겠으나, 그것이 이 복잡다단한 현대세계의 해결책이 되어줄 수는 없다. 현대세계가 자아내는 우울한 상념은 그 합리성에 원인이 있는 것이 아니라 오히려 비합리성에서 기인하는 것으로 보는 것이 타당하다. 이상적인 의미에서 우리는 아직도 불합리와 비이성의 단계에 머물러 있다고 할 수 있다. 계몽주의 운동이 인간의 행복을 저해하는 불합리에 대한 투쟁이었고 이성의 이름으로 진행된 비이성에 대한 항의였다면, 계몽주의 정신은 18세기의 부르주아 이데올로기에 온전히 갇혀 있는 정신이 아니라 오늘날에도 여전히 유효하며 절실히 필요한 개방되어 있는 정신이라고 말할 수 있다.

1. 계몽주의 일반

Adam A., "Ouverture sur le XVIIIe siècle," in *Histoire des Littérarures*, t. III, Pléiade, 1978.

Auerbach E., *Mimésis*, Traduction française, Gallimard, 1973.

Cassir E., *La Philosophie des Lumières*, Fayard, 1986.

Chaunu P., *La Civilisation de l'Europe des Lumières*, Arthaud, 1971.

Coulet H., *Le Roman jusqu'à la Révolution*, t. I, Histoire du roman, t. II, Anthologie, Colin, Coll. U, 1967~1968.

Delon M. et Malandain P., *Littérature française du XVIIIe siècle*, P.U.F., 1996.

Delon M., *L'Idée d'énergie au tournant des lumières (1770~1820)*, P.U.F., 1988.

Domenech J., *L'Ethique des Lumières, Les Fondements de la morale dans la philosophie française du XVIIIe siècle*, Vrin, 1989.

Duby G. et Mandrou R., *Histoire de la civilisation française*, t. II, Colin, Coll. U, 1968.

Ehrard J., *L'Idée de nature en France à l'aube des Lumières*, Flammarion, 1970.

————, *Littérature française*, t. IX, Arthaud, 1974.

Fabre J., *Idées sur le roman de Madame de Lafayette au marquis de Sade*, Klincksieck, 1979.

———, *Lumières et Romantisme*, Klincksieck, 1963.

Gaiffe F., *Le Drame en France au XVIIIe siècle*, Colin, 1910.

Goldzink J., *Histoire de la littérature française, XVIIIe siècle*, Bordas, 1988.

Goulemot J.-M., *La littérature des Lumières en toutes lettres*, Bordas, 1989.

Goulemot J.-M. et Launay M., *Le siècle des Lumières*, Seuil, 1968.

Guitton E., *J. Delille et le poème de la nature en France 1750~1820*, Klincksieck, 1974.

Hazard P., *La Crise de la conscience européenne (1680~1715)*, Boivin, 1934.

Kant E., "Réponse à la question: qu'est-ce que la pensée des Lumières?" in L. Goldmann, *Structures mentales et création culturelle*, Union Générale d'Éditions, 1974.

Lanson G., *Histoire de la littérature française*, Hachette, 1979.

Launay M. et Mailhos G., *Introduction à la vie littéraire du XVIIIe siècle*, Bordas, 1968.

Mauzi R., *L'Idée du bonheur dans la littérature et la pensée française au XVIIIe siècle*, Slatkine Reprints, 1979.

———, *Précis de littérature française du XVIIIe siècle*, P.U.F., 1990.

Mauzi R. et Menant S., *Littérature française, Le XVIIIe siècle II, 1750~1778*, Arthaud, 1977.

May G., *Le Dilemme du roman au XVIIIe siècle*, P.U.F., 1963.

Menant S., *La Chute d'Icare. La crise de la poésie 1700~1750*, Droz, 1981.

Michelet J., *Histoire de la Révolution française*, t. I, Pléiade, 1987.

Pomeau R., *L'Europe des Lumières. Cosmopolitisme et unité européenne au XVIIIe siècle*, Stock, 1968.

Renaud J., *La Littérature française du XVIIIe siècle*, Armand Colin, 1994.

Riviere D., *Histoire de la France*, Hachette, 1986.

Starobinski J., *Le Remède dans le mal*, Gallimard, 1989.

Versini L., *Le XVIIIe siècle, Littérature française*, Presses Universitaires de Nancy, Nancy, 1988.

Vier J., *Histoire de la littérature française XVIIIe siècle*, t. I, Armand Colin, 1965.

Viguerie J., *Histoire et dictionnaire du temps des Lumières*, Robert Laffon, 1995.

2. 몽테스키외

1) 몽테스키외의 저작

Œuvres complètes I, Bibliothèque de la Pléiade, Gallimard, 1985.
Œuvres complètes II, Bibliothèque de la Pléiade, Gallimard, 1951.
De l'esprit des lois, éd. R. Derathé, Garnier, 1973.

2) 몽테스키외에 관한 연구서

Althusser L., *Montesquieu, la politique et l'histoire*, P.U.F., 1959.

Barrière P., *Un grand provincial, Charles-Louis de Secondat, baron de La Brède et de Montesquieu*, Delmas, 1946.

Benrekassa G., *Montesquieu, La liberté et l'histoire*, Librairie Générale Française, 1987.

Caillois R., "Préface," in *Œuvres complètes*, t. I, Pléiade, 1949.

Dédéyan Ch., *Montesquieu ou l'alibi persan*, SEDES, 1988.

Ehrard J., "Montesquieu," in *Littérature française, 1720~1750*, t. IX, Arthaud, 1974.

Goldzink J., *Charles-Louis de Montesquieu, Lettres persanes*, P.U.F., 1989.

Grosrichard A., *Structure du sérail*, Seuil, 1994.

Kempf R., "Les *Lettres persanes* ou le corps absent," Tel quel, n° 22, 1965.

Lanson G., *Montesquieu*, F. Alcan, 1932.

Rosso C., *Montesquieu moraliste. Des lois au bonheur*, Ducros, 1971.

Shackleton R., *Montesquieu, une biographie critique*, Presses Universitaires de Grenoble, 1977.

Staronbinski J., *Montesquieu par lui-même*, Seuil, 1971.

Véquaud A., *Lettres persanes, Montesquieu*, Hatier, 1994.

Vernière P., *Montesquieu et l'esprit des lois ou la raison impure*, Société d'édition d'enseignment supérieur, 1977.

Versini L., "La Phrase miroitante de Montesquieu dans les *Lettres persanes*," in *Mélanges offerts à Frédéric Deloffre, Langue, littérature du XVIIe et du XVIIIe siècle*, SEDES, 1990.

Actes du Congrès Montesquieu réuni à Bordeaux du 23 au 26 mai 1955, Delmas, 1956.

Cahiers de l'Association internationale des Etudes françaises, 1983. 3e partie, "Montesquieu."

Catalogue de la bibliothèque de Montesquieu publié par Louis Desgraves, Giard, 1954.

3. 볼테르

1) 볼테르의 저작

Roman et contes, Bibliothèque de la Pléiade, Gallimard, 1990.

Mélanges, Bibliothèque de la Pléiade, Gallimard, 1991.

Œuvres historiques, Bibliothèque de la Pléiade, Gallimard, 1958.

Correspondance 1~13, Bibliothèque de la Pléiade, Gallimard, 1978~1993.

2) 볼테르에 관한 연구서

Adams D. J., *La Femme dans les contes et les romans de Voltaire*, Nizet, 1974.

Badaire V., *Ce diable d'homme ou Voltaire inconnu*, Hachette, 1978.

Bessire F. et Menant S., *Lectures d'une œuvre, Traité sur la tolérance de Voltaire*, Éditions du temps, 2000.

Bréhant J. et Roche R., *L'Envers du roi Voltaire, Quatre-vingt ans de vie d'un mourant*, Nizet, 1989.

Cornaton M. (et. al.), *La Tolérance au risque de l'histoire, de Voltaire à nos jours*, Aléas, 1995.

Goldzink J., *Voltaire, la légende de saint Arouet*, Gallimard-Découvertes, 1990.

Lanson G., *Voltaire*, Hachette, 1910.

Lepape P., *Voltaire le conquérant*, Seuil, 1994.

Marcandier-Colard Ch., *Premières leçons sur le conte voltairien*, P.U.F., 1995.

Maurois A., "Le Style de Voltaire," in *Europe*, n° 361~62, mai-juin 1959.

Menant S., *L'Esthétique de Voltaire*, SEDES, 1995.

Mervaud Ch., *Voltaire à table, Plaisir du corps, plaisir de l'esprit*, Éditions Desjonquères, 1998.

Mortier R., *Voltaire, les ruses et les rages du pamphlétaire*, Londres, 1979.

Orieux J., *Voltaire ou la royauté de l'esprit*, 2 volumes, Flammarion, 1977.

Pomeau R., *Voltaire*, Seuil, 1975.

————, *Voltaire en son temps*, 2 volumes, Fayard, 1995.

————, *D'Arouet à Voltaire*, Oxford, Voltaire Foundation, 1985.

————, *La Religion de Voltaire*, Nizet, 1956, réédition, 1969.

Raynaud J.-M., *Voltaire soi-disant*, Lille, 1983.

Sclippa N., *La Loi du père et les droits du cœur, Essai sur les tragédies de Voltaire*, Droz, 1993.

Van Crugten-André, V., *Le "Traité sur la tolérance" de Voltaire*, Champion, 1999.

Van Den Heuvel J., *Voltaire dans ses contes*, Colin, 1967.

Wade I. O., *The intellectual developement of Voltaire*, Princeton University
  Press, 1969.
Waterlot Gh., *Voltaire, le procureur des Lumières*, Éditions Michalon, 1996.
Le Conte philosophique voltairien, Ellipses, 1995. (Ouvrage collectif)
Raison Présente, n° 112, Nouvelles Éditions Rationalistes, 1994.

4. 디드로

1) 디드로의 저작

Contes et romans, Bibliothèque de la Pléiade, Gallimard, 2004.
Œuvres, Bibliothèque de la Pléiade, Gallimard, 1946.
Œuvres philosophiques, Garnier, 1972.
Œuvres esthétiques, Garnier, 1976.
Œuvres politiques, Garnier, 1963
Œuvres romanesques, Garnier, 1979.
Mémoires pour Catherine II, Garnier, 1966.
Encyclopédie ou Dictionnaire raisonné des sciences, des arts et des métiers, éd.
  A. Pons, GF-Flammarion, 1986.
Œuvres complètes de Diderot, le Club Français, 1969.

2) 디드로에 관한 연구서

Belaval Y., *L'Esthétique sans paradoxe de Diderot*, Gallimard, 1950.
Benot Y., *Diderot, de l'athéisme à l'anticolonialisme*, François Maspero, 1970.
Bourdin J.-C., *Diderot, le matérialisme*, P.U.F., 1998.
Catrysse J., *Diderot et la mystification*, Nizet, 1970.
Chouillet J., *Diderot, poète de l'énergie*, P.U.F., coll. Écrivains, 1984.
———, *La Formation des idées esthétiques de Diderot*, Armand Colin, 1973.
Couty D., *Le Neveu de Rameau, Diderot*, Hachette, 1972.
Daniel G., *Le Style de Diderot, légende et structure*, Droz, 1986.
Dieckmann H., *Cinq leçons sur Diderot*, Droz/Minard, 1959.
Fontenay E., *Diderot ou le matérialisme enchanté*, Éditions Grasset, 1981.
Guyot Ch., *Diderot par lui-même*, Seuil, 1970.
Huet M. H., *Le Héros et son double*, José Corti, 1975.
Kempf R., *Diderot et le Roman*, Seuil, 1976.
Lecointre S. et Le Galliot J., "Introduction à *Jacques le fataliste*," in *Jacques le
  fataliste*, Droz, 1976.

Martin-Haag É., *Un Aspect de la pensée politique de Diderot, savoirs et pouvoirs*, Ellipses, 1999.

Ménil A., *Diderot et le drame, théâtre et politique*, P.U.F., 1995.

Potulicki E.B., *La modernité de la pensée de Diderot dans les œuvres philosophiques*, Nizet, 1980.

Proust J., *Diderot et l'Encyclopédie*, Colin, 1962.

————, *Lectures de Diderot*, Armand Colin, 1974.

Saint-Amand P., *Diderot, le labyrinthe de la relation*, Vrin, 1984.

Sejten A.-E., *Diderot ou le défi esthétique*, Vrin, 1999.

Smietanski J., *Le Réalisme dans Jacques le fataliste*, Nizet, 1965.

Stenger G., *Nature et liberté chez Diderot après l'Encyclopédie*, Universitas, 1994.

Vandeul M., *Mémoires pour servir à l'histoire de la vie et des ouvrages de Diderot*, in *Œuvres complètes de Diderot*, le Club Français, 1969.

Walter E., *Jacques le fataliste de Diderot*, Hachette, 1975.

5. 루소

1) 루소의 저작

Œuvres complètes I, *Les Confessions*-Autres textes autobiographiques, Bibliothèque de la Pléiade, Gallimard, 1986.

Œuvres complètes II, *La Nouvelle Héloïse*-Théâtre-Essais littéraires, Bibliothèque de la Pléiade, Gallimard, 1969.

Œuvres complètes III, *Du contrat social*-Écrits politiques, Bibliothèque de la Pléiade, Gallimard, 1979.

Œuvres complètes IV, *Émile*-Éducation-Morale-Botanique, Bibliothèque de la Pléiade, Gallimard, 1980.

Œuvres complètes V, Écrits sur la musique, la langue et le théâtre, Bibliothèque de la Pléiade, Gallimard, 1995.

2) 루소에 관한 연구서

Baczko B., *Rousseau, solitude et communauté*, Mouton, 1974.

Bénichou P. (et. al.), *Pensée de Rousseau*, Seuil, 1984

Bonhôte N., *Jean-Jacques Rousseau, Vision de l'histoire et autobiographie*, L'âge d'homme, 1992.

Burgelin P., *La Philosophie de l'existence de J.-J. Rousseau*, P.U.F., 1952.

334

De Man P., *Allegories of reading, figural language in Rousseau, Nietzsche, Rilke, and Proust*, Yale Univ. Press, 1979.

Derathé R., *J.-J. Rousseau et la science politique de son temps*, P.U.F., 1950.

——, *Le Rationalisme de J.-J. Rousseau*, P.U.F., 1958.

Derrida J., *De la grammatologie*, Minuit, 1967.

Garréta A. F., *Lectures des "Rêveries,"* Presses Universitaires de Rennes, 1998.

Gouhier H., *Rousseau et Voltaire, portraits dans deux miroirs*, Vrin, 1983.

Grimsley R., *Rousseau and the religious quest*, Clarendon Press, 1968.

Grœthuysen B., *J.-J. Rousseau*, Gallimard, 1983.

Guéhenno J., *Jean-Jacques, Histoire d'une conscience*, 2 volumes, Gallimard, 1983.

Labrosse Cl., *Lire au XVIIIᵉ siècle, La Nouvelle Héloïse et ses lecteurs*, Presses Universitaires de Lyon, 1985.

L'Aminot T., *Politique et révolution chez Jean-Jacques Rousseau*, Oxford, Voltaire Foundation, 1994.

Launay M., *Jean-Jacques Rousseau et son temps, politique et littérature au XVIIIᵉ siècle*, Nizet, 1969.

——, *Jean-Jacques Rousseau écrivain politique, 1712~1762*, Slatkine, 1989.

Lecercle J.-L., *Rousseau et l'art du roman*, Armand Colin, 1969.

Lefebvre Ph., *L'Esthétique de Rousseau*, SEDES, 1997.

May G., *Rousseau par lui-même*, Seuil, 1961.

Mély B., *Jean-Jacques Rousseau, un intellectuel en rupture*, Minerve, 1985.

Mornet D., *La Nouvelle Héloïse de J.-J. Rousseau*, Mellottée, 1957.

Namer G., *Rousseau, sociologue de la connaissance*, Klincksieck, 1978.

Raymond M., *Jean-Jacques Rousseau, la quête de soi et la rêverie*, José Corti, 1962.

Starobinski J., *Jean-Jacques Rousseau, La Transparence et l'obstacle*, Gallimard, 1976.

——, *L'Œil vivant*, Gallimard, 1971.

Thiéry R., *Rousseau, l'Émile, et la Révolution*, Universitas, 1992.

Tilleul A., *La Vertu du beau, essai sur La Nouvelle Héloïse*, Humanitas, 1989.

Todorov Tzv., *Frêle bonheur*, Hachette, 1985.

Tripet A., *La Rêverie littéraire, essai sur Rousseau*, Droz, 1979.

Trousson R., *Jean-Jacques Rousseau I, La marche à la gloire*, Tallandier, 1988.

——, *Jean-Jacques Rousseau II, Le deuil éclatant du bonheur*, Tallandier, 1989.

——, *Rousseau et sa fortune littéraire*, Nizet, 1977.

6. 기타

Adorno T.-W. et Horkheimer M., *La Dialectique de la Raison*, Traduction
française, Gallimard, 1974.
Lioure M., *Le Drame*, Colin, Coll. U, 1963.
Sartre J.-P., *Qu'est-ce que la littérature?* in *Situations II*, Gallimard, 1975.
뒤비 (조르주)·망드루 (로베르), 『프랑스 문명사』, 김현일 역, 까치, 1995.
리비에르 (다니엘), 『프랑스의 역사』, 최갑수 역, 까치, 1995.
리키 (리처드)·레윈 (로저), 『오리진』, 김광억 역, 학원사, 1983.
리프킨 (제레미), 『엔트로피』, 김명자·김건 역, 두산동아, 1996.
카르팡티에 (장) 외, 『프랑스인의 역사』, 주명철 역, 소나무, 1996.